Karin Müller arbeitete nach dem Studium und einer journalistischen Ausbildung beim Hörfunk jahrelang als Redakteurin. Bereits mit ihrem ersten Roman *Ein Schotte kommt selten allein* weckte sie die Reiselust ihrer Leserinnen. *Kein Isländer ist auch keine Lösung* erzählt von der turbulenten Reise zweier Frauen nach Island. Die Autorin lebt mit ihrer Familie bei Hannover.

Ein Schotte kommt selten allein in der Presse:

»Lustig geschriebene, rasante Story, die so richtig Lust auf Schottland macht – Schotten inbegriffen.«
Neue Presse

»Fast genauso entspannend wie eine eigene Urlaubsromanze. Nur ohne nervigen Zeitplan!«
Express am Sonntag

B.R.

KARIN MÜLLER

Kein Isländer ist auch keine Lösung

ROMAN

PENGUIN VERLAG

Sollte diese Publikation Links auf Webseiten Dritter enthalten, so übernehmen wir für deren Inhalte keine Haftung, da wir uns diese nicht zu eigen machen, sondern lediglich auf deren Stand zum Zeitpunkt der Erstveröffentlichung verweisen.

MIX
Papier aus verantwortungsvollen Quellen
FSC® C014496

Klimaneutral*
Druckprodukt
ClimatePartner.com/14044-1912-1001

Penguin Random House Verlagsgruppe FSC® N001967

1. Auflage 2021

Umschlag: Favoritbüro
Umschlagmotiv: Shutterstock/© Vereshchagin Dmitry, © Michael Wiggenhauser, © Potapov Alexander, © Matthew Dixon, © IMissisHope, © schame, © Rodrigo Lourezini, © Vik-is
Redaktion: Angela Küpper
Satz: GGP Media GmbH, Pößneck
Druck und Bindung: GGP Media GmbH, Pößneck
Printed in Germany
ISBN 978-3-328-10733-0
www.penguin-verlag.de

Für Alice und Ingrid

Kleines Glossar

Afsakið	Entschuldigung
Allt fínt	Alles fein (mir geht es gut)
Allt vel	Alles gut
Bless	Tschüss
Ég finn þig	Ich finde dich
Ég segi allt ágætt	Mir geht es sehr gut
En þú	Und du/und dir
Förum	Gehen wir/Fahren wir!
Frábært	Wunderbar!
Góðan daginn	Guten Tag! (auch: Guten Morgen!)
Góða nótt	Gute Nacht!
Hæ!	Hallo
Hú!	Hu! (Schlachtruf)
Hvað er að frétta?	Was gibt es Neues?
Hvað segir þú gott?	Wie geht es dir?
Já	Ja
Láttu þér batna	Gute Besserung!
Sjáumst	Bis bald
Skál	Prost
Sæl/Sæll	Grüß dich (w./m.)
Takk fyrir	Danke
Tuttugu	Zwanzig

Kapitel 1

»Wie bekloppt muss man eigentlich sein, um eine Seereise im November über den Nordatlantik zu buchen?«

Steffis Ehemann Thorben sieht uns an, als wären wir verrückt geworden. Wir, das sind meine beste Freundin Steffi, kinderlos, achtunddreißig, Karrierefrau, von Beruf Chefin eines florierenden Spielwarenladens, und ich, Merle, ebenso alt, aber ansonsten so ziemlich das Gegenteil: alleinerziehend, Single, unterbezahlt und überbeschäftigt. Beide sind wir chronisch urlaubsreif und Islandfans, nur waren wir leider noch nie dort. Wir tauschen uns ständig aus, was Romane und Sachbücher über unser Lieblingsland betrifft, verfolgen die Aurora-borealis-Vorhersagen per App und alles, was sonst so auf der Insel unserer Träume passiert. Und nun rückt dieser Traum endlich in Reichweite!

Darum grinsen wir jetzt auch nur selig und schwenken unsere Fährtickets. Die Reiseunterlagen sind da! Jetzt ist es quasi amtlich: Steffi und ich fahren eine Woche mit der Fähre in den Norden, mit einem bunt zusammengewürfelten Haufen pauschaler Krimifans – ganz egal, ob Thorben uns nun für bekloppt hält oder nicht.

Steffi kam bereits vor einem knappen Jahr mit der Idee an. Wir beide haben wahrscheinlich als Allererste überhaupt diese Gruppenreise gebucht und uns auch gleich noch zum Isländischkurs angemeldet, der urplötzlich im Programm der Volkshochschule stand – ein Omen! Und was für eins!

»Du bist nicht mal seefest, Steffi«, versucht Thorben es noch einmal, obwohl er doch einsehen müsste, dass es längst zu spät ist, uns von unserem Vorhaben abzubringen.

Steffi ignoriert ihn. Sie hat dem Anlass gebührend die guten Sektkelche und den teuren Schampus bereitgestellt und schenkt uns ein.

»Wenn wir in See stechen wollen, dann tun wir das!«, grinst sie, und wir stoßen an. »Auf Buckelwale unterm Nordlicht!«

»Und Dosenbier!«, ergänze ich ausgelassen.

»Aber was machst du mit deiner Tochter?«, wendet Thorben sich verzweifelt an mich.

»Himmel!« Ich schlage mir mit der flachen Hand vor die Stirn. »Stimmt ja. Ich habe ein Kind! Seit zwölf Jahren schon. Das hatte ich glatt vergessen! Lass mal überlegen … Keller? Tierheim? Oder nimmst du es? Also, wenn du dich so um Ennas Wohlergehen sorgst, schicke ich sie dir gern zwischendurch vorbei. Einmal täglich? Ins Büro?«

Steffi kichert, doch Thorben schüttelt missbilligend den Kopf.

»Musst du immer so sarkastisch sein, Merle?«

»Entspann dich, Thorben«, beruhige ich ihn seufzend. »Das Pubertierchen freut sich schon seit Wochen darauf, bei Oma einzuziehen und komplette Narrenfreiheit zu genießen. Eine Woche Urlaub von Mama. Das wird uns beiden guttun.« Ich schließe für einen Moment die Augen, und sofort meine ich den Lärm von zuschlagenden Türen und auf Anschlag hochgefahrenen Lautsprechern zu hören, garniert von diversen Stolperfallen in der ganzen Wohnung – von benutztem Geschirr über Wäsche und Schulkram bis hin zu Bastelsachen, Plüschbären und den traurigen Resten meiner schwer misshandelten Schminke. Enna wechselt derzeit die Stimmungen schneller, als ich staunen kann. In der einen Minute das zuckerschnutige Kuschelkind, das gerade erst das Trotzalter hinter sich gelassen hat – in der nächsten eine wilde Furie, die glaubt, sie wäre maximal einen halben Schritt vom Erwachsensein und der Sprengung aller Ketten entfernt.

»Mitten im Schuljahr?!« Er zieht die Augenbrauen hoch.

»Ganz genau«, flöte ich. »Während Enna in der Schule ist, kann meine arme alte Mutter verschnaufen. So wird es ihr und ihren Mitbewohnerinnen in der Senioren-WG nicht zu viel mit dem süßen, rebellischen Teenagerkind.«

Nicht, dass hier Missverständnisse entstehen: Ich liebe meine Tochter heiß und innig! Bis zum Mond und (meistens auch) wieder zurück. Mindestens! Aber auch der innigsten Mutter-Kind-Beziehung tut ab und zu ein kleiner Abstand gut. Damit man den Kopf wieder freibekommt und sich zwischendurch darauf besinnt, nicht nur eine 24/7/365-Rolle als Muttertier und Alleinverdienende zu erfüllen, sondern außerdem Frau und Mensch zu sein – sagt zumindest Steffi. Das stand in irgendeinem Hochglanzmagazin, direkt neben einer Fotoserie für den perfekten Wellnessnachmittag mit stumm geschaltetem

Telefon. Ja, früher war ich auch mal so naiv. Da habe ich noch an die romantische Liebe auf den ersten Blick und für ein ganzes Leben geglaubt. Daran, dass man sich die Aufgaben, die der Nachwuchs nun mal mit sich bringt, teilt. Aber ich schweife ab.

Von meiner Auszeit verspreche ich mir ganz bescheiden, dass ich meine Batterien ein wenig aufladen kann, um hinterher wieder etwas entspannter weiterzumachen.

Zwischen meiner Arbeit als Verkäuferin in einem Bastelladen und nächtlichen Gelegenheitsjobs als Schaufensterdekorateurin – meinem eigentlichen Beruf – bleibt mir nämlich kaum Zeit zum Durchatmen, geschweige denn für Gurkenmasken und handgesprudelte Schaumbäder mit Bio-Rosenblüten.

Bloß nicht weitermachen wie bisher, sagt Steffi, sonst kommt der Burn-out. Ich müsse aufhören, mich zu verkriechen und mich alt zu fühlen, und sie müsse auch einfach mal raus – nicht wegen Thorben, nein. Einfach nur so. Und dass dafür eine Woche *Schiff mit Schuss* genau das Richtige sei – eine kleine Gruppenrundreise bis knapp unter den Polarkreis mit Vollpension und Bespaßungsprogramm auf der Eydna. Eydna ist Färöisch und bedeutet Glück oder Schicksal. Ich hab's gegoogelt, und das ist schon das nächste gute Omen für unsere Mädelstour. Auch Hannes, mein Lernpartner aus dem Internet, sagt, dass eine Reise nach Island immer das Richtige sei. Und der muss es schließlich wissen, der wohnt nämlich da oben.

Also ziehen wir das durch. Aber nur zur Klarstellung: Seinetwegen haben wir die Route nicht gewählt, Hannes weiß nicht mal, dass wir gebucht haben. Ich erzähle ihm sowieso schon viel zu viel von mir. Diese Anonymität macht mich leichtsinnig. Nein, unser Schiffstrip in die Wikinger-Enklave ist ein reines Freundinnending.

»Untersteh dich, Enna bei mir abzuladen«, grummelt Thorben missbilligend-mürrisch und mit einem dezenten Seitenblick auf seine Frau. »Es hat schon einen guten Grund, warum wir keine Kinder haben.«

»Sag bloß, du magst Enna nicht?« Ich lege provozierend den Kopf schief und fixiere ihn.

Thorben verdreht die Augen zur Zimmerdecke. »Das habe ich doch gar nicht gesagt.« Nervös kratzt er sich am Hinterkopf.

»Aber du hast angedeutet, dass ich eine Rabenmutter bin, weil ich mein Kind für sieben Nächte in die Obhut der Großmutter gebe.« Ich drohe ihm spielerisch mit dem ausgestreckten Zeigefinger. Es macht einen Riesenspaß, ihn zu ärgern.

»Sag doch auch mal was«, wendet Thorben sich hilflos an seine giggelnde Ehefrau.

»Ich überlege gerade, ob ich mir Popcorn hole«, sagt Steffi und hält die Sektflasche in die Höhe. »Auch ’nen Schluck? Atmen, Schatz!« Sie haucht einen Kuss durch die Luft.

Thorben aber gibt nicht auf. »Ich dachte, ihr seid ach so öko, und dann bucht ihr eine Kreuzfahrt?«

»Das ist ein total umweltfreundliches Fährschiff!«, krähen wir unisono.

»Und für mich ist *Schiff mit Schuss* außerdem quasi eine Fortbildung«, ergänzt Steffi. »Wie ihr wisst, will ich selbst einen Krimi schreiben, bevor ich fünfzig bin, und nicht immer nur welche lesen. Diese Reise ist wie für Merle und mich gemacht, Thorben! Jede Menge Vorträge, Lesungen und Workshops, und das in Kombination mit der Schiffsreise über die Färöer nach Island. Endlich Island! Da wollten wir doch schon so lange hin. *Dir* ist es ja zu kalt da oben.«

Thorben reagiert mit einem verkniffenen Grunzen auf den Seitenhieb. Aber Steffi schwärmt schon weiter.

»Bei den Vortragenden an Bord ist sogar ein richtiger Kriminologe dabei. Den kann ich *alles* fragen. Leichenstarre, Schimmelgesichter, Leichenflecken, all so was.«

Resigniert streckt Thorben die Waffen beziehungsweise die Hände in die Höhe und zieht sich schmollend in sein Arbeitszimmer zurück.

»Schimmelgesichter?«, frage ich.

Steffi nickt begeistert. »Du ahnst nicht, was Leichen so alles können, wenn man sie lange genug in Ruhe lässt.«

»Ich weiß nicht, ob ich das wirklich wissen möchte.« Nachdenklich starre ich auf die Arbeitszimmertür, die gerade mit einem Rums ins Schloss gefallen ist.

»Er hat nichts gegen Enna. Das weißt du hoffentlich«, sagt Steffi leise.

»Já!«, bestätige ich, sodass es möglichst Isländisch klingt, und nicke. Eine der wenigen Vokabeln, die ich spontan abrufen kann. Ich weiß nur allzu gut, dass meine herzallerliebste Rübennase zurzeit nicht gerade umgänglich ist. Pubertät ist nun mal kein Spaziergang – für keinen der Beteiligten. Vor allem dann nicht, wenn das Zwischenwesen von einem Elternteil allein aufgezogen wird und die Oma in einer Senioren-WG lebt. Wie soll man da noch

Zeit für die eigenen Isländisch-Hausaufgaben haben? Aber es ist immer wieder eindrucksvoll, wenn kinderlose Yuppies meinen, sie wüssten am besten, was gut ist für cholerische Zeitbomben, die von einem Pickel am Kinn in eine Lebenskrise gestürzt werden können und sich bei ihren Kuscheltieren tränenreich entschuldigen, wenn sie sie vor dem Besuch von gleichaltrigen Freunden im Schrank verstecken.

»Er ist schon ein kleines bisschen konservativ, oder?«, stelle ich mit einem ironischen Lächeln auf den Lippen in den Raum.

»Ach, wenn es nur das wäre …« Steffi seufzt und grinst schief. »Ich brauche einen neuen Mann. Mein alter wird spießig.«

Wird?, denke ich. »So schlimm?«, hake ich nach.

»Alles wie immer.« Sie schnaubt. »Es wird mir guttun, mal rauszukommen, ich sag's dir.«

»Und darum: Skál!« Wir lassen die Gläser noch einmal klirren und strahlen uns an. »Auf unsere Woche Island!«

»Nordatlantik, wir kommen!«

»Du ahnst nicht, wie nötig ich das habe – einfach mal eine Woche raus aus all dem«, stöhne ich.

Steffi feixt. »Und ich erst!«

»Keine Termine!«

»Bekocht werden und nicht abwaschen müssen!«

»Wellness!«

»Kein Internet!«

»Keine Hausarbeit!«

»Krimilesungen, Workshops, ein Megaprogramm!«

»Keine Schreiereien!«

»Wir können endlich Isländisch üben!«

»Nordlichter ohne Ende!«

»Und Buckelwale!«

»Und Dosenbier …« Ich stocke. »Moment mal, hast du gesagt, es gibt kein Internet an Bord?«

Steffi sieht mich über den Rand ihres Sektglases an, als wollte sie eine psychologische Studie über meine Reaktion auf ihre Ansage anfertigen. »Doch, schon, aber das WLAN an Bord ist sauteuer. Und ich werde es so was von genießen, einmal richtig abzuschalten und nur bei den Landgängen kurz online zu gehen. Du nicht?«

»Äh. Ja klar«, schwindle ich und schiele zur Tür, hinter der Thorben durch das Klackern der Tastatur seinen Missmut in unsere Mädelswelt kundtut.

Das ist doch genau das, was ich Enna immer predige: Es gibt ein Leben ohne Snapchat, Instagram und Co.! Und das ist um Längen lebenswerter. Dieser Hype um Likes und das ständige Bedürfnis, erreichbar zu sein, die Überflutung mit grausigen Negativschlagzeilen über die aussichtslose Schlechtigkeit der Welt, das geht an die Gesundheit. Abschalten ist soooo wichtig! Deswegen machen wir ja die Reise. Auch. Aber so gar nicht greifbar zu sein für mein Kind und meine Mutter? Das muss ich sacken lassen. Ich atme langsam aus und spüre in mein Nabelchakra, so wie ich das im Yogakurs übe. Den mache ich ohne Steffi. Sie sagt, sie brauche das nicht, sie könne alleine atmen.

Nun sieht sie mich schräg von der Seite an, und ihre Mundwinkel zucken, weil sie meine Nervosität spürt. »Wie haben wir nur im Zeitalter von Handys überlebt, die einfach nur telefonieren konnten?« Sie grinst vieldeutig. »Oder gar nur mit Münzfernsprechern?«

Ich strecke meiner herzallerliebsten Freundin die Zunge heraus. Sie kennt mich einfach zu lange – seit dem Kindergarten. Und viel zu gut. »Ja, das frage ich mich auch manchmal.«

»Man munkelt, die Menschen hätten sich getroffen und miteinander geredet«, setzt sie noch einen drauf. »So haben sie sich früher kennengelernt. Und verliebt. Auf den ersten Blick mitunter.«

Ich weiß ganz genau, worauf sie anspielt: darauf, dass ich mich nicht traue, Hannes anzurufen und unsere virtuelle Was-auch-immer-Kiste auf das nächste Level zu heben – oder aber ihn sausen zu lassen.

»Hey!«, beschwere ich mich mit Seitenblick auf die geschlossene Bürotür, hinter der Thorben vorhin verschwunden ist. Ihren Mann geht das nämlich gar nichts an. »Ich habe noch nicht mal ein Foto von ihm«, zische ich leise.

»Eben«, kontert Steffi belustigt. »Das Auge isst aber mit! Also bitte ihn um eins!«

»Und was, wenn er hässlich ist? Mit einer dicken, haarigen Warze mitten auf der Nase?« Ich schüttle den Kopf. »Nein, nein. Hier zählen lediglich die inneren Werte. Wir lernen nur zusammen! Er bringt mir Isländisch bei und ich ihm Deutsch. Das ist sicheres Terrain. Und der Rest bleibt meiner Fantasie überlassen.«

»Genau!«, schimpft sie. »Elende Feiglingin! Fantasie hält dich nicht warm in arktischen Nächten.«

»Es wird von allein wärmer. Klimawandel«, knurre ich.

»Nicht witzig«, gibt Steffi zurück. »Dann melde dich eben in einem Datingportal an. Du brauchst einen Mann! Geh raus und such dir einen – oder lass dich finden. Ich helfe dir, einen Steckbrief zu schreiben.«

»Igitt. Das ist eklige Fleischbeschau.« Leicht angewidert schüttle ich mich. »Ich kann mich nicht mit Ansage übers Internet verlieben. Wie soll das gehen? Das ist wie fröhlich sein auf Kommando … oder wie diese Hochzeitsspiele, bei denen sich immer jemand lächerlich macht. Wie ein Junggesellenabschied, bei dem man der Fahrer ist und nüchtern bleibt … oder wie Zwangsbespaßung durch Profianimateure – oh Gott! Bitte sag mir, dass es keine Animateure auf dem Schiff geben wird!« Entsetzt packe ich ihr Handgelenk.

»Nein!«, antwortet Steffi empört und versucht, das unvorhergesehene Schwappen in ihrem Sektkelch auszubalancieren, das ich mit meinem beherzten Griff ausgelöst habe. »Natürlich nicht. Das ist ja keine Kreuzfahrt!«

»Halleluja.« Ich lasse sie los und trinke einen Schluck. »Im Ernst, ich weiß, dass du es gut meinst. Aber das funktioniert für mich nicht mit diesen computerdefinierten Kompatibilitätschecks und Listen zum sprichwörtlichen Abhaken. Es muss funken! Spontan! Chemie und so. Niemand ist entspannt bei einem Blind Date.«

»Hmm«, brummt Steffi. »Kann sein. Aber da musst du durch, wenn du nicht ewig allein bleiben willst. Im Ernst, die Trennung von Steffen ist jetzt sechs Jahre her. Was machst du, wenn Enna aus der Nummer rausgewachsen ist und nicht länger dein Lebensmittelpunkt sein will?«

»Das sehe ich, wenn es so weit ist. Ich glaube nun einmal an Schicksal und Romantik und nicht an virtuelle Männerkataloge.«

»Und ich habe damals in der Schule in Wahrscheinlichkeitsrechnung aufgepasst. Mr. Right wird dir wohl kaum im Biomarkt mit dem Einkaufswagen in die Hacken fahren und dich als Entschuldigung zum Kaffee einladen.«

»Doch«, flehe ich. »Genau so will ich das haben. Wenn es so sein soll, dann wird mir der Richtige vor die Füße stolpern, zufällig, unbeabsichtigt, unvorhersehbar ... Wir blicken uns in die Augen, und – kawumm.«

»Kawumm?«, wiederholt Steffi mit hochgezogener Braue.

»Oder von mir aus: Bäm! Liebe auf den ersten Blick eben! Daran haben wir beide doch mal geglaubt! Ganz fest! Und wenn schon nicht bäm!, was ist mit yay!? Oder hach?«

All meine Vorschläge werden von Steffi mit abwertenden Grimassen bedacht. Dabei bin ich nicht diejenige, die auf falschen Garagenstromzählerhumor reingefallen ist – und zack, Ring am Finger!

»Vielleicht musst du erwachsen werden, Merle. Ich bin mir nicht sicher, ob du dieses Ding mit dem Verlieben realistisch genug siehst«, sagt Steffi, das gebrannte Kind. »Mach wenigstens endlich einen Move mit deinem Hannes. Da hast du doch dein Unverhofft-kommt-oft.«

»Grmpf.« Sie hat ja leider recht. Irgendwie. Ich stagniere. Seit fast vier Monaten geht das nun schon mit ihm.

Mit Hannes, meinem traumhaften Isländisch-Lernpartner, der nur einen Wisch in meiner internationalen Lern-App entfernt ist. Wir scherzen, wir flirten, und ich erzähle ihm Dinge. Ich kann mich nämlich noch öffnen. Ja, ich weiß, alles unverbindlich und folgenlos. Meganeutraler Boden, weil es schließlich keine Singlebörse ist, weil ich nicht mal sein Gesicht kenne, er nicht meines – und auch nicht meinen richtigen Namen, wenn ich es so bedenke. Doch genau so will ich das haben! Dafür ist das Internet super! Wir helfen uns gegenseitig beim Sprachenlernen, und manchmal schütte ich ihm mein Herz aus. Punkt. Das ist eine großartige Sache und die perfekte Ergänzung für den Volkshochschulkurs, den Steffi und ich zusammen besuchen. Oder nicht?

Mir steckt die unschöne Trennung von Ennas Vater Steffen einfach noch zu sehr in den Knochen, um irgendwas anderes anzuschieben. Und als berufstätige Mutter habe ich außerdem weder Zeit noch Energie, ernsthaft loszuziehen, um jemanden kennenzulernen und wieder enttäuscht zu werden.

Da plaudere ich doch lieber schriftlich und unverfänglich aus meinem Leben und lasse mir umgekehrt von Hannes vom isländischen Wetter, der Weihnachtskatze und dem Leid der Landwirte erzählen, die bei der Schneekatastrophe letzten Winter so viele Pferde verloren haben. Von seiner deutschen Großmutter, die an seinem unnordischen Vornamen schuld ist. Oder von den Hot Tubs, in denen Der-Isländer-an-sich gerne warmbadet und beim Entspannen den neuesten Dorfklatsch einsaugt. Das würde mir auch gefallen! Und wie! Dazu müsste ich natürlich runter vom Sofa, ich Couch-Potato – und eben das haben wir ja jetzt vor! *Schiff mit Schuss* – prost!

Es ist ja nicht so, dass ich keine Ahnung von Statistik hätte. Wenn ich Thorben fragen würde – tue ich aber nicht –, würde er mir bestimmt vorrechnen, dass die Zahl der Partnerschaften, die sich aus Lern-Apps entwickeln, so gering ist, dass sie in keiner Statistik auftaucht. Genau wie die von Leuten, die sich an der eigenen Türschwelle begegnet sind. Andererseits gehen hier auch die Trennungen und Scheidungen gegen null. Und was kann ich dafür, wenn bisher noch kein geeigneter Pizzabote dabei war? Ich seufze. Alles faule Ausreden, ich weiß.

»Vielleicht ist es wirklich Zeit, mich mal wieder in analoge Fanggründe vorzuwagen«, sage ich nachdenklich.

»Heureka! Darauf trinken wir!«, schlägt Steffi vor, und ihre Wangen glühen.

»Hannes ist großartig«, jammere ich. »Ich will gar nicht mit jemand anderem flirten. Das genügt mir völlig.«

»Weil er schön weit weg ist und gesichtslos dazu. Du hast Angst vor Nähe. Und davor, dass dir wieder jemand wehtun könnte.«

»Hab ich nicht!« Mist, voll erwischt.

»Er ist eine Illusion. Ein Phantom. Kein Mann aus Fleisch und Blut.«

»Ist er wohl!«

»Dann lern ihn kennen!«

»Tu ich doch!«

»Haha, Süße, wir drehen uns im Kreis!«

»Na, er wird wohl kaum mit einem Strauß Rosen am Hafen in Seyðisfjörður stehen und auf mich warten, oder?«

»Wie denn auch, wenn du ihm nicht signalisierst, dass du genau das gut finden würdest! Außerdem würdest du ja trotzdem weglaufen.«

»Gar nicht.«

»Ach nein? Na ja …« Steffis Wangen glühen auf einmal verdächtig übereifrig. »Vielleicht muss er nur wissen, dass du da sein wirst. Und wann! Los, gib mir dein Handy. Ich mache euer Blind Date klar.«

»Untersteh dich! Das wär's noch!« Einen Moment lang habe ich wirklich Panik. Da hat sie mich ja geschickt in eine Falle gelotst. Meiner besten Freundin ist so ziemlich alles zuzutrauen, wenn es darum geht, mich unter die Haube zu bringen.

Sie grinst hinterhältig. »Ja, vielleicht wär's das wirklich!«

»Wehe!«, betone ich noch einmal. »Ich erteile dir hiermit offizielles Verkupplungsverbot! Und damit eins klar ist: Du wirst auch keine Annoncen für mich schalten, keine Singlebörsen-Profile in meinem Namen irgendwo im Internet hochladen oder mir unbekannte Männer auf dieses Schiff lotsen, damit sie mich kennenlernen!«

»Menno.« Steffi schiebt gespielt beleidigt die Unterlippe vor. »Das wäre aber so praktisch. Ich meine, überleg doch mal. Es gibt rund 340.000 Isländer, etwa die Hälfte davon sind Frauen, die ziehen wir ab. Dann rechnen wir noch alle unter zwanzig und über sechzig raus – und die verheirateten natürlich auch, das geht nämlich nie gut. Wie viele mögen da übrig bleiben? Ich glaube, die passen alle mit uns zusammen auf die Eydna. Island ist ein *Dorf!*

Zwei Singlepartys in einer Großraumdisko, und alle wären verkuppelt.«

»Du bist eindeutig zu lange mit Thorben verheiratet«, knurre ich. »Und überhaupt, ein Kaffee mit Hannes in Island, und dann müsste ich wieder an Bord? Ich brauche erheblich mehr Zeit, um aus meinem Schneckenhaus zu kriechen. Gerade du solltest das wissen.«

»Warte, wie lange kanntest du Steffen, bevor ihr zusammengezogen seid? Zwei Wochen?«

»Anderthalb«, sage ich zerknirscht. »Da war ich jung und naiv, und du weißt ja, was draus geworden ist.«

»Oh ja, und ich kenne dich lang genug. Wenn diese Tür wieder auffliegt, dann mit einem Knall.« Steffi grinst. »Es wäre ein Anfang. Ein unverbindlicher, mit Rückzugsmöglichkeit und Alibi. Schließlich seid ihr schon ein halbes Jahr zugange.«

»Pff. Hannes und ich sind aber keine Teenager mehr.« Ich verschränke die Arme. »Du müsstest dir auf der kompletten Rückfahrt mein Geheule anhören. Für den extrem unwahrscheinlichen Fall, dass es funkt, hätte ich dann nämlich Liebeskummer. Oder ich würde dir auf dem ganzen Rest der Fahrt tagelang vorwerfen, dass ich es gleich gewusst habe und jetzt auch noch meinen Lernpartner los bin.«

Sie legt den Kopf schief und die Stirn in Falten. »Da hast du natürlich recht, eine Kaffeelänge ist knapp«, sagt sie langsam, immer noch ganz in Gedanken. Dann wischt sie lachend weg, worüber auch immer sie gerade gegrübelt hat – wahrscheinlich rechnet sie tatsächlich aus, wie viele Isländer im passenden Alter nur auf mich warten.

»Wie du willst«, sagt sie schließlich. »Wir haben uns ja

eh darauf geeinigt, dass er hässlich ist und eine Warze auf der Nase hat. Also keinen Kaffee mit Hannes, sondern doch lieber frischen Fisch mit mir und die volle Aufmerksamkeit auf Krimidinner, Lesungen und Workshops. Nimm dein Strickzeug mit! Das ist wieder in.«

Ich seufze resigniert. »Die Krimis und die Kerle überlasse ich dir. Ich komme mit, um mich zu erholen: zu lesen, Nordlichter zu sehen und springende Buckelwale – über Wolle und Stricknadeln können wir reden.«

»Okay.«

»Okay.«

Versunken prosten wir uns zu und schweigen. Ich habe das mal kurz überschlagen. Die männlichen isländischen Singles in meinem Beuteraster könnten tatsächlich alle auf die Eydna passen …

»Du wirst einsam im Kreis von geretteten Tierheimkatzen sterben, wenn Enna irgendwann ausgezogen ist«, malt Steffi mir nach einer Weile aus und kichert. »Aber ich werde jeden Tag gucken kommen und dein Schimmelgesicht dokumentieren, du wirst ganz sicher nicht wochenlang unentdeckt da rumliegen, keine Angst. Indianerehrenwort.«

Ich nicke. »Das ist wirklich beruhigend.«

»Was ganz anderes«, sagt Steffi gut gelaunt, aber mit gesenkter Stimme. »Meinst du, es werden gut aussehende Wikinger an Bord sein?«

»Für dich? Zum Gucken? Du meinst, in der entsprechenden Altersgruppe, Single und männlich? Der Personenkreis wird immer kleiner, oder? Na, lass es uns rausfinden! Was zahlst du mir für mein Schweigen?«

Wir grinsen uns an und heben die Gläser.

»Also auf die Insel und das Schiff!«

»Ohne Netz und doppelten Boden!« Wir stoßen ein letztes Mal an.

»Aber Reisetabletten nehmen wir schon auch mit?«, frage ich.

»Klar, und einen Sixpack Magenbitter von Muddi, falls wir nicht seekrank werden, sondern hungrig. Schließlich heißt die Tour *Schiff mit Schuss*. Seeluft soll sehr appetitanregend sein. Und ich kriege in letzter Zeit so leicht Sodbrennen.«

Steffi rülpst und hält sich den Bauch, aber ihre Augen funkeln abenteuerlustig. »Das wird die Reise unseres Lebens, merk dir meine Worte!«

Kapitel 2

Hannes: Hi! Wie geht es dich?

Icelandfan52:

Wie geht es *dir*?

Schon wieder falsch!? Dir – dich ... Deutsch ist kompliziert!

Das sagt der Richtige! Eure Konjugationen sind viiiiiel schwieriger!

Okay, neuer Versuch: Wie geht es dir?

Geht so. Meine Freundin Steffi hat mir gerade ausgemalt, dass ich einsam sterben werde.

Oh. Wieso das?

Ach ... Nicht vorhandene Männer. Halb so wild. Sie wird verhindern, dass ich unentdeckt in meiner Wohnung verwese.

Das ist beruhigend.

Sehr. Und sie sagt, dass du bestimmt hässlich bist und eine Warze auf der Nase hast, weil du mir kein Foto von dir schickst.

Und glaubst du das auch?

Vielleicht?

Kleine Erinnerung:

Gleich zu Beginn unserer Lerngemeinschaft hast du Folgendes klargestellt: »Ich habe einen Freund. Ich habe eine Tochter. Du brauchst mir keine Fotos von dir zu schicken. Ich verliebe mich grundsätzlich nicht übers Internet. Ich will nur mit dir lernen!«

Auweia. Du hast den Chatverlauf noch? Peinlich! Aber ich habe geschrieben »brauchst«! Nicht: »darfst«! Und das mit dem Freund ist lange vorbei. Das weißt du auch.

Hilfsverben hatten wir noch nicht.

Gelogen!

Also darf ich jetzt?

Was?

Dir ein Foto von mir schicken.

Nein. Brauchst du nicht.

??

Scherz!

Du willst mich nicht sehen ... ich bin verzweifelt.

Seufz. Ja. Es ist ein Dilemma.

Was genau?

Wenn du hässlich bist, will ich nicht mehr mit dir lernen. Wenn du gut aussiehst, lenkt mich das ab.

Ich lenke dich gern ab.

Und genau das darfst du nicht! Ist gegen unsere Abmachung! Aber gut, um Hilfsverben zu lernen. Wie hoch sind eigentlich die Wellen im Nordatlantik im November?

Jetzt lenkst du vom Thema ab! Warum fragst du?

Ach, wir machen so eine Schiffsreise. Eine Woche lang.

Sehr gut! Sonne tanken? Karibik?

Ist das etwa auch noch Nordatlantik?

Grins. Ja. Nicht?

Nein. Ganz kalt. Rate.

Sag schon. Wohin fährst du?

Mit meiner Freundin auf der Fähre nach Island.

Oh, du kommst mich besuchen? Soll ich Blumen kaufen? Darf ich?

Netter Versuch.

Du bist doch auch neugierig, gib's zu!

Niemals!

Ich bringe mein Vokabelheft mit.

Nein.

Und meine Grammatik?!

Nein!

Okay.

Vielleicht sollte ich die Reise sowieso besser wieder absagen.

Warum? Ist doch schön, dass ihr endlich fahrt. Ich dachte, das ist der Boden für all das Lernen?

Der Grund.

Ah, danke.

Ich bin alleinerziehende Mutter. Ich habe Verantwortung. Ich kann mein Kind doch nicht einfach eine Woche zu Oma geben. Oder?

Wie ich dich kenne, hast du das alles schon seit Wochen gereinigt?

Geklärt.

Danke.

Gern. Es würde meiner Freundin das Herz brechen, wenn ich absage. Und meiner Tochter auch ...

Dann tu es nicht! Island ist wundervoll. Vielleicht seht ihr Nordlichter.

Und Wale?

Dazu braucht ihr noch mehr Glück um die Jahreszeit. Aber die Fähre hat Hot Tubs.

Woher weißt du das?

Es gibt nur eine, die von Dänemark nach Island fährt, die Eydna. Mit der sind wahrscheinlich alle Isländer schon irgendwann gependelt. Wie lange bleibt ihr?

Wir fahren nur hin und gleich wieder zurück. Mit einer Reisegruppe und Bordunterhaltung rund um Krimis und ein paar Ausflügen.

Das klingt frábært!!

Haha, großartig, ja. Das stimmt.

Magst du Krimis?

Nicht besonders. Aber ich mag Island. *grins

Dann mach das auf jeden Fall.

Okay. Aber du bist schuld, wenn meine Tochter mich später Rabenmutter nennt.

Rabenmutter?

Google es!

Also, fährst du?

Denke schon. Gebucht ist schließlich gebucht. Was ist jetzt mit den Wellen?

Es kann ganz schön stürmisch sein, vor allem ab den Färöern. Nimm dir auf jeden Fall Pflaster mit!

Du meinst Tabletten!

Nein. Tabletten klebt man sich nicht auf die Haut, oder?

Echt, so was gibt's? Pflaster gegen Seekrankheit? Großartig! Frábært!

Geheimtipp! Apotheke! Nicht weitersagen! Du brauchst ein Rezept vom Arzt, und sie wirken erst länger fünf Stunden.

***Nach* fünf Stunden.**

Versprochen!

Danke! Heißt es: Ich denke an dich oder ich denke an dir?

Ich denke an *dich*!

Das freut mich! Ich denke auch an dich!

Schlingel!

Was heißt das?

Google es!

Haha! Ich möchte dich wirklich gern kennenlernen. Wollen wir uns treffen, wenn du in Island bist? An welchem Dienstag kommt ihr an?

Du kennst dich ja wirklich aus! Der erste im November.

Die Eydna ist wie ein Linienbus, nur im Wasser: Samstag Hirtshals, Montag Tórshavn, Dienstag Seyðisfjörður, Donnerstag Tórshavn, Samstag zurück in Dänemark.

Ich fürchte, wir werden zu viel Programm haben. Ich würde total gern. Wirklich! Aber ich glaube, das müssen wir verschieben ...

Feigling!

Gar nicht!

Na warte, ich kriege dir!

***Dich*!**

Ich setze mir eine Faschingsmaske auf und komme an Bord.

Haha. Einverstanden. Und wie erkenne ich dich dann?

An der Maske!

Soso. Na schön, dann komm halt.

Vorsicht! Ich kenne eure Route!

Wenn du dich das traust, geht der Kaffee auf mich.

Lieber ein Cocktail zur Happy Hour. In der Bar gibt es bis 20 Uhr zwei für den Preis von einem!

Okay, bin dabei.

Allerdings ...

Was?

Wenn ich dort die Maske abnehme, willst du nicht mehr mit mir lernen! Ist das ein Dilemma?

Oh ja, ein großes! Ich muss jetzt in die Apotheke, ich habe da einen Geheimtipp bekommen von einem isländischen Arzt. Bless, bless!

Bless! Ég finn þig!

Was heißt das?

Google es!

Okay, wir scherzen aber nur, ja? Sonst kriege ich kalte Füße.

Was bedeutet das – kalte Füße?

Google es!

***

Vier Wochen später ist Thorben hinreichend mit Tiefkühlpizza und Schnellgerichten versorgt und nur noch ein klein wenig eingeschnappt. Enna ist mit (erstaunlich viel) Sack und Pack und (wirklich) ganz wenigen (lebensnotwendigen!) Telefonnummern und einer klitzekleinen Was-mache-ich-wenn-Gebrauchsanweisung-für-Teeager bei Oma eingezogen. Alle sind informiert, dass wir tagelang offline sein werden, weil wir zwischendurch schlicht kein Netz haben werden und das Telefonieren mitten auf dem Atlantik und am Ende noch über Satellit viel zu teuer ist. Ich finde das pädagogisch ziemlich wertvoll, aber natürlich melden wir uns, wenn wir bei unseren Landgängen ein Café mit freiem WLAN finden.

Meine Zwölfjährige freut sich auf abenteuerliche Nächte in der WG-Hängematte, und Oma samt ihren drei Mitbewohnern freut sich auf lustige Brettspielmeisterschaften im Wintergarten. Und ich habe mir von zusammen immerhin zweihundertvierundachtzig Lebensjahren hoch und heilig versprechen lassen: grundsätzlich erst nach den Hausaufgaben.

Insgeheim sitzt in meinem Herzen trotzdem noch der Stachel, den Thorben mir eingepflanzt hat. Auch wenn Enna meine Nachteinsätze wegen der Schaufensterdekos und die Betreuung durch Babysitter und Oma von klein auf gewohnt ist – mir ist nach wie vor ein wenig mulmig, ob das wirklich alles so in Ordnung ist. Große Klappe, nichts dahinter – aber jetzt muss ich da durch. Und will auch!

Steffis Mutter hat uns in aller Herrgottsfrüh zur Sammelstelle am ZOB gebracht, wo bereits erstaunlich viel los ist. Während wir Stunden vor Sonnenaufgang auf dem Busbahnhof stehen, wird mir auf einmal klar, dass wir gleich in den Shuttlebus steigen, und dann sind wir eine Woche so richtig weg. Irgendwie fehlt mir mein Kind jetzt schon. Und falls sie Heimweh nach mir bekommen sollte, kann Oma ihr nicht so einfach den Mantel über den Pyjama ziehen, einen Schaufensterbummel durchs Städtchen machen und an die zugehängte Scheibe klopfen, hinter der Mama neuen Teppichboden verlegt oder Parfümflaschen auf pink eingefärbten Strohballen dekoriert. So wie wir das früher manchmal gemacht haben.

Thorben haben wir schlafen lassen. Während wir kaum die Augen aufbekommen und ich leidend vor mich hin friere, wuseln um uns herum hellwache Menschen mit Koffern und Taschen und dazwischen ein paar torkelnde, übrig gebliebene Nachtgestalten. Ich weiche allen aus, so gut ich kann. Steffis Mutter steckt uns tatsächlich kurz vorm Einsteigen ein Sixpack Kräuterbitter zu. »Den werdet ihr brauchen, Kinder. Es gibt nichts Schlimmeres, als auf so einer Reise Bauchgrummeln zu haben vom vielen guten Essen und langen Sitzen.« Ich bin zu verdutzt, um abzulehnen. Sind wir wirklich schon im Magenbitteralter? Waren wir nicht gestern erst zu jung für Alkohol? Wann bin ich eigentlich zum letzten Mal Bus gefahren? Oh Gott, wir sind alt!

Steffi gähnt. »Tschüss, Muddi!«

»Danke fürs Bringen«, schließe ich mich artig an und lasse mich ebenfalls noch einmal ordentlich knuddeln. Steffis Muddi ist so süß! Sogar Zauberäpfel hat sie uns geschnitzt, genau wie früher, wenn wir zur Klassenfahrt aufgebrochen sind. Von meinen Eltern gab's Vollkornbrot, Gemüsesticks und eine Jumbotüte Gummibärchen – die eigentlich bis zur Rückfahrt reichen sollte – und von ihr liebevoll im Zickzackmuster halbierte, entkernte und wieder zusammengesetzte Äpfel und dazu eine Riesenpackung Prinzenrolle, die meist schon an der ersten Raststätte alle war, so wie die übrigen Süßigkeiten auch. Steffi und ich haben alles zusammen erlebt, vom Sandkasten aufwärts. Von aufgeschlagenen Knien beim Fahrradfahren-Lernen über den ersten Kopfsprung im Schwimmbad, den ersten Freund samt Liebeskummer bis hin zu einer

Hochzeit und einer Geburt. Es ist überfällig, dass wir endlich wieder mehr Zeit miteinander verbringen. Und darum: Island!

Der Fahrer verstaut unsere Koffer, und wir klettern ins Wageninnere. Die meisten unserer schon früher zugestiegenen Mitreisenden schlafen noch. Wunderbare Idee! Es ist auch wirklich furchtbar früh, aber bis zum Hafen an der Nordspitze Dänemarks dauert es ja auch noch einige Stunden.

Nachdem ich mich gesetzt habe, stelle ich den Trackingmodus auf meinem Smartphone ein, so kann Enna unsere Strecke verfolgen, wenn sie aufwacht, und Oma zeigen, wo wir gerade sind. Endlich rolle ich mich zusammen, soweit das in einem Reisebus eben geht, und versuche zu schlafen. Wie gut, dass ich mein Kissen mitgenommen habe, das verhindert zumindest drohende Genickstarre. Steffi stöpselt sich ein Hörbuch in die Ohren und beißt in ihre erste von gefühlt fünfzig Stullen, die sie sich geschmiert hat. Sie ist unterwegs immer hungrig, immer!

Als ich wach werde, ist es immerhin hell. Norddeutscher Nieselpiff fegt ans Fenster – oder ist das schon dänischer? Verschlafen reibe ich mir die Augen.

»Wir sind gleich in Flensburg und sammeln die letzten Schischus ein.«

»Schischus?«, frage ich verwirrt.

»Schiff-mit-Schuss-Mitreisende«, erklärt Steffi. »Dann machen wir auch Pipipause. Wollen wir bei der Gelegenheit raus und Proviant einkaufen?«

»Noch mehr?«

Steffi hebt den Zeigefinger. »Mark me! Alkohol ist teuer in Skandinavien, und wir haben Urlaub.«

»Ich hab eine Flasche Wein im Koffer – und einen Öffner«, gähne ich. »Und wir haben doch den Kräuterbitter von deiner Muddi.«

»Das ist Medizin, das zählt nicht.« Ihre Augen funkeln abenteuerlustig. »Wir brauchen doch noch Dosenbier!«

Ruckartig setze ich mich auf. »Oh ja, das stimmt. Das ist Tradition!« Als wir jünger waren, haben wir halb Europa in Low-Budget-Urlauben kennengelernt, mit Dosenravioli und Dosenbier, mit Zelt und Zug und später mit billigen Mietwagen, bei denen im Regen das Wasser durch den Unterboden spritzte. Wir haben mit Dosenbier den Sonnenuntergang am Meer in Südschweden bewundert, in Griechenland dabei die Sterne gezählt, in Kiel die schmerzenden Füße in die Ostsee gesteckt und auf den Feierabend angestoßen und das Geld, das uns die nächsten gemeinsamen Reisen ermöglichen sollte. Außerdem: Wenn man vier Sommer lang am Fährhafen jobbt – Dank sei Steffis längst verstorbener Tante! – und sich über die klirrenden und gluckernden Koffer von Skandinaviern auf der Heimreise amüsiert, dann darf man das Klischee auch mal brechen, indem man selbst flüssiges Gepäck mitnimmt, finde ich. Muss Enna ja nicht wissen, was ihre Mutter so treibt. Wir haben Urlaub, und wir sind schon groß.

Und wir sind schlau. Viel schlauer als damals bei der Abifahrt nach Schweden, als alle anderen Bier dabeihatten, nur wir nicht. Wir wussten nicht einmal, dass uns die horrenden Preise für Alkohol quasi egal sein konnten, weil die Schnapsläden an Wochenenden grundsätzlich geschlossen sind. Ist ja auch vernünftig. Wir sind es aber nicht. Dosenbier also, schließlich ist es eine Tradition!

Das ist noch so eine Sache, die Thorben nie begreifen wird. Thorben ist paradespießiger Prüfstatiker. Seine einzige Jeans hat eine selbst gemachte Bügelfalte, das Handy liegt immer exakt im Neunzig-Grad-Winkel zu jeder Tischkante, und wenn er könnte, würde er sogar die Tragkraft einer Topfblume auf ihre Tauglichkeit als Hummellandebahn berechnen. Steffis Spielwarengeschäft brummt dagegen vor allem deswegen, weil sie selbst grundsätzlich alles voller Neugier und Leidenschaft für das Verrückte ausprobiert, bevor es in den Verkauf geht, am liebsten mit mir zusammen – von der Glibberknete bis zur Schwimmfähigkeit von Puppen mit abnehmbarem Kopf. Weiß der Kuckuck, wie die beiden zusammengekommen sind. Kennengelernt haben sie sich bei der Bauabnahme für die Filiale, die Steffi leitet. Er hatte todernst gefragt, ob sie sich keinen Stromzähler ans Garagentor anbringen lassen wolle – weil sie es doch mit den Nachbarn zusammen nutze, und Steffi fand das witzig. Sie glaubte tatsächlich, er hätte denselben trockenen Humor wie sie. Öhmm.

»Ich muss dir was gestehen«, sagt sie, als wir die Getränkeregale des Supermarkts neben dem Busparkplatz durchstöbern.

»Jetzt kommt's. Du machst Diät und möchtest Light-Bier kaufen?«

»Nienicht.« Sie grinst. »Ich bin nur echt froh, mal 'ne Woche von zu Hause wegzukommen. Wenn ich dir einen Tipp geben darf: Heirate nie jemanden, der Dosenbier maximal mit dem Strohhalm und nur in einer Umgebung anrühren würde, wo ihn niemand kennt.«

»Oh. Habt ihr echt Stress?«

Sie zuckt mit den Achseln und seufzt. »Manche sagen, das sei ein kleines Wort für eine handfeste Ehekrise.« Dann bemerkt sie meinen Blick und hakt sich bei mir ein. »Ach, mach dir keinen Kopf. Das wird wieder. Oder auch nicht. Jetzt haben wir Urlaub, da sind trübsinnige Gedanken fehl am Platz. Wir wollen einfach nicht über Th. reden. Basta. Als Nächstes in die Schlange vorm Klo einreihen?«

Ich nicke nachdenklich. Wenn Steffi Basta sagt, ist alles Nachbohren zwecklos. Aber irgendwann wird sie schon rausrücken mit dem, was sie umtreibt!

Zwanzig Minuten später komme ich mir ziemlich bescheuert vor, als es in meinem Rucksack und den Jackentaschen gluckst und murmelt, während wir im Pulk über den Parkplatz zurück zum Bus schlendern. Steffi liest meine Gedanken. »Das trinken wir doch nicht allein. Das nehmen wir zu den Hot Tubs mit, und dann geben wir einen aus. Oder stoßen damit beim Nordlichter-Gucken an.«

»Wenn Schokolade sauteuer wäre, würden wir die genauso horten, richtig? Wir sind einfach nur vorausschauend und haben aus unseren Erfahrungen gelernt.«

Einer der Mitreisenden hört meinen letzten Satz und raunt von hinten: »Schokolade *ist* teuer in Skandinavien. Psst!«

Als ich mich zu ihm umdrehe, zwinkert er mir zu und überholt uns dann. Ein schlanker junger Mann mit Bommelmütze und dunkelgrünem Parka, der jetzt garantiert glaubt, ich hätte ein Alkoholproblem – oder eins mit Schokolade. Wieso lächelt der so komisch?

Steffi grinst breit.

»Na, wie fühlst du dich, so hinterm Ofen vorgekommen?«

»Pfff«, mache ich und ziehe die Jacke enger um mich. »Frag mich das in einer Woche.«

Dänemark zieht sich. Einsame Gehöfte mit Silotürmen wechseln mit Windkrafträdern ab. Die Bäume stemmen sich schräg gegen den ewigen Wind und lassen ihre kahlen Äste wie Sturmfrisuren wehen. Dann wieder endlose Felder, Wiesen und schwarzbunte Kühe. Und alles ist flach wie ein Pfannkuchen. Der norddeutsche Nieselregen geht fließend in dänischen Pladderpiff über. Dazu kommt auffrischender Wind, umso böiger, je dichter wir an der Küste entlangfahren. Aber während mich so ein Novemberwetter zu Hause mächtig runterzieht, kann ich es heute in vollen Zügen genießen: Das hier ist Lesewetter, Strickwetter, Saunawetter. Und in einen Hot Tub voll heißem Fjordwasser darf es von mir aus auch von oben regnen. Nur für die Nordlichter soll der Nachthimmel bitte zwischendurch aufklaren, bei geschlossener Wolkendecke wird das sonst nichts, und dabei wünsche ich mir das doch so. Ich bin achtunddreißig Jahre alt und habe noch nie Nordlichter gesehen, das geht doch nicht!

Plötzlich höre ich leises Schnarchen neben mir. Steffis Kopf ist auf ihre Brust gesunken, sie ist eingenickt. Ich zücke noch mal mein Handy und checke meine Nachrichten. Ein letztes Mal. Na gut, vielleicht ein vorletztes.

Enna:
Schickst du mir Fotos vom Schiff? Hdl! Und denk dran, dass du mir was mitbringst. Vielleicht einen Pinguin. Oder ein Eisbärbaby. Die haben keinen Lebensraum mehr da oben, wegen der Klimakatastrophe. Das ist aktiver Tierschutz.

Ich seufze. Zwölfjährige. Was soll man da antworten?

Mama:
Wir haben keinen Platz im Kühlschrank, und Eisbären wollen lieber bei ihrer Mama bleiben. Küsschen. Außerdem gibt es beide Tierarten weder auf den Färöerinseln noch auf Island. Hab dich auch lieb! Lern schön am Wochenende. Erdkunde zum Beispiel! ;-)

Gerade als ich mein Smartphone wegstecken will, ploppt eine Nachricht in meiner Lern-App auf. Hannes. Er schreibt irgendwas. Automatisch schiele ich zu Steffi, aber die schläft noch.

Nachricht gelöscht
Hannes:
Goðan dáginn! Hast du Sehnsucht?
Nachricht gelöscht
Nachricht gelöscht
Icelandfan52:
Guten Morgen. Was? Wieso?
Oh. Ich glaube, die App spinnt … technische Probleme. Oder ich bin im falschen Chat. Sorry. Afsakið!

Ich runzle die Stirn. Stand da vorhin in meinem Textbereich auch schon die Nachricht-gelöscht-Anzeige? Wann habe ich denn eine Nachricht zurückgezogen? Seltsam!

Icelandfan52:
Hmm. Nee. Hier stimmt auch irgendwas nicht. Vielleicht das neue Update.
Hannes:
Allt vel. Und jetzt bist du
wach, und deine Freundin schläft?
Gut geraten, Wikinger!
Wieso geraten? *zwinker
Dreh dich mal um. Ganz hinten ...

Mich durchfährt ein Riesenschreck. Unwillkürlich mache ich die Schultern krumm. Das kann nicht ... Er wird doch nicht ...? Ich und meine lose Klappe, wenn ich mich sicher fühle! Um ein Haar fällt mir das Handy runter. Ich erwische es gerade noch so eben, aber dafür räkelt sich jetzt Steffi.

»Was'n los?«, brummt sie schläfrig. »Warum schubst du mich? Sind wir schon da?«

Hinter mir kichert jemand. Ich bekomme Schweißausbrüche. Ruckartig drehe ich mich um und fixiere die hinteren Busreihen.

Ein paar freundliche Gesichter schauen auf und lächeln: zwei Ehepaare, eine rothaarige Frau um die fünfzig, zwei Typen in Ringelshirts, die höchstens Mitte zwanzig sind. Dann ist da noch ein bärbeißiger Typ um die sechzig, der schnell wieder aus dem Fenster guckt. Falscher Alarm.

Obwohl ... Ich habe Hannes nie gefragt, wie alt er ist. Mit Zahlen im Isländischen habe ich es nicht so. Außer tuttugu, das heißt zwanzig. Diese Zahl muss man einfach lieben.

Ich reibe mir den verspannten Nacken.

Himmel noch eins, und wenn er jetzt doch da gewesen wäre? Diese Spielchen müssen ein Ende haben, nachher versteht Hannes das wirklich noch mal falsch. Aber wie soll ich es deutlich genug rüberbringen, dass ich an unserem Status gerade nichts ändern will, ohne dass er eingeschnappt reagiert? Harmlos und unverfänglich, so will ich das. Bloß nicht mehr. Unsicher starre ich auf mein Telefon und atme gleich darauf erleichtert auf.

Haha, du hast dich umgedreht, stimmt's?

Gar nicht.

Du schwindelst!

Nicht witzig!

Nicht böse sein. Ich habe manchmal komischen Humor. Es war ... ein bisschen witzig, oder?

Okay. Ein bisschen witzig.

Warum sollte ich denn auch extra nach Deutschland kommen, wenn ich weiß, dass du Dienstag quasi vor meiner Haustür stehst? Komplett unlogisch. Höchstens gut als Plottwist in einem Krimi.

Ich werd's mir merken!

Spaß zur Seite. Wie hättest du reagiert, wenn ich plötzlich da gewesen wäre?

Spaß *bei*seite ...

Danke ... Und?

Ganz ehrlich? Keine Ahnung ... Du hast mich überrumpelt. Sorry, melde mich später.

So viel zum Thema harmlos und unverfänglich. Shit. Shit. Shit.

»Was'n los?« Steffi betrachtet mich aus halb geöffneten Lidern. »Du siehst aus, als hättest du einen Geist gesehen.«

Hannes schreibt offenbar noch irgendwas. Aber ich warte seine Antwort nicht ab, sondern stecke das Handy weg, lasse mich schwungvoll gegen die Rückenlehne fallen und drehe mich zu ihr.

»Haarscharf daneben ...« Irgendetwas kratzt an meinem Unterbewusstsein. Ich mustere meine Freundin argwöhnisch. »Sag mal, du würdest nicht heimlich mein Handy benutzen, während ich schlafe, oder? Ich meine ... nur weil ich damals auf der Abifahrt ...?!«

Steffi verschluckt sich, als sie mir antworten will, und ich klopfe ihr fürsorglich den Rücken.

»Da waren wir siebzehn, Schnee von gestern«, japst sie, als sie wieder Luft bekommt und winkt, damit ich mit dem Klopfen aufhöre. »Wie kommst du denn jetzt darauf?«

»Ach, nix. Schon gut.« Mein Verdacht ist mir peinlich. Ich sehe zum Fenster hinaus, wo dänische Bauernhäuser und schwarzbunte Kühe an uns vorbeizufliegen scheinen. Alles eine Frage der Perspektive.

»Geht es um Hannes?«

»Hmm.«

»Du hör mal, ich ...«

»Nee.« Ich drehe mich wieder zu ihr. »Wirklich, alles gut. Er hat einfach einen schrägen isländischen Humor, und ich leide zunehmend an Verfolgungswahn. Einen Moment lang dachte ich glatt, du hättest …«

»Merle!«

»Ist ja schon gut. Dadurch ist mir immerhin eines klar geworden. Ich will ihn nicht kennenlernen. Was mach ich denn, wenn er sich in mich verguckt? Ich meine, in das Bild von mir, das er sich durch unsere Chatterei womöglich gemacht hat? Eine Warze auf der Nase ist eine Sache, aber was, wenn es bei mir dann einfach nicht klickt oder bei ihm, weil …? Ist ja auch egal. Schluss mit den Illusionen. Du hast vollkommen recht. Hannes ist ein Phantom, und ich habe beschlossen, dass es dabei bleiben soll.«

»Und warum so plötzlich?« Steffi ist auf einmal hellwach.

»Ich habe eben nachgedacht. Das, was er und ich haben, ist eine … sichere Bank. Ich möchte lieber die Illusion behalten, als das kaputtzumachen. Wir sind virtuelle Lernfreunde, und genauso will ich es haben. Ist besser so. Punkt.« Ich bekomme sogar ein schiefes Grinsen hin.

Steffi guckt bedröppelt. »Oh. Merle, ich … aber …«

Ich schüttle den Kopf. »Kein Wort mehr. Du willst nicht über Th. reden und ich nicht über H. Los, Themawechsel. Wie ist die Nordlichtvorhersage? Und wann sind wir endlich da?«

Kapitel 3

Am Fährterminal müssen wir unsere Mützen festhalten, so windig ist es. Dafür hat es endlich aufgehört zu regnen. Mit dem schweren Gepäck trauen wir uns nicht auf die Rolltreppe, weil im Bus jemand eine Gruselgeschichte von Lawinen auslösenden Rucksäcken erzählt hat. Also nehmen wir den Fahrstuhl in den ersten Stock des Hafengebäudes. Dort werden wir von unserem Reiseleiter stilecht mit einem Schnaps begrüßt. Und schon komme ich mir nicht mehr ganz so peinlich vor mit unserem scheppernden Tascheninhalt. Dann erhalten wir unsere Bordkarten, einen schicken Programmplan, und gleich sind wir so gut wie an Bord.

»Waaaaahnsinn!« Die Fähre sieht von außen genauso aus wie in diesem isländischen Krimi, den Steffi am Vorabend unserer Buchung in meinen DVD-Rekorder geschmissen hat, inklusive des Emblems mit dem Vogel auf dem gigantischen Schiffsschornstein. Weiter als diese ersten fünf Minuten bin ich nie gekommen, weil Enna plötzlich im Wohnzimmer stand und mitgucken wollte. Manchmal bin ich diesem Kind wirklich dankbar! Wenn schon gleich in den ersten Minuten ein Schiffskoch die

Messer wetzt, ist das kein Film für mich. Steffi ist definitiv blutrünstiger und hat stärkere Nerven als ich! Manchmal frage ich mich, ob das irgendwie mit ihrem Job im Spielwarenladen in Verbindung steht. Also, das mit den Nerven meine ich. Wir können beide keiner Fliege was zuleide tun.

Das Schiff sieht jedenfalls in natura mindestens genauso beeindruckend aus wie in *Trapped*, dem Film, den wir beide nicht zu Ende geschaut haben. Wir haben dann mit Enna *Shrek* geguckt. Auf Isländisch, mit deutschen Untertiteln, so hatten wir alle was davon.

»Selfieeeee!«, kräht Steffi und nimmt mich in den Arm, damit wir uns in der Warteschlange dokumentieren und das Update nach Hause schicken können. Ich habe plötzlich überhaupt kein Bedürfnis danach, mein Smartphone herauszuholen, mir ist eher nach einem zweiten Schnaps, damit ich Hannes aus dem Kopf kriege. Aber Steffi besteht darauf, weil meins die bessere Frontkamera hat. Der viel zu junge Typ mit der Bommelmütze nimmt mir das Telefon ab und macht ein paar Schnappschüsse von uns.

»Wer freut sich auf Island?«, ruft Steffi.

»Wiiiiir!«

Gehorsam setze ich ein Lächeln auf, und Bommelmütze zwinkert mir zu, als er Steffi das Handy zurückgibt.

Na, das geht ja gut los.

Tja, und dann entern wir unsere Kajüte, äh, Kabine. Leider hat sie keinen Balkon. Weiß der Kuckuck, wieso ich mir das eingebildet hatte. Was soll man auch mit einem Balkon mitten im November? Trotzdem hätte ich das cool gefunden. Dafür sind da zwei große Fenster mit so breiten Metallrahmen, dass man bequem darin sitzen und stundenlang während der Fahrt Schaumkronen und den Horizont betrachten kann.

Grandios! Genau das werde ich tun. Voller Vorfreude lasse ich den Koffer auf den Boden krachen. Das Ding ist ganz schön schwer, trotz Rollen. Vielleicht waren sieben Bücher doch zu viel. Eins pro Reisetag ist womöglich ein wenig ehrgeizig, wenn man mit einkalkuliert, dass wir ja auch vier Landgänge im Programm haben. Zwei Tage Island am Stück und je einmal Färöerinseln auf dem Hinbeziehungsweise Rückweg.

Die Eydna ist nämlich wirklich kein Kreuzfahrtschiff, egal was Thorben uns da in den ökologischen Fußabdruck schieben will. Steffi und ich sind umweltbewusste Reisende. Das war quasi meine Hauptbedingung, um überhaupt auf diese Tour mitzukommen. Unsere Fähre schippert sowieso hier lang, ohne Chichi, als ganz normales Versorgungsschiff, immer im wöchentlichen Rhythmus von Dänemark nach Island und zurück. Jeden Samstag ab und bis Hirtshals, mit Baustoffen und Lkw und färingischen Pendlern, hoffentlich ganz vielen isländischen Muttersprachlern zum Sprechen-Üben – und diese Woche eben auch mit uns und sechzig anderen Krimifans dazu.

Wobei – ich bin gar keiner.

Ich grusle mich zu schnell, kann nachts nicht mehr einschlafen und würde den Hund mit ins Bett nehmen, wenn ich einen hätte. Auch wenn Steffi mir schon tausendmal erklärt hat, dass es entscheidende Genre-Unterschiede gibt zwischen Krimi und Thriller, ich lese trotzdem lieber was fürs Herz. Oder Fantasy. Oder Science-Fiction. Oder was Lustiges. Oder was von Stephen Hawking. Dessen letztes Buch habe ich mir extra für diesen Urlaub gekauft und ausnahmsweise mal nicht in der Bücherei geliehen. Am liebsten würde ich allerdings weiter mit Hannes chatten. Das ist ja auch lesen, irgendwie ... und macht Spaß. Das Lernen natürlich. Vor allem das Lernen!

Meiner Brust entringt sich ein Stoßseufzer, den ich zum Glück Steffi nicht erklären muss, die ist gerade mit sich beschäftigt, die arme Maus. Wenn es ihr so geht wie mir damals mit Steffen, Monate vor unserer Trennung. Autsch. Und das ist genau der Grund, weswegen da nie mehr sein darf mit Hannes als ein bisschen Flirren. Flirren mit einem Unbekannten übers Handy ist okay, das kann ich kontrollieren. Es ist schön. Es verpflichtet zu nichts. Wir spielen mit offenen Karten, dann zieht es auch keinen Herzschmerz nach sich. Und man fühlt sich trotzdem weniger allein. Moment mal – fühle ich mich allein? Ich hab doch alles. Nein, alles gut. Ich bin da eh schon viel zu lange raus. Und so eine Distanzbeziehung über mehrere Länder hinweg, das ist auch nichts. Grundsätzlich nicht. Das wäre ... Ich schüttle den Kopf über mich selbst. Was für ein alberner Gedanke. Ich will doch wirklich nicht mehr als unseren Chat, oder?

Oder?

Ich bin offenkundig verwirrt. Und Hannes? Was war das vorhin? Ich darf ihm keine Hoffnungen machen, falls er sich mehr wünschen sollte. Aber vielleicht würde er sich auch vor den Kopf gestoßen fühlen, sollte ich unsere Flirterei plötzlich abbrechen. Das wäre ja auch schade.

Ach, Mist! Ich sollte ganz dringend die Zeit nutzen, um mit Hannes ein paar Dinge geradezurücken, das war ein blödes Ende vorhin, das mag ich so nicht stehen lassen, bevor wir offline sind. Ich will nicht, dass er verletzt ist. Und solange wir noch im Hafen sind, habe ich die Chance dazu. Dänisches Hoheitsgebiet, das kann ich mir auch ohne WLAN leisten, und das verstößt noch nicht gegen unsere Regeln. Steffi und ich haben nämlich tatsächlich beschlossen, dass wir Internet auf See vermeiden. Wir wollen uns selbst beweisen, dass wir nicht digitalsüchtig sind. Apropos, wo habe ich eigentlich vorhin mein Handy hingesteckt?

»Also, ich find's gar nicht so schlimm, wie ich dachte. Und du?«

Irritiert gucke ich zu Steffi hinüber, die sich breitbeinig wie ein Cowboy nach fünf Stunden im Sattel an der Wand unserer Doppel-de-luxe-Kabine abstützt und so tut, als hätten wir es bereits mit zehn Meter hohen Wellen zu tun. Dabei sind wir noch gar nicht aus dem dänischen Hafen raus, auslaufen werden wir erst in einer Stunde, und die Fähre liegt so ruhig im Wasser wie im Trockendock.

Sie streckt mir die Zunge heraus, und ich lasse mich anstecken und schwanke albern mit. Wehe, wenn sie losgelassen!

»Guck mal, der Obstkorb. Ist das nicht süß? Und die Minibar ist auch prallvoll und inklusive.« Steffi schiebt mir eine Traube in den Mund und zerknurpst selbst auch eine. Wir strahlen uns an. Von mir aus können die Krimivorträge ruhig kommen, ich habe tatsächlich Wolle und Stricknadeln mitgenommen und Kopfhörer, falls es mir zu gruselig wird und ich heimlich auf Musik umschalten möchte. Oder ich bleibe einfach in der Kabine und lümmele im Bett herum.

»Tschacka!«, sage ich triumphierend. Himmel, wann habe ich zum letzten Mal Zeit gehabt, etwas zu stricken? Oder am Stück ein Buch zu lesen, ohne dass jemand »Mama!« ruft, das Telefon klingelt oder ich gleich wieder losmuss?

Jetzt ist sie wirklich zum Greifen nah, unsere ungestörte Woche auf See, gespickt mit ein paar Landausflügen. Eine heilige Mädelswoche ohne Internet. Die lassen wir uns bestimmt nicht von Thorbens Zeitungsausschnitten über zwanzig Meter hohe Kaventzmänner vermiesen. Auch wenn Enna das zuerst wirklich für einen Scherz gehalten hat. Das mit dem Internet-Detox, meine ich.

Hannes dagegen ging mit dieser Information erstaunlich locker um. Moment. Wieso denke ich schon wieder an Hannes? Verflixt, ich muss ihm wirklich dringend schreiben, dass ich das nicht böse gemeint habe vorhin. Wo ist nur dieses doofe …? Ich taste sämtliche Jacken- und Hosentaschen ab. Wobei – ein bisschen zappeln lassen ist vielleicht gar nicht verkehrt, nach dem Schrecken, den er mir eingejagt hat. Ich habe mich doch nicht wirklich in ein Phantom verknallt, oder doch? Papperlapapp! Schnell drücke ich den Gedanken weg und konzentriere mich auf das Naheliegende.

Das Allerbeste an diesem Schiff: Laut Prospekt gibt es an Deck tatsächlich Hot Tubs, bis zum Rand gefüllt mit heißem, klarem Meerwasser. Hannes hatte recht. Baden unterm Sternenschein! Und wehe, wir sehen keine springenden Buckelwale unterm Nordlicht! Das ist seit Wochen Steffis und mein Running Gag und ehrlicherweise mein größter Traum.

»Woran denkst du gerade?«, will sie wissen.

»Ich habe mir eben vorgestellt, wie so ein gewisses Riesenmeeressäugetier im vielfarbigen Himmelsfunkeln bei sternklarer Nacht quer über das Schiff springt, direkt über unsere Köpfe hinweg, während wir mit einem färingischen Dosenbier in der Hand darunter im heißen Wasser der Hot Tubs sitzen.«

»Ohhhhh, jaaaa«, stimmt sie schwelgend mit ein und hört für einen Moment auf, in ihrem geöffneten Koffer zu wühlen. »Feine Tröpfchen eisigen Meerwassers, die dabei von seinen Flossen abperlen, sprühen uns an, und natürlich haben wir geistesgegenwärtig ein wasserfestes Handy dabei und halten diesen magischen Augenblick für die Ewigkeit fest.«

»Und das ist sehr praktisch, weil uns das zu Hause niemand je glauben würde. Sag mal, weißt du, wo mein Telefon ist?«

Steffi guckt verdutzt. Dann lacht sie und fischt es aus ihrer Hosentasche. »Huch! Ach ja, richtig. Das habe ich vorhin aus Versehen eingesteckt. Hier.«

»Danke, ich dachte schon …«

»Was dachtest du?« Steffi guckt mich erschrocken an.

»Na, dass ich es verloren hätte, natürlich. Schussel-Ich. Du kennst mich doch.« Kopfschüttelnd stecke ich es ein. »Wollen wir das Schiff erkunden?«, schlage ich vor.

Steffi seufzt aus tiefster Seele. »Na logisch! Auspacken können wir später!« Mit spitzen Fingern lässt sie ihren

Kulturbeutel, den sie eben in unser Minibad hängen wollte, aufs Bett fallen. Kichernd hängen wir uns ein und üben weiter den zünftigen Seegang: mächtige Ausfallschritte immer schön im Zickzack von einer Wand des schmalen Flurs bis zur anderen. Schon ernten wir skeptische Blicke der ersten Mitreisenden, die uns begegnen. Aber das ist uns ziemlich egal. Ich bin in Urlaubsstimmung. Zum ersten Mal seit langer Zeit werde ich wirklich mal eine Woche nur für mich haben!

»Kneif mich«, bitte ich Steffi, die den Job nur zu gern übernimmt.

»Aua!« Ich reibe mir über den schmerzenden Unterarm.

Sie grinst und hebt abwehrend die Arme. »Nein, du brauchst dich nicht zu revanchieren. Lass uns lieber herausfinden, wo die Hot Tubs sind!«

»Und der Pool und die Sauna und die Spielhölle und der Duty-free-Shop und die Restaurants und …«

»Das Meer!«, ruft Steffi.

Verwundert sehe ich sie an. »Na, das werden wir nicht suchen müssen. Aber wir liegen immer noch vor Anker.«

Sie fällt mir stürmisch um den Hals. »Das ist doch völlig egal. Wir tun es! Jetzt gerade! In diesem Moment! Wir sind an Bord! Einfach abgehauen! Ist das nicht Wahnsinn?«

Ich lächle warm. »Ja, das ist es. Auch wenn wir nicht einfach so abgehauen sind, sondern zumindest einige von uns monatelang geplant und organisiert haben.« Dann schiebe ich sie ein Stück von mir und bin einen Millimeter davon entfernt, mit ihr auf der Stelle zu hüpfen, als hätten wir die Zeit zurückgedreht und wären wieder die neunjährigen Mädchen, die wild und ausgelassen in einer Pfütze herumplatschen, mitten in einem wolkenbruchartigen Sommerregen. »Es ist sogar der absolute Wahnsinn!«, sage ich versonnen. »Du ahnst ja gar nicht, wie gut mir das gerade tut!«

»Jaja. Und wir sind noch nicht mal aus dem Hafen raus«, erwidert Steffi augenzwinkernd. »Island, wir kommen! Ich hab ein gutes Gefühl, ein saugutes Gefühl!«

Wir eilen den Gang hinunter und ziehen die schwere Eisentür auf, die den Kabinenkorridor von den öffentlichen Schiffsbereichen trennt. Vor uns liegen großzügige breite Flure, die in eine großzügige breite Treppenhalle übergehen. Überall gibt es blaubunte Teppichböden in unterschiedlichen Varianten. An den Wänden hängen gerahmte Poster mit Naturbildern, Städteimpressionen aus Island und von den Färöerinseln, diverse Wegweiser und ein zentraler Lageplan.

»Den brauche ich, sonst werde ich mich hoffnungslos verlaufen!« Automatisch fasse ich mein Handy fester. In die Schutzhülle habe ich die Pappkarte gesteckt, die unser Türöffner ist.

»Hast du dir die Zimmernummer gemerkt?«, flüstere ich beeindruckt. Auch wenn dieses Schiff »nur« eine Fähre ist, ich finde es ganz schön imposant mit seinen knapp einhundertsechsundsechzig Metern Länge und dreißig Metern Breite.

»Logisch«, antwortet Steffi. »Außerdem steht die Nummer auch drauf. Du hast eine Karte, ich hab eine. Kann gar nix schiefgehen.«

Wir befinden uns auf Deck sieben. Laut der Beschilderung liegen über uns die Sonnendecks, die Sky Bar, ein Fußballfeld, ein Hubschrauberlandeplatz und ein Spielplatz.

Auf unserer Ebene gibt es ein kleines Casino mit einarmigen Banditen und die legendären Hot Tubs. Unter uns befinden sich Restaurants und ein Bereich für Teenager, Deck 5 bietet Rezeption, Duty-free-Shop, ein bordeigenes Kino, eine Bar und einen Spielplatz für die Kleinen. Dazwischen liegen die Wagendecks und Maschinenräume. Und ganz unten im Rumpf gibt es einen Fitnessraum, Swimmingpool und Sauna.

»Wo fangen wir an?«, frage ich Steffi.

»Unten«, bestimmt sie. »Und dann arbeiten wir uns langsam höher. Wir müssen nur aufpassen, welches Treppenhaus wir nehmen.«

Natürlich verirren wir uns auf dem Weg vom Fitnessraum (da müssen wir nicht wieder hin – bereits besetzt von schrecklich fitten Jugendlichen) zur Sauna. Immerhin sind die jungen Leute nett und kennen sich aus. Als wir zum zweiten Mal bei den Sportcracks in der Tür stehen, erklären sie uns den Fehler. Wir müssen ins andere Treppenhaus hinüber. Ach ja! Kichernd poltern wir die Stahltreppen zwischen den Autodecks hinauf und hinunter und halten uns die Nasen zu, als der Dieselgeruch zwischendurch zunimmt.

Im Sauna- und Poolbereich riecht es zum Glück wieder besser. Wir streifen uns brav blaue Schutzbezüge über die Straßenschuhe und treten ein. Hier sind wir anscheinend die ersten Gäste. Eine junge Frau sitzt auf einem Barhocker hinterm Tresen und legt kaugummikauend Patiencen. Lächelnd begrüßt sie uns.

»Góðan daginn! Allt fint?«, platze ich heraus, und sie antwortet souverän auf Englisch: »Welcome aboard.«

»Thanks«, erwidere ich geknickt. Steffi kichert verstohlen. Menno. Keine Isländerin also, aber wir fahren ja auch erst los.

Immerhin dürfen wir uns umsehen. Die Räume sind hübsch dekoriert, mit Bambusmatten und Palmendeko, auch wenn sie fensterlos im Keller liegen.

»Guck mal«, ruft meine beste Freundin plötzlich und schleift mich hinüber zu den Duschen. »Die Baderegeln. Die musst du fotografieren, los! Mein Akku ist schon wieder fast alle.«

Die Angestellte hinterm Tresen grinst in sich hinein, als ich bereitwillig mein Handy zücke. Das kennt sie wohl schon. In jeder Dusche hängen ausführliche mehrsprachige Schaubilder und Piktogramme, wo, wie und womit sich Männlein und Weiblein bitte gründlich und nackt zu waschen haben, bevor sie Pool (dann bitte wieder angezogen) und Sauna betreten dürfen. Hygiene ohne Chlor. Ich liebe es.

»Frábært!«, murmle ich. Das Display zeigt mir vier neue Nachrichten an. Solange wir noch im Hafen liegen, würde ich die ja schon gern ...

»Ich will trotzdem lieber im Hot Tub planschen«, sagt Steffi.

Ich nicke. Tapfer stecke ich das Handy wieder ein.

»Tun wir auch. Gleich nach dem Ablegen. Oder gibt's da schon Programm von unserer Gruppe?«

»Wir haben noch Zeit bis zum Abendessen und der Begrüßung«, antwortet sie strahlend. »Wohin jetzt?«

Ich zeige auf die Toilette.

»Kurzer Boxenstopp«, sage ich entschuldigend. »Und dann Deck fünf und sechs: Gourmettempelcheck und Shoppingmeile, oder?«

Gleich bei der ersten Nachricht bekomme ich einen fetten Kloß in den Hals. Mein Kind vermisst mich! Da muss ich ganz schnell antworten.

Enna:
Hey Mama. Alles gut? Hdgdl! Küsschen! Hab eine schöne Woche! Grüße von Oma und Küsse von mir! PS: Ich mache in der Schule ein Referat über Eisbären und Klimaschutz.
Mama:
Hi Ennaspatz! Ich hab dich auch ganz ganz doll lieb! Bis zur Milchstraße und wieder zurück! Wir erkunden gerade das Schiff. Sieht super aus. Ich kann dir hoffentlich ein paar Fotos schicken, bevor wir ablegen. Du weißt ja, dann sind wir offline bis zum ersten Landgang!!! Grüße und Küsse zurück – und toll mit dem Referat!
Thorben:
Seid ihr schon off? Steffi meldet sich gar nicht. Kannst du sie fragen, bei wie viel Grad die Pizza in den Ofen muss? Geht's euch gut?
Merle:
Steht auf der Packung. Unsere Kabine ist super, uns geht's gut. Inspizieren grade das Schiff. Ich glaube, ihr Akku ist leer. Genieß die sturmfreie Bude! Liebe Grüße!

Hannes:
Nachricht gelöscht
Nachricht gelöscht
Nachricht gelöscht
Hæ! Sorry wegen vorhin. Ich wollte dich wirklich nicht erschrecken. Sei nicht böse, ja? Ich möchte meine Lernfreundin nicht wegen eines Rohrkrepierers (Ha! Neues Wort gelernt!) verlieren.
Icelandfan52:
Ach, wie schön, dass du das sagst! Bin nicht böse. Alles gut. Lernfreunde für immer! Hú!
Frábært! Hvað er að frétta? Seid ihr schon an Bord? Wie schmeckt dir die Seeluft? Habt eine gute Reise!
Ég segi allt ágætt! Es ist himmlisch hier! Wir erkunden gerade das Schiff.
Oh! Noch online! Welches Deck bist du gerade?
Ganz unten. Die Toiletten in der Sauna.
Schreibst du etwa heimlich mit mir?
Natürlich!
Los, raus mit dir! Die Sonne scheint! (Glaube ich. Ich weiß es nicht. Ich bin nicht da! Keine Angst!) Mach ein paar Bilder an Deck!
***lach Scherzkeks. Machen wir!**

Hach! So gehen nette, unverfängliche Nachrichten! Bin ich erleichtert, dass die kleine Unstimmigkeit aus der Welt geschafft ist! Mit einem warmen Seufzen drücke ich die Spülung, stecke das Handy weg und eile zu Steffi hinaus, die schnell etwas in ihre Hosentasche schiebt, das ziemlich verdächtig nach Smartphone aussieht.

»Ach was! Heimlich getextet?«

Sie läuft rot an.

»Nur Mails gecheckt.«

»Erwischt!« Ich grinse breit. »Na, dann ist ja gut. Ich habe nämlich gerade Thorben geantwortet, dass dein Akku leer ist, weil er sich schon darüber beschwert hat, dass du keinen Statusbericht abgegeben hast. Und sag mal – weiß er echt nicht, wie man Tiefkühlpizza macht?«

»Männer.« Steffi verdreht die Augen. »Das ist seine Art, mir zu sagen, dass er ohne mich nicht klarkommt. Er wird wohl in der Kantine essen müssen.« Ihre Mundwinkel zucken. »Und bei dir? Ich habe gesehen, dass du auch online warst.«

Ich zucke mit den Schultern. »Nichts Besonderes.«

»Soso.« Steffi legt den Kopf schief.

Doppelmist. Ich muss dringend an meinem Pokerface feilen. »Wir sollen an Deck gehen und das Ablegen fotografieren.«

»Ach was. Sagt wer? Hannes?«

»Kann sein.«

»Wie süß! Wird das jetzt eine Schnitzeljagd?«

»Pff! Ich wollte sowieso raus und das machen. Ich habe Enna Bilder versprochen, wenn sie schon nicht mitkommen kann. Und übrigens: Hannes ist damit einverstanden, weiter Phantom und virtueller Lernfreund zu bleiben. Alles geklärt, er ist fein damit. Ich bin ja so erleichtert!«

Steffi mustert mich prüfend. »Okaaaay«, sagt sie gedehnt, richtet den Blick auf die Duschregeln und atmet kurz durch. Dann grinst sie. »Und was ist mit den Hot Tubs?«

»Die sind doch auch draußen!« Ich packe Steffi an der

Hand und ziehe sie mit mir. Lachend verabschieden wir uns von der Saunaaufsicht und kämpfen uns die ganzen Treppen wieder hinauf. Ein paarmal rennen wir allerdings noch hin und her, weil wir im Gewirr der Gänge die Orientierung verlieren, aber eine freundliche Stewardess dreht uns schließlich in die richtige Richtung.

»Die sind ja ganz in der Nähe unserer Kabine«, juble ich glücklich, als wir vor der letzten Eisentür stehen, die uns vom draußen trennt. Unterm Bullauge prangt ein dickes Hinweisschild, das man hier nur rausdarf, wenn man heiß baden will. Wollen wir!

»Theoretisch können wir sogar im Bademantel herkommen!«, keucht Steffi ein bisschen außer Atem.

»Hast du einen dabei?«

»Nein. Aber die kann man sich an der Bar ausleihen.«

»Na, dann kann ja nichts mehr schiefgehen!« Glücklich reiße ich die Tür auf. Das heißt, ich versuche es. Das Ding ist sauschwer, und der Wind hat aufgefrischt. Aber mit vereinten Kräften stehen wir im nächsten Moment auf rutschfesten blauen Gummimatten und starren auf eine Sichtschutzwand. Und Plastikpalmen. Und ein weiteres Schild, dass nun der Anti-Spanner-Bereich beginnt: Ab hier nur für Benutzer der Hot Tubs.

»Sind wir!«, krähe ich vorfreudig und gehe weiter, schräg gegen den eisigen Wind, der uns plötzlich erfasst. »Himmel, ist das kalt!«

»Und ganz schön stürmisch«, ruft Steffi und hält sich mit beiden Händen die Strickweste zu. Natürlich haben wir unsere Jacken und Mützen in der Kabine gelassen. Drinnen ist es ja warm.

»Das ist nicht unser einziges Problem«, unke ich und überprüfe den zweiten und dritten Bottich. Doch das niederschmetternde Ergebnis bleibt das gleiche: »Da ist kein Wasser drin!«

»Nein, nein, nein!«, schimpft Steffi und rümpft die Nase über einen vergessenen Strohhalm auf dem Boden einer der drei Wannen. »Da hat aber jemand großen Durst gehabt«, unke ich.

Steffi steht nicht der Sinn nach meinem Galgenhumor. »Das geht nicht. Das haben wir so nicht gebucht!«

»Theoretisch sehen sie aber toll aus«, sage ich, und das stimmt wirklich. Jeder der runden Minipools ist durch eine nischenartige dunkelbraune Holzwand vor Zugluft und zu viel Öffentlichkeit geschützt, verfügt über eine eigene Außendusche und Regale für Handtücher. Der letzte Bottich bietet sogar einen freien Blick über das Schiffsheck aufs offene Meer – wenn man sich jetzt mal den dänischen Hafen wegdenkt. Das sieht so einladend aus!

»Los, komm, wir gehen zur Rezeption und fragen, wann da wieder Wasser reinkommt. Bestimmt müssen die Pools nur gereinigt werden.«

Ich denke an den Strohhalm in der ersten Wanne und grunze: »Na, das hoffe ich doch.«

Auf dem Rückweg begegnen wir im Gang einem Crewmitglied, das die Kabinen mit frischen Teebeuteln und Instantkaffee versorgt. Bei uns war die Dame schon. Aber wir wollen ja was anderes.

»Wieso ist denn kein Wasser in den Hot Tubs?«, jammert Steffi auf Englisch los.

»Oh, das tut mir leid«, antwortet die Stewardess. »Ich fürchte, die werden gewartet.«

»Und wie lange dauert das?«

Sie zuckt mit den Achseln. »Vielleicht bis Samstag?«

»Samstag?« Meine Stimme überschlägt sich ein kleines bisschen. »Dann sind wir ja schon wieder zurück.«

»Nein, nein, nein!«, wiederholt Steffi stur und marschiert weiter. »Das darf nicht sein! Das reklamieren wir. Die Rezeption ist auf Deck sechs, richtig?«, fragt sie über die Schulter.

»Deck fünf«, korrigiert die Stewardess und sieht mich bedauernd an. »Die Tubs sind wunderbar, wir Mitarbeiter gehen da auch gern rein nach der Schicht. Es ist so entspannend.«

»Das glaube ich gern«, sage ich nickend. »Aber mit Wasser drin macht es mehr Spaß. Trotzdem danke!« Ich muss rennen, damit ich Steffi einhole.

»Ich will baden unterm Sternenlicht und dabei aufs Meer gucken«, schmollt sie.

Irgendwas an ihrem Ton erinnert mich an Enna. Aber mir geht es ganz genauso. Steffi hat wenigstens noch ihre Krimis. Und ich? Strickzeug und Bücher – und ganz viel Meer.

»Wir lassen uns jetzt nicht die Laune verhageln. Alles wird gut«, sage ich halbherzig und ermahne mich zum positiven Denken. Das ist das Gesetz der Resonanz: Volle Pötte ziehen volle Pötte an.

Der Rezeptionist ist Däne. Das erklärt er freimütig, nachdem ich ihn hoffnungsvoll auf Isländisch gefragt habe, wie es ihm geht. Wieder nichts. Zum Glück scheint das aber kein schlechtes Omen zu sein, denn zu unserer Erleichterung erklärt er uns auf die Schnelle die entscheidende Hot-Tub-Technik.

»Die Maschinen saugen ständig frisches Meerwasser in die Becken und heizen es auf. Das geht aber nicht im Hafen, es würde zu viel Sand aufwirbeln, der dann in die Filteranlage geraten würde. Sobald wir auf offener See sind, geht es los.«

»Wunderbar, takk!«, flötet Steffi, und schon strahlen wir wieder.

Auf dem Weg zurück in unsere Kabine bleiben wir vor dem großen Bildschirm in der Treppenhalle stehen. Er zeigt eine Karte mit unserer Route und wo wir uns gerade befinden. Dann schaltet er auf Wetter- und Windaussichten und zu erwartende Wellenhöhen um.

»Och, das sieht doch ganz gut aus«, meint Steffi nach einem flüchtigen Blick. »Bist du eigentlich seefest?«

Ich hebe die Schultern. Meine Aufmerksamkeit hängt noch an der Umrechnung von fünfhundertfünfundsiebzig Seemeilen in Kilometer. So viel tiefer, weiter, festlandloser Ozean liegt zwischen Hirtshals und Tórshavn. Das sind mehr als tausend Kilometer ohne einen Zipfel Land – wenn man von den Shetlandinseln absieht, an denen wir irgendwann morgen vorbeischippern werden.

»Keine Ahnung, ich glaube, ich war noch nie auf offener See, wenn ich die Fähre nach Schweden mal außen vor lasse. Als Kind wurde mir im Auto ab und zu schlecht. Bei Serpentinenfahrten vor allem.«

»Mir auch«, kichert Steffi. »Eigentlich immer! Aber ich habe vorgesorgt. Ingwer und Vitamin C und Akupressurarmbänder – hier, guck!« Sie streckt mir ihre Handgelenke hin. »Und falls es ganz schlimm wird, habe ich Reisekaugummis dabei. Von den Tabletten werde ich immer so furchtbar müde.«

»Ich habe Dauerpflaster mitgebracht. Du kannst gern welche abhaben.«

»Oh Gott, Merle! Sind das nicht diese Hammerdinger, die man nur auf Rezept vom Arzt bekommt?« Steffi sieht mich an, als hätte ich einen bewaffneten Drogendealer überfallen.

»Kann sein«, sage ich vorsichtig.

»Haben die nicht irre Nebenwirkungen? Nee, lass mal. Zu viel Chemie. Mich haut so leicht nichts um. Und außerdem: Eine positive Einstellung ist alles. Diese Seereise haben wir uns so lange gewünscht. Die lassen wir uns durch ein bisschen Wellenschaukeln und Badeverzögerung nicht vermiesen, stimmt's?«

»Auf gar keinen Fall!«, stimme ich zu.

»Lass uns schnell Jacken und Schal holen und dann ab an Deck, damit dein Töchterlein noch an ihre ersten Fotos kommt!«

Kapitel 4

»Die frische Luft ist herrlich, nicht wahr?«, brüllt Steffi gegen den Wind an und hält mit beiden Händen ihre Mütze fest.

Ich stelle mich lieber in den Windschatten und gucke von da über die Reling. Ich habe nämlich herausgefunden, dass die Lüftungsschlitze an dem riesigen Schornstein auf der windgeschützten Seite warme Luft ausstoßen. Genau das Richtige für kalte Fotografenfinger – und anonyme Handyabhängige. Während Steffi ein ums andere Mal von Luv nach Lee, von Steuerbord nach Backbord und vom Sonnendeck auf die Aussichtsplattform und wieder herunterturnt, schicke ich in aller Stille schnell die versprochenen Bilder vom Einchecken, von unserer Kabine und vom dänischen Hafen an Enna und meine Mutter und logge mich nur ganz kurz noch ein allerletztes Mal in meiner Lern-App ein. Vielleicht hat Hannes ja zufällig … Bingo! Mein Herz macht einen Hüpfer. Er ist auch online, wie schön! Es gibt sie eben doch, die rein platonische, altruistische, kulturübergreifende Freundschaft unter hilfsbereiten Fremden verschiedenen Geschlechts.

Hannes:

Ich dachte, du bist jetzt offline?

Icelandfan52:

Ich wollte nur noch schnell fragen, was Magenbitter auf Isländisch heißt.

Oh ja, den werdet ihr brauchen! *grins Bestell an der Bar einfach »bitter« oder »brennivín«.

Takk fyrir! Danke!

Und du bist wirklich nicht sauer auf mich?

Nein, wieso? Alles gut. Allt fint!

Okay! Jetzt aber wirklich offline! Ich melde mich wieder. Sjáumst!

Sjáumst!

Zufrieden stecke ich das Handy weg und suche das Deck nach Steffi ab. Fröhlich winkend macht sie auf sich aufmerksam. Sie steht mit einer Gruppe von Leuten in Winterjacken, Wollmützen und dicken Stiefeln zusammen in einer windgeschützten Ecke an der Reling. Die waren schlau. Ich habe natürlich immer noch meine superbequemen Reisesneakers aus dem Bus an. Meine Winterschuhe sind noch im Koffer, zu Hause hatte es heute Morgen elf Grad. Man kommt ja zu nix hier. Außerdem dachte ich, wir gehen gleich wieder rein!

»Ich habe ein paar Schischus gefunden!«, brüllt Steffi gegen den beißenden Wind an.

»Fantastisch!« antworte ich und gebe gutmütig meine Deckung auf.

Der grauhaarige Herr mit dem Schnauzer zu ihrer Linken stellt sich als pensionierter Chefermittler heraus. An ihn kuschelt sich eine zarte, dezent geschminkte ältere Dame, deren riesige Mützenbommel bei jeder Bewegung fröhlich mitwippt. »Wolfgang hält drei Vorträge an Bord. Über den perfekten Mord und was Leichen selbst post mortem noch so erzählen können!« Steffi strahlt.

»Aha«, sage ich freundlich und reiche ihm und seiner Frau die Hand. »Steffis Schimmelgesichter.«

»So ist es.« Er nickt, und Steffis Strahlen könnte eine komplette Flutlichtanlage einsparen.

»Ich habe jede Menge Bilder von tatsächlichen Tatorten mitgebracht. Aber ich will nicht vorgreifen.«

Ich schlucke trocken. Dabei sieht der Mann so nett aus – und seine Frau auch! Das andere Pärchen gehört wie wir zu den zahlenden Gästen. Boris und Uschi lieben Krimis und freuen sich auf die Lesungen, den Workshop und das Theaterstück.

»Die Darsteller mischen sich mitten unter uns«, erzählt Uschi, und ich frage mich, ob ihre geröteten Wangen eher mit dem schneidenden Wind oder der Vorfreude verknüpft sind. »Das wird mein Highlight! Worauf freust du dich am meisten?«

Ich gucke verdutzt, weil ich noch überlege, wo die Schauspieler denn wohl sein sollten, wenn nicht mitten unter uns … Kann ja keiner weg auf so einem Schiff?!

»Wir duzen uns hier alle«, erklärt Wolfgang.

»Ich glaube, *damit* hat Merle kein Problem«, kichert Steffi bedeutungsschwanger, und prompt ruhen lauter neugierige Blicke auf mir.

Ich schüttele abwehrend den Kopf. Soll ich mich jetzt etwa outen und erzählen, dass ich keine Krimis mag? Das wäre ein bisschen so, als würde man auf die Vorstandssitzung einer Fluggesellschaft im Greta-Shirt kommen, oder? Na denn …

»Also, ich heiße Merle und lese am liebsten Bücher ohne Mord und Totschlag«, bringe ich es hinter mich. »Steffi ist der Krimifan von uns beiden. Ich freue mich am meisten auf Island und die Färöerinseln – und die Ruhe an Bord.« Ich grinse gewinnend – zumindest hoffe ich, dass ich sympathisch rüberkomme und nicht gleich als Studienobjekt gelyncht werde.

»Ja, das ist auch was Feines«, stimmt mir Boris zu, und ich atme erleichtert aus.

In diesem Moment trötet ohrenbetäubend das Schiffshorn los. Das Signal geht mir durch Mark und Bein. Und das nehme ich durchaus als Omen!

»Wir legen ab!«, flötet Uschi und zieht Boris ein Stück weiter Richtung Heck, um noch schnell ein paar Fotos von Dänemark zu machen, bevor es legoklein wird.

»Wollen wir reingehen?«, frage ich Steffi verstohlen. Ich glaube, meine Zehen sind bereits so blau gefroren wie die Lackfarbe auf dem Boden unter meinen Schuhen.

»Nur noch ein allerletztes Foto«, bittet Steffi, reicht Wolfgang ihr Handy und schiebt uns in Position.

»Habt ihr die Schauspieler denn schon gesehen?«, fragt er, als er ihr das Telefon zurückgibt.

»Keine Ahnung«, erwidert Steffi lachend. »Das ist doch der Witz, oder?«

»Kann mich mal jemand aufklären?«, bitte ich jetzt doch. Hätte ich vielleicht das Kleingedruckte lesen sollen? Aber wo denn, zum Kuckuck?

»Na, die Theatergruppe gibt doch für uns ein mehrteiliges Krimirollenspiel an Bord, und wir erraten am Schluss den Täter. So stand es im Internet bei den Reisedetails«, erklärt Steffi, während ich frierend von einem Bein aufs andere trete.

Als ob ich für so eine Detailrecherche Zeit gehabt hätte.

Ich bin ja schon froh, dass ich zwischen Sonderschicht im Bastelladen, Oma briefen, mit Enna für Englisch üben, Augenarzt, Buchhaltung und einem klitzekleinen Zehnmeterschaufenster in der Fußgängerzone überhaupt rechtzeitig mit Kofferpacken fertig geworden bin!

»Ja, aber die sollten so kostümiert sein, dass man sie gut unterscheiden kann. Und wir müssen ja auch erst mal Rateteams bilden.«

Mein Kopf fliegt zu Wolfgang.

»Vor unserem Vorstellungsabend passiert da nix.«

Das klingt kompetent. Mit einem winzig kleinen Sehnsuchtsloch im Herzen blicke ich ihm und seiner Frau nach, wie sie untergehakt noch eine Runde über das Deck schlendern. Das sieht sehr süß aus. Wobei jetzt allmählich Bewegung ins Schiff kommt und »untergehakt schlendern« eine gewisse Herausforderung für den Gleichgewichtssinn darstellt. Der steife Wind tut sein Übriges, um für Ausfallschritte zu sorgen, und ich vermute, der Schwierigkeitsgrad wird im Verlauf unserer Reise weiter steigen.

»Hach ja – Wind und Wellen«, sinniert Steffi und streckt die rote Nase in die Luft. »Ich wollte schon immer mal Detektiv sein. Du nicht?«

»Mir ist kalt«, bibbere ich. Ich habe keine Lust auf Schauspieler, die mich womöglich in ihre Street Acts hineinziehen wollen. Ich will jetzt in den Hot Tub. Mit Wasser drin! Menno!

Ich liege auf meiner Betthälfte und starre mein Handy an. Kein Internet, kein Draht zur Außenwelt. Das heißt: keine sozialen Medien, keine E-Mails, keine Nachrichten. Genial! Netzlos – nutzlos. Plötzlich ist das Gerät ausschließlich auf seine Kamerafunktion reduziert. Zum ersten Mal in seinem jungen Leben. Daran müssen wir uns beide erst einmal gewöhnen. Aber ich glaube, es ist ein gutes Gefühl. Vorläufig zumindest. Allerdings vermisse ich Hannes. Rein platonisch natürlich.

Steffi räumt und räumt. Ich schieße ein Foto von ihr, über die Spitzen meiner Punktesocken hinweg, wie sie hin und her wetzt zwischen ihrem Koffer, der linken Schrankseite, dem Minibad mit der Stolperkante und wieder zurück. Wo nimmt sie nur all die Energie her? Und wieso braucht sie so lange? Was hat sie denn alles dabei? »Wir bleiben aber schon nur 'ne Woche, oder?«, foppe ich sie und mache mir noch einen Tee.

Draußen wird es dunkel. Graue Wolken werden grauer und verschmelzen mit dem Horizont und den Wellen. Der Schiffsboden schaukelt nicht, er wiegt uns eher, leicht und sanft. Und je dunkler es wird, desto klarer treten weit am Horizont einzelne Lichter hervor, die Küstenlinie Norwegens, an der wir uns noch die ganze Nacht hinaufbewegen werden. Ich könnte glatt einschlafen bei dem seichten Gedümpel. Wir sind ja auch schon ziemlich lange wach. Mein Wecker hat um halb vier geklingelt. Da nutzt es mir jetzt auch nichts, dass wir die Uhr noch mal eine Stunde zurückgestellt haben. Schiffszeit ist färingische Zeit, erst mal. In dem Schälchen neben der Multifunktionsmaschine liegen noch sechs Kaffeepäckchen und fünf Teebeutel.

»Was meinst du? Werden die täglich nachgefüllt oder erst in Island oder gar nicht?«

Steffi stoppt verwundert mitten in der Bewegung.

»Ach. Tee. Davon haben wir haufenweise. Ich habe eine bunte Mischung von allem mitgenommen, was wir in der Küche hatten. Warte. Geb ich dir.« Sie eilt zurück zum Koffer und wirft mir einen prall gefüllten Gefrierbeutel zu. »Hier. Fang!«

»Cool«, sage ich beeindruckt und mustere den Inhalt, bevor ich ihn möglichst seegangsicher zwischen den Obstkorb, eine angefangene Packung Studentenfutter und die traditionelle Prinzenrolle klemme.

»Unser eigenes kleines Buffet. Damit kommen wir bis Grönland und zurück.«

»Und ich war schon stolz, dass ich meine Hafermilch und den Korkenzieher für unseren Wein nicht vergessen habe.«

Sie lacht. »Ich habe auch noch Kekse dabei und Chips und Schokolade und frischen Ingwer und Vitamin C und Globuli gegen … Wie spät ist es?«, japst sie plötzlich.

Ich krabble zurück aufs Bett, damit ich aus dem Weg bin, und rühre meinen Tee um. Mit zwei Stück Zucker, an den hab ich auch gedacht. So muss Urlaub sein!

»Noch zwanzig Minuten bis zum Essen«, gähne ich.

»Ach du Schreck, ich wollte doch noch duschen.«

Ich kichere. »Das kannst du auch hinterher oder morgen früh tun. Ich verpetz dich nicht, Ehrenwort.«

Steffi streckt den Kopf aus dem Bad. »Ziehst du dich nicht um?«

Ich betrachte meine gepunkteten Strümpfe, die Jeans und meinen Pulli. »Wieso? Ich dachte, Hausschuhe an, Strickjacke drüber und gut ist? Das ist ja wohl kein Kapitänsdinner mit Wunderkerzen wie beim *Traumschiff?*« Genau das wollten wir nämlich nicht!

Steffi seufzt und verschwindet wieder komplett in unserer Nasszelle.

»Erwischt!«, tönt es aus der Duschkabine. »Muddi würde sagen: ›So findest du nie einen Mann. Du solltest dich wenigstens schminken.‹«

Ich muss grinsen. »Ach, das steckt dahinter. Neee, neeee! Sag Muddi mal: ›Urlaub. Kein Stress. Den habe ich zu Hause. Alles kann, nichts muss, ich *suche* keinen Mann.‹ Okay? Keinen Hannes und auch keinen anderen.«

Damit Steffi und ihre Muddi glücklich sind, lasse ich mich dann doch zu meinen Sneakers, etwas Wimperntusche und Kajal hinreißen. So mischen wir uns unters Volk. Am Eingang des Restaurants werden wir von einer Platzanweiserin freundlich begrüßt. Als bekennende Schischus müssen wir nichts weiter tun, als einzutreten, einen Platz zu wählen, Essen zu fassen. Und weil das hier keine Kreuzfahrt ist, brauchen wir dafür auch nicht so ein albernes Plastikbändchen ums Handgelenk – unser Wort genügt, ich liebe es!

Ich weiß nicht, was ich erwartet habe, so von wegen kein Kreuzfahrtluxus, aber das Büfett haut mich um. Positiv!

»Das ist ja der Hammer«, zische ich Steffi zu. Während die Einrichtung den minimalistischen Charme einer Kantine aus dem Ikea-Katalog versprüht – viel Chrom, viel Resopal –, türmen sich auf den Theken kunstvoll arrangierte Köstlichkeiten, die in einem Fünf-Sterne-Hotel nicht hübscher und einfallsreicher angerichtet sein könnten. Ich entdecke Blumensträußchen, die aus Erdbeeren und anderen frischen Früchten zusammengesteckt sind, Fische, die bei näherem Betrachten aus Rohkost, Salat und Garnelen bestehen, und ein riesiger Lachs ist so arrangiert, dass er als Stillleben durch ein exotisches Gemüsemeer schwimmt. Wir sind genau richtig gekommen, die Schlange ist nicht zu kurz und nicht zu lang. Wir haben den perfekten Blick über die meterlang aufgereihten Köstlichkeiten und ergattern sogar noch einen Fensterplatz mit unserer ersten Runde, die aus diversen Salaten und Vorspeisen besteht. Außer Kaffee und Tee kosten die Getränke leider alle was, klärt uns eine der Kellnerinnen auf, die ihre Augen überall zu haben scheinen und sofort heraneilen, wenn irgendwo ein Teller leer wird oder ein Gast durstig aussieht.

Vor lauter Appetit vergesse ich ganz, Isländisch zu üben. Das Personal spricht fließend Englisch, das Stimmengemurmel an den Tischen ist überwiegend deutsch. »Ich glaube, es wimmelt hier nur so von Schischus«, flüstert Steffi mir mit vollem Mund zu.

»Muss irgendwo ein Nest sein«, feixe ich. »Um die Jahreszeit pendeln wohl kaum Einheimische und Touristen schon gar nicht.« Dann entdecke ich das Tiramisu auf dem Teller einer Mitreisenden, die einen Tisch weiter hinten ansteuert.

»Hast du die Berge von Nachtisch gesehen?«

Neben einer Käseauswahl, unter der mein Schreibtisch allein schon zusammenbrechen würde, sind mindestens vier Quadratmeter Kuchen, Torten, cremige Desserts, Puddings und Götterspeise dekorativ mit Erdbeeren am Spieß und essbaren Blüten in Szene gesetzt. Mir läuft das Wasser im Mund zusammen. Ach nee, das ist die Suppe, die ich gerade löffle. Die ist aber auch extrem lecker!

»Hast du den netten Typen an der Bar registriert, der die ganze Zeit zu dir rüberlinst?«

»Hmm? Wo?« Ich drehe mich in die angegebene Richtung.

Prompt zischt Steffi: »Mann, nicht so auffällig!«

Also verrenke ich mir den Nacken und meine komplette Brustwirbelsäule, um ein wenig dezenter nach hinten zu schielen, aber ich bin eben keine Eule. Und dann erwischt er mich auch noch. Zack – Augenkontakt! Sakko, Jeans, weißes Hemd, Trekkingschuhe: Der Typ, der darin steckt, hebt lächelnd sein Glas, ich grinse schief und drehe mich schnell wieder weg.

Kein Wunder, dass er lacht. Ich sehe wahrscheinlich aus wie eine Schildkröte beim Yoga, nur dass mir der Charme eines Urzeitreptils fehlt – und die Fähigkeit, den Kopf in den Panzer einzuziehen. Genau das wäre jetzt nämlich großartig. Andererseits: Pff. Ich tauche meinen Löffel wieder in die Kürbiscreme, aber Steffi stößt mich unterm Tisch an und schneidet mir Grimassen.

»Los, üben!« Drohend zieht sie mir den Teller weg.

»Und dann darf ich weiteressen?«

»Vielleicht.«

Ich strecke ihr die Zunge raus, wende mich in einer eleganten Wendung noch mal dem Herrn zu und proste zurück – mit meiner Tasse Tee. Aber er hat bereits die Dame hinterm Tresen in ein Gespräch verwickelt. Steffi verdreht die Augen, doch immerhin bekomme ich meine Suppe zurück.

»Ich habe Hunger«, maule ich. »Ich kann nicht flirten, wenn ich hungrig bin.«

»Du kannst auch nicht flirten, wenn du satt bist«, behauptet Steffi. »Du bist ja völlig aus der Übung, Kind. Lieber Himmel. Da liegt aber ein ganzes Stück Arbeit vor uns.«

»Ich bin schon groß«, erinnere ich meine beste Freundin. »Ich kann mich selbst verkuppeln, aber ich möchte wirklich nicht. Ich will hier einfach nur entspannen, übers Meer dümpeln und meine Bücher lesen. Mach du dein Krimiding, und ich geh in die Sauna oder stricke, und alles ist gut, okay?«

»Nicht mal ein klitzekleines bisschen kuppeln?«

»Nein.«

»Nicht okay«, mümmelt Steffi zwischen zwei Salatblättern. »Aber muss ja. Und nur fürs Protokoll: Du würdest schon wollen, wenn du nicht insgeheim eben doch an H …« Ich ziehe die Augenbrauen hoch, und sie bricht ab. »Gönnen wir uns ein Glas Wein?«

Ich merke genau, dass sie zur Bar schielt, und das nicht wegen des Alkohols, sondern wegen dieses Typen im Sakko.

»Später«, schlage ich vor. »Vielleicht während der Teamvorstellung bei diesem Willkommensabend. Ich bleibe erst mal bei Tee. Aber du kannst ruhig …«

»Ach, nöö … muss nicht … später ist gut«, sagt Steffi plötzlich gedehnt, während sie den Blick durch den Raum schweifen lässt. »Zweiter Gang?«

Ich nicke und schmunzle heimlich in meine Serviette. Der Barhocker ist leer, Casanova verschwunden, alles klar, Herr Kommissar.

»Essen ist immer gut.«

»Und trinken!«

Als wir uns zwischen dem ganzen Lachs und einer Riesenschüssel Miesmuscheln langsam zu dem vegetarischen Auflauf und den Béchamelkartoffeln vorarbeiten, steht plötzlich der Typ mit dem grünen Parka und der Bommelmütze neben uns und mischt sich in unsere Unterhaltung.

Ich brauche ein paar Sekunden, um ihn wiederzuerkennen, weil er hier drinnen natürlich weder die Jacke noch die Mütze trägt. Stattdessen hat er einen türkisfarbenen Strickpullover an – mit der schwarzen Silhouette von Alfred Hitchcock auf dem schlanken Bauch – und einen leeren Teller in der Hand.

»Kommt ihr nachher auch in die Bar zur Programmvorstellung? Da gibt's unter anderem Teil eins des gespielten Krimis!«

Zuletzt habe ich einen Mann in Selbstgestricktem vermutlich an der Uni gesehen – oder als Enna in der Grundschule war, wenn man minderjähriges Mannsvolk mit einrechnet. Beides fühlt sich gerade utopisch weit entfernt an.

»Coole Idee«, lobe ich. »Selbst entworfen?«

»Na ja«, antwortet er sichtlich geschmeichelt. »Teamwork. Ich gehöre zum kreativen Teil des Orgateams. Ich bin der Basti.«

Steffi kichert. »Merle meint deinen Hitchcock.«

»Oh«, sagt Basti und guckt an sich hinunter. »Den hat meine Oma gestrickt. Lasst euch überraschen, ich habe für jeden Tag einen dabei.«

»Das heißt, nachher trägst du denselben?«, fragt Steffi trocken. »Den kennen wir dann ja schon.«

»Und das macht überhaupt nichts. Es wird bestimmt großartig, und natürlich kommen wir«, schreite ich ein, bevor Steffi den armen Jungen völlig aus dem Konzept bringt. Aber da hätte ich mir offenbar keine Sorgen machen müssen.

»Oma sagt, ich bin viel mehr als die Summe meiner Pullis. Und eigentlich wollte ich mich nur kurz zu den Shrimps mogeln. Darf ich?«

Lachend machen wir ihm Platz.

»Wenn ihr den Anfang vom Krimi verpasst, fehlen euch womöglich wichtige Hinweise. Und außerdem ist Happy Hour«, zwinkert er mir zu.

»Wir werden da sein!«, verspreche ich.

»Du magst doch gar keine Krimis«, petzt Steffi von hinten.

»Aber ich mag Improtheater«, erkläre ich fröhlich, während ich mir einen Löffel Gemüse auf den Teller lade. »Und selbst gestrickte Pullis.«

»Mitratetheater trifft es eher. Wir haben schon ein vollständiges Stück geschrieben. Sonst könntet ihr ja am Ende gar nicht den Mörder herausfinden.«

»Oder die Mörderin?«

»Wer weiß. Ich sag nix.«

»Auch gut.«

Grinsend trollt sich Basti, und ich kann mich den frittierten Gemüsebällchen widmen. Die hatte ich ja noch gar nicht gesehen!

»Ich glaube, du wirst mich vom Schiff rollen müssen, wenn wir in einer Woche zurück sind«, stöhne ich wohlig.

»Und zwar direkt ins kalte Wasser! Seit wann stehst du auf Jüngere?«, platzt Steffi heraus.

»Gar nicht!« Mit hochgezogenen Augenbrauen drehe ich mich zu ihr um. »Ich dachte, ich soll üben? Seine Oma und meine Mutter würden sich bestimmt blendend verstehen.«

»Na warte, das sage ich Hannes.«

»Wehe!« Gekonnt balanciere ich meinen Teller hinter Steffi zurück zu unserem Fensterplatz. »Außerdem hast du seine Nummer gar nicht.«

»Wenn du wüsstest, was ich alles habe.«

Steffi wartet, bis ich ebenfalls sitze, dann zieht sie plötzlich ein Gesicht, als wäre sie in einen Hundehaufen getreten, und schiebt ihren Teller beiseite.

»Ach, verdammt. Ich muss dir was beichten, ich habe was Schlimmes angestellt. Aber du darfst nicht böse sein, okay? Versprichst du's?«

»Das hast du nicht getan!«

Ein paar Köpfe fliegen zu uns herum, und der wohlerzogene Teil von mir setzt sich durch, um etwas leiser, aber nicht weniger hysterisch zu wiederholen: »Das hast du nicht getan. Bitte sag mir, dass du das nicht getan hast.«

Steffi setzt ihren Kätzchen-im-Regen-Welpenblick auf.

»Ich hab's nur gut gemeint! Ja, ich habe ihm geschrieben, hau mich doch. Hätte ich nicht tun dürfen, stimmt. Aber eine Chance hatte er verdient.«

»Dann warst das doch du! Von meinem Handy aus! Die gelöschten Chatnachrichten! Steffi! Du kannst doch nicht einfach ... In meinem Namen?«

»Ja. Das war scheiße. Deswegen habe ich mir dann ja die App runtergeladen und von da weitergeschrieben, dass ich das war, die ihn eingeladen hat, und nur ein bisschen kuppeln wollte und ...«

»Und das macht es besser?«

»Ein bisschen vielleicht? Er fand das sympathisch.« Es kostet sie sichtlich Mühe, ein zufriedenes Grinsen zu unterdrücken.

»Na, dann nimm du ihn doch. Meinen Segen habt ihr!«

Wenn ich wütend bin, werde ich zynisch. Steffi weiß das. Als sie meinen Blick sieht, wechselt ihre Mimik sofort wieder auf armes Kätzchen.

»Ach, komm, Merle! Wenn man im Lotto gewinnen will, muss man sich ein Los kaufen. Deine Worte. Dein Lottoschein. Die ganze Zeit geht es ›Hannes hier, Hannes da‹, und dann traust du dich nicht, Nägel mit Köpfen zu machen, weil du Angst hast, verletzt zu werden! Also habe ich ihm nach meinem Geständnis geschrieben, dass ich weiß, wie du tickst. Wenn du ihn an Land nicht treffen willst, dann soll er eben an Bord kommen. Da kannst du nicht abhauen. Butter bei die Fische! Ich habe schon die ganze Zeit versucht, es dir zu beichten, aber …«

»Und er hat gesagt, er kommt?«, unterbreche ich sie. Mir bleibt die Spucke weg, ich brauche jetzt was Stärkeres als Kräutertee. Verdammt, wo ist die Kellnerin? Wieso guckt die nicht? Hat sich denn alles gegen mich verschworen?

»Also, zuerst nicht, eigentlich nein«, sagt sie zerknirscht.

»Was, bitte, heißt ›zuerst nicht‹?«, kiekse ich heiser. Mir hat er plausibel versichert, dass er maximal in Island auf mich warten würde, und das habe ich ihm erfolgreich ausgeredet. Dachte ich zumindest.

»Na, würdest du alles stehen und liegen lassen, wenn dich die wildfremde Freundin deiner anonymen Lernpartnerin heimlich antextet? Er muss arbeiten und kann nicht weg. Aber du weißt ja, wie gut ich überzeugen kann. Ich glaube, er ist zumindest sehr, sehr neugierig geworden, und vielleicht kann er doch was einrichten.« Steffi nickt einen Moment lang so strahlend, dass ein Kernkraftwerk dagegen blass aussieht. »Er hat geschrieben, du hättest ihm das zwischen den Zeilen ohnehin mal vorgeschlagen. Irgendwas mit Faschingsmaske und so … Da war ich total erleichtert. Also habe ich doch nicht *so* danebengelegen und …«

»Das war bloß ein Scherz. Ich bin fassungslos!«

»Ich weiß«, jammert Steffi und blubbert los wie ein entwischter Luftballon auf einem Kindergeburtstag. »Als du dann im Bus plötzlich sagtest, du willst ihn wirklich nicht kennenlernen, war ich mir auch nicht mehr sicher. Also habe ich mir extra deine blöde Lern-App runtergeladen und nach einem isländischen Hannes gesucht. Zum Glück gibt es nicht so viele von denen. Die Insel ist ein Dorf, sag ich ja die ganze Zeit.«

Ich funkle Steffi böse an, und sie kommt schleunigst aufs Thema zurück.

»Er wollte natürlich wissen, wer ich bin. Also musste ich mir dein Handy schnappen, um zu beweisen, dass ich mit dir zusammen unterwegs bin. Und dann warst du so entschieden gegen ein Treffen … Ich wollte ihn unauffällig wieder ausladen. Ich hätte es dir da schon sagen müssen, weiß ich auch. Aber ich dachte, vielleicht überlegst du es dir ja *noch mal* anders. Du überlegst dir viele Dinge anders! Ständig! Also habe ich noch ein bisschen gewartet. Und dann war mein Akku platt, und du hattest die Tastensperre drin, und ich weiß deinen neuen Code nicht. Himmel, warum benutzt du überhaupt einen Code auf so einer Reise?!« Sie schnappt nach Luft und ergänzt im Ausatmen zerknirscht: »Aber ich habe ihm abgesagt. Und es tut mir sooo leid.«

Ich beiße die Zähne zusammen. Jedenfalls ergibt jetzt alles Sinn: Die angeblich technischen Störungen in der Lern-App, von denen Hannes geredet hat, das Selfie beim Ablegen und dass Steffi danach mein Handy behalten hat … Na, immerhin hat sie die Sache ja wieder geradegerückt. Das fehlte mir noch, dass Hannes sich irgendwie an Bord schleicht. Auf den Färöern oder so. Jetzt sind wir ja zum Glück schon auf See.

»Moment mal«, unterbreche ich.

»Was?«

»*Wann* hast du ihm geschrieben, dass er bitte nicht kommen soll?«

»Na, gleich nachdem wir abgelegt …«

»Ist die Nachricht noch rausgegangen?«

»Oh Gott …!« Hektisch fängt Steffi an, in ihrer Handtasche zu kramen. Sie zieht ihr Handy heraus, wischt panisch darauf herum, lässt es wieder sinken und starrt mich an. Langsam bewegt sie den Kopf von links nach rechts, mit diesem Blick, den Fernsehärzte aufsetzen, wenn sie aus dem OP kommen und den Angehörigen mitteilen, dass der Patient tot ist.

Ich unterdrücke einen Angstschrei.

»Warum glaubst du denn auch nicht an Liebe aus dem Internet!«, schimpft Steffi.

»Also ist das Ganze jetzt meine Schuld, bloß weil ich mich nicht auf einer blöden Datingplattform anmelden will?«

»Nein, natürlich nicht.« Beschwichtigend legt Steffi mir die Hand auf den Unterarm, aber ich ziehe ihn weg. Ich muss nachdenken.

»Ich könnte dich erwürgen«, sage ich, und das meine ich dreiviertelernst. »Es würde übrigens nicht mal auffallen, an Bord von so einer Schiff-mit-Schuss-Fahrt«, male ich mir aus. »Dann gehe ich auf den Färöern von Bord und eröffne unter falschem Namen einen Dekoladen.«

»Er kommt bestimmt nicht. Er hat gesagt, er hat keine Zeit. Und im nächsten Hafen geht die Nachricht ja raus. Oder wir kaufen uns doch das WLAN … Ich könnte jetzt gleich zur Rezeption gehen und …«

»Nein!«, fahre ich ihr über den Mund. »Mach es nicht noch schlimmer. Dein Urteil ist gefällt, und um den Rest kümmere ich mich allein.«

»Sieh mal, selbst wenn er kommen sollte … Er kennt ja nicht mal deinen richtigen Namen, oder? Ihr chattet doch immer nur mit deinem komischen Nickname, oder? Icelandfan52, bisschen altbacken, oder?«

Ich funkle Steffi an und fahre mir dabei ganz langsam mit dem Finger quer über die Kehle.

Steffi schluckt. »Und was wird aus Enna, wenn du …?«

»Ich bin mir nicht sicher, ob mir mein Name nicht doch mal rausgerutscht ist. Und was Enna angeht, die hole ich mit Oma nach. Natürlich erst in den Sommerferien. Schulwechsel sind psychologisch betrachtet nicht einfach zu bewältigen.«

Steffi schiebt die Unterlippe vor. »Mordende Mütter erst recht nicht … Sag doch einfach allen, du heißt Bernadette. Oder Penny. Soll ich dich Penny rufen?«

»Na super. Sonst noch was?«

»Ja. Ich möchte an Altersschwäche sterben, Penny. Von mir aus mit Schimmelgesicht.«

»Das hättest du dir überlegen sollen, bevor du dich in meine Lern-App gehackt hast.«

»Aber das war nur zu deinem Besten. Dachte ich. Und gib's zu: Mein Plan war wirklich schön. Umwerfend romantisch. Genau so, wie du es immer haben wolltest.«

Ich gehe nicht darauf ein.

»Oder ich werfe dich über Bord. Gleich nach dem Dessert.«

»Weißt du, wie kalt das Wasser ist? Nordsee im November?«

»Auch das hättest du dir früher überlegen sollen«, brumme ich. »Nordsee ist Mordsee.«

»Die Leute gucken schon. Bitte sei wieder gut«, fleht Steffi.

»Ich versuche mich zu sortieren«, schnaufe ich. »Ruf die Nachricht zurück.«

Steffi ist klug genug, meinen Sinneswandel über unser ehernes Kein-Netz-auf-offener-See nicht weiter zu kommentieren. Wer die Regel bricht, muss ein Drei-Gänge-Menü ausgeben, hatten wir ausgemacht. Ihre Augen blitzen nur ganz kurz auf, bevor sie sich wieder verdunkeln.

»Geht nicht! Auch dazu braucht man Internet. Außerdem habe ich sie für mich gelöscht, gleich nachdem ich sie geschrieben habe. Zur Sicherheit, falls du dir mein Handy leihst.«

Ich starre blickleer auf mein Telefon, das netzlos, schwarz und nutzlos vor mir liegt. Butter bei die Fische, hallt Steffis Satz in meinem Kopf nach.

»Willst du ihm vielleicht selbst noch mal schreiben, dass er nicht kommen soll?«, fragt Steffi kleinlaut.

Keine Ahnung. Ich weiß es nicht. Ich bin zerrissen. Überfordert. Platt. Das kann doch alles nicht wahr sein! Ist das Schicksal, wenn er tatsächlich …? Ich atme tief in mein Sakralchakra. Man kann nicht gleichzeitig tief in den Bauch atmen und Panik haben. Das ist physiologisch unmöglich, sagt meine Yogalehrerin. Ein paar tiefe Atemzüge, dann kann ich wieder klar denken. Einen noch. Ein und aus. Besser. Viel besser.

»Das heißt also zusammenfassend: Kann sein, er kommt – kann sein, er kommt nicht.«

Steffi nickt, kurz vorm Heulen. »Ich zahle auch die erste Cocktailrunde.«

»Ich dachte, wir trinken Wein?«

»Seefahrer trinken Rum.«

»Und unser Dosenbier?«

»Läuft nicht weg.«

»So wie ich offenbar.« Ich spieße ein Brokkoliröschen auf. »Mein Essen wird kalt.«

Und dann treffe ich eine Entscheidung. »Okay, ich mein's ernst. Hol uns dieses verdammte WLAN. Die kürzeste Einheit, die sie verkaufen. Du schreibst ihm. Ich schreibe ihm. Damit er es auch glaubt. Und du zahlst. Vier Gänge außerdem. Die löse ich in Island ein. Wo es richtig teuer ist. Und dann will ich nie wieder darüber reden und einfach meinen Urlaub genießen, okay?«

Steffi nickt. Dann springt sie auf und rennt los. Und ich winke die Kellnerin herbei und bestelle einen Schnaps, einen färingischen Bitter, und zwar einen Doppelten.

Kapitel 5

Zehn Minuten später ist alles erledigt. Hannes war offline. Aber die offizielle und eindeutige Ausladung wird ihn erreichen, sobald er sein Handy wieder anschaltet. Vielleicht ist das besser so. Ich brauche jetzt wirklich etwas Funkstille. »Ich geh mal eben für Mädels«, verkünde ich.

»Ist gut, ich warte in der Bar auf dich«, erwidert Steffi kleinlaut und nimmt unsere Sachen mit.

Ich kann nie länger sauer sein als fünf Minuten. Schon gar nicht auf Steffi. Vor allem und erst recht nicht, wenn ich von ihr einen Tequila Sunrise mit Schirmchen spendiert bekomme, und genau so einer wartet auf mich, als ich von der Toilette zurückkomme.

Happy Hour auf diesem Schiff bedeutet tatsächlich, dass man zwei Drinks zum Preis von einem bekommt. Bei den skandinavischen Alkoholpreisen ist das immer noch eine halbwegs gerechte Strafe. Und es wird nicht bei nur einem Cocktail bleiben! Gleichzeitig frage ich mich, woher Hannes all so was weiß. Insiderwissen ist immer verdächtig, aber nach Steffis Husarenstück bin ich natürlich besonders misstrauisch.

»Nur zur Sicherheit, wie heißt du?«, frage ich den Barmann.

»Pawel«, sagt Pawel und grinst ein breites, wissendes Kellnerlächeln. »Dann bist du auch kein Isländer? Aber du hast mir doch auf Isländisch geantwortet, als ich dich gefragt habe, wie es dir geht?«

Er lacht und trocknet weiter seine Biergläser ab, um sich auf die nächste Welle an Gästen vorzubereiten. Wir sitzen auf festgeschraubten Barhockern am Tresen in der Sólja-Bar. Weiter vorn, wo später Livemusik spielen wird, haben unsere Schiff-mit-Schuss-Organisatoren eine kleine Bühne aufgebaut und stellen nacheinander alle mitwirkenden Autoren, zwei mitgebrachte Musiker, die Leiterin des Schreibworkshops, den Kriminologen, den wir bereits an Deck getroffen haben, und sonstige Ansprechpartner vor.

»Und was ist mit den Schauspielern?«, fragt Steffi.

Ich hebe die Schultern und will zu einer genauso unwissenden Antwort ansetzen. Doch plötzlich knistert der Bordlautsprecher. Dann knallt ein Schuss.

Ein paar Passagiere, die mit unserer Reisegruppe nichts zu tun haben, heben irritiert die Köpfe. Florian, unser Schischuchef, Reiseleiter und Begrüßungsschnapsausschenker, schiebt krachend den Stuhl zurück und steht auf.

»Bitte alle die Ruhe bewahren«, mahnt er fröhlich. »Keine Panik. Ich würde vorschlagen, wir unterbrechen die Vorstellungsrunde für einen Moment und warten ab, bis wir wissen, was da passiert ist.«

In unseren Reihen wird gemurmelt und gekichert. Wolfgang erhebt sich.

»Nee, nee. Ditt is nicht so einfach!«, schimpft er in strengem Berliner Ermittlerton. »Vor allem verlässt niemand den Raum.«

Steffi und ich zwinkern uns zu. Der Mitratekrimi wird eröffnet, aha! Eigentlich wollte ich mich gerade davonschleichen und an der Rezeption noch mal nach den Hot Tubs fragen – inzwischen dürften wir ja genug Wasser unterm Kiel haben. Aber das hier will ich nicht verpassen, das wird bestimmt witzig. Außerdem steht Basti mit dem Hitchcockpulli im Hintergrund und filmt die Anwesenden im Saal. Ein diskretes Verschwinden könnte gegen mich verwendet werden.

In diesem Moment rauscht eine unserer Schischus, die ich vorhin am Tisch der Crew gesehen habe, auf High Heels und im Abendkleid an uns vorbei und ruft atemlos: »Oh mein Gott, jemand hat meinen Mann erschossen!«

»Jetzt geht's los«, gluckst Steffi, zückt ihren Block und den dazugehörigen Stift.

Eine Brünette mit kirschrotem Lacklippenstift und Turmfrisur springt auf, legt in großer Geste ihren Handrücken an die Stirn und lässt sich dann mit flatternden Lidern in die Arme des Ehepaars neben sich sinken. Die Ehefrau kann gerade noch ihr Bier abstellen. Ihr Mann packt umso begeisterter zu. Er geht voll in seiner spontanen Rolle auf, bettet die Kirschrote auf zwei rasch zusammengeschobene Sessel und fächelt ihr Luft zu.

»Haben wir einen Arzt auf dem Schiff?«

Ein paar Gäste kichern. Ich lehne mich zurück und nippe an meinem Cocktail. Klasse, auf einmal sind die

Grenzen zwischen Bühne und Publikum verwischt. Wir sitzen mittendrin, und von den Barhockern hat man einen prima Überblick.

Florian verneint bedauernd. »In Seyðisfjörður stößt ein isländischer Krimiautor und Musiker zu uns, und wir erwarten einen Rechtsmediziner als weiteren Gast. Vielleicht kann ich veranlassen, dass er früher kommt. Ich setze einen Notruf ab. Aber vor allem brauchen wir einen Kommissar. Oder sollen *wir* den Fall lösen?«

Er breitet beifallheischend die Arme aus, und die begeisterten Hobbydetektive klatschen und johlen.

»Es geht schon wieder«, murmelt die Brünette, sobald der Beifall abgeebbt ist, und richtet sich auf, den Blick auf die frischgebackene Witwe geheftet. Die wird derweil von – na, so was – unserem Casanova von der Restaurantbar getröstet. Auch er hat sich umgezogen und trägt jetzt Smoking. Die Schauspieler wirken alle ein wenig overdressed und aus der Zeit gefallen. Schöne Idee, so kann man sie leicht wiedererkennen.

»Oh, Ludmilla. Wie furchtbar! Ich kann es nicht glauben! Wir haben einen Mörder an Bord!«, ruft Casanova gerade. »Aber wer auf diesem Schiff wäre wohl zu so einer grausamen Tat fähig? Und warum? Henry hat doch keiner Fliege je etwas zuleide getan.« Er küsst Ludmillas Hände und breitet die Arme um sie, als sie sich jammernd an ihn schmiegt.

»Ach, Mortimer. Mein armer Henry. Er kann doch nicht tot sein! Es ist so furchtbar«, schluchzt Ludmilla und fischt in ihrem Busen nach einem Taschentuch. »Was soll ich nur tun?«

Es knistert unnatürlich laut, als sie sich die Augen abtupft, und Mortimer richtet etwas an ihrem tiefen Ausschnitt. Da sehe ich erst die kleinen Ansteckmikros an der Kleidung unserer Schauspielcrew.

Von den Toiletten her stößt ein weiterer Schauspieler in elegantem Anzug und schwarzen Lackschuhen zu unserer Gruppe und herrscht den hilfsbereiten Ehemann an, der immer noch unserer Brünetten den Handrücken tätschelt.

»Finger weg von meiner Gemahlin. Was ist passiert, Penelope? Du bist ja ganz blass.«

Die Ehefrau des Passagiers hat Lachtränen in den Augen, als sie ihren Gatten aus der Schusslinie und zurück auf seinen Stuhl zieht.

Penelope also. Ihre kirschroten Lacklippen zittern. Sie tupft sich ein paar Tränchen aus den geschminkten Augenwinkeln. »Jeremy! Mein Schatz! Es ist ganz grauenvoll. Stell dir vor …«

Jetzt muss auch ich mir das Lachen verbeißen. Die Akteure spielen so herrlich übertrieben, das muss Absicht sein – ein lebendig gewordener Groschenroman, ich liebe es. Nie wieder will ich etwas gegen Krimis sagen, wenn sie so lustig sein können!

Steffi schreibt und schreibt. Ich schiele auf ihren Block und staune.

Opfer: Henry – erschossen?

Witwe: Ludmilla.
Verdächtiger Nr. 1: Mortimer. Tröstet Ludmilla sofort.

Verdächtige Nr. 2: Die Dame in Kirschrot. Penelope.
Verdächtiger Nr. 3: Jeremy, Penelopes Ehemann.
Unklar: Rechtsmediziner kommt erst noch an Bord.
Kommissar?
Weitere Figuren?
Motivsuche!
Offene Fragen: Hatte Penelope was mit Henry?
Hat Ludmilla was mit Mortimer?

»Wow«, fasse ich zusammen. »Du bist ja eifrig. Wieso ist die Witwe nicht auch verdächtig?«

»Stimmt«, murmelt Steffi, streicht den Eintrag durch und kritzelt die Korrektur entschlossen darüber.

»Und wieso ist da ein Fragezeichen hinter dem *erschossen?*«

»Das muss so sein«, behauptet sie mit leiser Ungeduld in der Stimme.

»Wir haben den Schuss ja nur gehört«, mischt sich eine Dame zu meiner Linken ein, die sich gerade von Pawel das Wechselgeld für ihre zwei randvollen Biergläser geben lässt. Die Leiterin des Schreibworkshops, wenn mich nicht alles täuscht. Sie zwinkert mir zu. »Häufiges Zeugenproblem.«

Steffi nickt wissend, lächelt mir flüchtig zu und legt den Block beiseite. Dann fängt sie an, mit der Schischu-Expertin zu fachsimpeln.

»Können wir die Tatzeit wohl tatsächlich so annehmen, oder soll uns der Schuss überhaupt nur auf eine falsche Fährte locken?«

»Besser wäre es, wir würden die Leiche sehen dürfen.«

»Aha«, tue ich schlau und wende mich an Pawel. »Kann ich noch einen Tequila Sunrise haben?«

»Sogar zwei«, nickt er. »Genau wie eben?« Fragend sieht er Steffi an.

Sie erwidert seinen Blick und gibt ihm grünes Licht. Soll mir recht sein.

Pawel zwinkert mir zu. Wir werden gute Freunde werden.

Es stellt sich heraus, dass Steffis neue Bekannte Annegret heißt. Und da ich zwar aus einer meiner letzten Schaufensternachtschichten in einer Buchhandlung weiß, welche Farbe der neue Fitzek hat, wie er sich anfasst und wie er sich mit seinem schimmernden Einband am besten ins rechte Licht rücken lässt, ohne dass die Schrift zu sehr spiegelt – nicht aber, was drin steht –, schweife ich schnell ab, beobachte Pawel und die anderen Gäste und bedaure, dass ich mein Strickzeug in der Kabine gelassen habe.

Meine Gedanken driften wie träger Seetang zu Hannes. Was er wohl gerade macht? Koffer wieder auspacken? Sein Handy anstarren? Es gegen die Wand werfen? Ruhelos, entscheidungsunfähig in seiner Wohnung herumtigern? Oder guckt er in Jogginghosen Fernsehen und öffnet gerade eine Flasche Bier? Wäre er sowieso nicht gekommen, und wir haben uns völlig umsonst aufgeregt? Auf jeden Fall wird er denken, dass wir total durchgeknallt sind, alle beide. Mein Spiegelbild, das vielfach hinter den Gläsern und Flaschen auf der anderen Seite des Tresens auf mich zurückgeworfen wird, runzelt tausend Stirnen. Hat Hannes eigentlich eine Wohnung oder ein Haus? Ich weiß es nicht. Ich kenne den Mann ja überhaupt nicht.

Himmel, ich habe ihm Gott weiß was über mich erzählt in diesen vielen Monaten, und umgekehrt weiß ich fast gar nichts von ihm. Nur seinen Namen, wenn der überhaupt stimmt.

Im Hintergrund bewaffnet sich eine Musikerin mit Mikro und Gitarre und stimmt ein schwedisches Hirtenlied an. Schön melancholisch.

Vielleicht ist Hannes gar kein isländischer Mann – sondern eine isländische Hrafnhildur? Das kennt man ja, dass Menschen im Internet ihre wahre Identität hinter einem Pseudonym verbergen – und manchmal sogar ihr Geschlecht. Andere wiederum geben mehr von ihrem Geschlecht preis, als man sehen möchte. Unwillkürlich schüttle ich den Kopf. Wo driftet das denn jetzt hin? Jedenfalls gut, dass ich ihm nie verraten habe, wie ich heiße.

Dumpf starre ich den Farbverlauf meines Cocktails an. Wieso heißt es eigentlich Tequila Sunrise und nicht Tequila Sunset? »Sonnenuntergänge sind rotorange. Sonnenaufgänge sind rosa«, überlege ich laut, aber niemand hört mir zu.

Pawel putzt wieder Gläser und lächelt professionell durch mich hindurch.

Dafür dreht sich Steffi endlich mal wieder zu mir um, ihrer verlassenen Freundin, die wie ein Seelenverkäufer durch den Nordatlantik schlingert – und das im Sitzen. Annegret ist rauchen gegangen.

»Wenn ich ganz stillhalte, schwingt mich der Barhocker sachte von links nach rechts und wieder zurück«, stelle ich fest. Die Sängerin covert gerade irgendwas von den

Beatles. Sie hat eine echt gute Stimme. Mein Ex mochte die Beatles … Kommt Hannes oder nicht? Ich würde nach so einer Nummer ja erst recht neugierig werden und an Bord kommen – und sei es, um den oberflächlichen Damen gehörig die Meinung zu geigen. Aber was mache ich dann bloß, wenn er das genauso sieht? Geschieht mir ganz recht. Man spielt nicht mit den Gefühlen anderer Menschen. Und bei Geigen und hoher See muss ich außerdem sofort an die Titanic denken. Aber das sinkende Schiff, das bin in dem Fall ich.

»Weltschmerz?«, fragt Steffi.

»Hmm?« Übersetzt heißt das: Meine Augen fühlen sich glasig an, meine Zunge bleischwer, ich glaube, ich muss ins Bett.

Nach nicht einmal anderthalb Gläsern bin ich mir nicht ganz sicher, ob das leichte Schaukeln mehr in meinem Kopf oder zu meinen Füßen stattfindet. Jedenfalls wird es Zeit für die Koje. Das frühe Aufstehen und all die Aufregung machen sich allmählich bemerkbar, und Pawel ist ein sehr großzügiger Barkeeper. Ich lasse den Rest besser stehen.

Die Sängerin ist bei Rod Stewart angelangt und bringt sein »Sailing« mindestens ebenso rotzig und verraucht.

Steffi hat ihr zweites Glas schon alle und wirkt immer noch völlig klar. »Magst du noch einen Absacker? Rum und Schnaps sollen gut sein gegen Seekrankheit. Das bringt den Gleichgewichtssinn so durcheinander, dass ihm alles andere dann auch schon egal ist«, kichert sie. »Und weißt du, was? Ich glaube, mir helfen die Cocktails auch!«

Ich schüttle den Kopf, stütze mich schwerfällig an ihr ab und lasse mich vom Hocker rutschen. »Nääääää … schlafen«, formuliere ich meine Einwände und Bedürfnisse aus.

Steffi seufzt. »Okay, du Vernünftige. Ich komme mit. Bis morgen«, zwinkert sie Pawel zu und hakt sich bei mir unter. Gemeinsam steuern wir die Treppenhalle an, Steffi stützt mich oder ich sie, ist ja auch egal. Zwei Stockwerke müssen wir hinauf, aber das klingt zum Glück schlimmer, als es wird – die Eydna ist ja keine Altbauwohnung.

»Das Gute an Bord eines Schiffes ist: Wenn man einen sitzen hat, merkt es keiner, weil alle schwanken.« Steffi stutzt, weil ich nicht reagiere. »Wieso bist du so still? Du bist doch nicht mehr sauer, oder?«

»Mhmh.« Ich konzentriere mich auf die Stufen und darauf, meine Füße immer abwechselnd darauf zu platzieren, und zwar exakt auf die jeweils nächste. Ich bin unendlich müde. »Nein. Du weißt doch, es kommt alles so, wie es soll«, zitiere ich meine Yogalehrerin. Oder einen Kalenderspruch. Oder meine Yogalehrerin, die das in einem Kalender gelesen hat. »Können wir noch mal an die frische Luft?«

Steffi kichert. »Aber nur, wenn du versprichst, dass du mich wirklich nicht über Bord wirfst.«

»Großes Wikingerehrenwort«, gelobe ich. »Aber halte dich besser trotzdem gut an der Reling fest.«

Ich könnte schwören, dass wir genau in die falsche Richtung laufen, dieses Teppichmuster habe ich noch nie gesehen. Blau mit gelben Streifen – aber drei Gänge weiter schiebt Steffi zielstrebig eine der schweren weißen

Eisentüren auf, und eine eisige Windbö pustet uns beinahe wieder hinein, noch bevor wir richtig hinausgeklettert sind. Die frische, kalte Luft klatscht mir ins Gesicht, kriecht unter meinen Pulli und in die Hosenbeine und macht mich schlagartig wacher.

»Wolken«, brumme ich und blinzle in die grellen Lampen, die hier oben jede Ecke ausleuchten.

»Alles voller Wolken, kein Nordlicht weit und breit.«

»Ist doch nur der erste Abend«, tröstet Steffi. »Wollen wir noch mal nach den Hot Tubs sehen? Vielleicht ist ja jetzt endlich Wasser drin?«

Ich nicke, froh, wieder reinzudürfen, denn anscheinend müssen wir dafür auf die andere Seite des Schiffs. Luv, Lee, Heck, Bug. Noch mehr Vokabeln ohne Sinn.

Ich versuche, mich weiter an Teppichmustern und Wandbehängen zu orientieren, aber ohne Steffi würde ich mich hoffnungslos verlaufen, weil ich mir einfach nicht merken kann, wo ich die gestickten Briefmarken im Riesenformat schon einmal gesehen habe und auf welchem Deck das überlebensgroße Islandpferdefoto hängt.

Abgesehen von unseren rein seegangsbedingten Ausfallschritten erreichen wir schnurstracks den richtigen Flur, die richtige Tür und das richtige Deck – und starren zum zweiten Mal an diesem Tag in leere runde Becken. Zu dem einsamen, vergessenen Strohhalm haben sich inzwischen eine leere Coladose und ein paar Bonbonpapierchen gesellt. Das freut mich für ihn, aber nicht für uns.

»Menno«, fasse ich zusammen. »Noch mehr Meerwasser für die Pumpen geht aber kaum.« Wenn es nicht so schweinekalt wäre und mir trotz der erneuten Frischluftattacke nicht schon wieder die Augen zufielen, würde ich aus Protest in die leere Wanne krabbeln und in Sitzstreik treten. So aber zieht es mich jetzt einfach nur noch in unsere gemütliche Kabine.

»Na, wenigstens verpassen wir hier heute Abend nichts mehr.«

Gutmütig hält Steffi mir die Tür mit dem Bullauge auf, damit ich als Erste wieder hineingehen kann, und schmiegt sich dann an meinen Arm.

»Du ahnst nicht, wie froh ich bin, dass du mir verziehen hast. Wir machen uns einfach eine schöne Schischumädelswoche. Vergessen wir die Kerle, oder? Nur die Krimis, das Meer und wir beide!«

»Und die buckelnden Wale unterm springenden … ach, egal.« Ich lalle ein wenig. Aber das liegt nur daran, dass mir draußen in der nordatlantischen Kälte ohne Jacke und Schal die Lippen eingefroren sind.

Steffi schiebt mich zielstrebig ein paar Gänge weiter und zückt grinsend unsere Türkarte. »Ab ins Bett mit uns! Morgen ist ein neuer Tag! Wir müssen einen Mörder fassen, die Hot Tubs reklamieren und ordentlich wellnessen!«

»Das klingt nach einem Plan!«, lächle ich so sanftmütig wie weise und unglaublich bettschwer.

Im Traum verfolgt mich ein gesichtsloser Hannes, der aus dem Magen eines Wals an Bord gespien wird und pladdernass und schleimig von mir in den Arm genommen werden will. Er hetzt mich durchs ganze Schiff, treppauf, treppab, und bringt sämtliche Kellner ins Schlittern, die uns mit Tabletts voller Essensbergen leichtsinnig in den Weg geraten. Steffi ignoriert meine Nöte vollständig. Sie schließt sich mit diversen Musikern, Schriftstellern und Pawel in der Bar ein und schlägt mir die Tür vor der Nase zu. Es klirrt, rumst und scheppert, und davon werde ich wach. Mysteriös.

Als ich die Augen aufschlage, bewegt sich der Horizont vor den Fenstern in sanftem Rhythmus waagrecht auf und ab wie ein Schieberollo. Langsam und gleichmäßig arbeitet er sich vom unteren Drittel bis zur Fenstermitte hinauf und gleitet wieder hinunter. Das ist sie also, die unendliche Weite des Atlantiks. Das Wiegen hat etwas Beruhigendes, ist durch und durch schön und verdrängt die letzten wirren Trugbilder. Hannes ist klug. Der kommt nicht. Ich strecke Steffis zerzaustem Hinterkopf die Zunge heraus und schüttle den Nachtmahr ab.

Die Wellen sind viel länger, als ich sie aus der Ostsee kenne. Was für eine Wohltat, von diesem sanften Schaukeln wach zu werden, ohne Wecker noch dazu. Ich strecke mich, gähne ausgiebig und lasse den Blick durch unsere Kabine schweifen. Alles richtig gemacht! Und ich bin nicht mal verkatert.

Mein Blick fällt auf die kleine Kaffeemaschine. Die werde ich gleich mal in Betrieb nehmen. Kaffee im Bett, das ist auch schon viel zu lange her. Uns hetzt ja keiner. Wir haben Urlaub! Ich schäle mich aus den Laken und studiere die auf den Schrank geklebte Bedienungsanleitung des Heißgetränkebereiters. Das Porzellantässchen rutscht auf dem Tisch hin und her. Jetzt ahne ich, wieso das Tablett so einen hohen Rand und eine rutschfeste Beschichtung hat. Kann das Ding auch halbe Tassen?

Da kommt hinter mir auf der anderen Bettseite Bewegung in die Daunendecke.

»Guten Morgen, Merle! Guten Morgen, Schiff! Guten Morgen, erster Seetag!«, quäkt Steffi mit Maulwurfsaugen aus den Kissen.

Lächelnd drehe ich mich um.

»Góðan daginn! Guten Morgen«, antworte ich stilecht auf Isländisch, obwohl wir gerade mal an der Südspitze Norwegens vorbei sein dürften.

Steffi angelt verschlafen nach dem Prospekt mit unserem Programm

»Was machen wir denn heute nach dem Frühstück?«

»Ich glaube, da geht dein Schreibworkshop los, oder?«

»Ach ja, großartig!«, gähnt sie und schiebt sich genüsslich die Kissen zurecht. »Um zehn. Teil eins: Konzeption«, liest sie vor. »Wir entwickeln Charaktere und ein Setting für unseren Kurzkrimi. Danach wird in der Sólja-Bar ein Dokumentarfilm über die Färöerinseln gezeigt. Und um halb eins gibt es – ebenfalls dort – eine kleine Matineelesung von Hauke Meyer aus seinem Krimi *Blut unterm Nordmond*. Spannend!«

Ich finde es ehrlich gesagt viel spannender, dass der grüne Knopf jetzt Betriebstemperatur signalisiert, und drücke darauf.

»Kann frau machen, muss sie aber nicht«, sage ich laut, um das Brummen und Schnorcheln des einlaufenden Kaffees zu übertönen. Ohne Kaffee bin ich nur ein halber Mensch. Eine halbe Tasse sollte mich also immerhin ein

Viertel aufladen, mehr traue ich mich nicht einzugießen. Ich schiebe die zweite Tasse unter und reiche Steffi den ersten frisch aufgebrühten Kaffee hinüber. Ohne zu kleckern, und das ist gar nicht so einfach. Im Stehen merkt man die Schiffsbewegungen nämlich deutlich stärker.

»Das mit dem Wellengang geht aber noch für dich, oder?«

Steffi legt den Prospekt beiseite und nickt mit glänzenden Augen.

»Ich habe mir das wirklich tausendmal schlimmer vorgestellt. Ich sag ja: Vitamin C und Ingwer, in Kapseln und im Tee, dazu diese Akupressurarmbänder und ab und zu ein Tequila Sunrise oder ein Dosenbier – alles perfekt, mir geht's formidabel.« Schwungvoll schlägt sie ihre Bettdecke zurück und tänzelt im Rhythmus der Wellen ins Bad.

»Oh!« Kichernd streckt sie den Kopf noch mal aus der Tür. »Soll ich dir verraten, was ich gerade gelernt habe? Es ist sinnlos, den Inhalt seines Kulturbeutels auf die Ablagefläche zu stellen!«

»Jaaaa, manchmal hat Faulheit auch Vorteile«, grinse ich, schlüpfe zurück unter die Decke und genieße noch ein wenig die Aussicht über den schier endlosen Horizont. Wann hat man das schon mal? Aus dem Bett direkt aufs Meer schauen.

Leider muss ich mir das Wellenrauschen dazudenken, denn die Fenster sind im Gegensatz zu den Wänden unseres Minibads ziemlich gut isoliert. Das Klirren und Klötern von Steffis Fläschchen und Tuben auf dem Rückweg in ihren Kulturbeutel geht fließend über in das Brummen ihrer elektrischen Zahnbürste. Das bricht allerdings in diesem Moment abrupt ab. Als Nächstes höre ich den Deckel der Toilettenschüssel hochklappen, gefolgt von Würgegeräuschen und ein paar leisen »Pthh«. Dann ist es lange still.

Gerade als ich aufstehen und nachschauen will, rauscht die ohrenbetäubende Toilettenspülung. Diese Dinger an Bord von Schiffen, Zügen und Flugzeugen lassen mich immer wieder aufs Neue zusammenzucken.

Als Steffi aus dem Bad kommt, sieht sie ziemlich blass aus.

»Armer Hase«, tröste ich und dränge das klitzekleine, fiese bisschen Genugtuung zurück in die unterste Schublade. »Kann ich was für dich tun?«

»Nein, danke.« Kleinlaut kriecht sie ins Bett zurück und tastet auf ihrem Nachttisch nach dem Medikamententäschchen. »Ich glaube, ich nehme besser doch einen Reisekaugummi.«

Ich nicke verständnisvoll. »Soll ich dir einen Kamillentee machen? Oder Pfefferminz?«

Steffi schüttelt bedächtig den Kopf. »Lieber keine Flüssigkeit mehr. Gib mir ein paar Minuten. Das geht bestimmt gleich wieder. Ich werde mir doch nicht das Frühstück entgehen lassen. Wenn das nur halb so traumhaft ist wie das Büfett gestern Abend, will ich in einer Woche mit dir zusammen von Bord gerollt werden.«

»Das kannst du vergessen, meine Liebe. Vorher schleife ich dich höchstpersönlich in den Fitnessraum im Keller. Aber denk dran, da riecht es nach Diesel.«

»Mmmmhhhh«, macht Steffi angewidert und wird ein bisschen grün um die Nase.

Na, das war ja sehr sensibel von mir! »'tschuldigung!« Etwas ratlos betrachte ich meine leidende Freundin. »Pass auf, ich mach mich schon mal fertig, okay? Aber wenn du … äh … was brauchst, also dann kommst du einfach ins Bad gestürmt, ja? Das ist völlig in Ordnung.« Mir liegt auf der Zunge, dass wir uns schon mit zarten siebzehn gegenseitig die Haare hochgehalten haben, aber ich will nicht noch mal in den Fettnapf treten und sie an Toilettenschüsseln erinnern.

Steffi nickt. Sie hat die Augen halb geschlossen und sieht aus, als erfordere das Zerkauen des medizinischen Kaugummis ihre höchste Konzentration.

»Du bist so tapfer«, lobe ich. »Du schaffst das.«

Statt einer Antwort schießt Steffi plötzlich ohne Vorwarnung und beinahe waagrecht an mir vorbei und wiederholt die gründliche Inspektion des WCs und seiner Spülung.

»Brauchst du Hilfe?«, frage ich jetzt zu hundert Prozent mitfühlend.

Steffi verneint stöhnend. »Scheiß-Kaugummis. Da ging's mir ja vorher besser, glaub ich.«

»Willst du's mit den Reisetabletten versuchen?«

»Vielleicht später. Im Moment bleibt ja nichts drhuahhgghhhh … pthh …«

Ich lehne dezent die Tür an, um uns beiden etwas mehr Privatsphäre zu verschaffen.

Die Spülung rauscht, und ich kleckere vor Schreck schon wieder mit meinem Kaffee.

»Geh ruhig frühstücken … pthh … Schade um das gute Essen«, ruft sie nach einer Weile matt.

Ich sehe an mir und meinem Karopyjama hinunter. Den ziert jetzt ein Kaffeefleck. So kann ich nicht los. Eigentlich hätte ich duschen wollen. Mein Deo und die Zahnbürste sind im Bad …

»Ich hab's nicht so eilig«, flunkere ich, während ich mir ein paar frische Klamotten herauslege. »Ist doch erst halb neun. Frühstück gibt's bis zehn.«

»Gib nicht so an«, krächzt Steffi. »Ich höre deinen Magen ja bis hier knurren.«

»In dem Zustand lasse ich dich auf keinen Fall allein.«

Während Steffi im Bad spuckt und spült, tigere ich ein paarmal ratlos vom Kleiderschrank zum Fenster und zurück. Dann übernimmt das Muttertier in mir die Führung. Zuerst brühe ich Steffi eine frische Tasse Kamillentee auf. Den kalten Kaffee würde ich gern für sie entsorgen, aber aus dem Fenster kippen geht ja nicht auf einem Schiff. Alles vernutet und dicht, was andererseits auch gut ist, wenn ich da draußen die Wellen betrachte. Die können bestimmt noch höher. Ich bemühe mich, in meine Mitte zu atmen, tief in den Bauch. Das beruhigt und entspannt und schwappt hoffentlich auf Steffi über. Wenn's zu schlimm wird, entern wir die Brücke und zwingen den Kapitän zum Umkehren. Aber wahrscheinlich macht der das dann ohnehin freiwillig. Positiv denken.

Endlich höre ich ihre elektrische Zahnbürste. Das ist ein gutes Zeichen!

Wie gern würde ich jetzt meine Wetter-App nutzen, um die Windvorhersage zu checken – und die für Nordlichter. Ich möchte Steffi so gern gute Neuigkeiten verkünden. Aber was nicht ist, ist nicht, also deponiere ich eine halbe Tasse Tee möglichst kleckersicher und rutschfest auf Steffis Nachttisch. Dummerweise ist der Mülleimer seefest angeschraubt. Mist. Ich muss Spucktüten besorgen. Für den Notfall deponiere ich eine Packung Taschentücher auf Steffis Bettseite und lege die Plastiktüte dazu, in die ich meine Schuhe eingewickelt hatte – ganz dezent natürlich. Eine Packung Reisetabletten stelle ich aus meinem Fundus noch daneben. Die Pflaster brauchen Stunden, um zu wirken, selbst wenn Steffi inzwischen eins wollte. Das nutzt uns für den Moment nichts. Zwieback oder Knäckebrot würden ihr später sicher guttun, das kann ich organisieren. Ha! Ich habe ein Ziel! Und vielleicht hat sogar irgendjemand an Bord noch Globuli dabei.

Schnell schlüpfe ich in Jeans und Pulli, dann ziehe ich vorsichtig die Badezimmertür einen Spaltbreit auf und taste nach meinem Kulturbeutel, der dort an der Innenseite hängt. Gerade als ich mein Deo ergattert habe, schwingt die Tür mit dem Absturz ins nächste Wellental weiter auf.

Steffi kommt mir entgegengetaumelt und stützt sich dankbar an mir ab, um nicht zu fallen.

»Fertig«, stöhnt sie mit frischem Zahnpasta-Atem, versucht ein schiefes Lächeln und stakst zittrig über die Türschwelle. »Ich lege mich wieder hin, glaube ich.«

»Guter Plan«, sage ich und geleite sie sicher auf ihre Bettseite. »Okay. Dann geh ich jetzt kurz was es …«

»Nicht das böse E-Wort sagen. Sonst wird mir gleich wieder schlecht.«

»Äh … Proviant holen, okay?«

Steffi nickt erschöpft, gräbt sich in Zeitlupe noch tiefer in die weißen Kissen und zieht sich die Decke bis zum Hals hinauf. Ein plötzlicher Stich durchfährt mein Mutterherz. Genauso macht Enna das auch immer, wenn es ihr nicht gut geht. Na toll, noch keinen ganzen Tag auf See, und schon vermisse ich mein süßes kleines Rotzblag so richtig.

Auf einmal schießen Steffi Tränen in die Augen. Sie hat mein Erste-Hilfe-Arrangement entdeckt.

»Oh, du bist so lieb zu mir, und ich versaue uns gleich das erste Frühstücksbüfett. Und das mit Hannes hab ich auch gründlich verbockt. Ich bin eine Rabenfreundin. Warum hast du mich nicht ins Meer geschubst? Das habe ich mir alles ganz anders für uns vorgestellt!«

»Ach, Quatsch!«, widerspreche ich. »Du bist nur ein bisschen verkatert. Das und Windstärke fünf vertragen sich nicht so gut. Wir lassen es ruhig angehen. Hey, wir haben Urlaub! Wir sind tatsächlich auf dem Weg nach Island, wir haben es getan. Wir sind super! Sobald dein Magen sich beruhigt hat, nimmst du eine von den Tabletten, und heute Nachmittag gehen wir zusammen Bäume ausreißen … Na gut, Dekopalmen …« Ich zwinkere ihr zu.

Steffi legt den Kopf schief.

»Petersilienstängel. Höchstens. Wir fangen ganz klein an, okay? Außerdem bist du hier nicht zum Ausreißen, sondern zum Aufreißen.«

»Nein, nein, nein«, widerspreche ich grinsend. »Noch mal: Ich will einfach nur lesen und stricken. So war das abgemacht und nicht anders. Und jetzt gehe ich duweißt-schon-wohin und bringe dir was mit. Keine Angst, nichts, wovon dir beim Anblick gleich wieder übel wird.« Steffi kneift die Augen zu Schlitzen zusammen. »Für später. Sehr viel später. Also für den unwahrscheinlichen Fall, dass du dich je wieder hungrig fühlen könntest. Freibeuterinnenehrenwort.«

»Mhmm.« Steffi dreht sich auf die Seite und schließt die Augen. Als ich den Türgriff unserer Kabine schon in der Hand habe, heult sie noch einmal auf.

»Was ist?«, frage ich alarmiert.

»Der Schreibworkshop um zehn! Den schaffe ich nicht! Aber der ist so wichtig. Ich komm doch nie wieder rein, wenn ich den Anfang verpasse, die Grundlagen! Womöglich geben sie meinen Platz an jemand anderen weiter. Die Plätze waren doch begrenzt!«

»Ich überlege mir was«, seufze ich und blicke sehnsüchtig auf meinen Bücherstapel. Vielleicht kann ich ja Annegret bestechen, dass sie mich ihre Unterlagen abfotografieren lässt.

»Jetzt schlaf erst mal ein wenig, okay? Bin gleich wieder da, und bis dahin bist du bestimmt schon wieder fit.«

Kapitel 6

Basti trägt heute einen violetten Pulli mit Sherlock Holmes' Konterfei. So eine begabte Strick-Oma hätte ich auch gern.

»Weißt du, ob man hier an Bord Reisetabletten kaufen kann?«, frage ich, als er mir zwischen Kino und Rezeption entgegenschlingert. Der Duty-free-Shop war noch zu, aber irgendetwas sagt mir, dass das ohnehin nicht die richtige Adresse gewesen wäre. Mitbringsel müssen warten, Plüschpapageientaucher brauchen wir nicht, Dosenbier haben wir noch – wenn ich meinen Urlaub retten will, brauche ich die richtig harten Sachen, und zwar noch vor dem Frühstück! Entschlossen packe ich eine Handvoll dezent weiße Papiertüten mit Innenbeschichtung von einem der Stapel, die heute Morgen wie von Zauberhand alle paar Meter auf sämtlichen Tresen und Auslagen deponiert sind. Steffi ist also nicht allein in ihrem Leid, die Besatzung ist gerüstet.

Mitfühlend legt Basti mir eine Hand auf die Schulter.

»Hat's dich auch erwischt?«

Ich schüttle den Kopf. »Mich nicht, aber Steffi liegt flach und verpasst ihre ganzen Workshops und Lesungen und Raterunden und weiß der Kuckuck. Und wenn ich sie bis zehn nicht wieder senkrecht habe, muss ich das alles für sie mitmachen, und: Ich. Will. Das. Nicht!«, platzt es aus mir heraus. »Ich will einfach nur lesen und chillen und essen und schlafen!« Etwas außer Puste fächle ich mir mit dem Bündel Spucktüten Luft zu.

Ein grünnasiges Häuflein Mensch kommt in unsere Richtung gewankt und streckt hilfesuchend die Hände aus. Automatisch gebe ich ihm eine Tüte von meinem Vorrat ab, und es schwankt dankbar weiter.

»Sind die Hot Tubs immer noch leer?«

Basti hebt hilflos die Schultern, und für einen Moment sieht es so aus, als würde Sherlock Holmes die Backen aufblasen. Vielleicht ist dem Meisterdetektiv ja auch schlecht?

Ich verabschiede mich in Richtung Rezeption. Da sitzt ein neues Gesicht, das macht es einfacher. Man will ja nicht nerven.

»Daginn«, begrüße ich den Mann. *Gut* hat der Tag ja nur begrenzt angefangen, also streiche ich das aus der Begrüßungsformel. Zu einem isländischen Wie geht's – »Hvað segir þú gott?« – lasse ich mich aber doch hinreißen. Damit hören meine gut sitzenden Floskeln auch schon auf, denn ich komme ja nicht zum Lernen!

»I am fine«, ertönt die Antwort in bestem Oxford-Englisch. »How can I help you?«

Ich könnte schreien, aber das lasse ich mir natürlich nicht anmerken. Gibt's denn gar keine Isländer hier? Kann mir nicht *einmal* jemand in der Landessprache antworten? Brav sage ich mein Sprüchlein auf Englisch auf, frage nach den Heißwasserbecken und Reisetabletten und erwerbe eine Packung legaler, garantiert stark wirkender dänischer Drogen, wie sie offenbar nur auf Schiffen verkauft werden. Mit dem Baden unter freiem Himmel wird es heute allerdings wieder nichts.

»Maintenance«, erklärt der nette Blonde ebenso lapidar wie sein Vorgänger – die Heißwasserbecken werden also tatsächlich gewartet, die Servicekraft hatte recht. Das war keine Ausrede und keine Falschinformation aus der Spätschicht, und das könne leider noch ein paar Tage dauern. Steffi erzähle ich das besser nicht. Auch wenn der Däne immerhin bereits von Freitag spricht, nicht von Samstag. Um einen Tag haben wir die Crew also bereits runtergehandelt. Wir sollten eine Zermürbungstaktik fahren. Wenn ich heute Nachmittag noch mal nachfrage und ein paar andere Schischus motiviere, Gleiches zu tun – wer weiß … Donnerstag? Vielleicht sogar Mittwoch? Dann hätten wir immerhin noch drei Tage …

Nicht mehr ganz so geknickt turne ich zwei Decks hinauf, vorbei am leckeren Brötchenduft, der aus dem Restaurant zu mir schwappt. Ich bin eine pflichtschuldige Drogenkurierin: erst ausliefern, dann reinschaufeln!

Mein Magen hebt und senkt sich im Rhythmus der Wellen, allmählich stellt sich auch bei mir dieses flaue Achterbahngefühl ein. Aber aus Erfahrung weiß ich, dass feste Nahrung meine Wunderwaffe ist.

So leise es geht, schiebe ich unsere schwere Kabinentür auf, doch ich hätte mir keine Sorgen zu machen brauchen. Steffi liegt im Tiefschlaf. Armes Tucktuck! Immerhin muss ich jetzt kein schlechtes Gewissen haben, wenn ich endlich meinen eigenen Bauch besänftigen gehe, der zunehmend ungeduldiger knurrt.

Ich deponiere Tabletten und Spucktüten hälftig neben Steffi im Bett und auf dem Nachttisch. So übersieht sie die Sachen in keinem Fall, falls sie wach wird, bevor ich zurück bin.

Mein Blick bleibt zum x-ten Mal an meinem unangetasteten Bücherstapel kleben. Ob es unhöflich gegenüber den anderen Reisenden wäre, wenn ich eins zum Frühstück mitnähme? Egal, ich tu's einfach!

Laut der Anzeige auf dem Bildschirm in der Treppenhalle haben wir noch nicht mal Windstärke vier, und die Wellen sind im Schnitt höchstens fünf Meter hoch. Aber Neptun legt bereits ein paar Schippen Seegang drauf. Vor nicht einmal fünf Minuten hatte ich kein Problem damit, die Treppe mit einer Hand am Geländer locker zu bewältigen. Jetzt verteidige ich zwar immer noch meinen aufrechten Gang, aber ich sorge vor. Damit ich theoretisch beide Hände frei habe, um mich abfangen zu können, stecke ich mir Stephen Hawking vorn in den Hosenbund.

Ein Steward kommt mir auf halber Strecke entgegen, aber selbst der ist nicht willens, das Geländer loszulassen, und so hangeln wir uns breit grinsend und recht eng aneinander vorbei. Dass Stephen Hawking auf diese Weise mal zum Keuschheitsgürtel wird, hätte ich so auch nicht erwartet. Wobei … ich drehe mich noch mal um, lege den Kopf schief und gucke dem seemännischen Hintern hinterher. Och, knackig, denke ich kurzzeitig abgelenkt und taumle beschwingt ins Restaurant. Vielleicht wird es ja wirklich Zeit, der Enthaltsamkeit abzuschwören und die Fühler aus dem Schneckenhaus zu strecken? Was soll schon passieren?

Die nächste Herausforderung ist es, Tee und Orangensaft zu einem freien Sitzplatz zu transportieren, ohne dass sie überschwappen. Und das scheitert nicht in Ermangelung von Stühlen. Davon gibt es reichlich, es scheint einige Passagiere erwischt zu haben – der halbe Saal ist leer, wirklich schade um die leckeren Sachen. Also greife ich ordentlich zu und futtere mich durch diverse Müsli- und Brotsorten, frisches Obst und leckere Sauermilch mit Erdbeeren, während Stephen Hawking mich bestens unterhält. Ich schaffe es immerhin bis Seite vier.

»Ist hier noch frei?«

Erstaunt hebe ich den Blick von den Buchseiten und blinzle in das Gesicht von Mortimer, äh, verflixt. Wie hieß der Bar-Casanova und Ludmilla-Tröster eigentlich mit richtigem Namen? Müsste ich mich erinnern?

»Wird Ludmilla dann nicht sauer?«, gebe ich zurück.

Er lacht sympathisch, aber irgendwie glatt. Mein Magen hüpft ein wenig. Der Wellengang – was sonst. Das Leben ist so leicht, wenn man nichts von ihm will!

»Entschuldige, ich hatte noch keine Gelegenheit, mich vorzustellen. Mein Name ist Stefan. Mortimer ist nur eine Rolle, aber das darfst du nicht weitersagen, sonst werde ich an die Haie verfüttert.« Er schmunzelt.

Ich klappe meinen Hawking zu und schiebe ihn aus dem Weg, damit Stefan Platz hat. Für sein Tablett. »Soso. Dann habe ich dich jetzt also in der Hand, ja?«

»Vorsicht! Vielleicht bin ich ja der Mörder?!«

Ich grinse breit. »Wie hoch schätzt du die Wahrscheinlichkeit ein, dass zwei Psychopathen an einem Tisch sitzen?«

Stefan lacht schallend. »Gut gekontert. Aber wer sagt, dass ich ein Psychopath bin? Vielleicht töte ich stumpf aus dem Affekt oder aus niederen Beweggründen?«

»Du gibst es also zu?«

Er hebt abwehrend die Hände. »Nur über meine Leiche. Und kein Wort ohne meinen Anwalt. Ich bin außer Dienst, Hinweise gibt's nur im Kostüm. Schmeckt der Kaffee?«

»Hervorragend. Die Tassen könnten ein bisschen größer sein.« Ich beäuge ihn über meinen Orangensaft hinweg. Graue Augen, nussbaumbraune Haare, die er für seine Rolle gestern zurückgegelt hatte. Heute fallen sie ihm locker in die Stirn. Die Vorliebe für Hemden scheint echt zu sein, dieses ist hellblau, ein bisschen knitterig, und er ist unrasiert. »Wie landet man als Schauspieler bei den Schischus?«

Gut gelaunt schmiert er sich ein Brötchen. »Im Winter gibt es kaum Engagements, wenn man frei an kleinen Bühnen arbeitet. Man hangelt sich von Spielzeit zu Spielzeit. Dazwischen meldet man sich arbeitslos.«

»Brotlose Kunst also?«

Er zeigt mit dem Brötchen in den Raum. »Könnte schlimmer sein, oder? Minette kennt den Veranstalter. So bin ich hier gelandet. Tolle Truppe.«

»Minette?«

»Ludmilla von Hafenstein. Aber psst!«

»Ich werde schweigen wie ein Grab«, verspreche ich feierlich. »Ich bin sowieso kein Krimifan.«

»Ach *du* bist das?!«

Verständnislos sehe ich ihn an.

»Scherz«, grinst er und klaut mir eine Gurkenscheibe vom Teller. »Lass mich raten: Also sollen wir dich nicht ansprechen bei unseren Einzeleinsätzen?«

»Hä?«

»Wir können ja nie davon ausgehen, dass wirklich alle während der Dinnervorstellungen oder in der Bar zusammenkommen, vor allem jetzt bei dem Wetter. Damit ihr den Täter findet, müsst ihr zusammenarbeiten. Ausgewählten Schischus spielen wir Hinweise und Ermittlungsvorsprünge zu.« Er zwinkert mich übertrieben an. »Sondervorstellung? Nur du und ich?«

»Bloß nicht!«

Stefan angelt nach meiner letzten Gurke. »Was machst du dann bei den Schischus?«

Ich schiebe ihm den Teller hin. »Meine seekranke Freundin hat mich hergeschleift«, setze ich an. »Nein … Das stimmt nicht ganz. Wir haben zusammen gebucht. Wir mussten einfach ganz dringend raus. Und wann kommt man schon mal ökoverträglich auf die Färöer und nach Island? Entspannen, Lesen, Nordlichter, Hot Tubs …«

»Da ist kein Wasser drin«, unterbricht er mich mit vollem Mund.

»Das haben wir auch schon gemerkt«, grunze ich düster.

»Wir könnten ins Kino gehen«, schlägt er vor. »Oder in die Sauna?«

Eins der Serviermädchen kommt dienstbeflissen an unseren Tisch und fragt, ob es abräumen darf. Als sie mit unseren leeren Tellern geschickt Richtung Küche balanciert, blicke ich ihr hinterher. Bei mir sehen die Ausgleichsbewegungen zum schwankenden Schiff bestimmt nicht so elegant aus. Stefan glotzt ihr unverhohlen auf den Po.

»Du lässt nichts anbrennen, oder?«

»Sieben Tage vergehen wie im Flug, aber die Nächte auf See können lang und einsam sein«, sagt er lachend und steht auf. »War den Versuch wert. Magst du auch noch einen Kaffee?«

Ich schüttle den Kopf und halte meine Hand über die Tasse. »Danke. Ich steige besser auf Tee um, sonst bekomme ich Herzrasen.«

»Oh, das liegt an mir. Ich höre das öfter.«

»Ganz schön selbstbewusst.«

»Das täuscht«, ruft er über die Schulter zurück. »Alles nur gespielt. Ich kann nichts dafür, Berufskrankheit.«

Was für ein sonniges Kerlchen. Kopfschüttelnd greife ich wieder nach Stephen Hawking. Das ist was Solides. Steffi ist ja nicht da zum gemeinschaftlichen Ablästern. Und Hannes?, schaltet sich eine Stimme in meinem Kopf dazu. Der auch nicht. Ganz sicher ist der nicht da! Und das ist gut so! Aber was, wenn doch? Wäre ja doch schön … irgendwie.

Unwillkürlich sehe ich mich um. Ob er sich einfach unters Volk mischen würde? Ohne sich mir zu erkennen zu geben? Wenn er schlau ist? – Nein, komplett unwahrscheinlich! Mist. Ich habe keinerlei Anhaltspunkte über sein Aussehen und sein Alter.

Ich tauche den Löffel in den Obstsalat. Irgendwann würde er doch sicher mit mir Kontakt aufnehmen, oder nicht? Natürlich müsste er erst einmal herausfinden, wer ich bin. Aber wie sollte er überhaupt so schnell hierhergekommen sein? Da hätte er ja alles stehen und liegen lassen müssen – und fliegen … Lächelnd schiebe ich mir ein Stückchen Kiwi mit Himbeere in den Mund. Romantisch wäre das ja schon, aber *ein* falsches Wort von Steffi, und ich …

Oh, Steffi! … Ich erinnere mich schuldbewusst an meine Freundinnenpflichten, vertröste Mister Hawking auf ein späteres Rendezvous unter vier Augen und verbanne jede Fantasie über Hannes aus meinem Schädel. Ich muss jetzt Brötchen schmieren, damit Steffi zu Kräften kommt. Hmm … Mein Blick gleitet übers Büfett. Was würde ich essen wollen, wenn mir übel ist?

Ein Katerfrühstück muss salzig und fettig sein, bloß nicht süß und schleimig, das trifft sicher auch auf die Seekrankheit zu. Wenn Enna sich nach einer kurvigen Autofahrt übergibt, hat sie danach prinzipiell Hunger auf alles – von Eis über Gummibärchen bis Schokolade und Schnitzel. Bei Magen-Darm schwören manche auf abgestandene Cola und Salzstangen, ich bevorzuge eher Fencheltee und Zwieback. Tja … Steffi sehe ich irgendwo dazwischen. In Ermangelung all dieser Varianten entscheide ich mich für etwas Rohkost, ein paar Scheiben Knäckebrot und Toast, zur Sicherheit ein paar abgepackte Butterstückchen und Honig dazu … und einen kleinen Joghurtbecher. Löffel haben wir im Zimmer. Das alles lasse ich komplett in einer der auch hier überall deponierten Spucktüten verschwinden, klemme mir noch ein paar Tüten und Servietten als Reserve unter den Arm und wanke zurück in Richtung Krankenkoje.

Unterwegs ernte ich angesichts meiner prallvollen Spucktüte eine Reihe sonderbarer Blicke. Sie reichen von angewidert über mitfühlend bis schadenfroh. Ich weiß nicht, wieso, aber plötzlich habe ich unbändige Lust, meine Tütchen zu schlenkern und dabei unpässlich die Backen zu blähen. Ich hätte Steffi Vanillepudding einpacken sollen oder Quark mit Früchten – um mich damit dann hier auf den Gang zu setzen und direkt aus der Tüte zu löffeln.

Ein blasser Junge in Ennas Alter kommt mir ebenfalls weiß bebeutelt entgegen und guckt so verstört, als ob er meine Gedanken gelesen hätte. Solidarisch halte ich mein Tütchen hoch. Als er die pralle Fülle sieht, wird er noch grüner um die Nase und hat es auf einmal sehr eilig, an mir vorbei ins Freie zu stürmen. Zum Glück halten ihm zwei Erwachsene die Tür auf. Bei den Fischen dürfte ich einen gut haben, schätze ich. Aber der Junge tut mir wirklich leid, armes Kind … Was meins wohl gerade macht? Hat Enna gerade Mathe oder Englisch? Ach nee, ist ja Sonntag. Wegen der Zeitverschiebung komme ich ganz durcheinander. In Gedanken drücke ich meinen Nachwuchs und seine Oma ganz doll an meine Mutterbrust. Danke, dass ich hier sein darf!

Summend stecke ich meine Karte in die Tür, die unseren Kabinengang vom Foyer trennt. Ich treffe auf Anhieb, aber das kleine Licht, das jetzt grün werden sollte, bleibt hartnäckig auf Rot stehen und hält eisern dagegen, als ich die Klinke drücke. »Was?«, jaule ich. »Darf man ab Windstärke fünf etwa nicht mehr lustig sein?« Um die Hände frei zu haben und mit beiden Händen rütteln zu können, nehme ich Steffis Frühstücksbeutel zwischen die Zähne.

Hinter mir räuspert sich jemand. »Darf ich helfen?«

»Hmm?« Okay, kann sein, dass ich aus Versehen den Mund aufgemacht habe, jedenfalls fällt mir vor Schreck die Tüte herunter. Ich versuche natürlich, sie zu erwischen, bevor sie samt Steffis Frühstück auf den Boden fällt.

Der arme Mann hinter mir macht einen Hechtsprung zur Seite und weicht aus, statt zuzupacken, vermutlich weil er denkt, ihn würden gleich ganz andere Inhalte treffen als die beiden herauskullernden Tomaten. Jedenfalls prallt er krachend gegen die Wand, während ich erfolgreich eine Tomate einfange, bevor sie auf dem Teppichboden aufkommt.

Kann sein, dass ich im Eifer ein bisschen zu fest zugedrückt habe. Die Tomate ist heil, aber als ich sie in die Tüte zurücklege, fasse ich in cremig kühle Flüssigkeit. Anscheinend ist der Joghurtbecher aufgeplatzt, mir rinnt klebriges Schlabberzeugs mit Pfirsichstückchen die Finger herab. Ohne nachzudenken, lecke ich die Flüssigkeit ab, bevor sie auf den schönen Teppich tropft.

Das Gesicht des Mannes versteinert, als er das sieht. Er erstarrt in der Bewegung und hört sogar auf, seine Schulter zu reiben. Dann breitet sich ein erleichtertes Grinsen aus.

»Ich dachte gerade … Ach herrje.« Er fängt an zu glucksen, und ich muss mit kichern.

»Das ist mir jetzt echt peinlich«, gestehe ich. Die zweite Tomate behalte ich besser in der Hand.

Er wischt sich Lachtränen aus den Augenwinkeln. »Mit der Nummer sollten Sie auftreten.«

Ich schüttle den Kopf und denke reumütig an den Jungen von vorhin.

»Lieber nicht. Das kann derb falsch verstanden werden. Haben Sie sich wehgetan?«

»Nicht schlimm. Ich war nur …«

»… überrascht«, helfe ich diplomatisch aus.

Er nickt. »Soll ich Ihnen aufmachen? Wo müssen Sie denn hin?«

»Zimmer sieben-drei-null …« Ich halte kurz inne. Vielleicht sollte ich ihm nicht gleich unsere vollständige Kabinennummer auf die Nase binden? Allerdings trägt er Arbeitskleidung, also gehört er wohl zur Besatzung. »Fünf«, hauche ich.

Er lächelt und winkt ab, dann verzieht er das Gesicht, weil der Arm das Winken offenbar nicht gut fand.

Ich auch nicht. Wie soll ich denn das verstehen? Ist ja nicht so, als ob wir Holzklasse gebucht hätten.

»Falscher Flur. Zu den Außenkabinen geht es da entlang.« Er zeigt in die Richtung, aus der ich gekommen bin.

»Oh«, sage ich äußerst schlagfertig. »Äh … und danke.«

Gerade als ich mich umdrehe und weiterwanken will, schießt mir ein völlig absurder Gedanke durch den Kopf. Vielleicht wollte der Mann ja die Hot Tubs reparieren? Und jetzt kann er das nicht, weil er sich den Arm verletzt hat? Meinetwegen? Ein weiterer Gedanke schließt sich an: Was, wenn Hannes ein Mitglied der Crew wäre? Das würde erklären, dass er sich an Bord auskennt, oder?

Der Typ hat mich gesiezt – würde Hannes das tun? Zur Tarnung?

»Hannes?«, flüstere ich ihm hinterher, aber er ist wie vom Erdboden verschluckt. Wie ein Phantom … »Ooooh, Hannes …«

Schließlich erreiche ich unsere Kabine ohne weitere Vorkommnisse. Die Hände sind klebrig, der Tüteninhalt nur bedingt appetitlich, aber zumindest das Brot ist trocken geblieben.

Steffi schläft immer noch. Was jetzt?

»Steffi?«, versuche ich mich vorsichtig im Wecken. Keine Reaktion. Sie atmet gleichmäßig; die vorbereiteten Notfalltüten sind unbenutzt, der Tee ist leer, und die Tablettenpackung liegt anders da als vorhin. Das werte ich jetzt mal als gutes Zeichen. Teilweise gut. Mein Blick fällt auf das Programmheft. Der Schreibworkshop hängt wie ein Damoklesschwert über mir. Wenn ich ihn nicht wahrnehme, wird Steffi das Schwert höchstpersönlich in die Hand nehmen und mich damit über die Planke schicken.

Um Zeit zu schinden, koche ich ihr noch einen Tee, wobei ich es mir nicht verkneifen kann, ordentlich zu klappern und zu rascheln. Aber wahrscheinlich könnte ich auch meine Playlist aufdrehen, schön falsch dazu singen und mit den Schranktüren den Rhythmus von »We Will Rock You« schlagen.

Steffi schläft wie ein Stein.

Missmutig suche ich mein Strickzeug, einen kleinen Block und einen Stift zusammen und vergewissere mich noch einmal, dass der Kurs auch wirklich um zehn Uhr in der Sólja-Bar beginnt. Der Kelch geht nicht an mir vorüber, es steht da immer noch schwarz auf weiß.

Das Leben ist ungerecht, und zwar so was von. Ich wollte einfach nur tun und lassen, was ich will, nach zwölf Jahren fremdbestimmten Mutterdaseins. Einmal nur! Eine Woche! Sieben winzig kurze Tage und ein paar nicht ganz so kurze Nächte!

Stattdessen muss ich einen Schreibworkshop besuchen und mitschreiben wie früher in der Schule, während meine beste Freundin ihren Rausch und ihre Seekrankheit ausschläft – und eine Portion Liebeskummer dazu, nehme ich an. Ich werfe ihr einen letzten neidischen Blick zu, dann ziehe ich schnell die Tür hinter mir zu und mache mich auf den Weg.

Als ich ankomme, sitzen alle schon an ihren Plätzen. Eine kleine elitäre Gruppe, die Hälfte mit Lesebrillen ausgestattet und mit Laptops. Alles engagierte, zumindest semiprofessionelle Laienschreiberlinge – und dazwischen ich.

Meinen Platz im Himmel dürfte ich nach dieser guten Tat hoffentlich sicher haben.

Der Raum ist abgedunkelt, weil Annegret etwas mit dem Beamer auf die Leinwand projiziert. Sie winkt mich auf einen freien Platz, und ich stolpere möglichst unauffällig an meinen Tisch, während sie Kopien verteilt, auf denen ich Worte wie »Weigerung«, »Weg der Prüfungen«, »der schwierige Rückweg« und »Meister der zwei Wellen« entziffere.

Letzteres klingt nach einem spannenden Buchtitel, dann merke ich allerdings, dass ich mich verguckt habe.

»Meister der zwei Welten« steht da. Aber das macht mich auch nicht schlauer.

»Es geht um die Heldenreise. Figurenentwicklung machen wir morgen«, flüstert eine Stimme in meine Richtung, die ich schon öfter gehört habe.

»Basti«, strahle ich. »Machst du auch mit?«

»Wegen des Seegangs sind ein paar Plätze frei geworden. Da durfte ich nachrutschen. Wie geht's Steffi?«

»Sie schläft.«

Am Tisch neben uns räuspert sich ein Herr mit Schirmmütze und üppigem Backenbart. Rügend legt er den Finger an die Lippen. Ich fühle mich in meine Schulzeit zurückversetzt und werde automatisch einen Kopf kleiner. Aber Basti bleibt souverän. Er lächelt den Mann an, rutscht zu mir herüber und erklärt leise, worum es geht.

»Die Heldenreise ist ein beliebtes Grundgerüst für den Aufbau von Romanen und Filmen. Sie lässt sich bis in die Antike zurückverfolgen. Eine uralte Strickanleitung quasi.« Er schielt auf meine Wolle und zwinkert mir zu.

»Woher weißt du das alles?«, wispere ich.

»Ich studiere Medienwissenschaften.«

Vorn erklärt Annegret die einzelnen Etappen auf dem Weg des Helden Schritt für Schritt anhand der *Star-Wars*-Filme und Luke Skywalker.

Staunend höre ich zu. Ich denke an Steffis Schreibwunsch. »Und das funktioniert auch bei Krimis?«, frage ich laut.

»Natürlich«, nickt Annegret. »Das ist der Klassiker. Ein Ermittler stolpert über eine Nachricht, einen Fall, eine Leiche. Er soll das Problem lösen, es scheint kompliziert, er will nicht. Dann wird er dazu genötigt oder überredet, gerät in Gefahr, erleidet Rückschläge und gewinnt neue Erkenntnisse. Alles scheint verloren, aber auf einmal wendet er eine neue Strategie an. In letzter Sekunde besiegt er so die Gegenspieler, löst den Fall, alle jubeln, und am Ende ist er nicht mehr derselbe. Gereift, gebrochen, auf jeden Fall verändert.«

»Oh Gott«, rutscht es mir heraus. »Das trifft auf neunzig Prozent aller Filme und Bücher zu, die ich kenne.«

Die anderen lachen. Annegret winkt ab und nickt. »Ist so. Genau auf diese Weise funktionieren fast alle Geschichten auf der Welt, weil die Reise des Helden zutiefst menschlich ist, weil wir alle dieses Unterwegssein kennen, die Prüfungen, die Fallstricke. Wir verändern uns auf dem Weg, leiden, lieben, scheitern, stehen wieder auf – und am Ende hoffen wir auf den Schatz. Trotzdem erlebt jeder von uns seine eigene Reise – ganz individuell, in unendlichen Varianten. Und das habe ich mit euch auch vor. Wir wenden dieses Konzept an, um einen eigenen kleinen Krimi zu schreiben, Schritt für Schritt. Aber schauen wir uns zunächst ein anderes Beispiel an. Nehmen wir *Das Schweigen der Lämmer*.«

Ich mache ein entsetztes Geräusch und ernte einen missbilligenden Blick des backenbärtigen Schirmmützenherrn. Annegret schmunzelt. »Wir können auch *Pretty Woman* oder die *Tribute von Panem* nehmen. Letztlich passt das alles zum Thema *Schiff mit Schuss*. Kommt immer auf die Auslegung an.«

Alle lachen. Alle außer mir. Entsetzt packe ich Bastis Unterarm. »Ich meine das ernst!«, zische ich. »Ich weiß gar nicht, ob ich das alles wissen will. Das ist ja, als würde man Zaubertricks erklären. Das ist Frevel, Blasphemie! Wo bleibt dann die Magie? Kann ich nach diesem Workshop je wieder etwas lesen, ohne an Schwellenhüter, Mentoren und tiefste Höhlenkonstruktionen zu denken?«

»Keine Angst«, sagt er leise. »Nur weil man theoretisch weiß, wie die Welt funktioniert, heißt das doch nicht, dass man sich nicht verzaubern lassen kann.«

Ich bin mir da nicht so sicher. »Mhhm«, mache ich hilflos, bevor Mister Backenbart gleich wieder böse guckt.

Annegret verteilt einen weiteren Zettel. Wir sollen uns zum Üben einen Krimihelden ausdenken, einen Namen, ein Alter, einen Beruf, einen Ausgangsort, und dann sollen wir ihn nach diesem Schema auf die Reise schicken.

Ich kann das nicht. Ich will das auch gar nicht!

Ich starre die Tabelle an, schiele zu den anderen, die mit Bleistift oder Kugelschreiber drauflosschreiben, radieren, durchstreichen, neu skizzieren oder gleich in ihre Laptops hacken, während ich wieder und wieder auf dieses Papier blicke und heulen könnte wie ein kleines Kind. Ich möchte aufspringen und Steffi aus dem Bett zerren, hierher, damit sie ihre Suppe bitte selbst auslöffelt. Kreativ bin ich, wenn es um Schaufenstergestaltung geht, darum, wie man aus alten Marmeladengläsern etwas Hübsches bastelt oder einen alten Schlitten zu einem genialen, shabbyschicken Bücherregal upcycelt, da wir sowieso keine richtigen Winter mehr haben. Aber Bücher schreiben? Geschichten erzählen? Einen Krimi noch dazu? Nach Strickanleitung?

Ich mach ja nicht mal Maschenproben! Wo bleibt denn da der Spaß?

»Wer hat wann, wo, was getan und aus welchem Motiv?« Annegrets Stimme dröhnt in meinem Kopf.

Ich komme mir vor wie das fünfjährige Mädchen, dem der große Bruder erzählt hat, dass es den Weihnachtsmann nicht gibt. Ich will meine Illusionen behalten. Sie sind schön, sie trösten mich, sie geben mir Kraft, sie verzaubern mein Leben! Warum sollte ich die Magie einer Geschichte wie ein Metzger zerpflücken und unter Neonlicht betrachten wollen?

»Um wessen Heldenreise geht es?«, fragt sie weiter. Ihre Stimme hat etwas Hypnotisches.

Ich bin unterwegs. Auf der Eydna. Weil ich einfach meine Ruhe haben wollte, ganz ohne Hintergedanken. Und Buckelwale unterm Nordlicht sehen. So what? Ich habe genug Prüfungen in meinem Leben, ich brauche nicht noch eine Challenge, und überhaupt, das ist doch nicht meine Heldenreise hier … Aber was schreibe ich denn jetzt? Warum starren mich diese Lücken und Kästchen so an? Ich kann das auch einfach leer lassen, das ist doch Steffis Workshop. Sie muss das ausfüllen, ich muss das nicht tun! Oh, aber ich weiß genau, welche Namen Steffi hier aufschreiben würde!

Annegrets Thermoskanne rutscht mit dem Wellengang bedrohlich von einer Seite ihres Tisches auf die andere. Kurz bevor sie abstürzt, pendelt sie wieder zurück. Annegret packt zu und hält sie fest, ohne aufzusehen.

Mein Frühstück schaukelt in meinem Bauch, aber das kann niemand einfach festhalten. Mir ist flau.

»Alles in Ordnung?«, fragt Basti.

Ich schüttle den Kopf. Das Papier verschwimmt vor meinen Augen. Meine Hände sind feucht. Ich lasse den Stift fallen, als wäre er plötzlich kochend heiß.

Hannes. Das Wort steht einsam auf dem Papier, und ich habe keine Ahnung, wie es da hingekommen ist und was es da soll.

Aber wenn er der reisende Held ist, dann bin ich der Fall, den er knacken muss, und das kann nicht gut ausgehen. Wenn hingegen ich diejenige bin, die ausgezogen ist, das Fürchten zu lernen, welche Rolle hat dann er? Oder taucht er in meiner Geschichte am Ende gar nicht auf? Und wieso muss ich ständig an ihn denken, obwohl ich das gar nicht will? Platonische Lernfreunde, nicht mehr! Verdammte Illusion! Ich will mit keinem Drachen in irgendwelchen Höhlen um einen Schatz kämpfen. Ich brauche kein olles Elixier. Und ich will auch weder Hannes retten noch von ihm gerettet werden.

Basti streichelt mir unbeholfen über den Rücken.

»Meine Oma strickt liebend gern und richtig gut«, sagt er, und ich sehe ihn wohl ziemlich verdutzt an, denn er lächelt ganz süß, als er fortfährt. »Sie hat in ihrem ganzen Leben noch keine einzige Maschenprobe gemacht. Wenn was nicht passt, ribbelt sie ein Stück auf und strickt noch mal neu. Aber meistens passt es, Oma hat das einfach im Gefühl. Und beim Schreiben ist es auch so. Manche Geschichten entstehen aus dem Bauch. Analysieren kannst du hinterher.«

Ich nicke. »Damit kann ich was anfangen«, sage ich nach einer Weile. Aber was hier eben mit mir passiert ist, macht mir trotzdem Angst. Ich will keine Heldenreise erleben, ich will mich einfach nur erholen. Kann das denn niemand verstehen?

Als ich zurück in die Kabine schleiche, blinzelt mich eine blassgrüne Steffi aus weißen Laken und winzig kleinen Augen an.

»Wie war's?«, will sie wissen. »Was habt ihr gemacht? Was habe ich alles verpasst? Meinst du, ich schaffe den Anschluss noch?«

»Du musst deine eigene Geschichte schreiben.«

Ich werfe die Kopien und meine Notizen auf die Bettdecke. »Für mich ist das nichts. Aber du brauchst keine Maschenprobe machen, wenn du nicht willst«, verkünde ich. »Das ist das Wichtigste, was ich mir gemerkt habe.«

»Aha?«

»Das Prinzip der Heldenreise«, füge ich großzügig als Erklärung hinzu. »Wenn Obi-Wan Kenobi nicht gestorben wäre, hätte Luke Skywalker den Todesstern niemals geknackt, das ist komplett logisch, wenn man die Dramaturgie analytisch betrachtet. Figurenentwicklung kommt morgen. Das hat Annegret vertagt, weil heute so wenige da waren.«

»Aha?«, macht Steffi noch einmal und richtet sich vorsichtig auf. »Muss ich das verstehen?«

»Wirst du, wenn du wach bist. Du willst ja Krimis schreiben lernen. Geht's dir schon besser?«

Sie nickt, dabei kann sie kaum die Augen offen halten.

»Du brauchst frische Luft«, stelle ich fest. Zu Hause würde ich jetzt die Heizung runterdrehen und die Fenster weit aufreißen, auf so einem Schiff wird die Sauerstoffzufuhr vollautomatisch geregelt – oder per pedes: zu Fuß rauf aufs Deck und durchpusten lassen.

Steffi schüttelt den Kopf, lässt sich kraftlos zurück ins Kissen plumpsen und vergräbt ihren Kopf darin. »Ich stehe erst wieder auf, wenn wir festen Boden unter den Füßen haben.«

»Das kannst du knicken. Wir haben ehrgeizige Pläne, schon vergessen?«

»Dann gib mir noch zwei Stunden. Ich bin so müde, aber mir ist kaum noch schlecht. Im Liegen geht's viel besser, und wenn ich schlafe, muss ich auch nicht an Thorben denken …«

Mein Blick fällt auf die Tablettenpackung. »Wie viele hast du denn genommen?«

»Nur zwei«, nuschelt sie zwischen den Kissen hervor. »Ehrlich. Bitte weitergehen, hier gibt's nichts zu sehen. Komm in drei Stunden wieder. Da werfe ich die nächste ein, und dann stehe ich auf, versprochen. Tschacka!«

Sie hat es noch nicht ganz ausgesprochen, da sind ihre Augen bereits wieder zugefallen wie eine Tür ins Schloss.

»Hmm«, grunze ich. »Dann gucke ich den Film über die Färöerinseln anscheinend alleine.«

Keine Reaktion aus den Laken.

»Und dazu bestelle ich mir einen Cappuccino.«

Steffi schnarcht nicht. Aber die Geräusche, die aus ihrer Kehle kommen, gehen ein kleines bisschen in die Richtung. Ein Teil von mir wird ziemlich neidisch, der größere ist voller Tatendrang – zumal der Wind die Wolkendecke aufgerissen hat und immer mehr strahlend blauen Himmel freigibt.

Mir liegt auf der Zunge, dass sie mir eine Nachricht schicken kann, wenn sie mich sucht, aber das funktioniert ja nicht. Andererseits ist das Schiff auch nicht sooo groß, und mein Gefühl sagt mir, dass Steffi sich ohnehin nicht freiwillig aus unserer Kabine wegbewegen wird.

Also schnappe ich mir meinen Schal und die dicke Wollmütze, schlüpfe in die Stiefel und klemme mir die Winterjacke unter den Arm. Sieben Tage sind kurz. Ich will Wale sehen! Und Fotos von den Shetlandinseln machen. An denen kommen wir frühestens heute Nachmittag vorbei, aber ich kann ja schon mal Ausschau halten. Und wieder an der Rezeption nerven wegen der Hot Tubs. Der Mensch braucht Rituale! Hauptsache, Steffi ist morgen wieder fit, wenn wir in Tórshavn anlegen.

Kapitel 7

An Deck ist es so windig, dass ich mich bei jedem Schritt mit aller Kraft gut festhalten muss. Hangelnderweise arbeite ich mich an der Reling von hinten nach vorn, immer in der Angst, dass es mir gleich die Mütze vom Kopf weht. Ich erklimme todesmutig sogar die steile Treppe aufs Sonnendeck ganz oben und wechsle die Schiffsseite. Hier finde ich Windschatten und setze mich für ein paar Minuten auf einen der weißen Stahlkästen an der Schornsteinwand. Augen zu und genießen.

Ja! Da ist es wieder, das Gefühl von Urlaub, von Entschleunigt-Sein, Sich-treiben-Lassen über die aufgeschäumte See – Schaumkronenschaukeln. Kurzfristig ist es mir beinahe abhandengekommen. Doch ich bin hier!

Die Luft schmeckt nach Salz, ringsum weites Meer, über mir nur der Himmel und ein paar Möwen, sonst nichts. Die Sonne wärmt meine Wangen, wo der Wind sie nicht trifft. Ich ziehe die Jacke enger um mich und verschränke die Arme. Genüsslich tauche ich ein in einen ersten Anflug von … Langeweile – wie herrlich! Ich werde mich ihr hingeben, diesen Moment mit geschlossenen

Lidern auskosten, mich einfach nur spüren, in diesem Körper, auf diesem Schiff, atmen …

Prompt fällt ein Schatten auf mich.

»Huch? Geht's dir doch schon besser?«, frage ich in der Erwartung, Steffi zu sehen.

Aber als ich die Augen öffne, steht Ludmilla vor mir, in voller Sechzigerjahre-Dramaqueen-Abendgarderobe und stößt theatralisch hervor: »Ich war's nicht! Sie müssen mir glauben! Ich habe Henry geliebt!«

Oh, bitte, nein, ich will nicht mitspielen. Das gibt's doch nicht. Machen die jetzt wirklich einen auf Walk Acts? Energisch schüttele ich den Kopf.

»Ich bin raus. Bitte. Das ist nicht mein Ding«, wehre ich ab und schiele an Ludmillas Federboa vorbei auf der Suche nach einem Schischu, der sich über die Ehre mehr freuen würde als ich. Aber die sind anscheinend alle rechtzeitig abgetaucht.

»Ich bin keine Kriminelle«, jault Ludmilla und rückt ganz eng an meine Seite.

»Nein«, bestätige ich. »Das nehme ich zumindest an. Minette, richtig?«

Sie verzieht eisern keine Miene. Da muss ich wohl härtere Geschütze auffahren.

»Sie sind Schauspielerin, und es tut mir wirklich leid, ich kann mir vorstellen, wie blöd das ist, wenn jemand nicht mitmacht, und wie kalt das im Kostüm hier draußen sein muss. Aber ich möchte hier einfach nur sitzen. Bitte suchen Sie sich ein anderes Opfer, okay?«

Als Antwort ernte ich einen schmerzerfüllten Blick von Minette oder Ludmilla, das kann ich nicht genau einordnen.

»Opfer! Oh! Mein armer Henry!«, heult sie auf und erhebt sich würdevoll taumelnd. Sie fasst sich an das Strasscollier auf ihrem üppigen Busen. Der ist unterm Abendkleid in hautfarbene Thermowäsche gepackt, die Illusion ist beinahe perfekt. Trotzdem beneidet sie mich garantiert um meine warme Daunenjacke, ihre Fingerspitzen sind rot gefroren. Ganz Ludmilla, rafft sie die Röcke und rauscht davon – so gut das bei diesem Seegang möglich ist.

Aber so leise, dass ich es mir auch eingebildet haben könnte, zischt die Minette in ihr: »Ich bringe ihn um.«

Sie steuert auf Stefan zu, der im Mortimer-Outfit windgeschützt hinter den verglasten Fenstern der Outdoor-Bar steht und sich kringelig lacht. Und ich bin mir sicher, das steht weder im Skript, noch gehört es zur Jobbeschreibung: Sie zeigt ihm den ausgestreckten Mittelfinger und tritt ihn vors Schienbein. Himmel, dieser Typ hat wirklich einen schrägen Humor. Ich gucke ganz schnell weg, weil ich so lachen muss. Ich glaube, ich schulde ihr ein Bier.

Die frische Seeluft ist herrlich, und Neptun oder Poseidon oder wer auch immer hat anscheinend ein Einsehen mit uns, und es macht ihm keinen Spaß mehr, uns so durchzuschütteln. Jedenfalls beruhigen sich die See und der Wind. Der Himmel wird immer blauer, und die Sonne zaubert blinkende Lichtreflexe auf die Wellen. Ich kneife die Augen zusammen, um den Horizont nach dreieckigen Flossen oder verräterischen Wasserfontänen abzuscannen, aber außer dem einen oder anderen Frachter in weiter Ferne ist da nichts, rein gar nichts. Nur Wasser. Von Shetland keine Spur.

Seufzend pule ich mein Handy aus der Jackentasche. Auch wenn ich keinen Empfang habe, sollte ich vielleicht die Gelegenheit nutzen und schon mal ein paar überfällige Nachrichten schreiben. An Enna. Und Oma. Und … Hannes. Aber was soll ich ihm schreiben? Ich starre die letzte Nachricht an, die ich ihm nach Steffis Wahnsinnstat gesendet habe, und überlege, was ich da noch ergänzen kann.

Icelandfan52:
Hi! Steffi hat gestanden! Es tut mir so leid. Ich habe keine Ahnung, was ihr da in den Kopf geschossen ist. Ich habe sie nicht dazu angestiftet. Nie! Bitte glaub mir.
Lernfreunde forever!
Ich hoffe, du bist nicht so hirnverbrannt …

Nein, das lösche ich sofort wieder. Das Schlimme ist, inzwischen fände ich es ja schon cool, wenn er käme. Aber er soll bloß nicht glauben, dass ich … Und Steffi soll erst recht nicht denken … hmpf. Gar nicht so einfach. Ich beiße auf meiner Unterlippe herum und knete die Finger, damit sie nicht einfrieren, bevor ich sie wieder unter die Schutzkappe meiner Strickhandschuhe stecke, mit der ich zwischen Fäustlingen und Fingerlingen variieren kann.

Keine Ahnung, ob du jetzt an Bord kommst oder nicht und wann ich wieder Internet habe und ob dich diese Nachricht erreicht oder du die Nase voll hast von uns.

Du musst uns für total bescheuert halten ... es ist ja nicht so, dass ich dich NICHT kennenlernen will.

Ich halte einen Moment inne und starre auf die schäumenden Wellenkämme. Auf und ab, genau wie in mir drin. Ich habe eine ziemliche Angst. Ich will mich nicht schon wieder in den Falschen verlieben ... Das geht dann wieder Hals über Kopf bei mir, und ich habe Schiss, dass ich ... dass ... Ich bin eine Mutter, ich habe Verantwortung. Das hat doch auch alles keine Zukunft – ich meine, Island und Deutschland. Das ist die Art Fernbeziehung, die von vornherein zum Scheitern verurteilt ist.

Wobei – vielleicht wäre das gerade gut zum »Üben«? Ach, Hannes. Kannst du nicht einfach mein kinderlieber isländischer Traumprinz sein, wir kaufen uns zwanzig Ponys und hundert Schafe und verkaufen Strickpullis?

Also, wenn du doch kommen solltest, dann sag bloß nicht, dass du Hannes bist. Nicht gleich jedenfalls.
Oder warte. Sag es doch. Dann haben wir es hinter uns gebracht.

Ach verdammt. Ein Müsliriegel im Kühlschrank hat mehr Ahnung, was er schreiben soll. Mein Magen knurrt, und meine Fußspitzen sind trotz der Winterstiefel eisig. Ich mache ein paar Fotos für Enna, klappe ganz schnell die Handschuhe wieder zu und beschließe dann doch hineinzugehen. Die Nachricht kann ich auch später weiterschreiben. Außerdem hat der Film über die Färöer bestimmt schon angefangen, und in der Sólja-Bar gibt es

Kaffee und Kuchen, und im Zimmer haben wir Kekse und … Steffi. Auweia. Schuldbewusst beiße ich mir auf die Unterlippe. Ich muss dringend nach ihr sehen, vielleicht braucht sie was.

Steffi schlummert immer noch selig in Morpheus' Armen. Immerhin hat sie in der Zwischenzeit die Knäckebrote und sogar die Rohkost weggeknabbert, sie muss also zwischendurch wach gewesen sein. Und ihre Nasenspitze sieht auch schon ein wenig rosig aus und nicht mehr grün.

»Na gut, aber nur, bis wir die Shetlands erreicht haben, dann schleife ich dich aus der Koje«, brumme ich und trolle mich alleine Richtung Bar. Statt Stephen Hawking nehme ich diesmal mein Strickzeug zur Gesellschaft mit, das scheint mir ein guter Kompromiss, um ein bisschen sozialkompatibler zu wirken.

Als ich die Bar betrete, ist außer einer Gruppe Dänen, die um ein Tischchen sitzen und lautstark ein Brettspiel spielen, kaum etwas los.

An der Fensterfront auf der Seite sitzt eine ältere Dame und liest – kein deutsches Buch, also vermutlich auch niemand von uns.

Vorn an der Bühne erspähe ich Wolfgang und Florian, die eine Leinwand und einen Projektor aufbauen. »Kann ich helfen?«, biete ich an und deponiere mein Strickzeug auf einem der leeren Tische.

»Allet jut, aber danke!«, ruft Wolfgang und klappt seinen Laptop zu. »Ditt läuft.«

»Wir sind schon fertig«, bestätigt Florian.

»Och nö«, sage ich und lasse die Schultern sinken. »Ich hab den Film verpasst, stimmt's?«

»Über die Färöerinseln? ... Ja, der lief gleich im Anschluss an den Schreibworkshop. Und Hauke ist krank. Darum ziehen wir Wolfgangs Vortrag vor. Er fängt in einer halben Stunde an.«

»Schimmelgesichter und so«, bestätigt der Leichenflüsterer und Kriminalkommissar a.D. »Das war das Lieblingsthema deiner Freundin, oder? Sehr verdächtig.« Er zwinkert mir fröhlich zu.

Ich seufze unentschlossen. Hätte ich mir bloß Stephen mitgenommen, aber jetzt mag ich auch nicht mehr die zwei Decks hoch- und zurückgehen.

Also schnappe ich mir mein Strickzeug und erklimme einen der Barhocker bei Pawel.

»Tequila Sunrise?«, fragt er grinsend.

Ich schüttle den Kopf. »Damit warte ich lieber bis zur Happy Hour. Einen Cappuccino bitte.«

»Brownie dazu?«

Er zeigt auf die Gebäckauswahl. Ich denke ans Abendbüfett, meine Taille und Hannes und schüttle den Kopf.

Schmunzelnd greift Pawel unter den Tresen und legt ein paar Kekse neben die Tasse, die er vor mich hinstellt.

»Aus welchem Land kommst du?«, will ich wissen.

»Island« behauptet er und greift lachend nach seinem Poliertuch. »Warum?«

»Pawel klingt nicht besonders isländisch, und ich wollte mich gern in deiner Landessprache bedanken. Takk fyrir also, entschuldige.«

»Bitte schön.« Versunken wischt er den Tresen blank. »Dzięki«, sagt er plötzlich. »Ich stamme aus Polen. Es gibt ziemlich viele polnische Zuwanderer in Island.«

Ich nicke und versuche *dzięki* zu wiederholen.

»Alles gut«, lacht Pawel. »Wir können uns auf Isländisch unterhalten. Ich übe gern. Diese Sprache ist die Hölle.« Er schneidet eine verschwörerische Grimasse.

»Wem sagst du das«, stöhne ich und fische mein Handy heraus. »Ich muss dir was zeigen, ich habe neulich so einen Cartoon – ach nö! Mist.« Ich starre auf ein komplett unscharfes Foto, das von sich behauptet, erst zum Herunterladen markiert werden zu müssen. »Geht nicht. Wieso das denn?«

Pawel beugt sich zu mir herüber. »Braucht Internet, wie?«

»Ja. Anscheinend. Dabei hätte ich schwören können, dass ich … Nicht so wichtig. Es geht um die isländische Grammatik. Das erste Bild zeigt die schwedische Grammatik als Kätzchen, das zweite die niederländische als erwachsene Katze, die deutsche ist ein Tiger und Isländisch das geifernde schwarze Alien von H. R. Giger.«

»Das trifft es ziemlich gut. Brauchst du einen Hotspot?«

»Du hast Netz?«, wispere ich ehrfürchtig.

Er lacht. »Natürlich.«

»Oh Gott, Pawel, du bist mein Retter in der Not! Mein Held! Du ahnst ja nicht …«

Pawel zwinkert mir zu und bedient eine Kundin am anderen Ende des Tresens.

Mit fliegenden Fingern öffne ich das Menü und lasse mein Handy nach verfügbaren WLAN-Netzen suchen.

»Ich bin drin«, säusle ich, und es dauert keine zehn Sekunden, bis gefühlt hundert Nachrichten, E-Mails und Mitteilungen aus diversen Chats aufploppen. Enna hat mir allein fünfzehn Fotos von den neuen Meerschweinchen ihrer Freundin geschickt.

Enna:

Die sind soooo süß, Mama! Die Kringel heißen Rosetten. Können wir auch Rosetten-Meeris haben? Oder ein Islandpferd? Oder einen Hund? Bitte sag Ja! Oma ist auch dafür! Sie sagt, Hunde sind gut fürs Herz.

Mama:

Dann sag Oma, sie sollen sich einen Hund in ihrer WG anschaffen. Wir haben keine Zeit für ein Tier, Süße. Das wäre nicht gerecht. Geht's euch gut?

Morgen haben wir Landgang, dann können wir ganz lange telefonieren, okay?

Ich kann dir einen Papageientaucher aus Plüsch mitbringen. Soll ich?

Du bist echt uncool. Warte. Oma sagt liebe Grüße, und ihr Vermieter erlaubt keine Hunde. Aber im Tierheim sind vier Pfauen abgegeben worden. Die will sie mitnehmen, um ihren Nachbarn zu ärgern, weil der so doof ist.

Sag ihr, das ist keine gute Idee! Dafür braucht sie eine Genehmigung.

Oma sagt auch, du bist uncool. Wir ziehen das jetzt durch.

Sie kann sich ja Stallhasen zulegen.

Au ja!

Wehe!

Waaas? Ich bin zwölf. Ich verstehe noch keine Ironie. Wieso

bist du eigentlich im Netz? Ich denke, ihr habt keins? Egal, muss los!

Dieses Kind! Schmunzelnd scrolle ich durch die übrigen Nachrichten, eine Dekorationsanfrage für ein Wäschegeschäft, der neue Dienstplan für den Bastelladen, Werbung, Spam, Newsletter ... nichts dabei, was nicht warten könnte, bis ich wieder zu Hause bin. Dafür wird mir eine wartende Nachricht in meiner Lern-App angezeigt. Mit klopfendem Herzen logge ich mich ein – und drücke einmal zu viel. »Oh neineineineinnein«, flüstere ich, aber da ist es natürlich schon längst zu spät: Die ganzen halb fertigen Texte an Hannes sind raus, bevor ich noch mal irgendwas überarbeitet, geschweige denn überdacht habe. »Mistmistmist!«

»Alles okay?«, erkundigt sich Pawel.

»Ja. Nein. Keine Ahnung«, stottere ich und wische mich durchs Menü, in der Hoffnung, das Senden irgendwie rückgängig machen zu können. Aber das funktioniert natürlich nicht. Stattdessen ploppen kurz nacheinander vier Meldungen von Hannes auf. Großer Gott, sind das etwa schon die Antworten auf mein Gestammel?

Hannes:

Hæ! Hvað segir þú gott? Kleine Vorwarnung: Ich komme an Bord. Aber damit du nicht panisch wirst, werde ich mich nicht zu erkennen geben. Die Maske, remember? Vielleicht bin ich sogar schon da! Oder zumindest so gut wie? Wer weiß? Bist du zufällig die gut aussehende Blondine mit den Ringelsocken und der grauen Strickjacke? Sjáumst!

Was machen die Hot Tubs? Ihr seid ja verrückte Hühner! Das muss ich schon sagen. Jetzt ist es zu spät.

Oh. Es wäre gut, wenn wir reden würden.

Ich glaube, wir haben ein Dilemma.

»Das glaube ich allerdings auch«, murmle ich entsetzt. »Ein fürchterliches Dilemma.« Es liest sich so, als hätte er irgendwann zwischen der zweiten und dritten Nachricht unseren Rückpfiff bekommen. Oh Gott, und woher weiß der Mann von meiner Vorliebe für Ringelsocken? Hat ihm Steffi etwa Erkennungsmerkmale von mir … Er wird doch wohl nicht tatsächlich schon …?

»Schlechte Nachrichten?«, erkundigt sich Pawel.

»Nein … ja … keine Ahnung!« Ich starre ihn an. »Es kann sein, dass ich Besuch bekomme, den ich echt nicht hier haben möchte. Oder vielleicht doch. Aber … auf jeden Fall ist es eine Katastrophe!«

Pawel betrachtet mich interessiert.

»Sag mal, gibst du Gästen zufällig öfter mal einen Hot Spot? Zum Beispiel Steffi, meiner Freundin, die mich gestern Abend begleitet hat? Du weißt, wen ich meine, oder?«

Er lässt die Augenbrauen hüpfen und versiegelt mit einer Geste die Lippen. »Ein Barkeeper hört zu und schweigt. Das ist unser Ehrenkodex. Kavaliere haben den auch. Und Psychologen. Friseure eher nicht.« Seine Mundwinkel zucken.

Ich lasse das Kinn auf die Brust sinken. In meinen Clogs stecken Füße in Ringelsocken. Ich habe meine graue Strickjacke an. Wie von einer wilden Riesenkrabbe gezwickt, reiße ich den Kopf herum, stütze mich mit beiden Händen am Tresen ab und sause mit dem Drehstuhl herum, in Richtung Raummitte. Beobachtet mich irgendjemand? Jetzt gerade?

Allmählich füllen sich die Tische, Schwärme von Schischus strömen herein wie Heringe, wenn man ein Netz an Bord eines Fischerboots ausschüttet. Aber niemand achtet auf mich. Nicht offensichtlich, zumindest.

Wolfgangs Vortrag muss jeden Moment beginnen. Er sitzt bereits auf seinem Stuhl und unterhält sich leise mit Florian, der Laptop ist aufgeklappt und hochgefahren. Ich lasse den Blick weiter durch den Saal gleiten und wünschte, ich hätte so etwas wie ein Hannes-Radar oder eine Sonarfunktion. Benimmt sich irgendwer auffällig? Sieht jemand ganz bewusst nicht zu mir oder wirkt wie ertappt? Steffi würde jetzt ihren Kosmetikspiegel aus der Handtasche ziehen und professionell den Raum nach Verdächtigen scannen, während sie sich die Nase pudert. Ich bin nicht so geschickt, mir bleibt nur die Konfrontation. Aber niemand sucht meinen Augenkontakt oder weicht übertrieben aus. Außer Stefan, der begeistert winkt. Aber der zählt nicht, ich ignoriere ihn geflissentlich.

Halbwegs erleichtert atme ich auf, doch meine Hände zittern, als ich mich zurückdrehe und den kalt gewordenen Kaffee umrühre. Neben meiner Tasse steht ein Schnaps.

»Brennivín«, erklärt Pawel schmunzelnd.

»Den habe ich aber nicht …«

Er lässt mich nicht ausreden, sondern legt einen Finger auf die Lippen. »Das bringt die Farbe zurück in dein Gesicht. Er ist von …«

Mein Handy brummt dazwischen. Es ist eine Nachricht von meiner Mutter, wie immer mit perfektem Timing.

Oma:

Enna sagt, du hast ihr Stallhasen erlaubt? Wo sollen die denn wohnen?

Mama:

Was? NEIN! Keine Haustiere, bis ich zurück bin! Gar keine! Und auch kein Geflügel und keine Ponys. Kauf dir eine Nirwana-CD, wenn du deinen Nachbarn ärgern willst!

Gute Idee! Außerdem wollte ich Enna immer schon mal auf meiner Geige üben lassen. Und Norbert müsste irgendwo noch seine AC/DC-Platten haben. Danke und viel Spaß euch! Tu nichts, was ich nicht auch tun würde! Wieso bist du eigentlich online? Liebe Grüße von deiner Mutter!

Hilflos sehe ich zu Pawel, nicke matt, setze an und kippe den Schnaps auf ex. Heiß und scharf brennt er sich die Kehle hinunter bis in meine Fußspitzen und hinterlässt ein Kribbeln in der Magengegend.

Ich schüttle den Kopf. Das kann doch alles nicht wahr sein. Dann schreibe ich Hannes.

Icelandfan52:

Wo bist du genau? Was meinst du mit: Du bist schon so gut wie hier? Und es tut mir wirklich, wirklich leid!

Ich starre das Handy an und warte auf Antwort. Aber da kommt nichts. Hannes ist offline. Ist das nun gut oder schlecht? Heißt das, er ist unterwegs, wusste beim Absenden, dass er eine Weile kein Netz haben würde und ich auch nicht bis Tórshavn, und kommt dann an Bord? Oder ist er wirklich schon da? Also hier? An Bord! Ich weiß es nicht, und das macht mich kirre.

»Kann ich noch einen haben? Zum Selber-Zahlen?«

Pawel lächelt. So ein liebes, warmes Kellnerlächeln. Ohne Hintergedanken. Der Mann kann zuhören, der ist eine ehrliche Haut. Und er hat Humor. Ob er Kinder mag?

»Skál!« Ich proste ihm zu und leere meinen zweiten Schnaps an diesem Nachmittag. Daydrinking. Es wird ein böses Ende mit mir nehmen, so oder so.

»Brauchst du das Internet noch?«

Ich verneine abwesend, werfe einen Blick auf meinen Kassenbon und schlucke trocken. Luxusurlaub. Pawel bekommt trotzdem ein großzügiges Trinkgeld.

»Und danke noch mal für den Hotspot und den Schnaps.«

Er lacht. »Keine Ursache. Aber wie gesagt, den Schnaps hat der Herr da drüben bez … Oh, jetzt ist er weg.«

»Wie bitte?«

»Das habe ich doch vorhin gesagt. Du hast nicht zugehört, oder?«

»Ich dachte, der war von dir?«

Pawel schüttelt freundlich den Kopf. »Nur die Kekse.«

»Aber …?«

Er hebt die Schultern und wendet sich dem nächsten Gast zu.

In meinem Kopf dreht sich alles, und der Boden schwankt. Aber das ist normal. Verwirrt raffe ich mein vergessenes Strickzeug und suche mir einen bequemen Sitzplatz auf einem der Sofas an der Wand, ganz in der Nähe der Leinwand. Vielleicht bringen mich ja Mordopfer auf andere Gedanken.

»Wieso weckst du mich nicht?«

Auf einmal rutscht Steffi neben mich, ein bisschen wackelig auf den Beinen zwar, mit verschwollenen Augen und gespenstergleicher Gesichtsfarbe, aber das hat sie mit den meisten anderen Zuhörern gemeinsam.

»Wo kommst du denn her?«

»Rate! Was habe ich verpasst?« Sie sieht gebannt auf die Leinwand, auf der unser Hauptkommissar a.D. gerade anschaulicher, als manchen lieb ist, die Hautverletzungen einer Leiche erklärt, die durch Erhängen entstehen, und worauf man sonst noch so achten muss, wenn man als Ermittler an einen potenziellen Tatort kommt.

Ich lege kurz mein Strickzeug beiseite und flüstere zurück: »Wusstest du, das Erdrosseln und Erwürgen zwei grundverschiedene Todesursachen sind? Und was Todesart eigentlich meint? Da gibt's nur drei. Natürlich, unnatürlich und ungeklärt. Mensch, das wusste ich ja gar nicht. Man geht so leichtfertig mit Sprache um!«

Steffi sieht mich merkwürdig an.

»Waaas?«, frage ich in exakt dem Tonfall, den Enna an den Tag legt, wenn man sie beim Frühstück bittet, die Kopfhörer rauszunehmen.

»Hast du deine morbide Ader entdeckt?«

Ich zucke mit den Schultern und wickle etwas Wolle von meinem Knäuel ab. »*Du* wolltest doch einen Krimi schreiben. Ich passe nur für dich auf, damit dann sachlich alles richtig ist. Da wird jede Menge Quatsch verzapft, sagt Wolfgang. Und der kennt sich *richtig* aus!« Ich lege den Kopf schief und mustere sie. »Sag mal, du warst nicht zufällig gestern noch mal heimlich im Internet?«

»Ich?«

»Du hast null Pokerface, weißt du das?! Für wie lange hast du WLAN gekauft?«

»Ähm … Vier Stunden? Das war nur zwei Euro teurer als eine Stunde, und da dachte ich …«

»Ha! Und dabei hast du Hannes beschrieben, wie ich aussehe? Was soll das? Wir haben ihn doch gemeinschaftlich ausgeladen.«

»Ja?«

Meine Alarmsirenen schrillen. Ich kenne diesen Blick. »Das haben wir doch? Steffi, du hast ihm geschrieben, dass du Mist gebaut hast, oder?«

Steffi zieht kleinlaut den Hals ein. »Na ja … schon, ja. Ich habe ihm alles gestanden. So wie du wolltest. Du warst ja dabei.«

»Ich habe aber nicht auf dein Display geguckt. Hätte ich das tun sollen? Himmel, Steffi. Das mache ich nicht mal bei Enna! Und dann?«

»Wir sind ein wenig ins Plaudern gekommen. Über Islandsouvenirs und Klamotten und Stricken …«

»Und du hast dich ausquetschen lassen, wie ich aussehe?«, zische ich empört.

»Ach, Mann. Du hast doch immer Ringelsocken und

diese Strickjacke an, wenn du es dir bequem machst. Kann sein, dass ich dich ein kleines bisschen unattraktiv machen wollte, damit er …«

»Na, danke!« Okay, dann war die Nachricht von Hannes vielleicht wirklich nur ein Schuss ins Blaue. So wie im Bus, die Nummer mit dem Umdrehen.

»Habe ich echt immer diese Jacke und Ringelsocken an?«

Steffi verzieht das Gesicht. »Er wollte wohl einfach nur einen Anhaltspunkt, wie er dich …«

»Wozu denn, wenn er nicht kommen soll? Spinnst du?«

»Er sagte, er sei schon unterwegs und dass ich mir keine Sorgen machen soll. Er hätte die Botschaft verstanden.«

»Und wann wolltest du mir das beichten?«

»Gar nicht?«, sagt sie weinerlich. »Er war echt nett, finde ich.«

Himmel, was so ein bisschen Seekrankheit und Kater aus einem ansonsten bewundernswert klugen Frauenhirn machen können. Ich schlage mit dem Hinterkopf rhythmisch gegen die Schiffswand. Vor uns drehen sich ein paar Zuhörer um und machen »Schhh«.

Ich hasse es, wenn mich jemand schhhht. Aber ich höre trotzdem auf damit und erwäge stattdessen einen Stricknadelmord.

Steffi richtet sich vorsichtig wieder auf. »Ich wollte es nur wiedergutmachen, ehrlich. Damit er nicht sauer auf dich ist. Du wirktest so geknickt. Aber er macht wirklich einen supernetten Eindruck und … Leg die Nadeln weg, Merle. Du machst mir Angst. Kein Wort mehr ohne meinen Anwalt!«

Ich schnaube genervt und kassiere wieder einen Blick von vorn.

»Du hast aber nicht zufällig noch einen draufgesetzt, vorhin an der Bar angerufen und mir einen Schnaps ausgegeben? Und dabei so getan, als wärst du ein Mann?«

»Hä?« Sie starrt mich entgeistert an. »Wieso sollte ich? Woher hätte ich außerdem wissen sollen, dass du an der Bar bist? Und seit wann trinkst du tagsüber?«

Ich stutze. »Okay. Das macht Sinn. Aber wer …?«

Steffi drückt mir den Ellbogen in die Seite. »Vielleicht hat sich Pawel in dich verguckt?«

»Du bist albern!«, wehre ich ab.

»Tja, dann hast du wohl noch einen anderen Verehrer. Das kann doch jeder gewesen sein. Das macht man so auf einem Kreuzfahrtschiff.« Steffi zuckt mit den Achseln und schielt auf die Blätterteigtasche, die ich mir dann doch noch gegönnt habe, schließlich hatten wir ja kein Mittagessen.

»Fähre«, brumme ich.

Argwöhnisch beobachte ich meine blasse Freundin. Sie guckt komisch, oder etwa nicht? Als ob sie noch etwas verbirgt. »Und du bist dir sicher, dass du mir sonst nichts verheimlichst?«

»Reicht das nicht? Es tut mir leid.«

»Das sollte es auch.« Hmpf.

Und mir tut Steffi leid. Ich weiß ja, wie sie ist. Eigentlich ist sie die Übermutter von uns beiden, die es immer nur gut meint und alle in Harmonie versetzen will. Ich schenke ihr einen scheelen Seitenblick. Die Arme ist immer noch ganz grau im Gesicht, mit ihrem schlingernden Magen hat sie es gerade mal allein bis hierher geschafft.

»Hast du Hunger? Frische Käsetaschen, da konnte ich nicht Nein sagen.«

Steffi verzieht den Mund. »Theoretisch ja. Aber vielleicht warte ich doch besser bis nach dem Vortrag …«

Skeptisch lugt sie zur Leinwand, wo Wolfgang gerade die nächste Kapitelüberschrift seiner Präsentation einblendet: Scharfe Gewalt.

»So«, kündigt er an. »Wir kommen zu den Schuss- und Stichverletzungen. Jetzt habe ich ein paar Bilder, auf denen unsere Leichen nicht mehr ganz so hübsch aussehen. Ditt wird im Fernsehen ooch immer janz falsch dargestellt. Wer kein Blut sehen kann, guckt vielleicht einfach weg. Und bitte passt dahinten weiter gut auf, dass sich keine Kinder hier hereinverirren, ja?«

Ich lasse mein Strickzeug in den Schoß sinken. »Was, wenn er schon hier ist?«

»Wer?«, fragt Steffi begriffsstutzig. Diese dumme Frage lasse ich ihr nur wegen der Unterzuckerung durchgehen.

»Na, Hannes!«

Sie schüttelt den Kopf. »Das hast du dir ja leider versaut. Du glaubst doch nicht im Ernst, dass er dich nach diesem ganzen Hin und Her noch ansprechen wird … selbst wenn er käme. Dieses Schiff ist abgefahren. Und noch mal schreibe ich ihm nicht. So, psst jetzt. Ich muss was lernen.«

Ich schüttle den Kopf. »Aber …!«

Leider rutscht genau in diesem Augenblick jemand in der dritten Reihe vom Stuhl und zieht alle Aufmerksamkeit auf sich.

»Herbert!«
»Hat jemand ein Glas Wasser?«
»Ist hier ein Arzt?«
»Ick mach mal den Projektor aus.«
»Mir geht's gut!«
»Liegen bleiben und Füße hoch!«

Kapitel 8

»Kein Grund zur Aufregung!« Unter dem beinahe familiären Beifall sämtlicher anwesender Schischus und mit tatkräftiger Unterstützung von Wolfgang, Florian und Basti kommt der umgekippte Herbert wieder zum Sitzen. Brav trinkt er ein Glas Wasser, das mir Pawel für ihn herübergereicht und in das Steffi irgendwelche Notfalltropfen geträufelt hat. Er verspricht, erst wieder auf die Leinwand zu gucken, wenn Wolfgang mit den verschmauchten Leichen durch ist.

»Mir geht es wirklich gut«, ruft Herbert und schickt den Bordsanitäter weg, der sofort herangeeilt war, um Erste Hilfe zu leisten. »Ich habe einfach nur niedrigen Blutdruck und wenig gegessen. Beruhigt euch, Leute.«

Zögernd setzen sich alle wieder. Ein paar haben die Pause ganz pragmatisch genutzt, um sich bei Pawel Getränkenachschub zu besorgen oder zur Toilette zu flitzen.

»Ist wirklich alles in Ordnung?«, frage ich leise, bevor Steffi und ich zurück zu unseren eigentlichen Plätzen gehen. Herbert und seine Frau nicken im Takt.

»Ja, ditt is nicht für jeden was«, meint Wolfgang und tätschelt Herbert den Oberschenkel. Dann fragt er ins Publikum: »Wollt ihr lieber pausieren?«

Die blutrünstige Menge verneint. Herbert hebt den Daumen.

»Na jut.« Unser Ermittler setzt sich wieder an seinen Laptop und schaltet den Projektor ein. »Denn erklär ich euch noch die Fechterstellung, und denn is jut für heute. Dann müssten wir nämlich auch bei den Shetlandinseln sein, und die wollte sich meine Frau draußen mit mir angucken, sonst gibt ett Ärger.«

»Fechterstellung«, raune ich beeindruckt. »Davon habe ich schon mal was gelesen. Durch die Hitze verkürzen sich die Muskeln bei einem Brandopfer so, dass …«

»Ich will es nicht wissen, glaub ich.« Steffi schenkt mir einen weiteren schrägen Seitenblick. »Jetzt weiß ich, wieso Thorben mich zwischendurch unheimlich findet. Heinrich! Mir graut's vor dir.«

Ich grinse diabolisch. »Seit wann bist du so zart besaitet? Da siehst du mal, was der Schnaps, der Schreck und zu viel Schiff mit Schuss aus mir machen.«

»Du hast wirklich einen Schuss. Ab jetzt kriegst du nur noch Tee.«

»Du darfst mich eben nicht allein lassen und den ganzen Tag verschlafen.«

»Oder grade.« Sie grinst. »Also, was meinst du, wer ist dein heimlicher Verehrer?«

»Er ist auf jeden Fall nicht Hannes. Aber Hannes ist wahrscheinlich …«

»Psst«, raunt eine meiner Strickkolleginnen einen Tisch

hinter uns und deutet auf Wolfgang, der gerade auf die Bedeutung von Krähenfüßen in den Gesichtern von Brandopfern eingeht. Ich gucke schnell wieder auf meine Nadeln. Es wird erstaunlich viel gestrickt auf diesem Schiff. Alles potenzielle Mordwaffen. Und ich habe ganz schön viele Maschen fallen lassen.

Aber da ist Wolfgang auch schon fertig.

»Das war spannend, oder?«, meint Steffi.

»Auf jeden Fall aufregend«, murmle ich konzentriert und bugsiere die letzte geflohene Masche zurück auf die Nadel. »Sollen wir frische Luft schnappen gehen?«

»Unbedingt, ich will Shetlandponys sehen!«

An Deck treffen wir Herbert und seine Frau Gerlis wieder. Es stellt sich heraus, dass die beiden sich auch eher für die schönen nordischen Landschaften und die Weite des Meeres interessieren als für Mordopfer – egal, ob real oder fiktiv.

Die Sonne geht unter und taucht den fast wolkenfreien Himmel in ein spektakuläres Abendrot, aber von den Shetlandinseln sehen wir leider nur eine graue Silhouette am Horizont – der Kapitän musste auf eine Route ausweichen, die viel zu weit weg ist, um den Leuchtturm zu erkennen, geschweige denn wuschelige Miniponys.

»Vielleicht kriegen wir ja heute Nacht wenigstens Nordlichter zu sehen?«, hofft Herbert. »Zu schade, dass wir kein Internet haben.«

»Wir auch nicht«, sagt Steffi. Wir tauschen schuldbewusste Blicke. »Ihr könnt euch WLAN an Bord kaufen. Die Stunde kostet …«

»Wir können später an der Rezeption fragen, ob sie eine Vorhersage haben«, unterbreche ich Steffi. »Wir müssen sowieso mal wieder nachhaken, wie lange das mit der Wartung der Hot Tubs noch dauert.«

»Großartige Idee!«

Unsere kleine Delegation zerschlägt sich erst kurz vorm Abendessen. Bis dahin haben die beiden uns dreimal beim Damespiel geschlagen, zu dem wir das Freiluftschach in der windgeschützten Outdoor-Bar umfunktionieren. Diese Schlappe schreit eigentlich nach einer Revanche, aber die vertagen wir. Herberts Blutdruck haben das Gewinnen und die frische Luft sichtlich gutgetan, also belassen wir es dabei.

Steffi und ich wandern noch ein wenig über das Schiff. Am Heck angekommen, sehen wir schweigend den Wassermassen hinterher, die von der Schiffsschraube aufgewirbelt werden. Die Eydna zieht sie wie einen Brautschleier hinter sich her, dessen Ende von der rasch zunehmenden Dunkelheit verschluckt wird. Bevor ich womöglich sentimental werde, halte ich mich mit beiden Handschuhhänden an der Reling fest, lege den Kopf in den Nacken und bestaune verzückt das lichtverschmutzungsfreie Firmament.

»Guck mal, die Sterne, so klar habe ich die lange nicht mehr gesehen!«

Steffi inhaliert völlig versunken die Meeresluft und hängt ebenfalls irgendwelchen Gedanken nach. Es dauert einen Moment, bis sie auf mich reagiert.

»Ja. Ein Traum!«, sagt sie schließlich. Als sie die Augen öffnet, weicht der Anflug von Schwere so rasch aus ihrem

Gesicht, wie er gekommen ist. »Und das ist erst der Anfang unserer Reise!« Sie blinzelt mich verschmitzt an. »Soll ich dich an der Taille festhalten, und du kletterst ein Stück höher und brüllst: ›Ich bin die Königin der Welt‹?«

»Das hättest du gern«, grinse ich. »Das muss man außerdem am Bug machen und nicht hier hinten. Nach vorne blicken und nicht zurück, war das nicht so?«

»Genau so!« Steffi hakt mich unter und dreht uns mit dem Rücken zur See. »Los komm, Selfie, und dann gehen wir rein. Ich sterbe vor Hunger, und ich muss schon wieder aufs Klo.«

Ich nicke und schäle meine Fingerspitzen zum Fotografieren aus den schützenden Kappen. Auf meinem Startbildschirm ploppt wie immer neben der Kamera die Lern-App auf. Mit gemischten Gefühlen betrachte ich den Icon. Null Nachrichten. Wie auch. Wir sind so was von offline und unerreichbar, und das wird jetzt auch so bleiben, verdammt. Männerfreie Zone. Ich ziehe mir etwas anderes an, und dann weiß er nicht, wer ich bin.

»Vermisst du Thorben?«, frage ich, während wir die beste Position für unser Foto suchen.

»Keine Ahnung«, antwortet Steffi ausweichend. »Komisches Gefühl, so von der Außenwelt abgeschnitten zu sein, oder?«

»Sagen wir, Digital Detox ist nicht so einfach, wie ich dachte.«

»Vor allem nicht, wenn einem Hannesse im Hirn herumspuken.«

»Vor allem nicht, wenn die Hannesse behaupten, dass sie inkognito an Bord kommen oder schon da sind und einem die beste Freundin das eingebrockt hat.«

Steffi beißt sich auf die Unterlippe. »Hier sind sooo viele Menschen. Wenn du nicht …«

Ich lasse sie lieber nicht ausreden. »Und wir sagen Enna auf keinen Fall, dass uns das Digital Detox so schwerfällt, versprochen? Das wäre pädagogisch fatal.«

»Niemals!« Steffi kichert erleichtert. »Aber dann will ich Fremdflirt-Fortschritte sehen. Und jetzt sag: Iiiiislaaa-and!«

»Färöeeeeeer!«

»Was ist das denn? Hört du das auch?«

Von irgendwoher nähert sich ein Brummen, es wird immer lauter, bis es direkt über unseren Köpfen zu einem ohrenbetäubenden Knattern anschwillt. Gleißendes Scheinwerferlicht blendet uns für einen Moment, dann fliegt einem älteren Herrn der Hut weg, und Steffi rennt todesmutig los, um ihn aufzuheben, bevor er über die Reling geweht wird. Und sie schafft es. Es scheint ihr wirklich wieder gut zu gehen, bei dem Seegang ist das eine reife Leistung, Respekt! Der ältere Herr ist glücklich.

»Da kommt ein Hubschrauber«, schnappen wir auf. Sehen können wir ihn nicht, weil der enorme Schiffsschornstein uns die Sicht auf den Heli-Landeplatz versperrt.

»Wollen wir gucken gehen?«, fragt Steffi ein bisschen außer Puste und erklimmt bereits die Metallstufen zum Oberdeck.

Ich klettere neugierig hinterher, und wir sind nicht die Einzigen, die plötzlich in Richtung der Treppen streben.

»Ich habe noch nie einen Helikopter aus der Nähe gesehen. Was der wohl will?«

»Vielleicht sucht Christian-Hannes Grey eine neue Anastasia Steele«, lästert Steffi augenzwinkernd gegen den ansteigenden Lärmpegel an.

»Pass bloß auf. Du fliegst heute auch noch, aber über die Reling«, gebe ich zurück. Dann wird der Krach so laut, dass man nicht einmal mehr sein eigenes Wort versteht. Oben ist eine der Außentreppen gesperrt. Wir müssen auf die andere Seite und kürzen durchs Schiffsinnere ab. Als wir wieder ins Freie steigen, ist der Heli anscheinend bereits gelandet, die Geräusche haben sich verändert, das ohrenbetäubende Knattern ist einem erheblich angenehmeren Brummen gewichen.

Wir kämpfen uns bis Deck 8 hinauf und flitzen durch die Outdoor-Bar. Doch als wir die schwere Glastür endlich aufgeschoben haben, nimmt das Geräusch der Rotorblätter bereits wieder zu. Offenbar sind wir die Letzten, die von der Show Wind bekommen haben. Gefühlt stehen alle Schischus in einem Kreis um den Landeplatz und halten sich aneinander fest, um nicht umgeweht zu werden. Der Hubschrauber hebt hinter der Absperrung ab und schwebt in einem eleganten Bogen schnurrend in die tiefschwarze Nacht davon.

Steffi zieht mich durch die sich langsam auflösende Menge bis ganz nach vorn. Dort wird immer noch geklatscht.

»Es gehört zum Krimi«, brüllt sie mir begeistert ins Ohr. »Wahnsinn, oder? Was die sich alles für uns einfallen lassen? Die müssen ja einen Mords-Etat haben!«

»Hmm«, mache ich und schneide eine pantomimische Grimasse. Unsere Tickets waren ja auch teuer genug.

Penelope und Jeremy ziehen sich gerade zurück. Die Showeinlage ist offensichtlich vorbei, die Menge löst sich auf.

»Mist! Wir haben's verpasst!«, flucht Steffi. »Dann können wir auch wieder reingehen. Kommst du? Ich muss aus Herbert oder irgendwem rauskitzeln, was sie gesehen haben. Sonst hole ich den Ermittlungsvorsprung nie ein!«

»Gleich!«, brülle ich, weil es immer noch so laut ist.

Ich sehe Mortimer dabei zu, wie er gestenreich einen Mann in dick wattierter dunkelblauer Winterjacke und Strickmütze weiterschickt, der geduckt mit Aktentasche und Köfferchen in den Windschatten einer geöffneten Stahltür eilt – wo Florian mit einem breiten Grinsen im Gesicht steht und winkt. Der Neuankömmling wird von unserem Schischu-Chef stürmisch in die Arme genommen, und die beiden klopfen sich auf die Schultern, wie nur alte Freunde oder Gorillas im Zoo das tun. Vielleicht kommen sie sich auch ein bisschen so vor wie beobachtete Primaten. Denn plötzlich dreht der frisch Gelandete sich zu mir um. Er ist zu weit weg, und es ist zu dunkel, als dass ich unter der Mütze seine Haarfarbe oder seine Augen erkennen könnte. Aber er lacht mich an, und dieses Lachen ist offen, ehrlich und warm. Unsere Blicke begegnen sich für den Bruchteil einer Sekunde, und irgendwas ist da … etwas Vertrautes, das meine Seele berührt. Irgendein Klick oder Hach oder Hmmm – etwas Leises, Schönes. Aber bevor ich dem Gefühl nachspüren kann, hat Florian ihn ins Innere gezogen, und die Eisentür fällt hinter den beiden zu.

Hannes?, frage ich mich, und mein Herz setzt einen Schlag aus und stolpert dann kurz ein bisschen schneller, um zurück in seinen Rhythmus zu finden. Zu schade, dass er das nicht sein kann. Oder vielleicht doch?

»Jetzt komm schon!«, kräht Steffi ungeduldig. »Ich sterbe vor Hunger. Willst du das verantworten?«

»Was hast du gesagt?«

Steffi langt am Büfett zu, als hätte sie eine Woche lang nichts bekommen.

»Du futterst ja für zwei. Schmeckt also wieder, ja?«

Florian tritt an unseren Tisch und zwinkert uns zu. Bilde ich mir das ein, oder sieht mich der Schischu-Chef einen Moment zu lange an? Blödsinn. Außerdem ist er immer noch viel zu jung für mich. Wo hat er denn den Hubschrauberpassagier gelassen?

»Was ist?«, fragt Steffi.

Ich schüttle abwesend den Kopf. »Ich fange an, Gespenster zu sehen. Überall Hannesse. Überall und nirgends.«

»Ach so«, sagt sie und atmet beinahe erleichtert aus. »Hör mal«, sagt sie dann und kaut nachdenklich auf ihrem zweiten Stück Torte herum. »Wieso drehen wir den Spieß nicht um? Vielleicht solltest du anfangen, ihn zu suchen. Wir könnten Detektiv spielen. Stattdessen sitzt du hier wie das Lämmchen, das zur Schlachtbank geführt werden soll.«

Erschrocken reiße ich die Augen auf. »Sag nicht so eklige Dinge, da kriege ich Bilder in den Kopf.« Ich kneife die Lider zusammen und murmle: »Blumenwiese, Blumenwiese, Blumenwiese.« Und dazwischen mogelt sich ein schemenhaftes Gesicht mit einem warmen Lächeln, das mir kribbelnd in den Magen fährt. Oje.

Steffi amüsiert sich königlich. »Dann komm raus aus deiner Opferrolle.«

»Ich mochte dich lieber, als du geschlafen hast.«

»Ich hab dich auch lieb.«

Gerade als ich zu einer Antwort ansetzen will, beziehen unsere Krimischauspieler den für sie freigehaltenen Tisch in der Saalmitte. Sir Mortimer, Penelope und Jeremy bekommen Szenenapplaus von den Schischus. Zwei Gedecke bleiben frei.

»Ludmilla fehlt«, raunt Steffi. »Ob das andere Gedeck für den seligen Henry gedacht war? Oder für deinen Hannes?«

»Hör auf!«, beschwere ich mich und schlage ihr scherzhaft auf den Unterarm.

Grinsend angelt sie nach ihrem Notizblock. »Warten wir's ab, und lass mich ergänzen. Verdächtige: Mister Helikopter …«

»Wo steckt denn Ludmilla von Hafenstein?«, fragt Penelope und tupft sich einen imaginären Krümel vom ultratiefen Dekolleté, woraufhin Mortimer fast in ihren Ausschnitt kippt.

Jeremy liest Zeitung. »Die Ärmste ist immer noch unpässlich. Der Tod ihres Gatten hat sie völlig aus der

Bahn geworfen. Sie hat ihn sehr geliebt«, verkündet er, ohne aufzusehen.

»Oder sein Geld«, nuschelt Penelope für alle deutlich hörbar.

Mortimer räuspert sich. »Wollte Doktor Gudmundsson uns nicht Gesellschaft leisten?«

»Er ist wohl noch mit dem Patienten beschäftigt, der heute Nachmittag einen Schwächeanfall erlitten hat«, erklärt Jeremy hinter dem Sportteil hervor.

»Nee, mir geht's prima«, meldet sich Herbert zu Wort, und Jeremy lässt verblüfft den Sportteil sinken.

Alle lachen. Penelope lässt sich jedoch nicht aus dem Konzept bringen.

»Nun, Teuerster«, wendet sie sich an ihren Theatergatten. »Nach dem, was ich über Ludmilla in Erfahrung gebracht habe, würde ich da ganz andere Schlüsse …«

»Wie können Sie es wagen!?«, schimpft Mortimer. »Wollen Sie etwa unterstellen, dass …«

»Guten Abend! Habt ihr schon angefangen?« Aufs Stichwort nähert sich Ludmilla, hübsch blass geschminkt und betont schwach auf den hochhackigen Beinen. An ihrer Seite hat sie … den Hubschrauberpassagier. »Ich möchte euch Doktor Gudmundsson vorstellen. Er war so nett, sich um mich zu kümmern. Der Seegang und all die schrecklichen Ereignisse haben mir mehr zugesetzt, als ich ertragen konnte. Aber seiner wunderbaren Medizin sei Dank geht es mir wieder besser.« Sie schenkt ihm ihr schönstes Wimpernklimpern.

Irgendwo hinter uns kämpft jemand gegen einen erstickten Lachanfall an.

Doktor Gudmundsson bekommt nicht mit, dass Ludmilla ihn anglüht, denn er rückt ihr bereits formvollendet den Stuhl zurecht und lässt dabei den Blick durch den Raum schweifen, vermutlich auf der Suche nach der hilflos japsenden Zuschauerin. Wieder treffen sich unsere Augen. Lang genug, dass mein Herzschlag schon wieder aus dem Takt gerät. Kurz genug, dass es Zufall sein könnte. Natürlich ist es Zufall. Aber warum wird mir dann so warm? Irritiert gucke ich auf meinen Salat. »Ich hab das Dressing vergessen«, stelle ich fest und schiebe meinen Stuhl zurück, um aufzustehen.

Steffi sieht von Doktor Gudmundsson zu mir und legt den Kopf schief. »Ja, der ist süß, das finde ich auch.«

In der Salatschlange steht auf einmal Sir Mortimer hinter mir. »Na? Was sagst du?«

»Wozu?«, frage ich zurück. »Zu den Krabben? Nichts. Die sind tot. Sie antworten mir nicht.« Der Typ nervt mich, egal in welcher Form und Rolle.

Er lacht. »Ich mag deinen Humor, sarkastisch, aber süß. Nein, zu unserem Neuzugang natürlich. Spektakulärer Auftritt, oder?«

Ah, also spreche ich gerade mit Stefan im Mortimerkostüm, das muss man wissen. Ich lege den Dressinglöffel zurück, wandere ein paar Platten weiter und lade vorsichtig Pasta und Gemüse neben den Salat, damit ich nicht noch mal loslaufen muss. »Wenn man auf so was steht. Gab es zu eurer Zeit eigentlich bereits Helikopter?«

»Da passt jemand gut auf. Hervorragend, meine Liebe. Weiter so! Aber erstens: Er wurde nachgecastet, weil Olli krank geworden ist. Der liegt flach in seiner Kajüte, seit wir aus dem Hafen raus sind, das wird nix mehr. Und zur Info für dein hübsches Köpfchen: Helis gingen bereits in den Fünfzigern in Serie – sowohl zu militärischen Zwecken als auch zivil. Trotzdem. Für meinen Geschmack war da ein bisschen zu viel Hollywood in der Inszenierung. Oder stehst du auf so was? Dann würde ich die Küstenwache noch mal herordern. Die haben ihn nämlich mitgebracht, mussten ganz unspektakulär mit einem richtigen Arzt nach Shetland rüber.«

Ich zucke mit den Achseln, nehme mir ein letztes Brokkoliröschen und wende mich zum Gehen.

»Kommt nicht inzwischen sowieso jeder dritte Superheld mit einem Heli angerauscht? Ach nee, die fliegen selbst, wenn ich mich nicht irre. So, und jetzt entschuldige bitte, mein Salat wird welk.«

Stefan schmunzelt und fasst sich theatralisch ans Herz. »Autsch, Botschaft verstanden.«

»Wo ist er hin?«, frage ich, als ich mich setze.

»Wer?«, mümmelt Steffi. »Dein Mortimercasanova? Die Luft ist rein, er hat sich ein neues Opfer gesucht.« Sie zeigt mit der Gabel in Richtung der Tische neben dem Kaffeeautomaten, wo Stefan gerade eine der mitreisenden Krimiautorinnen angräbt. »Du musst unbedingt diese Sahnetorte probieren, die ist der Wahnsinn.«

»Das ist jetzt dein wievieltes Stück? Das dritte? Oder vierte?«, frage ich erstaunt.

»Was bleibt einer verheirateten Frau schon anderes übrig?« Sie lässt seufzend den Blick durch den Speisesaal gleiten. »Die meisten Jungs hier müsste man sich nicht mal schöntrinken. Du hast so was von die Qual der Wahl. Kind, wie ich dich beneide!«

»Ja, ich find's hier auch spitzenmäßig!« Ich schaufle genießerisch das Essen in mich hinein. »Was für ein Luxus. Nicht kochen, nicht abwaschen, und keiner quengelt, weil's nicht schmeckt.«

»Ja, das auch.«

Ich grinse breit. »Ach, daher weht der Wind? Midlife-Crisis? Meinst du, du verpasst was mit Thorben? Oder etwa er mit dir?« Alarmiert sehe ich ihr in die Augen. »Er hat doch keine Affäre, oder?«

»Nein. Das ist es nicht.« Sie zuckt mit den Achseln. »Wie gesagt, du bist nicht die Einzige, die ganz dringend mal ein paar Seemeilen Luft und Abstand braucht. Ha! Ich habe eine Idee, warte mal kurz.« Sie fängt an, in ihrer Handtasche zu kramen, und hält sie mir dann hin, ganz kurz nur, so wie ein Exhibitionist seinen Mantel öffnet und wieder zuklappt. Flüchtig nehme ich zwei Bierdosen wahr. »Digestif?«, fragt sie verschwörerisch.

Als ich grinsend nicke, angelt sie nach unseren Kaffeetassen und baut eine spanische Wand aus der Getränkekarte, um uns betont unauffällig aus der ersten Dose einzugießen. Ich gebe ihr mit vollem Körpereinsatz zusätzlichen Sichtschutz.

»Kellner auf vier Uhr«, wispere ich professionell und spähe weiter durch den Raum, aber das Zischen, als Steffi die Dose aufreißt, und das anschließende Gluckern kann ich nicht kaschieren.

Ich fange einen verdutzten Blick von Doktor Gudmundsson auf. Übermütig hebe ich die Kaffeetasse und proste ihm zu. Verflixt, da prickelt etwas verräterisch an meiner Oberlippe. Verlegen wische ich mir den Bierschaum ab und sehe seine Mundwinkel zucken. Ach herrje. Wir flirten. Lass es, Merle.

Ausgerechnet als Steffi mir nachschenkt, steht er auf, um sich Nachschub vom Büfett zu holen, und passiert unseren Tisch. Sie bemüht sich, die Dose vor seinen Blicken zu verbergen, aber das gelingt natürlich nur halb. Er grinst breit, kann aber nichts sagen, denn drei weibliche Schischus haben sich direkt an seine Fersen geheftet und verwickeln ihn in ein Gespräch. Unauffällig hält er den Daumen in unsere Richtung hoch.

»Ah! Ein Verbündeter!«, grinst Steffi. »Noch einen Kaffee?«, fragt sie mich vielsagend.

Ich schüttle den Kopf. »Trink du erst mal«, flüstere ich.

»Gleich.« Sie bückt sich unter den Tisch, um die leere Dose wieder in der Handtasche verschwinden zu lassen.

Ich schiebe meinen Teller zurück, der postwendend auf dem Arm einer Servicekraft in die Küche getragen wird – genau wie meine halb volle und Steffis nicht mal angerührte Biertasse. Ich hebe die Hand und sehe der Frau nach, aber bevor ich mich beschweren kann, ist sie bereits hinter der Nachtisch-Schlange entwischt.

»Ey!«, sagt Steffi, als sie mit hochrotem Kopf wieder auftaucht.

Verblüfft drehe ich mich zu ihr um. »Tut mir leid! Sie war schneller als Speedy Gonzales.«

»Wir taugen offenbar nicht zu Schwerverbrechern«, stellt Steffi mit vorgeschobener Unterlippe fest.

Ich nicke seufzend. »Los, komm, du verheiratete Frau. Bis zum *Tatort* hast du noch eine Stunde Zeit. Aber heute Abend bist du dran, um wegen der Hot Tubs zu nerven. Und ich habe ein Rendezvous mit einem gewissen Stephen Hawking.«

»Nerd«, brummt Steffi und legt gehorsam ihre Serviette auf den Teller. »Willst du wirklich nicht mitgucken nachher?«

»Ich gucke niemals Krimis im Fernsehen, auch nicht den *Tatort*. Als Schimanski aufhörte, war für mich auch Schluss.«

»Da warst du doch noch viel zu jung«, wirft Steffi ein. »Oder meinst du seine eigene Serie?«

Es gab eine eigene Schimanski-Serie? Ich beschließe, nicht darauf einzugehen.

»Warum sollte ich jetzt mit *Tatort*-Gucken anfangen, in einer schwimmenden Bar auf dem Atlantik mit einer fachsimpelnden Schischu-Horde? Du hast gesagt, ich darf hier an Bord einfach nur rumsitzen und mich erholen, und glaub mir, das ist besser für alle Beteiligten.«

»Das geht doch auch in der Bar beim *Tatort*.«

»Darf ich Kopfhörer reinmachen?«

»Aber dann kriegst du ja nix mit?!«

»Eben!«

»Spaßbremse.«

»Selber!«

Steffi atmet tief durch und sucht nach Argumenten. »Dann geh in Herrgotts Namen deinen Hannes finden! Der wird nicht bei uns an die Kabine klopfen.«

»Ich wusste, dass du wieder damit anfängst.«

Wir funkeln uns an.

Eine Stunde später sitze ich brav in der Bar und nuckle an meinem Zwei-zum-Preis-von-einem-Caipirinha. Immer gewinnt Steffi. Immer! Stephen Hawking ruht verschämt neben mir auf dem Sofa, während vor mir auf der Leinwand Kommissar Thiel und der Rechtsmediziner Professor Karl-Friedrich Boerne über den Geschmack von Currywurst streiten. Seit *Schimanski* ist viel passiert im Deutschen Fernsehen. Wobei ich den als Kind gar nicht gucken durfte. Später wollte ich nicht mehr, und jetzt will ich auch nicht. Manno.

Steffi dagegen starrt hingerissen auf die Leinwand, Florian, Basti und die halbe Autorenriege fachsimpeln in der ersten Reihe im Flüsterton mit Wolfgang. Pawel hat frei, und Stefan steht mit einer langbeinigen Dreißigjährigen an der Bar, die bei jedem seiner Witze lachend den Kopf in den Nacken wirft. Zumindest dieser Kelch geht heute Abend an mir vorüber.

»Ich brauche frische Luft«, zische ich in Steffis Richtung und greife nach Stephen Hawking.

»Geht's dir nicht gut?«, fragt sie, abgelenkt von einer lautstarken Verfolgungsjagd durch Münsteraner Pflastersteingassen.

»Ich muss einfach mal kurz raus«, flüstere ich.

»Okay. Aber dein Strickzeug bleibt hier. Pfand.«

»Du guckst zu viele Krimis.«

»Und du zu wenige!« Sie zwinkert mir zu.

Geduckt schleiche ich mich durch die Reihen und stehle mich hinaus. Kein Mensch ist weit und breit zu sehen, die Treppenhalle liegt verlassen da. Einsam streife ich durchs Schiff, betrachte die Windvorhersage und den

Wetterbericht, studiere die Werbung über Sonderangebote im Bordverkauf und die Bordkinoplakate. Einen Augenblick lang bin ich versucht, mich in die Vorstellung zu mogeln. Das Programm ist gar nicht schlecht, aber heute Abend bleibt die Tür geschlossen, wie ein kleines Schild an der Tür verkündet. Lohnt sich wohl nicht, wenn das Gros der Passagiere sich fürs Satellitenfernsehen entschieden hat.

Spontan laufe ich in unsere Kabine und hole meine Wintersachen. Frische Luft gibt's draußen. Und vielleicht kann ich Steffi ja mit der Aussicht auf Nordlichter hinterm Ofen vorlocken.

Draußen pfeift mir ein eisiger Wind ins Gesicht und findet unbarmherzig jede Lücke zwischen meinem Schal, den Handschuhen und der Jacke. Ich ziehe den Kragen höher und hangle mich eng am Schornstein entlang in Richtung Heck. Auf einem der Liegestühle liegt eine vergessene Decke. Die kralle ich mir und hänge sie mir um, während ich den Hals nach Wolkenlücken und grünlichem Schimmer verrenke. Aber es sieht schlecht aus.

Irgendwie lande ich wieder bei den Hot Tubs. Der einsame Strohhalm ist verschwunden. Aber von warmem Wasser fehlt jede Spur. Frustriert klettere ich trotzdem in eine der Wannen. Da drin ist es wenigstens windgeschützt. Der Scheinwerfer spendet perfektes Leselicht und ich habe das Gefühl, mein Date mit Stephen ist jetzt wirklich überfällig. Ich wickle mich so in die Decke, dass nur mein Buch und die Spitzen meiner Handschuhe herauslugen, mit denen ich die Seiten festhalte.

»Da ist kein Wasser drin«, höre ich plötzlich eine sonore Stimme hinter mir. Ich presse die Lippen zusammen. Hat denn keiner einen neuen Spruch auf Lager?

»Ja, praktisch, oder? Da muss ich mich später gar nicht abtrocknen.«

»Lange und heiß duschen würde ich allerdings dringend empfehlen.« Der Mann kommt um den Bottich herum und bleibt vor mir stehen. Ich blicke eisern auf die aufgeschlagene Seite, ich will hier einfach nur sitzen. Nur Mister Hawking und ich und die ewige, weite See.

»Keine Lust auf *Tatort?*«

Die Härchen in meinem Nacken stellen sich auf. Was passiert hier gerade? Der Typ steht mir im Licht. Muss das sein? »Ich mag keine Krimis«, erwidere ich.

»Dann sind wir schon zwei!« Ich mag seine Stimme. Mein Magen fängt an zu kribbeln.

Tu's nicht, Merle. Aber natürlich blicke ich hoch. Der Typ grinst. Es ist Helikopterman, und er hat keine Mütze auf. Seine blonden Locken werden vom Wind zerzaust, seine Ohren sind ganz rot gefroren. Er hat einen einzelnen Ohrring auf der linken Seite, ein kleiner Edelstein, der im Halogenlicht glitzert. Welcher Mann trägt denn heutzutage noch einen einzelnen Ohrring?

»Sie stehen mir im Licht«, sage ich, weil es das Erste ist, was mir einfällt. Das Zweite wäre: Kannst du bitte Hannes sein? Vergessen wir einfach, dass du lupenreines Deutsch sprichst und keinerlei isländischen Akzent hast.

»Oh, dann will ich nicht weiter stören. Einen schönen Abend noch!«, wünscht er und geht weiter, die Hände tief in den Taschen seines Anoraks vergraben.

Du bist so blöd, Merle! Wovor hast du Angst? Das ist nicht Steffen! Es wird nicht jedes Mal gleich chaotisch, wenn jemand dich sympathisch genug findet, um in sibirischer Kälte bei dir stehen zu bleiben.

Wenn ich Steffi wäre, würde ich mich jetzt dafür übers Knie legen. Einen Flirt mit einem gut aussehenden Mann im Keim ersticken? Kann ich!

»Äh. Der Mensch verliert achtzig Prozent der Körperwärme über den Kopf! Wussten Sie das?«, rufe ich ihm hinterher.

Lächelnd dreht er sich um. »Das stimmt nicht ganz. Der Mythos geht auf eine überholte Studie aus den Siebzigern zurück, und da war von etwa vierzig bis fünfundvierzig Prozent die Rede. Warme Hände und Füße sind mindestens genauso wichtig.«

Ah, ein Klugscheißer. Garagentorstromzählerwarnung!

»Oh. Interessant.«

»Ja.« Spricht's und setzt seinen Rundgang fort.

Das wusste ich wirklich nicht. Was hätte ich denn darauf jetzt noch sagen sollen? Grübelnd widme ich mich wieder Stephen Hawking und den kurzen Antworten auf große Fragen. Aber darauf hat selbst der Physiker keine parat. Im Inhaltsverzeichnis steht jedenfalls nix, und weiter bin ich noch nicht gekommen.

Hmm. Vierzig Prozent nur?

Ich kann mich nicht auf das Vorwort von Eddie Redmayne konzentrieren. Woher er das weiß, hätte ich natürlich fragen können. Oder darüber scherzen, dass mir meine ganze Kindheit lang unter Vorspiegelung falscher

Tatsachen kratzige Mützen aufgesetzt wurden. Oder fragen, ob er nicht doch Hannes heißt, und sagen, dass ich alles zurücknehme, was er falsch verstanden haben könnte.

Oder …

Albern, Merle. Die Situation ist vorbei. Mach dir doch keinen Kopf. Außerdem war das nicht Hannes, was willst du eigentlich?

Ich wende mich wieder dem Vorwort zu. Eddie Redmayne ist der Schauspieler, der Stephen Hawking in dem Film *Die Entdeckung der Unendlichkeit* gespielt hat. Er schreibt über den persönlichen Kontakt zu Hawking und seiner Familie, darüber, wie sehr es ihn berührte, als man ihn bat, auf dessen Beerdigung zu sprechen, und dass Barack Obama sagte, er hoffe, Stephen habe jetzt Spaß, da droben unter den Sternen. Unwillkürlich gucke ich nach oben, wo der Wind die Wolken auseinandergezerrt hat und ein Ausschnitt Himmel frei liegt. Ein glitzerndes, leuchtendes, unendliches Sternenmeer. Und ich sitze hier unten in meiner leeren Wanne, klitzeklein auf einem Schiff im riesigen Ozean, und heiße Tränen rinnen mir die kalten Wangen hinunter, weil das so schön geschrieben ist und so passt. Und weil ich nie mehr einen Mann finden werde. Aus dem einfachen Grund, weil ich viel zu viel Angst habe, jemanden auch nur so nah an mich heranzulassen, dass er … dass dann all die aufgestauten Gefühle in mir sich entladen könnten wie ein bescheuerter Klischee-Vulkan. Wenn ich mich verknalle, dann volles Brett, und das geht schief, weil ich dann nicht mehr denken kann. Immer war das so. Und Steffi weiß das doch! Warum ist sie nicht hier?

Ich ziehe gerade die Nase hoch, als der Heliman wieder vor mir steht. »Ist alles in Ordnung?«

Ich nicke. »Eddie Redmayne«, schniefe ich, als würde das alles erklären, und wische mir schnell über die Wangen. »Großartiger Schauspieler.«

»Ah«, macht der Heliman. »Darf ich?«

Er zeigt auf meine Wanne, und ich zucke mit den Achseln. »Klar, ist ja kein Privatpool.«

Er zieht die Schuhe aus und steigt zu mir herein. Rautensocken, registriere ich. Automatisch lüpfe ich ein Stückchen meiner Decke, so wie ich es bei Enna auch immer tue, und er schiebt die Füße darunter. Verlegen lächeln wir uns an.

»Man verliert mehr Körperwärme über die Füße als man glaubt«, breche ich das kurze Schweigen.

»Ich hörte davon.« Er sieht sich um. »Gemütlich hier.« Sein Blick wandert nach oben, er legt den Kopf tief in den Nacken, und ich sehe seinen Adamsapfel, eine kleine Narbe am Kinn und dass er sich frisch beim Rasieren geschnitten hat. »So klar habe ich die Sterne lange nicht mehr gesehen«, sagt er leise.

»Ja. Das liegt an der geringen Lichtverschmutzung hier draußen.«

Wir schweigen wieder.

»Eddie Redmayne also.«

»Er hat auf Stephen Hawkings Beerdigung gesprochen und das Vorwort geschrieben.«

Der Heliman nickt und schaut aufs Meer. »Hast du schon mal Nordlichter gesehen?«

Ich schüttle den Kopf. »Aber ich wünsche es mir sehr.«

»Wir werden bestimmt noch Glück haben auf dieser Reise.« Er lächelt mich an, und es ist, als ob jemand genau im richtigen Moment ein Holzscheit in meinen inneren Ofen gelegt hat.

Mir wird ganz warm ums Herz. Gefährlich warm. »M-hm.«

Es hat etwas komplett Surreales, hier neben diesem völlig fremden Mann zu sitzen und in die Sterne zu schauen, barfuß in einem leeren Hot Tub unter einer dunkelroten Fleecedecke. Gleichzeitig fühlt es sich so vertraut an, dass ich fast in seine Arme kriechen möchte oder wir zumindest Händchen halten könnten. Es kostet mich richtig Überwindung, nicht unter der Decke nach seinen Fingern zu tasten.

»Wie heißt du eigentlich?«, flüstere ich nach einer ganzen Weile, und selbst das fühlt sich zu laut an über dem beständigen Klangteppich des Schiffsmotors und der Wellen.

»Lasse«, wispert er zurück. »Und du?«

»Merle.«

Wieder Stille. Ich höre mich selbst atmen. Und ihn.

»Ist wirklich alles in Ordnung?«, fragt er leise. Seine Stimme klingt belegt, er räuspert das Kratzen weg. Der Seegang wiegt uns beständig hin und her. Ich spüre seinen Arm ganz dicht an meinem, und obwohl uns Schichten von Daunen und Mikrofaser und Polyester und was auch immer trennen, fühlt es sich sehr … nah an. Angenehm nah, und er riecht so gut. Als er sich zu mir dreht, raschelt sein Anorak unnatürlich laut.

Mein Lächeln gerät etwas zittrig. »Ja, klar. Wieso?«

»Ich dachte nur. Du bist hier draußen ganz allein, in der Kälte. In einem leeren Hot Tub …«

Ein gut aussehender Fremder sitzt in meinem leeren Hot Tub und macht sich Sorgen um mich. Ist das nicht fürchterlich romantisch? Das ist … Schicksal, schätze ich, oder nicht?

»Ich hab ja eine Decke«, widerspreche ich abgelenkt. »Und Stephen Hawking. Und Eddie Redmayne.«

Er sieht mich immer noch an. Oh nein. Es passiert … Wie damals bei Steffen …

»Hast du dich mit deiner Freundin gestritten?«

… und zack! »Mit Steffi? Wir streiten nie.«

Liebe auf den ersten Blick …

Ich falle direkt in seine Augen. Sie sind dunkelblau. Schöne Augen. Und sein Mund ist auch so schön. Ich rücke ein kleines Stückchen in seine Richtung, und … Supergau. Auf einmal landen meine Lippen auf seinen. Oh Gott! Was tue ich denn da!? Ich pralle zurück und springe auf. Dabei verliere ich natürlich das Gleichgewicht, weil ich ganz vergessen habe, dass das Schiff so schaukelt, und weil der Boden dieses Bottichs in Verbindung mit einer Wolldecke sauglatt ist. Ich muss hier weg! Panisch halte ich mich am Rand fest, und irgendwie gelingt es mir, mich auf die andere Seite zu hieven. Und dann renne ich.

»Merle! Warte!«, höre ich Lasse rufen, als ich bereits die Eisentür in der Hand habe. Natürlich warte ich nicht. Ich bin ja nicht blöd. Ich nutze meinen Vorsprung aus und bin schon drin, während er sich noch die Schuhe anzieht. Und meine Lippen kribbeln wie Brausepulver.

»Was ist denn dir passiert?«, fragt Steffi und streckt verwundert den Kopf aus dem Bad. Sie trägt bereits ihr Nachthemd und bürstet sich gerade hingebungsvoll die Haare, als ich hereingestürmt komme. »Du siehst ja aus, als ob dich ein Riesenkrake über Bord ziehen wollte.«

»Schlimmer!«, stöhne ich atemlos und rutsche an der geschlossenen Kabinentür hinunter. »Katastrophe! Sintflut! Weltuntergang!«

»Und das heißt in ganzen Sätzen?«

»Ich hab ihn geküsst!«

»Du hast was? Wen? Hannes?«

»Keine Ahnung!«, kreische ich hilflos. »Nein! Nicht Hannes! Glaub ich.«

»Du weißt nicht, wie er heißt?« Die Bürste rutscht aus Steffis Hand und landet auf dem Bett.

»Doch. Natürlich. Er heißt Lasse. Der Heliman.«

»Oh mein Gott!« Steffi plumpst der Bürste hinterher auf meine Betthälfte.

»Das sag ich doch die ganze Zeit!« Ich raufe mir die Haare. »Jetzt kann ich nie wieder die Kabine verlassen, bis wir auschecken. Da ziehe ich mir dann am besten eine Papiertüte über den Kopf und schneide nur ganz kleine Schlitze für die Augen rein.« Ich demonstriere gestenreich, wie ich das meine.

»Klar«, meint Steffi gänzlich unbeeindruckt. »So eine Maske ist auch ungeheuer unauffällig, wenn man nicht gesehen werden möchte.«

»Maske!«, stöhne ich und reiße die Augen auf. »Hannes! Oh. Mein. Gott! Was soll Hannes denn jetzt von mir denken?«

Steffi steht auf und taumelt auf mich zu. Dann streckt sie mir eine Hand hin, zieht mich vom Boden hoch und parkt mich auf dem Bett. Mit der nächsten Welle schwankt sie zum Kühlschrank der Minibar und fischt zwei Büchsen heraus. »Trink«, bestimmt sie. »Du brauchst jetzt Dosenbier.«

Kapitel 9

»Was machst du überhaupt hier? Ich dachte, du guckst *Tatort* mit den anderen?«, frage ich Steffi, nachdem ich einen ordentlichen Schluck Dosenbier getrunken habe. Aber das Kribbeln auf meinen Lippen und in meinem Magen wird davon nicht weniger.

»Mir war ein bisschen flau von der Luft da unten, da bin ich lieber hergekommen, um sicherheitshalber noch eine Tablette zu nehmen. Und der *Tatort* ist außerdem lange vorbei. Dein Strickzeug habe ich mitgebracht.« Sie nickt mit dem Kinn in Richtung unseres kleinen Zweisitzersofas.

»Oh mein Gott«, wiederhole ich zum x-ten Mal. »Ich habe Stephen vergessen.«

»Hast du noch wen geküsst? Diesen Stefan etwa?«

»Quatsch. Ich meine mein Buch«, stöhne ich und trinke einen weiteren Schluck. »*Kurze Antworten auf große Fragen*. Das liegt immer noch oben an Deck. Kannst du nicht bitte …?«

Steffi legt den Kopf schief und guckt an sich herunter. »Nö.«

Nachthemd. Verstehe. Das ist auch eine kurze Antwort

auf eine große Frage. Ich stutze. »Stefan! So eine Geschmacksverirrung traust du mir nicht ernsthaft zu, oder?«

»Weiß man's? Die Hormone einer Frau … Wo warst du überhaupt?«, will sie jetzt dringend wissen.

»Bei den Hot Tubs«, jaule ich und setze noch mal die Dose an.

»Aber da ist doch gar kein …«

»Sag es nicht!«, unterbreche ich und zeige drohend mit dem Finger und dem Bier auf sie. »Sag es bloß nicht!« Und dann muss ich husten, weil ich mich ganz fürchterlich verschluckt habe.

Ich stelle die Dose ab, angle nach meinen Taschentüchern, die ich auf dem kleinen Nachttisch deponiert habe, und putze mir die Nase. Mein Blick fällt auf einen zusammengefalteten Zettel. »Was ist das denn?«

»Ach, den habe ich ja total vergessen!« Steffi schlüpft von der anderen Seite unter die Bettdecke und cremt sich in aller Seelenruhe die Hände ein. »Den hat wohl jemand unter der Tür durchgeschoben, er war jedenfalls schon da, als ich reinkam. Es stand kein Name drauf, aber ich schätze, der ist für dich. Du hast einen Lauf, würde ich sagen.« Sie grinst breit und zwinkert mir zu.

»Du hast ihn doch bestimmt gelesen, oder? Will ich wissen, was da drinsteht?«, frage ich alarmiert.«

Steffi beugt sich auf meine Seite und reißt wortlos das zweite Dosenbier auf. »Vor einer Viertelstunde hätte ich darauf noch jeden Eid geschworen. Aber vielleicht trinkst du erst noch was.«

»Und du trinkst nicht mit?«, frage ich mau.

»Verträgt sich nicht so gut mit den Reisetabletten, denke ich. Und glaub mir, Hase, du hast es nötiger.« Sie tätschelt mir liebevoll mit ihren Cremefingern die Hand, während ich vorsichtig den Zettel auseinanderfalte.

Falls du doch wissen möchtest, wie ich aussehe …
Triff mich morgen Mittag um 13 Uhr am Hafen in Tórshavn. Ich sitze auf der Bank neben dem Fischhändler und lese Zeitung.
Hannes

»Ach du lieber Gott«, sage ich matt. Hannes, den ich ein- und wieder aus- und noch mal eingeladen habe. Aus Versehen aber doch. Quasi.

Mein Magen rotiert. »Wo haben wir eigentlich den Kräuterbitter verstaut?«

»Den brauchen wir für Notfälle«, bremst mich Steffi aus.

»Das hier ist einer! Ein Dilemma!«

»Höchstens eine Bredouille«, korrigiert sie mich. »Und außerdem typisch für dich. Jahrelang überhaupt kein Kerl, und dann könntest du Platzkarten verkaufen. Was willst du jetzt tun?«

Ich zucke hilflos mit den Achseln. »Vom Schiff springen?«

»Vergiss es. Du wirst diese Suppe hübsch auslöffeln. Morgen. Jetzt wird geschlafen.« Entschieden knipst sie auf ihrer Seite das Licht aus.

»Ha, ha!«, murmle ich und wanke ins Bad. »Scheiß-Erwachsensein.« Das Gesicht im Spiegel gibt mir leider auch keine Antwort darauf, was um Himmels willen ich jetzt tun soll. Auf jeden Fall muss ich mit Lasse reden und mich bei ihm für diesen Kuss entschuldigen. Und sobald wir an Land sind und Netz haben, muss ich Hannes schreiben. Ich kann das nicht. Das ist mir alles zu viel. Oder? Ich weiß nicht, was ich tun soll. Erst mal drüber schlafen. Aber wie soll ich denn einschlafen können, wenn in meinem Kopf alles durcheinandergeht? Sobald ich die Augen schließe, sehe ich dunkelblaue Augen, und … er hat mich zurückgeküsst! Oder? Hat er mich zurückgeküsst? Himmel! Vielleicht sollte ich nicht heiß duschen, sondern eiskalt. Oh, Lasse.

Irgendetwas an den Schiffsbewegungen und dem dumpfen Brummen der Motoren ist anders. Draußen ist noch stockfinstere Nacht. Aber vor den Fenstern sind Lichter zu erkennen, und die Lichter gehören zu Häusern, zu Straßenlaternen, ich sehe sogar Autoscheinwerfer, die sich bergabwärts auf einen Hafen zu bewegen.

»Land in Sicht«, kreische ich euphorisch. »Wir sind da!«

Dummerweise fällt mir in der nächsten Minute alles wieder ein, was am Vorabend passiert ist und weswegen ich unmöglich einen Fuß vor die Kabinentür setzen kann.

Die Betthälfte neben mir ist leer. Aber sofort fliegt die Tür zu unserer kleinen Nasszelle auf, und Steffi streckt den Kopf heraus. Die Zahnbürste in der Hand sprintet sie in Hemd und Höschen zu mir ans Fenster.

»Tórshavn«, quietscht sie glücklich. »Fester Boden! Wann legen wir an?«

Wie aufs Stichwort knarzt der Bordlautsprecher, und der Kapitän verkündet, dass wir in einer Stunde ausstiegsbereit sind. Wer von Bord geht und auscheckt, müsse demnächst die Kabine räumen. Wer nach dem Landgang weiterfährt nach Island, müsse bis vierzehn Uhr zurück sein.

»Hunger?«, frage ich. »Bringst du mir was mit?«

»Nein, du wirst mich hübsch begleiten. Ich könnte eine komplette Sahnetorte verdrücken«, schwärmt Steffi.

»Zum Frühstück?«, frage ich skeptisch.

Sie zuckt mit den Achseln. »Von mir aus eine von diesen Monstersalatschüsseln. Oder Auflauf. Oder fünf frische Brötchen mit Rührei. Und Tomate mit Mozzarella. Und Erdbeeren.« Sie hüpft zurück ins Bad. »Was ziehst du an?«

»Einen Kartoffelsack und darüber die Papiertüte … Keine Ahnung, was Warmes?« Ich drücke mir die Nase an der kühlen Fensterscheibe platt und versuche im Licht der Laternen so viel wie möglich von Tórshavn zu erkennen. Direkt unter uns, zum Greifen nah, liegt das alte Regierungsviertel, das die Wikinger gebaut haben. Tausend Jahre alte rostrote Holzhäuschen mit Grasdächern und dahinter eine Werft mit einem rostigen Trawler im Trockendock. Was für ein Kontrast.

»Was wollen wir zuerst machen?«, fragt Steffi. Die Abenteuerlust sprüht ihr aus den Augen.

»Ich will meinen Stephen Hawking wiederhaben. Bei meinem derzeitigen Glück haben sie jetzt wahrscheinlich Wasser in die Hot Tubs einlaufen lassen, und mein Buch ist zu einer durchgeweichten Blättersuppe mutiert.«

»Ach ja!« Steffi schlägt sich mit der flachen Hand gegen die Stirn. »Wir haben doch den Landausflug gebucht. Und danach suchen wir uns ein nettes Café mit WLAN.«

Verdutzt starre ich sie an. »Hannes!«, kreische ich. »Nein, das brauchen wir sofort! Und ich muss das mit Lasse klären. Ich kann doch nicht … Oh Gott. Meinst du, er macht diesen Landausflug mit? Dann sterbe ich.«

»Aber …?«

»Du hörst mir nicht zu! Zieh dich an!«, kommandiere ich. »Du hast mich da reingeritten. Das hat jetzt Priorität. Ich muss runter von diesem Schiff, sonst werde ich wahnsinnig, und eingesperrt an Bord eines Schiffes zu sein ist nicht ganz ungefährlich, oder hat du nie *Shining* gesehen?«

»Das spielte in einem eingeschneiten Hotel«, kontert Steffi gelassen.

»Und?«

Sie schluckt trocken. »Nix und. Dein irrer Blick wirkt sehr überzeugend. Ich beeile mich. Betrachte mich als geduscht.«

Eine dreiviertel Stunde später hibbeln wir als zwei der Ersten zwischen ein paar färingischen Familien vor der zweiflügeligen Tür mit den runden Bullaugen herum, die uns vom Hafenterminal und der Brücke nach Tórshavn trennt. Bis hierhin ist alles gut gegangen, keine schrägen Begegnungen, keine Kussattacken, leider auch kein Stephen Hawking. Mein Buch lag nicht mehr oben an Deck, und an der Rezeption wurde es auch nicht für mich abgegeben. Das wäre ja auch zu schön gewesen.

Plötzlich schiebt sich Lasse durch die Reihen, direkt auf mich zu. Ich sehe ihn zuerst gar nicht, aber Steffi rempelt mich an und krallt sich mit aller Kraft in meinen Arm. So ausgebremst kann ich nicht mal weglaufen. Um ein

Haar wäre es gut gegangen, dann wären wir hier raus gewesen, und ich hätte mir einen ganzen Tag lang überlegen können, wie ich weiter vorgehe. Verdammt!

Lasse lächelt mich an. Mein Kopf wird heiß und so rot wie die Holzhäuschen draußen am rettenden Ufer. Er bleibt direkt vor mir stehen, greift in seine Jacke und fischt mein Büchlein heraus.

»Du hast Eddie vergessen«, sagt er augenzwinkernd.

»Wieso Eddie? Ich denke Stephen?«, zischt Steffi in mein Ohr und hängt sich noch doller an meinen Arm.

»Kschh!«, mache ich in die eine Richtung und stammle »Danke« in die andere. Dann weiß ich nicht, was ich noch sagen soll, ich muss überlegen, damit kein gequirlter Mist herauskommt. Er soll mich intelligent finden, attraktiv, witzig, charmant …

Lasse wendet sich zum Gehen, ich knete den Einband von Stephen Hawking. Steffi schubst mich.

»Warte!«, rufe ich ihm nach. »Wegen gestern. Das … es tut mir leid. Ich weiß nicht, was da in mich gefahren ist.«

»Nichts passiert«, sagt Lasse. »Hauptsache, dir geht es wieder besser.« Sieht er enttäuscht aus? Er sieht enttäuscht aus, oder? Nee, Moment. Was passiert da gerade in seiner Mimik? Seine Mundwinkel zucken ein wenig, und ich bleibe schon wieder an diesen Lippen hängen. Irgendwohin muss ich ja schauen, damit ich nicht wieder von seinen dunkelblauen Augen hypnotisiert werde. Die waren ganz weich, seine Lippen, aber nicht labberig weich, eher so fest-weich, also angenehm, sanft, und auch fest … weich. Huaaaah!

Steffi bohrt mit einem Finger ebenso dezent wie spitz in meine Taille. Lasse sieht mich an, als ob er darauf wartet, dass ich noch irgendwas sage. Ich nestle immer nervöser an meinem Tagesrucksack herum.

»Was? Ach so. Ja, danke, also … Man sieht sich«, brabble ich und schüttle meinen dämlichen Rucksack, weil ich ihn mit dem Buch drin nicht wieder zukriege. Als ich wieder aufblicke, haben ein paar Meter weiter zwei Schischudamen Lasse in ein Gespräch über Rechtsmedizin verstrickt.

Steffi verdreht die Augen und stöhnt. Endlich gehen die Türen auf. Ich packe Steffis Hand und stürme mit ihr hinaus. Draußen ist es hell und trocken, in meinem Magen gluckern Müsli, Kaffee und Brötchen, und ich habe es eilig, durch den verglasten Gang ins Fährgebäude zu kommen. »Da lang«, brülle ich und stürme mit meiner Freundin im Schlepptau die Treppe nach unten, knapp gebremst von den Zollbeamten, die unsere Bordkarte und unseren Pass sehen möchten, damit wir nicht heimlich einwandern oder sie ohne uns ablegen oder … keine Ahnung, was!

Wir haben es eilig. »Wo gibt es hier bitte Internet?«, frage ich ein bisschen außer Puste.

»Here«, sagt der Mann, und ich bin so verblüfft, dass ich im ersten Moment glaube, er hätte meine Frage nicht gehört und sagt das nur, weil er mir meinen Personalausweis zurückgibt.

Aber er deutet auf ein Din-A4-Blatt an der Wand.

»Free Wi-Fi«, juchzt Steffi, macht sich von mir los und hackt sofort das Passwort in ihr Handy.

»Thank you«, stammle ich und renne ihr hinterher, auf eine der Holzbänke im Erdgeschoss zu.

Lasse wird in einem Pulk ihn umschwärmender Schischus an uns vorbei vor die Tür geschoben. Er hat keine Chance, sich aus der Menschenkugel zu befreien. Vielleicht sieht er mich auch nicht.

Ich halte das Handy ganz dicht vor mein Gesicht.

»Wie die Bekloppten«, schimpfe ich vor mich hin, während ich meinen Tagesrucksack fallen lasse und den WLAN-Code eingebe.

Steffi sieht mich mit hochgezogenen Augenbrauen an und setzt sich neben mich.

»Noch nicht mal ganz draußen gewesen und schon ins Internet«, erkläre ich barsch. »Guck dich mal an. Das ist Suchtverhalten, total krank. Weißt du das eigentlich?«

»Is' klar«, sagt Steffi weise und sieht seufzend Lasse hinterher, der auf der anderen Seite der Glasscheibe über irgendwas mit Florian diskutiert. Seine blonden Locken gucken überall unter der Mütze hervor.

Ich lasse mein Handy sinken. Was, um Himmels willen, soll ich denn nun Hannes schreiben? Lernpartner forever, eigentlich sind wir cool. Ich habe doch nie wirklich was anderes signalisiert. Warum habe ich dann ein schlechtes Gewissen? In welchen Bus wird Lasse wohl steigen? Wieso braucht diese blöde App so lange, um zu laden?

Atmen, erst mal atmen. Atmen ist gut. Ich halte mir abwechselnd jeweils einen Nasenflügel zu, um mich besser zu fokussieren und zu beruhigen. Steffi bringt mich auf den neuesten Stand der Außenwelt, aber die Nachrichten rauschen an mir vorbei, ich höre trotz Yogaatmung nur halb zu.

»In Deutschland regnet's. Oh, guck mal, Herbert hat uns ein Foto von unserem Damespiel weitergeleitet. Ist niedlich geworden. Und Thorben grüßt schön.«

»Als ob«, grunze ich und werfe einen flüchtigen Blick auf das Foto von gestern Nachmittag, auf dem wir uns im Spaß mit Schachfiguren duellieren, denen wir Mützen und Schals umgebunden haben, um nicht zu vergessen, welche Damen sind und welche nicht.

Dann gebe ich mir einen Ruck. »Sieht süß aus. Schickst du mir das? … Oh warte, brauchst du nicht. Ich hab's auch bekommen.«

Florian steckt den Kopf durch die Tür und klatscht mahnend in die Hände. »Noch drei Minuten, dann ist Abfahrt für alle Landausflügler. Gefängnistour links einsteigen, Landpartie rechts.«

»Wer waren wir noch mal?«, frage ich. Lasse ist verschwunden. Finde ich das nun gut oder schlecht?

»Landpartie. Du wolltest keinen färingischen Knast besichtigen.«

»Ach ja.« Ich tippe wie wild auf meine Lern-App. Das kleine Symbol lädt und lädt, weil es irgendein Update sucht. »Wieso dauert das denn so lange?«, frage ich und schiele zu Steffi hinüber, die quasi durch Facebook und Instagram gleichzeitig surft und dabei auch noch einen Film von Netflix herunterlädt. »Mach das aus«, protestiere ich. »Das frisst irre Daten! Kein Wunder, dass ich nicht reinkomme, wenn du das ganze WLAN für dich blockst.«

»Tu ich nicht!«

»Tust du wohl. In der Bahn ist es genauso. Alle gucken Filme, und ich kann nicht mal meine E-Mails runterladen.«

»Merle!«

»Ist doch wahr!« Ich ziehe einen Flunsch, und dann schlägt mir die Erleuchtung auf den Hinterkopf: In diesem Moment weiß ich plötzlich ganz genau, wie meine Tochter sich fühlt, wenn ihre vereinbarte Surfzeit abgelaufen ist und ich ihr Telefon einkassiere. Reumütig lasse ich mein Smartphone sinken. »Wir sind bescheuert, oder?«

»*Du* auf jeden Fall!«, bestätigt Steffi schmollend.

»Tut mir leid«, jammere ich. »Ich weiß auch nicht, was mit mir los ist.«

»Was hast du denn zu verlieren?«

»Keine Ahnung – meine Nerven?«

Steffi schneidet mir eine Grimasse. »Los, triff ihn. Verabredet euch auf einen Kaffee, setz dich im Bus neben ihn. Ich komm schon klar! Du kannst mir ja dein Buch leihen, vielleicht quatscht mich dann auch jemand an.«

»Dir wird schlecht, wenn du im Auto liest«, brumme ich. »Ich weiß doch gar nicht, bei welcher Tour Lasse mitfährt. Und was mache ich mit Hannes?«

»Triff sie beide, Herrgott! Und dann suchst du dir einen aus! Aber jetzt müssen wir einsteigen, sonst fahren sie ohne uns los, Florian winkt schon ganz hektisch!«

»Aber …« Endlich hat sich meine Lern-App aktualisiert – dort herrscht allerdings das Schweigen im Walde. Keine neue Nachricht von Hannes.

Was soll mir das denn jetzt sagen? Hä?

»Wieso hat er mir nicht geantwortet?«

»Hat er nicht?« Steffi zupft mich am Jackenärmel, rafft unsere Sachen zusammen und steht auf. »Vielleicht dachte er, das ist nicht nötig, nachdem er dir den Zettel unter der Tür durchgeschoben hat?« Sie winkt nach draußen zu Florian, der inzwischen hektisch auf seine Armbanduhr tippt.

»Aber man macht doch kein Blind Date aus und verfällt dann in Funkstille?« überlege ich laut, während ich mich von Steffi in Richtung Ausgang schieben lasse. »Erklär mir das. Du hast ihn doch eingeladen.«

»Los, beeil dich.« Sie verdreht schnaubend die Augen. »Das kann alles Mögliche bedeuten! Ein Mann, ein Wort? Vielleicht meint er, der Zettel genügt. Anscheinend ist dein Phantom ja bereits mitten unter uns. Vielleicht hat er aber auch einen Handlanger an Bord, der für ihn Papierchen unter der Tür durchschiebt. Du hast ihm verboten, sich zu erkennen zu geben. Offensichtlich hält er sich dran. Das wäre doch gut – dein Wunsch ist ihm Befehl. Schlecht wäre es nur, wenn er sich nicht länger zu erkennen geben *will*.« Sie packt mich unvermittelt am Arm. »Hat dich irgendwer gesehen, als du mit Lasse rumgeknutscht hast?«

»Keine Ahnung.« Ich zupfe mich los, habe keine Lust auf ihre Vorträge. Dabei kann Steffi ja – fast – nichts dafür. Mit allem hatte ich gerechnet, aber nicht mit Funkstille. Blödmann. »Außerdem haben wir nicht geknutscht. Es war ein einziger, unbedachter, flüchtiger Kuss«, murre ich. »Und jetzt Themawechsel. Ich will die Färöer sehen und nicht an Hannesse und Lasses denken.«

»Sehr guter Plan«, behauptet Steffi.

»Guck doch mal, wie schön es hier ist«, betone ich, als wir durch die Tür treten. »Die Felsen, die Holzhäuschen, die Möwen, da oben ist sogar ein kleiner Leuchtturm.« Ich zeige quer über den Parkplatz des Fährterminals und bleibe mit ausgebreiteten Armen stehen, wodurch Steffi fast in mich hineinprallt.

»Einsteigen!«, brüllt Florian uns entgegen. Die Busmotoren laufen bereits. Steffi grinst, während wir die paar Meter zu ihm hinüberrennen. »Ja, wirklich hübsch. Aber weißt du, was das Allerbeste ist?«, japst sie und versucht, mit mir Schritt zu halten.

»Na?«

»Fester Boden!«

Leider gehören Basti, Herbert, seine Frau und die meisten anderen, mit denen wir uns ein wenig angefreundet haben, zu der Truppe, die sich das färingische Gefängnis ansehen will. Krimifans eben. Wir können ihnen nur zuwinken, als ihr Bus bereits losfährt.

Wir anderen in der zweiten Gruppe haben uns bei der Anmeldung im Vorfeld dazu entschieden, lieber die Landschaft zu genießen, Kaffee zu trinken im ältesten Langhaus Europas (wenn ich mir das richtig gemerkt habe) und ein bisschen mehr von der Kultur der Hauptinsel Streymoy zu sehen. Bei uns war anscheinend noch Platz für Lasse, den Heliman. Ach herrje.

»Kismet«, kichert Steffi, die mal wieder meine Gedanken liest. Und während unsere Reiseleiterin sich vorstellt und etwas über die ungewöhnliche Architektur irgendwelcher bunter Häuschen erzählt, die auf den Klippen hoch über der Straße thronen, starre ich auf Lasses lockigen Hinterkopf und brüte über Strategien. Soll ich ihm aus dem Weg gehen oder auf ihn zu? Ignorieren wir den Vorfall, oder suche ich ein Gespräch unter Erwachsenen? Oder womöglich eine Vertiefungsmöglichkeit? Bei dem Gedanken steigt mir schon wieder eine flammende Röte den Hals hinauf. So was Bescheuertes. Ich bin doch kein Teenager mehr!

Jedenfalls schustert das Schicksal Steffi und mich nebeneinander auf einen Doppelsitz, und das ist auch besser so. Ziemlich dicht neben Lasse sitzt eine Fünfzigjährige und plappert gut gelaunt auf ihn ein. Ich höre sie bis nach hinten zu uns lachen. Und am meisten nervt mich, dass es mich nervt. Wenn das jetzt den ganzen Tag so weitergeht, dann …

Aber wir kommen nicht weit. Wir haben gerade den Hafen hinter uns gelassen und sind drei, vier Serpentinen die Küstenstraße entlanggeschlängelt, da wird Steffi zuerst eierschalblass, dann aschfahl bis kalkweiß und schließlich minzmilchgrün im Gesicht.

»Hast du eine Tüte?«, fragt sie knapp und wühlt bereits hektisch in ihren Jackentaschen. So kurvig fand ich das bisher gar nicht, entsprechend verdutzt starre ich sie an.

Irgendjemand hinter mir reicht erheblich geistesgegenwärtiger als ich ein passendes Behältnis zwischen unseren Sitzlehnen durch. Steffi schnappt wie eine Ertrinkende danach und gibt all die Kalorien wieder von sich, die sie sich zuvor einverleibt hatte. Ich kann ihr immerhin mit einem Taschentuch aushelfen.

»Frische Luft«, stöhnt sie. »Bitte.«

Ich nicke und hangle mich zwischen den Reihen nach vorn zu unserer Reiseleiterin. Lasse hat die Augen geschlossen.

Die nette ältere Dame mit dem schlohweißen Haar und der kleinen Anstecknadel mit der färingischen Flagge und ihrem Vornamen am Revers spricht fließend Deutsch. Ellen hat vollstes Verständnis für Steffis Notlage. Nach einem kurzen Gespräch mit dem Busfahrer erklärt sie lächelnd, dass wir gleich in ein Dorf kommen. »An der Kirche legen wir eine Pause ein. Die wollte ich euch sowieso zeigen, sie ist eins der hübschesten Gebäude dieser Insel, wie ich finde, und man kann sehr schön erkennen, wie man früher Grasdächer mit Birkenrinde gebaut hat. Es sind nur noch fünfzig Meter bis zum Parkplatz.«

»Takk!«, hauche ich aus tiefstem Herzen und eile zurück, um Steffi die frohe Botschaft zu verkünden. Ich bin kaum wieder bei ihr, da halten wir auch schon, und alle anderen lassen uns und der Tüte in Steffis Hand zuvorkommend den Vortritt. Zischend gibt der Bus uns frei, wir gelangen als Erste an die unglaublich frische färingische Luft.

»Es tut mir so, so leid«, murmelt Steffi wächsern und lehnt sich nach ein paar wackeligen Schritten an die malerische, mit Moosen und Steinbrecher bewachsene Natursteinmauer, die die schwarze Holzkirche umfriedet. »Ich verstehe das gar nicht.«

»Lass dir Zeit«, sage ich leise und streiche ihr über den Rücken, während ich mit den Augen hügelabwärts in die Landschaft aus saftigem Dunkelgrün und Felsgrau eintauche. Weiße und graubraune Punkte bewegen sich träge darin. Ich blinzle verwundert. Ach so, Schafe!

Steffi bewegt sich nicht und stiert vor sich auf den Boden. »Kann ich irgendwas für dich tun?«

»Nicht ablenken. Ich entschärfe hier gerade eine Bombe.«

Ich hocke mich neben sie und krame in meiner Tasche. »Ich glaube, ich habe hier noch irgendwo Pfefferminz oder Ingwer.«

Sie angelt blind danach, schiebt sich das Bonbon in den Mund und fängt konzentriert an zu lutschen. »Geht gleich wieder«, nuschelt sie nach ein paar Minuten und richtet sich in Zeitlupe auf. »Los, genieß die Landschaft. Ich komme klar. Gib mir einfach ein paar Minuten, okay?«

Brav tue ich ein paar Schritte, weg von den Schischus, die den unplanmäßigen Halt für einen Fotostopp nutzen. Die Kirche mit ihrem winzigen ummauerten Friedhof liegt direkt an der Küstenstraße, die hier links und rechts von ein paar Häuserreihen gesäumt wird, bevor es auf der einen Seite steil den Berg hinauf- und auf der anderen abschüssig Richtung Meer hinuntergeht.

Dem Kirchengebäude gegenüber liegt ein verschlafener Supermarkt. Ein Teil der Gruppe nutzt die Gelegenheit und geht hinein. Der asphaltierte Platz, auf dem wir gehalten haben, mündet in eine Ausweichstraße und ist gerade breit genug, dass zwei Busse einander passieren können, wenn sie die Spiegel einklappen. Und obwohl alles wie ausgestorben wirkt, passiert genau das gerade.

Ein Linienbus quetscht sich an uns vorbei und rollt die paar Meter weiter zur Haltestelle. Eine einzelne ältere

Dame steigt aus und beäugt uns verwundert. Ellen sagte vorhin im Bus, wir wären die allerletzten Touristen der Saison – anscheinend kommt so gut wie niemand im November freiwillig auf die Färöerinseln. Dabei sind die Farben gerade jetzt unvergleichlich wild und lebendig. Das Meer wogt in dunklen Blautönen, die Hänge der Inseln strotzen vor saftigem Grün, und darüber spannt sich ein Himmel, der mich in seiner Dramatik an Walkürenritte und den Pathos der Musik von Richard Wagner erinnert. Wikingerland – man meint fast, hinter dem nächsten Fjord müsste gleich ein schilderbewehrtes Drachenschiff auftauchen. Es ist atemberaubend schön, und dabei ist das nur ein Vorgeschmack auf Island.

Ich sehe hinüber zu Steffi. Sie ist von ein paar Schischus umgeben und winkt mir mit tapferem Lächeln zu. Ich bin kurz davor umzukehren, um sie vor dem Ansturm zu retten. Oh, aber da kommt auch Lasse. Reflexartig drehe ich mich um und verwünsche mich sofort dafür. Das ist Kindergartenverhalten! Bin ich wirklich so männerscheu geworden? Über mir lachen die Möwen.

»Und? Hast du Antworten gefunden auf die großen Fragen?« Plötzlich steht er direkt neben mir, die Hände wie gestern Abend in den Jackentaschen vergraben, und sein Ohrring glitzert. Lasse.

Mein Herz bleibt kurz stehen, aber in meine Mundwinkel stiehlt sich ein Lächeln. »Konnte ich ja nicht. Jemand hat mein Buch mitgenommen.«

»Tut mir leid«, sagt er und sieht mit einem Mal sehr zerknirscht aus.

»Was denn?«, frage ich verblüfft.

»Dieses Vorwort ist wirklich sehr berührend.«

Das macht mich nicht schlauer. Jetzt glotze ich vermutlich wie eine Kuh, die man fragt, welche Grassorte sie zum Tee empfehlen würde.

»Ich muss mich immer einmischen«, hebt er an, und ich habe immer noch keinen Schimmer, worauf er hinauswill. »Ich habe das gestern wohl komplett in den falschen Hals bekommen. Ich bin wirklich nicht der Typ, der einfach zu wildfremden Frauen in die Wanne steigt. Aber als du da so allein gesessen und geweint hast, da dachte ich …« Er kratzt sich an der Mütze. »Entschuldige.«

»*Was* dachtest du?«

Er hebt verlegen die Schultern. »Ich hatte keine Lust, um die Uhrzeit ins Meer zu springen, okay?«

»Du dachtest, ich würde …?!«

Er zeichnet mit den Schuhspitzen einen Kaugummifleck auf dem Asphalt nach.

»Nein, natürlich nicht, nicht wirklich. Aber du sahst so traurig und verlassen aus. Hey, ich kenne dich ja nicht. Wir haben uns gesiezt, okay?«

Ich grinse und sehe einer Möwe nach, die einer anderen im Flug die Beute streitig machen will. Über uns jagen sich Wolken, die Möwen kreischen um die Wette, und es riecht würzig nach Salz und Tang und Fisch. Ich halte die Nase in den Wind und atme tief ein.

»Na, war ja kein Wasser drin«, sage ich nach einer Weile.

»Hmm?«

»In der Wanne«, erkläre ich nachsichtig. »Dann zählt es nicht …«

»Ah.«

Wir sehen beide auf den Fjord hinaus, ich muss die Augen zusammenkneifen, weil das Licht so hell ist, sobald die Sonne zwischen den Wolken hervorkommt. Auf der anderen Seite liegt Tórshavn, von dort kommen wir, wir mussten die Bucht ganz umfahren, dabei wäre es übers Meer nur ein Katzensprung. Aber hier gibt es keine Brücke, wozu auch. Ich kann mir nicht vorstellen, dass jemand, der hier lebt, Zeitnot kennt.

»Ich küsse normalerweise auch keine wildfremden Männer«, ergänze ich. »Es war … ich weiß auch nicht, was da über mich kam. Es war so eine besondere … Atmosphäre.«

»Da haben wir uns immerhin schon geduzt«, sagt er mit vorsichtig schelmischem Unterton. »Und es war dunkel.«

Ich lege den Kopf schief und betrachte sein römisch anmutendes Profil, mit der leicht gebogenen Hakennase und den ausgeprägten Kieferknochen. Durchaus tageslichttauglich. Das Sonnenlicht zaubert Reflexe auf seine im Wind wehenden blonden Locken. »Das stimmt natürlich.«

Die Häuschen drüben scheinen wie bunte Farbkleckse an den Fuß der Hänge gesprenkelt. Kleine Einödhöfe ducken sich ins unglaublich satte Grün, manchmal knapp über dem Meeressaum, so scheint es auf die Entfernung hinweg. Darüber ragen steile Felswände auf, und darum herum, davor und dahinter klatscht das Meer meterhohe Wellen gegen die Basaltklippen. Die Tropfen zerstieben in Abermillionen glitzernde Wasserperlen, die sich zu Rinnsalen und Strömen vereinen und zurück ins Meer fließen. Ein ewiger wilder Tanz der Naturgewalten.

»Ich fand's schön«, sagt er leise, und mein Herz klopft plötzlich doppelt so schnell wie vorher. »Ich fand die Atmosphäre auch ganz besonders … zwischen uns. Tut es dir wirklich leid?«

»Ich …« Ich mogle mich um eine Antwort herum. »Ich glaube, ich sehe jetzt besser mal nach Steffi«, entschuldige ich mich heiser. Aber im Laufen drehe ich mich noch einmal um. »Nö«, rufe ich gegen den Wind und halte meine Mütze mit beiden Händen fest. »Eddie Redmayne ist wunderbar.«

Die anderen Schischus haben sich zerstreut. Unten am Wasser weht ein Fischernetz mit knallroten Schwimmern zum Trocknen an einer Art Teppichstange und schlägt dabei einen metallischen Takt, während sich über uns, auf dem viereckigen weißen Türmchen der Kirche, die Wetterfahne leise quietschend im Wind dreht.

»Schön hier, oder? Riechst du, wie sauber die Luft ist?«, strahle ich Steffi ein wenig atemlos an.

»Mmmmh«, macht sie, mit dem Rücken an die Steine gelehnt, und tupft sich mit halb geschlossenen Augen über die Stirn. »Ich schwanke immer noch. Und du?«

Ich spüre einen Moment lang nach. Jetzt weiß ich, was sich die ganze Zeit über so komisch anfühlt.

»Du hast recht«, sage ich erstaunt und federe ein bisschen mit den Knien. »Cool. Und geht's dir jetzt ein bisschen besser?« Ich könnte platzen, und ich schwöre, dass Steffi das spürt, aber sie lässt mich zappeln.

»Hmm. Wenn du das auch spürst, ist es jedenfalls kein Erdbeben«, grunzt sie trocken.

Ellen kommt lächelnd auf uns zu. »Erdbeben hat es schon lange keins mehr gegeben auf den Färöerinseln«, erklärt sie. »Die Vulkane sind alle längst erloschen. Daher haben wir leider hier auch keine geothermale Aktivität wie auf Island«.

»Kein heißes Wasser?«, brummt Steffi. »Lass uns gehen! Ich will nach Island.«

Die rüstige Dame geht schmunzelnd darüber hinweg. »Alles wieder gut?«, erkundigt sie sich fürsorglich. »Können wir in fünf Minuten fahren? Es gibt noch so vieles, was ich euch zeigen möchte!« Sie wendet sich an mich. »Wir haben auch sehr schöne Wasserfälle hier, aber wir dürfen euer Schiff nicht verpassen. Darum müssen wir jetzt wirklich weiter.«

Ich betrachte Steffi skeptisch.

»Ehrlich gesagt weiß ich nicht, ob diese Busfahrt mit den ganzen Kurven und Serpentinen so eine gute Idee war«, sagt sie zerknirscht. Sie hebt leidend die Schultern, aber dabei schielt sie in Richtung Lasse, der lächelnd an uns vorbei Richtung Bus geht. »Ihr könnt mich doch hierlassen und auf dem Rückweg wieder einsammeln? Ehrlich, genieß den Ausflug!«

»Auf keinen Fall«, widerspreche ich und wende mich an Ellen. »Können wir uns vielleicht mit dem Linienbus allein zurück nach Tórshavn durchschlagen?«

Sie lächelt. »Ja, das ist sicher möglich. Oder vielleicht nimmt euch auch jemand mit.«

»Und womit zahlen wir?«, fragt Steffi. »Rein zufällig habe ich weder färingische noch dänische Kronen bei mir, du etwa?«

Ich schüttle den Kopf.

»Die Färinger sind sehr gastfreundliche und zuvorkommende Menschen. Man hilft sich, wo man kann«, sagt die unerschütterliche Ellen. »Und Karten werden überall akzeptiert, auch für kleine Beträge.«

»Hervorragend«, seufze ich und suche Lasse mit den Augen, aber der sitzt bereits irgendwo im Bus, als wir uns verabschieden. Schöner Mist.

»Das hatte ich irgendwie anders geplant«, stöhnt Steffi, als sie davonrollen.

»Ich auch«, murmle ich halblaut.

»Hab ich dir jetzt ein Date versaut? Ich mach's wieder gut! Ich schwöre!«

Sie guckt so bedröppelt, dass ich immerhin ein schiefes Lächeln zustande bringe. »Ich erhöhe deine Schulden um mindestens ein weiteres Vier-Gänge-Menü. Wenn du wieder was runterbekommst«, ergänze ich großzügig. »Und was den Rest angeht: Finger weg von meinem Liebesleben und lebenslanges Kuppelverbot, solange ich dich nicht ausdrücklich darum bitte! Klar?!«

Kapitel 10

Im Supermarkt gibt es Kaffee und auch Tee to go. Mit zwei irre teuren, aber wiederverwendbaren Bechern mit Papageientauchermotiv marschieren wir los in Richtung der übernächsten Haltestelle. Steffi mag nicht gleich wieder in einen Bus steigen, und verlaufen können wir uns ja nicht.

Eigentlich ist es sowieso viel schöner, sich zu Fuß umzusehen, als im Bus über Land gefahren zu werden. Nur leider erweist sich das färingische Wetter als nicht ganz so hilfsbereit und gastfreundlich. Kaum sind die Schischus davongebraust und wir die ersten fünfhundert Meter gegangen, ergießt sich ein Wolkenbruch über uns. Wir schaffen es gerade noch unter das Vordach eines Blechschuppens.

»Und jetzt?«, frage ich verdrießlich. »Du hast nicht zufällig einen Schirm oder eine wasserdichte Jacke dabei?« Meine ist es offenbar nicht, egal was draufsteht. Die Schultern fühlen sich schon ganz schön klamm an, und ich spüre, wie die Feuchtigkeit durch die Nähte kriecht.

»Danke, dass du meine Freundin bist«, fiept Steffi schuldbewusst. Dann hellt sich ihre Miene auf. »Doch, warte! In meinem Rucksack müsste noch der Regenponcho sein, den Thorben und ich im Frühling bei der Sightseeingtour in London bekommen haben. Ich hebe ja immer alles auf. Wusste ich doch, dass der mal zu was nütze ist. Halt mal bitte.«

Gehorsam stelle ich meinen Becher ab und fasse den Rucksack mit beiden Händen, damit Steffi besser darin herumwühlen kann. Ein dicker Regentropfen rinnt mir über die Stirn, hängt sich an meine Nasenspitze und baumelt ein wenig daran herum, bevor er sich genug gesammelt hat und abspringt. »Ich würde jetzt lieber in einem gemütlichen Café sitzen«, seufze ich mit Blick nach oben. Die Wolken sehen nicht so aus, als ob sie so schnell abziehen wollten, wie sie gekommen sind.

In rasantem Tempo nähert sich uns ein Lieferwagen. Ungebremst rauscht er durch die Pfützen und knattert an uns vorbei.

»Toll«, brumme ich. »Das zum Thema zuvorkommend.«

»Vielleicht hätten wir einen Daumen raushalten sollen?«, überlegt Steffi.

»Bist du verrückt? Das wäre erstens zu einfach, zweitens wäre dann mein Arm jetzt entweder nass oder ab, und drittens: Wie denn? Ich muss ja den Rucksack halten.«

Wir müssen beide lachen, weil die Situation so absurd ist. Dann quietscht Steffi plötzlich: »Hab ihn!«, und schüttelt ein zusammengefaltetes Stück Plastikfolie auseinander.

»Und da passen wir beide rein?«

»Klar«, behauptet sie optimistisch und setzt sich den Rucksack wieder auf. »Los, komm mit drunter und schlüpf mit dem Kopf rein. Ich gucke durch das Ärmelloch, dann geht das. Wollen wir weiter?«

»Mit dir verreise ich am liebsten«, grinse ich, als wir uns wie ein siamesisches Michelinmännchen in Bewegung setzen.

Plötzlich hupt es neben uns.

»Himmel!«, ruft Steffi und versucht, aus unserer knisternden Plastikdichtung heraus einen Blick auf den Verursacher zu erhaschen.

Ein Auto voll junger Leute hat auf Schritttempo heruntergebremst. Hinten wird eine Scheibe heruntergekurbelt. Fröhliches Lachen schallt uns entgegen. Aber als wir uns raschelnd hinunterbeugen und ich nach einer Mitfahrgelegenheit fragen will, spiegle ich mich in der Reflexion von vier gezückten Handys und werde von Blitzlicht geblendet. Offenbar sind wir die Attraktion der Insel. Hinter uns hupt bereits ein weiteres Auto und überholt. Steffi dreht sich danach um, und dadurch kann ich nichts mehr sehen. Während der Fahrer bereits wieder anfährt, winken uns die Jugendlichen fröhlich zu. Weg sind sie und der andere Wagen auch.

»Pappnasen«, zische ich und niese. »Wie war das mit den hilfsbereiten Einheimischen?«

»Das Auto war doch eh voll«, meint Steffi und späht durch ihre Ponchoöffnung. »Aber sieh mal da vorne. Täusche ich mich, oder hat da vorn jemand angehalten?«

Ich kneife die Augen zusammen und spähe durch die dichten Bindfäden aus färingischem Novemberregen.

Tatsächlich. Ein Stück weiter vor uns leuchtet das rhythmische gelbe Blinken einer Warnlichtanlage. Der Wagen hupt. »Die meinen uns«, juchzt Steffi. »Los, komm! Wann bist du das letzte Mal getrampt?«

»Noch nie.«

»Na, dann wird's aber Zeit!«

Ein nettes Ehepaar räumt bereitwillig Tüten und Taschen voller Einkäufe beiseite und lässt uns einsteigen. Steffi darf sogar vorn sitzen, damit ihr nicht wieder übel wird, und die hilfsbereiten Leute drücken ihr einen Hundekotbeutel in die Hand – nur für den Fall, dass doch …

Sie sprechen kaum Englisch und wir kein Färingisch, aber auf meine Isländischversuche lächeln sie immerhin nett und antworten irgendwas zurück.

Eine halbe Stunde später sind wir zurück in Tórshavn. Steffis Magen hat dichtgehalten, und die beiden setzen uns direkt in der Ecke des Hafens ab, wo die Altstadt beginnt. »Wann ist dein Date?«

Der Zettel. Hannes. Lasse. Da wären sie wieder, meine drei Probleme. Wobei ich meinen Heliman eigentlich gar nicht als Problem betrachten möchte. Dafür kribbelt es zu schön in meinem Magen, wenn ich an ihn denke.

»Verrenne ich mich gerade in irgendwas?«

Steffi sieht mich verwundert an, dann kehrt das vertraute Sprühen in ihre Augen zurück. »Nicht dass ich wüsste. Aber vielleicht bringst du mich erst mal auf den neuesten Stand in deinem Liebesleben? Bis dreizehn Uhr hast du noch eine Stunde Zeit.«

»Dänische Zeit, färingische oder Bordzeit?«, scherze ich, während wir schmale Kopfsteinpflastergässchen kreuz und quer hügelaufwärts laufen und die malerischen Holzhäuschen bewundern, deren Dachrinnen teilweise so niedrig sind, dass man sich den Kopf daran stößt, wenn man nicht aufpasst. Die allermeisten der uralten Häuser hier sind auf traditionelle Art mit Grassoden gedeckt und im Traufbereich mit Birkenrinde abgedichtet. Die Halme wiegen sich im Wind, vor den Fenstern hängen üppige Blumenkästen mit letzten Herbstblühern, und in jeder Häuserlücke kann man das Meer sehen.

»Gute Frage«, sagt Steffi langsam. Und dann komme ich auch ins Grübeln.

»Verdammt. Wie spät ist es hier genau? Wir brauchen dringend Netz! Ich muss mit ihm klären, in welcher Zeitzone wir uns treffen.«

Steffi grinst stumm in sich hinein.

»Waaas?«, will ich wissen.

»Das war ein Scherz, Süße. Natürlich Ortszeit, welche denn sonst? Immerhin hast du dich entschieden, dein Schneckenhaus zu verlassen und ihn zu treffen.«

»Hab ich das?« Ich bleibe stehen. »Will ich das? Das ist doch total verrückt, oder? Musst du mich nicht bremsen? Aufhalten? Du bist meine beste Freundin!«

Steffi zieht mich am Ärmel weiter. »Ja, du hast dich entschieden. Ja, das willst du und bist du, und das Treffen wird jetzt nicht gleich wieder infrage gestellt. Du guckst sie dir alle beide an. Ende der Diskussion.«

Ich muss lachen. »Du bist nicht du selbst, wenn du hungrig bist. Ich glaube, ich sollte dir öfter mal Enna vorbeischicken, wenn ich bei ihr erziehungstechnisch nicht weiterkomme.«

»Mach das. Aber damit du deinen Hannes nicht verpasst, will ich jetzt von dir wissen, ob wir zuerst nach einem Café mit WLAN suchen sollen oder wieder Richtung Hafen laufen und uns zuerst die kleine Halbinsel Tinganes ansehen.«

»Kaffee« bestimme ich. »Meine Füße frieren ab, und meine Schultern sind immer noch nicht wieder trocken, trotz des Windes.«

»Na sieh mal einer an, du kannst ja doch Entscheidungen treffen«, brummt Steffi. »Ich bin ja schon froh, dass es nicht mehr regnet.«

Wir kreuzen durch die hübschen Gässchen, die Nasen schnuppernd und witternd in der Seeluft. Aber es duftet mehr nach Fisch und Bratkartoffeln als nach Kaffee und Kuchen. Allgegenwärtig sind die Trockenfische, die in früherer Zeit das Überleben der Bevölkerung in den harten Wintern sicherstellten. Die Karkassen baumeln überall. Sie hängen sogar wie bizarre Lampions unter Dachüberständen von Wohnhäusern und Restaurants – und natürlich an den Booten am Hafen, wo sie auch verkauft werden.

Wir sind jetzt im kleinen Stadtzentrum angelangt. Als wir hinter der Kirche um die nächste Ecke biegen, haben wir endlich Glück. Im Schatten von kahlen Novemberbäumen steht ein langes schwedenrotes Holzhaus mit Grasdach und einladenden, großen weißen Sprossenfenstern, hinter denen sich Leben tummelt: Menschen auf Stühlen, an Tischen, mit Büchern in der Hand oder

Gabeln im Mund. Essen, Trinken, es brennen Kerzen, und Lampen strahlen bis auf den Asphalt. Vor der Buchhandlung mit dem angegliederten Café steht eine Parkbank. Darauf sitzt eine Statue, die Arme verschränkt und den Blick gen Himmel gerichtet. Irgendwer hat sich erbarmt und der frierenden Gestalt einen Schal umgebunden. »Ich mag die Färinger«, sage ich lächelnd.

»Trotz der grausamen Delfin- und Walmassaker jedes Jahr?« Steffi verzieht die Mundwinkel.

»Das sind hoffentlich andere«, wende ich ein. »Ich mag mir das gar nicht vorstellen, dass dieselben Menschen, die einer Bronzefigur einen Schal umbinden …«

»Ich auch nicht«, schneidet Steffi mir das Wort ab. »Und ich schäme mich dafür, aber ich habe trotzdem Hunger. Da drin gibt's Internet. Also? Was sagst du?«

»Rein da!«

In Rekordgeschwindigkeit stürmen wir die vier Treppenstufen hinauf, und ich reiße die Tür auf, die wie die Fenster aus Sprossenglas besteht. Der Laden wirkt von drinnen sogar noch gemütlicher als von draußen. An den Wänden wechseln sich weiße Puppenstubenschränke mit offenen Geschirrregalen und angeschraubten Topfpflanzen ab. Die Bistromöbel sind aus dunklem Holz. In einer Ecke stehen Brettspiele auf einem Tischchen, uns schlagen ein vielsprachiges Stimmengewirr und ein Potpourri verschiedenster Düfte entgegen. Es gibt Kuchen und Deftiges, warmes Essen, Tee und Kaffeespezialitäten, Wein, Bier – und auf der anderen Seite, verbunden durch eine Wand mit Fenstern und einen offenen Durchgang, ist der Buchladen. Wir schlucken eine Millischrecksekunde lang trocken angesichts der nordischen Preise, aber wir haben Urlaub und eine Mission. Also gibt es für mich Rhabarberkäsekuchen mit Sahne und einen frisch gepressten Orangensaft zum Tee und für Steffi eine Riesenschüssel Müsli und zum Nachtisch einen Brownie.

»So lässt es sich aushalten«, verkünde ich selig und tippe das WLAN-Passwort ein.

»M-hmm«, macht Steffi, ohne aufzusehen, schiebt sich einen Löffel Müsli in den Mund und starrt abwesend auf ihr Handy.

Bei mir ist Funkstille. Enna ist noch in der Schule und vermutlich beleidigt, weil ich ihr keine Haustiere erlaube, meine Mutter wird mit ihrer montäglichen Nähgruppe konzentriert über einer Patchworkdecke hängen, und Hannes … tja. Hannes. Als ich an ihn denke, ploppt unwillkürlich das Gesicht von Lasse vor meinem inneren Auge auf. Was Steffi vorschlägt … dass ich mir beide angucke … Das geht nicht. So bin ich nicht. Keine Ahnung, ob das mit Lasse mehr werden wird, ich kenne ihn doch gar nicht. Aber seit gestern hat sich was verändert. Wenn ich an Hannes denke, ist das Kribbeln irgendwie weg. Wenn es je da war und nicht bloß Einbildung, weil mein Kopf ja in alles etwas hineininterpretieren muss. Mein Kopf, der aus einem Fünkchen Freundlichkeit, Verständnis und Nähe gleich eine große Kiste macht. Aber halt, mache ich das mit Lasse nicht genauso? Verdammt! Hilfesuchend sehe ich Steffi an, doch die ist in ihr Handy vertieft.

»Was gibt es bei dir eigentlich so Dringendes?«, frage ich beleidigt. »Ich dachte, du stehst mir bei?«

»M-hmm«, wiederholt Steffi und scrollt weiter.

»Was suchst du denn?«, frage ich unwirsch und will einen Blick auf ihren Bildschirm erhaschen.

»Nichts.« Steffi wischt das Internet weg und sieht endlich zu mir hoch. »Was hast du gesagt?«

»Ich weiß nicht, was ich Hannes schreiben soll.«

Steffi sieht auf die Wanduhr. »Ortszeit: 12.04 Uhr«, liest sie ab. »Hat er sich inzwischen noch mal gemeldet?«

Ich schüttle den Kopf und tröste mich mit einem weiteren Bissen des leckersten Rhabarberkuchens, den ich je gegessen habe.

»Na, dann wird er wohl in einer halben Stunde am Hafen sein«, meint sie achselzuckend.

»Eben!«, jammere ich.

Steffi seufzt und steckt ihr Telefon ein. »Also, iss schneller. Ich geh schon mal zahlen, und dann sehen wir uns an, wo die alten Wikinger Recht gesprochen haben.«

Das Regierungsviertel der Färöerinseln ist das älteste Europas, wenn nicht der ganzen Welt. Auf der Landzunge direkt auf den Felsen am Meer haben schon die Wikinger Recht gesprochen, vor über eintausendeinhundert Jahren. Wenn man durch die weißen Fenster der roten Holzhäuschen auf der Halbinsel späht, kann man die Minister und Mitarbeiter der Landesregierung hautnah bei der Arbeit beobachten. Das alleine ist schon faszinierend, und dann sehen die Gebäude auf Tinganes mit ihren weiß getünchten Sockeln und den grünen Dächern auch noch wie ein Bullerbü-Freilichtmuseum aus.

Trotzdem kann ich mich nicht wirklich auf die Schönheit und die Historie einlassen. Immer wieder schiele ich zwischen den Häuschen hindurch auf die andere Seite des Hafenbeckens, wo die Eydna wie ein riesiger gestrandeter Fremdkörper aus der Zukunft zwischen winzig anmutenden Fischerbooten und Segeljachten vor Anker liegt.

Irgendwo da drüben gibt es einen Stand von einem Fischhändler, und daneben muss eine Parkbank sein.

»Mir ist schlecht«, rutscht es mir heraus.

»So schlimm?« Steffi lässt sofort das Fensterbrett los und springt von dem Findling herunter, den sie als Aussichtshilfe benutzt hat, um besser ins Innere der Regierungsgebäude linsen zu können. Und das ist gut so. Ich glaube, der Premierminister – oder seine Sekretärin – sind nicht very amused. Gerade als sie sich zu mir umdreht, wird energisch der Vorhang zugezogen.

»Lass uns abhauen, die rufen bestimmt gleich die Polizei«, schlage ich vor.

»Ach, Quatsch, die müssen das doch gewöhnt sein«, meint Steffi leichthin. Aber als hinter ihr eine Tür geöffnet wird, gehen wir doch ein Stück schneller und verschwinden durch einen Torbogen, der direkt ans Wasser führt.

»Wahnsinn!«, ruft Steffi und klettert über die schlüpfrigen Felsen. »Auf genau diesen Steinen haben die Wikinger gestanden und Recht gesprochen, Urteile gefällt, Verträge unterzeichnet … Was die wohl alles erzählen könnten?«

»Genauso viel oder wenig wie die Steine an allen historischen Stätten«, brumme ich und schiele zur anderen Seite hinüber. »Können wir jetzt gehen?«

»Ist ja schon gut«, sagt Steffi und legt mir den Arm um die Schulter. »Pfefferminzbonbon?«

Ich nicke und konzentriere mich auf meinen Atem,

während wir langsam, aber stetig auf die Mole zulaufen. Bis drei zählen beim Einatmen, bis fünf beim Ausatmen. Bis fünf beim Einatmen, bis sieben beim Ausatmen. Bis sieben beim Einatmen, bis zehn …

»Ich kann das nicht«, platzt es aus mir heraus. »Das ist ja schlimmer als eine Meisterprüfung im Handwerk. Oder Abitur, Führerschein, alles zusammen. Ich hasse Blind Dates. Was ist, wenn ich ihn langweilig finde? Oder er mich?«

»Kann dir das nicht egal sein? Ich dachte, du willst nichts von ihm? Wolltest du nicht eben erst die Chance ergreifen und Lasse besser kennenlernen, oder hab ich was verpasst? Lasse ist nämlich kein Phantom, sondern ein attraktiver, Interesse signalisierender Mann aus Fleisch und Blut und im richtigen Alter, stimmt's?«

»Stimmt«, wiederhole ich stumpf. Aber kann ich mir mit ihm sicher sein? Und was, wenn mir Hannes doch gefällt? Wenn das Kribbeln keine Einbildung war? Was sage ich dann Lasse? Himmel! Ich schüttle den Kopf. Unter der dicken Jacke bekomme ich Schweißausbrüche, und in meinem Bauch flattert irgendetwas herum, was da nicht hingehört, aber genauso wenig weiß, wie es da rauskommen soll.

»Ich kann das nicht. Ich gehe da jetzt hin und sage ihm, dass ich ihn nicht näher kennenlernen will. Dass wir Lernfreunde bleiben, wie es von Anfang an geplant war. So werde ich es Hannes sagen. Und Lasse gehe ich auch aus dem Weg. Genau.«

»Aber das ist doch nicht …!« Steffi bricht ab. »Mach, was du willst«, sagt sie resigniert und klatscht sich mit den

Handschuhen gegen die Mantelschöße. »Wenn du mich brauchst, ich gehe nur kurz in die Apotheke. Vielleicht haben die ja was Besseres gegen die Übelkeit, was nicht so müde macht. Und dann spaziere ich da drüben bei den hohlen Trockenfischen herum.« Sie zeigt vage auf ein paar Boote weiter oben am Kai. Ich nicke todesmutig, rücke meinen Jackenkragen zurecht und marschiere unter dem dissonanten Begleitchor der Möwen dem Moment der Wahrheit entgegen.

Die überdachte Verkaufsbude des Fischers sehe ich auf Anhieb. Die Parkbank daneben auch. Bin ich zu früh? Ich drücke mich ein wenig am Stand des Seemanns herum, begutachte auf Eis liegende Heringe, Kabeljau oder was immer das ist, das in der Auslage mit toten Augen ins Leere starrt. Wenigstens entdecke ich nirgends Haifischflossen oder gemeuchelte Meeressäuger.

»Kann ich Ihnen helfen?«, fragt der Seemann auf Englisch. Mit seiner mächtigen Figur, der Schürze und dem üppigen blonden Schnauzbart erinnert er mich ein wenig an den Fischhändler Verleihnix in den Asterix-Comics.

Ich zucke zusammen und schüttle den Kopf. »Just looking«, nuschle ich, stupse einen der hohlen Trockenfische an, die im Wind an einer Schnur baumeln, und schiele zu der Bank dahinter. Die bleibt leer, egal, wie oft ich um den Stand herumschleiche.

Ein junges Pärchen nähert sich, um Fotos zu machen. Dann kommt eine ältere Dame mit schweren Einkaufstaschen, stellt sie auf der Bank ab und setzt sich einen Moment, um zu verschnaufen. Ist Hannes am Ende das

Pseudonym eines Pärchens? Oder ist Hrafnhildur alt? Ich drehe die nächste Lauerrunde um die Fische und spähe zwischen im Wind wehenden Dekoreusen und Krabbenchips hindurch.

Plötzlich räuspert sich jemand neben mir.

»Hallo. Wie geht's deiner Freundin? Ich weiß immer noch nicht ihren Namen, entschuldige.«

Ich schnappe nach Luft, und in meinem Bauch schwirrt schon wieder irgendwas. Schmetterlinge? Blödsinn. Aber was, wenn doch? »Lasse! Wo kommst du denn her? – Gut, äh … meiner Freundin geht es gut.«

»Wir sind eben zurückgekehrt.« Er zeigt auf den Bus, der frisch geleert gerade den Parkplatz am Fährterminal verlässt. »Ihr habt wirklich was verpasst. Traumhafte Wasserfälle und ein verschlafenes Dorf am Ende der Welt. Aber ich schätze, ihr hattet es auch schön, oder? Ihr wart so schnell weg, ich hatte gar nicht mitbekommen, dass ihr die Tour abbrechen musstet. Also – was kannst du empfehlen? Tórshavn scheint richtig hübsch zu sein.«

Er lächelt mich so warm an, dass ich schon wieder rot anlaufe wie ein Schulmädchen. Wieso noch mal wollte ich ihm aus dem Weg gehen?

»Tinganes«, stammle ich. »Die Altstadt ist traumhaft.«

Er nickt und betrachtet die Auslage des färingischen Verleihnix. »Wolltest du Fisch kaufen?«

Ich schüttle den Kopf. Prompt guckt mich der Verkäufer grimmig an. Der versteht doch wohl kein Deutsch, oder? Wird er mich jetzt mit einer Flunder angehen?

»Hast du dann vielleicht Lust, mich zu begleiten? Wir müssen erst in einer Dreiviertelstunde an Bord sein.«

Weg hier klingt spitze. Einerseits. In mir überschlagen sich die Gedanken. Es ist Viertel nach eins. Hannes ist nicht gekommen. Aber was, wenn er es doch noch tut?

Und was Lasse betrifft: Plan B. Wie geht noch mal der nächste Schritt, nachdem man sich gegenseitig gestanden hat, dass ein betrunkener Kuss in einem leeren Hot Tub eigentlich ganz schön war? Ich bin da viel zu lange raus. Man lernt sich kennen. Man redet. Man guckt sich zusammen die Altstadt an. Alles unverbindlich, unverfänglich, easy. Ganz ruhig bleiben. Das schaffe ich nicht. Steffi! Hilfe! Steffi? Wo steckt die überhaupt?

Betont beiläufig schlendert sie gerade in unsere Richtung. Ich winke hektisch, und sie legt einen Zahn zu.

»Hallo«, strahlt sie Lasse an, und ich würde am liebsten in den Boden versinken. »Doktor Gudmundsson, wie schön, dass wir uns kennenlernen. Ich habe da ein Problem.«

»Oh, Steffi!« Nicht du, sondern ich! *Ich* habe ein Problem, und was für eins – beziehungsweise zwei! Und außerdem: »Das ist nur eine Rolle und das weißt du auch!«

Lasse lacht. »Alles gut. Wenn man mit dem Heli landet und als Teil der Crew eingeführt wird, muss man wohl mit so etwas rechnen.« Er zwinkert Steffi zu. »Meine Bordsprechstunde wird noch bekannt gegeben. Wegen eines Termins würde ich Sie bitten, sich an Florian oder Basti zu wenden. Mein Spezialgebiet sind allerdings Leichen. Und für mich sehen Sie ziemlich lebendig aus.«

»In diesem Fall geht es mir schon viel besser. Wir Schischus duzen uns übrigens alle«, erklärt Steffi grinsend.

»Lasse hat mich gebeten, noch mal kurz mit ihm in die Altstadt zu gehen. Magst du lieber hier warten?« Mit meinen Blicken versuche ich sie unauffällig in Richtung Parkbank zu dirigieren.

»Du kannst aber natürlich auch gern mitkommen«, haut Lasse plötzlich raus.

Ich reiße die Augen auf und schüttle hinter seinem Rücken den Kopf.

»Nein, nein«, wiegelt Steffi oscarverdächtig ab. »Mir tut es ganz gut, wenn ich einfach nur mal irgendwo sitzen kann und niemand etwas von mir will.« Ihre Augen blitzen vergnügt, als sie mich zitiert, aber das fällt logischerweise nur mir auf.

»Okay. Auf geht's«, sagt Lasse und hält eine zusammengefaltete Zeitung hoch. »Ich muss nur kurz die hier wieder zurücklegen.« Er sieht sich einen Moment suchend um, bis er die Parkbank entdeckt hat, die ich die ganze Zeit nicht aus den Augen gelassen habe. Also – bis er mich abgelenkt hat.

»Zurücklegen?«, fragt Steffi mit Stielaugen. Denkt sie dasselbe wie ich?

Er lächelt verlegen. »Ja. Ich … äh … habe sie mitgenommen, bevor sie ins Meer geweht wird, weil ich mal wieder etwas Isländisches lesen wollte. Sie lag herrenlos auf der Bank. Aber … ich glaube, sie sollte da liegen.«

»Sie sollte da liegen?«, frage ich möglichst unauffällig und halte mich an Steffi fest. »Wie kommst du darauf?«

»Ja. Da ist eine Botschaft drin. Anscheinend musste jemand auf den letzten Drücker ein Date absagen.« Er zwinkert mir zu, aber das registriere ich nur am Rande.

Aufgeregt sehe ich mich um. Steht da irgendwer und beobachtet uns? Ist Hannes also doch hier? Jetzt gerade? Ganz in der Nähe? Weit kann er dann ja nicht sein! Aber weshalb das Versteckspiel? Und wieso habe ich das nicht mitbekommen? Hatte er die Zeitung etwa schon deponiert, bevor Steffi und ich hier waren, und Lasse war schneller? Meine Gedanken überschlagen sich. Nein, das kann nicht sein, Lasse sagte, er sei eben erst angekommen. Aber dann hätte Hannes mich sehen müssen – und für irgendwen gehalten … Er weiß ja genauso wenig, wie ich aussehe. Dachte er, ich bin schon weg, und ist gegangen? Einfach so? Oder ist das jetzt nur ein verrückter Zufall?

Lasse schmunzelt und rollt die Zeitung auseinander. Eine rosafarbene Rose ist darin eingewickelt, und daran hängt eine kleine Karte.

Icelandfan 52, kann ich entziffern. Mein Nickname in der Sprachlern-App!

»Au!«, schreit Steffi, weil ich mich so doll in ihren Jackenärmel gekrallt habe, und schüttelt mich ab. »Au … sgerechnet Island«, lacht sie und platzt mit dem heraus, was uns beide brennend interessiert. »Was steht denn drin?«

»In der Zeitung? Ich bin ja nicht zum Lesen gekommen.« Lasse schmunzelt wieder. »Und die Nachricht ist nicht für uns bestimmt. Wie gesagt, es sieht so aus, als ob jemand eine Verabredung nicht einhalten konnte, und hofft, dass seine Botschaft auf diesem Weg ihren Adressaten findet. Ich lege die Zeitung nur schnell zurück. Nicht weglaufen.«

»Wieso sagt man demjenigen nicht einfach ab?«, schimpft Steffi. »Dafür gibt's doch ein Telefon!«

Als ich sie anfunkle, ergänzt sie ein gehauchtes: »Romantisch ist es natürlich!«, und schneidet mir Grimassen, sobald Lasse sich weggedreht hat. Ich versuche, ihr zu signalisieren, dass sie um Himmels willen die Zeitung an sich nehmen soll, und ernte widerspenstiges Augenrollen, gefolgt von einem honigsüßen Lächeln, weil Lasse bereits zu uns zurückkommt.

»Wollen wir?«, wendet er sich an mich.

Ich nicke und blitze noch mal Steffi an. »Die Zeit rennt!«, sage ich vieldeutig. »Du kommst ganz sicher zurecht?«

»Klar«, sagt Steffi. »Und ich habe genug Taschentücher für zwei einstecken.«

Wir sehen sie beide ratlos an. »Na, wenn die versetzte Person vorbeikommt, wird sie sicher Trost brauchen. Aber ich bin ja da.« Sie scheucht uns mit einer Geste weg, doch ich sehe ganz genau, dass sie kurz davor ist, in einen ihrer berüchtigten Lachanfälle auszubrechen.

Lasse guckt ein bisschen verwirrt und bietet mir seinen Arm an. »Deine Freundin hat wirklich einen goldigen Humor.«

»Du hast ja keine Ahnung.«

Er legt den Kopf schief und scheint über etwas nachzudenken. Als er meinen Blick sieht, meint er: »Was für eine Geschichte wohl hinter so einem Pärchen steckt? Also, wer da versetzt worden ist und warum, das ist ziemlich spannend, oder?«

Ich starre ihn an. »Willst du etwa warten, bis sie kommt?«

»Wieso glaubst du, dass es eine Sie ist?«, fragt Lasse zurück.

»Na, weil …« Ich stammle schon wieder. »Eine Rose und ein Kärtchen … da dachte ich … Klar könnte das auch ein Er oder jemand Diverses sein …«

»Ist ja auch völlig egal«, hilft er mir aus der Verlegenheit. »Ich hoffe, sie finden sich. Wenn nicht heute, dann an einem anderen Tag.« Er zwinkert mir zu, und ich rubble mir unauffällig den Nacken.

Ich fühle mich beobachtet. Aber da ist niemand. Außer Lasse, wie mir ein schneller Blick über die Schulter beweist. »Hast du denn jemanden gesehen? Also, den, der die Zeitung dort auf der Bank deponiert hat?«

Er schüttelt den Kopf. »Ein bisschen neugierig bin ich allerdings, Berufskrankheit vermutlich. Rechtsmediziner sind ja auch irgendwie Ermittler.« Er lacht. Nein, nein, mein Freund. Das wär's jetzt noch. Ich zupfe auffordernd an seinem Ärmel.

»Steffi wird es uns bestimmt brühwarm erzählen. Jetzt lass uns den Premierminister stalken. Hast du eine Ahnung, wie er aussieht? Ich habe nur gehört, der soll ziemlich jung und attraktiv sein.«

Lasse grinst. »Na, bravo. Willst du dir einen färingischen Politiker angeln, und ich bin nichts als ein Alibi?«

Ich schiebe meine Mütze zurecht, damit sie mir in den Windböen nicht davonfliegt, und lege den Kopf schief. »Die Konkurrenz schläft nicht. Angebot und Nachfrage! Gucken wir mal!«

Kapitel 11

»Na, wie war dein Date?« Steffi hüpft albern auf dem Bett herum und wedelt mit einer rosafarbenen Rose. Vor sich hat sie die isländische Zeitung ausgebreitet. »Ich gebe übrigens auf und wechsle zum Chinesischkurs. Ich verstehe kein Wort von dem, was da steht. Wieso noch mal wollten wir unbedingt Isländisch lernen?«

»Weil wir das Land zauberhaft finden und uns mit den Menschen unterhalten wollen«, erinnere ich sie, fische eine leere Bierdose aus dem Papierkorb und fülle Wasser hinein. »Deswegen schippern wir sogar im November über den Nordatlantik, remember?«

»Stimmt, da war ja was.« Steffi reicht mir die Blume. »Ich frische aber doch lieber noch mal mein Englisch auf.«

Verzückt schnuppere ich daran, sie duftet sogar. Mein Herz schlägt zu meiner eigenen Verblüffung ein wenig schneller. »Weichei. Und das war kein Date, kein richtiges jedenfalls. Das war nur ein spontanes Sightseeing.«

»Wie du meinst, Chérie.« Ihre Mundwinkel zucken. »Sightseeing also.«

»Es war irgendwie verkrampft«, gebe ich seufzend zu. »Ich war mit meinen Gedanken woanders. Sag nichts, ich weiß es selbst … Hannes ist also nicht mehr gekommen?«

Steffi nuschelt etwas Unverständliches, das irgendwie kritisch klingt, und schüttelt den Kopf. »Isländisch ist jedenfalls nicht zauberhaft, sondern höchstens *ver*zaubert, und zwar von Trollen. Das lerne ich nie!«

»Deswegen braucht man einen Hannes«, kläre ich sie auf und bemühe mich, die Schultern nicht zu sehr hängen zu lassen. Rose hin oder her, statt erleichtert zu sein, bin ich enttäuscht über den falschen Alarm. Warum hat er gekniffen?

»Pff. Anscheinend kann dein Lasse ja auch Isländisch! Ich frage mich nur, woher.«

Begriffsstutzig sehe ich sie an. Das ist vor lauter Hannes-Suche tatsächlich an mir vorbeigegangen. Wie konnte das denn passieren?

»Hast du ihn das nicht gefragt? Hallo? Deswegen hatte er sich doch diese Zeitung gekrallt! Es sei denn, der gute Doktor hat gelogen. Und wenn er dir so den Kopf verdreht, dass du nicht mehr klar denken kannst, wieso schnappst du ihn dir dann nicht?« Sie schüttelt ihr Kissen zurecht, aber so, wie sie auf die Daunen eindrischt, habe ich den Verdacht, dass das eine Übersprunghandlung ist.

»Weswegen sollte er lügen?«

»Ich sag nix mehr.« Steffi lässt sich zurückplumpsen und wedelt mit der Nachricht vor ihrem Gesicht herum. »Willst du dir jetzt vielleicht endlich mal das Kärtchen ansehen oder nicht?«

»Los, zeig!« Ich stelle die Rose auf meinen Nachttisch, schwinge mich neben Steffi aufs Bett und reiße den zugeklebten Umschlag auf.

liebe Unbekannte,
Bitte entschuldige, dass ich dich versetzen musste. Ich hoffe, die Nachricht erreicht dich auf diesem Weg, und du bist mir nicht allzu böse. leider haben mich dringende Angelegenheiten aufgehalten. lauf mir nicht weg! Ich mache es wieder gut! Ich freue mich wirklich auf unseren Kaffee!
Bis hoffentlich ganz bald, auf ein Neues!
Hannes

Der Text ist simpel, nichtssagend sogar. Wie passt der denn jetzt bitte schön zu unserem Chatverlauf? Was ist mit den Dingen, die sonst immer zwischen den Zeilen standen? Den geheimen Botschaften? Unterschwelligen Zwischentönen? Steffi meint, da gebe es genug zu dechiffrieren. Ich starre nur ratlos zwischen ihr, der rosafarbenen Rose und dem Briefchen hin und her. »Ich freue mich wirklich auf unseren Kaffee«, liest Steffi laut vor. »Da stimmt doch was nicht.«

»Und was soll da nicht stimmen?«

Sie zuckt mit den Achseln. »Was weiß ich. Eine Frau und sieben Kinder? Wieso schreibt er nicht über die App? Wieso auf diesem Weg? Erst will er, dann wieder nicht? Und dann *Kaffee*. Das ist ganz schön unverbindlich, wenn du mich fragst.«

»Ach, komm schon. Du hättest an jedem Getränk was auszusetzen. Wenn er Wein vorgeschlagen hätte, würdest du den Alkohol kritisieren, und zu Saft, Milch oder Wasser würde dir auch was einfallen«, maule ich. »Was erwartest du denn? Einen Heiratsantrag? So gut bist du dann auch wieder nicht im Kuppeln. Mich würde viel eher interessieren, was für Angelegenheiten ein Isländer auf den Färöerinseln zu erledigen hat.«

»Na, offenbar keine.«

»Hä?«

»Wenn er hier wäre, hätte er sich gezeigt. Der ist nicht auf den Färöern. *Wegen* der Angelegenheiten. Das hat nicht geklappt. Er hat einen Boten geschickt.«

»Ach?« Ich runzle die Stirn und knibble an dem Kärtchen herum. »Macht Sinn.«

»Sag ich ja.«

»Zu dumm, dass du kein Foto hast.«

»Brauche ich nicht.«

»Als ob ausgerechnet du die Katze im Sack kaufen würdest.«

»Ich kaufe gar nix. Das war's vermutlich. Besser so.« Ich bin enttäuscht, es kratzt an meinem Stolz, und irgendetwas prickt mich. Habe ich seine Absage jetzt gebraucht, um mich zu erinnern, was ich die letzten Monate an ihm hatte? So ganz mag ich den Gedanken nicht aufgeben, dass ich ihn doch noch treffe. Nachdenklich angle ich nach der Rose in der Bierdose hinüber. »Aber er ist schon süß, oder?«

»Wer jetzt noch mal? Hannes oder Lasse?« Steffi lehnt sich zurück und verschränkt die Arme im Nacken.

Diese Bemerkung geflissentlich ignorierend, stehe ich auf und klemme das Kärtchen an den Spiegel. Was für eine Frage! Hannes kenne ich schon viel, viel länger und,

und … Aber Lasse und ich? Ich schiebe den Gedanken energisch beiseite. Was ist denn bloß mit mir los? Mit dem einen rumknutschen und den anderen trotzdem antanzen lassen … Hat Hannes nicht die älteren Rechte sozusagen? Wäre es nicht unfair, ihm nicht zumindest eine Chance zu geben?

»Mir ist etwas aufgefallen«, sage ich schließlich. »Hannes hat sich richtig Mühe gegeben bei dem Text. Da ist kein einziger Fehler drin. Und ich mag die Handschrift. So ordentlich und sauber würde ich das nur nach dreimal vorschreiben mit Bleistift hinbekommen.«

»Ha!«, ruft Steffi plötzlich und richtet sich auf. »Wer sagt dir denn, dass er es selbst geschrieben hat? Das ist ein weiteres Indiz: Er muss einen Boten gehabt haben. Sonst hätte er ja bleiben können, um sich wie geplant mit dir zu treffen, wenn auch kurz.«

»Du meinst also, er ist wirklich nicht auf den Färöern?« Enttäuscht lasse ich mich neben ihr ins Bett plumpsen und ziehe einen Flunsch, der Ennas Grimassen in nichts nachsteht.

Steffi sieht das und schlägt sofort einen tröstenden Ton an. »Vielleicht ja doch – vielleicht passte einfach nur die Uhrzeit nicht, weil er irgendwas erledigen musste, und dann ist er wieder unerkannt zurück an Bord. Oder es gab überhaupt keine Angelegenheiten, und er hat einfach Schiss gekriegt und wollte erst mal peilen, wie du aussiehst?«

»Und dann hat er sich verkrümelt, als er mich gesehen hat? Du legst es wirklich drauf an, mich runterzuziehen, oder?«

Steffi zieht eine schuldbewusste Grimasse. »Sorry, zu viel Krimiluft hier überall.«

Aber zu spät. Ich bin infiziert. »Oh Gott. Wenn du recht hast …« Ich werde bleich. »Dann glaubt er jetzt womöglich, ich bin du!? Katastrophe!«

»Ich bin dann jetzt mal nicht beleidigt«, grummelt Steffi und streicht sich eine nicht vorhandene Fluse vom Oberteil. »Wir legen übrigens gerade ab. Willst du an Deck, solange wir noch einigermaßen gerade stehen können und mir ausnahmsweise nicht übel ist?«

Seufzend gebe ich mir einen Ruck. »Ja, komm. Lass uns hoch erhobenen Hauptes von dieser Insel Abschied nehmen.«

Steffis Miene hellt sich auf. Sie schwingt die Beine aus dem Bett, greift nach ihren Stiefeln und der Mütze und geht zum Schrank. »Dürfen wir wenigstens jetzt Greenpeace-Parolen brüllen?«

»Besser nicht. Wir kommen ja noch mal wieder. Aber wir könnten unsere Laken als Banner bemalen, die wir dann auf dem Rückweg hier ausrollen.«

Fürs Erste offenbar zufriedengestellt, zieht Steffi den Reißverschluss ihrer Jacke hoch und wirft mir meine Sachen zu. Ich dagegen nage weiter auf meiner Unterlippe herum.

Zwei Stunden später liegt Steffi bereits wieder unnütz in ihrer Koje herum. »Ich hätte es nicht beschreien sollen. Ich weiß wirklich nicht, was ich angestellt habe, damit ich das verdiene!«, jammert sie und trinkt einen Schluck von dem Tee, den ich ihr zum Reisetablettennachschlag reiche. Draußen ziehen die letzten malerischen Fjorde der Färöerinseln an uns vorüber. Gleich hat uns die offene See wieder, und Neptun ist offenbar zu lustigen Wellenspäßchen aufgelegt. »Und dir ist kein Stück schlecht?«, fragt sie mich mit leidender Miene.

Ich schüttle den Kopf und klopfe scherzhaft gegen meine Stirn. »Knock on wood, dass es auch so bleibt. Aber es soll gar nicht so schlimm werden diesmal. Morgen Vormittag sind wir ja schon da, und dann: Iiiisland, yayyyy!« Ich reiße die Arme hoch, aber Steffi steigt nicht so recht auf meine La-Ola-Welle ein.

»Ich will zum Schreibworkshop! Und zur Lesung heute Abend! Die ist mit Whiskytasting, und darauf freue ich mich schon ewig. Das ist sooo gemein! Und all das leckere Essen dazu!«

»Du schaffst das ganz bestimmt, und wenn nicht, schnüre ich dir ein Doggypack«, verspreche ich und nehme ihr den Becher ab, bevor sie selig wegdämmert und ihn aus der Hand verliert.

»Ich mache nur ganz kurz die Augen zu. Dann geht's mir gleich wieder besser«, murmelt Steffi. Doch kaum habe ich mich umgedreht, um den Teebecher abzustellen, ist sie bereits in Morpheus' Armen davongesegelt.

Seufzend blicke ich ihr hinterher. Dann starre ich Stephen Hawking an, der geduldig und stumm auf meinem Nachttisch wartet – als oberstes von den sieben Büchern, die ich außer ihm ebenfalls völlig umsonst mitgeschleppt habe, wenn man das Muskeltraining mal außen vorlässt.

Kurze Antworten auf große Fragen, schön wär's. Stattdessen werde ich mich aus reiner Nächstenliebe wieder bei

Veranstaltungen herumdrücken müssen, die ich nicht gebucht habe. Besser sie schläft, als dass sie wieder spuckt, aber sosehr ich Steffi liebe, ich muss jemand anderen finden, der das mit den Notizen für mich übernimmt. Eine Heldenreise pro Urlaub ist genug.

Missmutig schürze ich die Lippen und schneide der schlummernden Steffi Grimassen. Dann angle ich nach unserem Schischu-Reiseplan und sehe nach, wann der Workshop überhaupt beginnt. Um halb fünf – das gibt mir Zeit genug, mal wieder an der Rezeption wegen der Hot Tubs zu nerven, nach der Nordlichtvorhersage zu fragen und mich unauffällig nach potenziellen Hannessen umzusehen – oder nach Lasse. Ha … äh … hu!

Mit Strickzeug, Buch und klopfendem Herzen falle ich wenig später bei Pawel in der Bar ein und erklimme einen dieser genialen Barhocker.

»Machst du mir einen großen Caffè Latte?«, bitte ich ihn. »Und dazu nehme ich einen Brownie. Die sind wirklich lecker.« Ich drehe mich schwungvoll mit dem Stuhl Richtung Saal und checke die Lage. Kaum was los, eine Familie mit zwei Kindern spielt ein Brettspiel, Florian und Basti bereiten die Leinwand vor, ach ja, sie wollten zur Einstimmung auf unseren nächsten Landgang einen Film über Island zeigen. Den will ich auf keinen Fall verpassen – und Steffi sicher auch nicht!

Ein paar Schischus haben sich auf die Sofas entlang der Fenster oder an die Loungetischchen in der Raummitte verteilt und lesen oder unterhalten sich. Mir fällt niemand auf, der sich heimlich oder offen für mich interessieren würde. Aber Basti hat einen neuen Strickpulli an, heute trägt er das schwarz-weiße Konterfei von Miss Marple. Seine Oma hat's echt drauf. Als er meinen Blick spürt, blickt er auf, und wir winken uns zu.

»Es ist aber noch keine Happy Hour«, warnt Pawel. »Gibt's was zu feiern?«

Mit honigkuchenpferdbreitem Grinsen drehe ich mich zu ihm um. »Die Wettervorhersage sagt für morgen eine Nordlicht-Wahrscheinlichkeit von drei voraus«, verkünde ich und schaukle noch ein bisschen hin und her.

Pawel stellt mir den Schokokuchen hin und wiegt den Kopf. »Das Wetter auf See kann sich schnell ändern, freu dich nicht zu früh. Vier wäre eine ganz gute Prognose. Es hängt immer noch von der Wolkendecke ab.«

»Drei ist besser als zwei«, schmolle ich und beobachte, wie er sich zu seiner italienischen Monsterkaffeemaschine umdreht und allerlei Hebel, Knöpfe und Hähne umlegt, bis er dem zischenden und fauchenden Kasten Milchschaum und Crema entlockt. Wie ein Ritter, der gegen Drachen kämpft. Durch den Spiegel scanne ich die andere Raumhälfte nach bekannten Gesichtern ab. Nach dunkelblauen Augen mit glitzernden Funken zum Beispiel, aber Lasse ist nirgends zu sehen, auch keiner von den übrigen Schauspielern, vielleicht haben sie eine Besprechung.

»Mein Held«, sage ich dankbar, als Pawel mir das doppelwandige Glas mit dem flüssigen Gold reicht. Nicht im Traum hätte ich daran gedacht, dass die Wolkendecke in die Wahrscheinlichkeitsrechnung der Sonnenstürme nicht mit einbezogen wird. Was nutzt dann so eine Aurora-borealis-Vorhersage überhaupt?

Pawel lacht und schiebt mir zusammen mit dem Bon zwei Kekse über den Tresen, bevor er wienernd weiter zu einem neuen Gast wandert.

Um mich abzulenken, greife ich gewohnheitsmäßig an die Gesäßtasche meiner Jeans. Ich will mein Handy herausholen und die Nachrichten checken oder zumindest Enna ein Foto von dem perfekten vierblättrigen Kakaokleeblatt schicken, das meine Kaffeehaube ziert. Aber das Smartphone liegt in der Kabine neben meinem Bett. Kein Netz, keine Versuchung, hatte ich mir gesagt, und wieder einmal nicht stringent bis zum Ende gedacht. Ich starre das knisternde Kleeblatt an und überlege. Dann schiebe ich Strickzeug, Buch, Kuchen und Kaffee auf einen Haufen, hüpfe von meinem Lieblingsmöbel und rufe Pawel zu: »Bin gleich wieder da! Nicht abräumen bitte!«

Internet hin oder her, ich will fotografieren können, das kann auch bei diesem dämlichen Schreibworkshop hilfreich sein, der noch immer wie ein Damoklesschwert über mir hängt. Auf dem Weg nach draußen muss ich einer Horde von bestimmt zwanzig gut gelaunten jungen Männern ausweichen. Sie sprechen weder Dänisch noch Isländisch, dann bleibt vermutlich Färingisch übrig. Scharf kombiniert, lobe ich mich und sehe im Weitergehen den Jungs hinterher, deren äußerst sportliche Figuren in Trainingsanzügen stecken. Prompt stolpere ich in Lasse hinein.

»Hier bist du also«, begrüßt er mich und fängt mich an den Schultern auf.

Bei der Berührung fängt in meinem Innern etwas an zu gluckern und zu blubbern und zu sprudeln wie Brausepulver in Limonade. Aber dass ich einen Moment brauche, um mich abzufangen, liegt ganz klar nur am zunehmenden Wellengang. »Ja, bin ich«, sage ich schlau und total redegewandt. Das soll erst mal einer überbieten an Schlagfertigkeit. Himmel, warum nur bin ich so stockfischig und tollpatschig in Gegenwart dieses Mannes?

Zögernd lässt er mich los. Aber in meiner Brust ist wieder dieses komische leise Pochen wie gestern Abend schon. Diesmal stärker, sodass ich es nicht beiseitedenken kann. Das ist nicht einfach mein Herzschlag. Leise Töne sind das. Sie dehnen und strecken sich, als ob sie aus einem Kokon klettern würden, und formen sich zu einer Melodie. Schmetterlingsflügel, die sich gerade entfalten, so klingt das. Nein, nein, nein! Ich bin mir nicht sicher, ob ich das will. Es ist doch so schon alles kompliziert genug. Mit Hannes und … und überhaupt! Ich starre ihn an und plappere irritiert drauflos. »Und du bist auch hier, wie ich sehe.«

»Ja.« Er grinst und zeigt auf den Gang links von uns. »Ich wollte gerade in den Souvenirshop gehen.«

»Ah«, sage ich und nicke. Es ist, als ob ich mir selbst dabei zusehe, wie ich bei Blitzeis langsam vom Bürgersteig rutsche. Ich kann nichts dagegen tun. Ich weiß nicht, wohin mit meinen Händen, also verschränke ich die Arme, damit ich nicht auch noch anfange, unkontrolliert irgendwo rumzugrabbeln. Meine Mutter grabbelt immer an irgendwelchen Flusen rum. Ich glaube, deswegen hat sie irgendwann mit den Patchworkdecken begonnen, damit ihre Hände beschäftigt sind.

»Ist dir kalt?«, fragt er sofort.

»Was? Ach so, ja, ich … äh … ich wollte mir gerade eine Jacke holen. Es zieht immer so an den Fensterplätzen in der Bar.«

»Ah«, sagt Lasse. »Okay. Ja, dann …? Also, wir sehen uns!«

Ich nicke wie ein Wackeldackel, bemerke das und grinse schief. »Jaaa, das bleibt nicht aus, auf so einem Schiff.« Wo soll ich nur hin mit diesen langfingrigen Extremitäten? Und was rede ich da für einen Stuss?

Lasse grinst, schnalzt mit der Zunge und macht eine dieser Rappergesten mit Daumen und Zeigefinger – oder sollte das eine Pistole darstellen? Er zögert, als ob er es selbst nicht wüsste, dann nickt er mir zu, geht ein paar Schritte weiter und dreht sich noch mal um, gerade als ich enttäuscht die Schultern hängen lasse. Habe ich denn in Sachen Flirten nichts dazugelernt in den letzten fünfundzwanzig Jahren?

»Äh, was machst du, wenn du deine Jacke hast?«

Himmel! Wer macht denn bitte schön Pläne so weit im Voraus? Ich nicht! Na gut, eigentlich schon, aber ich kann ihm wohl schlecht erzählen, dass meine vage Nachmittagsplanung auf Leute beobachten hinausläuft – sehen und gesehen werden – und gefunden, und zwar am allerliebsten von Hannes?

Halt, stimmt das denn überhaupt? Meine Augen wandern über Lasses Gesicht, seine schmale Nase, die frisch rasierten Wangen, den Ohrring (allmählich finde ich den ganz niedlich), die Lippen überspringe ich lieber ganz schnell. Und überhaupt sollte ich aufhören, ihn so offensichtlich anzustarren.

»Und du?«, höre ich mich sagen. Die Schlagfertigkeit nimmt kein Ende, ich habe einen richtigen Lauf. Meine Güte, vorhin war das so einfach und unkompliziert, was ist denn nur los?

»Souvenirshop«, sagen wir beide gleichzeitig.

»Stimmt, das sagtest du ja bereits.« Das wird so nix.

Lasse lächelt charmant.

Ein vorsichtiges Stimmchen erinnert mich daran, dass mein Kaffee bei Pawel kalt wird, aber mein Herz wummert nach wie vor irgendwo kurz unterhalb meiner Kehle. Ich könnte ja auch im Souvenirshop nach Hannes Ausschau halten. Mit Lasse an meiner Seite? Bin ich jetzt total bekloppt?

»Wollen wir den Film über Island zusammen ansehen?«

»Deal!«, krähe ich begeistert, das sind zwei Fliegen mit einer Klappe, nein, drei sogar! »Spring nicht über Bord, bis ich zurück bin!«

»Ich brauche eine Vertretung, oder du musst selbst zu deinem Schreibworkshop gehen«, quäke ich und versuche abwechselnd in die Ärmel meiner Strickjacke zu schlüpfen und Steffi wachzurütteln.

»Was ist denn los?«, brummt sie verschlafen und blinzelt vorsichtig durch zwei schmale Schlitze. »Sind wir schon da?«

»Ich mach dir Kaffee. Hoch mit dir.«

»Aber ich kann nicht«, behauptet Steffi und zieht sich das Kissen über den Kopf.

»Du musst aber!«, beharre ich. »Himmel, ich kenne niemanden, den ein paar harmlose Reisetabletten so ausknocken wie dich, dabei ist in diesen Spezialdingern vom Schiff doch sogar schon Koffein mit drin! Los! Hoch mit dir! Jetzt *habe* ich nämlich ein Date!«

»Mit wem?«, kommt es dumpf unterm Kissen hervor.

»Mit einer ganzen Fußballmannschaft«, behaupte ich locker.

»Was?« Steffi fegt das Kissen beiseite und guckt verstrubbelt.

»Mit Lasse«, sage ich versonnen lächelnd und stelle summend eine Tasse unter die Kaffeemaschine. »Aber es sind tatsächlich jede Menge sportliche Wikingerjungs an Bord gekommen. Die solltest du dir unbedingt angucken. Zucker?«

»Zwei Stück. Sehen sie gut aus?«

»Alle!«

»Dann muss ich erst duschen und Haare waschen.« Mühsam kämpft Steffi sich in eine halbwegs aufrechte Sitzposition und gähnt.

Ich blicke auf meine Armbanduhr und stecke mein Handy ein. »So nah musst du sie auch wieder nicht rankommen lassen. Du bist eine verheiratete Frau! Und deine Haare sind super.« Ich betrachte das verwuschelte Chaos auf ihrem Kopf, ohne rot zu werden. »... für einen Schreibworkshop.«

»Ach, Ehen«, murmelt Steffi und schleppt sich breitbeinig und mit ausgestreckten Armen wie ein schlafwandelnder Leichtmatrose dem Kaffeeduft entgegen. »Das wird alles überbewertet.«

»Das Gras ist immer grüner auf der anderen Seite vom Zaun«, kontere ich und halte ihr die Tasse unter die Nase, die ich schwankungsbedingt nur halb gefüllt habe. Außerdem ist das Koffein dann konzentrierter. »Trink.«

»Warte! Wo gehst du hin?«, jault Steffi, als ich die Klinke schon in der Hand habe.

»Du findest mich fürs Erste in der Bar, da gibt's den Islandfilm. Und wenn du lieb bist, darfst du dich auch zu uns setzen. Soll ich dir einen Platz freihalten? Wie lange geht der Schreibworkshop?«

»Keine Ahnung, sag du's mir!« Steffi hält sich schwankend an dem Tischchen mit der Kaffeemaschine fest und konzentriert sich darauf, ihr Getränk nicht überschwappen zu lassen. In diesem Augenblick erinnert sie mich fatal an Freddie Frinton als betrunkener Butler im *Dinner for One*. Und sie guckt mich an, als wäre ich der Tiger.

»Alles wird gut«, verspreche ich und werfe ihr einen Kussmund zu.

»Du hast leicht reden. Wie bedient man diese Maschine? Ich brauche einen zweiten Kaffee.«

»Lies die Anleitung«, flöte ich und ziehe die Tür hinter mir zu.

Das wäre geschafft. Auf dem Gang bleibe ich einen Moment stehen, pendle mich am Geländer aus und lächle in mich hinein. Dann warte ich die nächste Welle ab und lasse mich von ihrem Schwung vorwärtsschubsen, ab ins Abenteuer. Warum eigentlich nicht?

Und übermorgen haben wir Wasser in den Hot Tubs, aber das verrate ich Steffi noch nicht.

Lasse erwartet mich bereits. Er hat uns Plätze in einer der vorderen Reihen vor der Leinwand freigehalten und winkt, damit ich ihn sehe. Doch das wird offenbar missverstanden. Ludmilla schiebt sich in wallender Robe an mir vorbei und stürzt auf ihn zu – im doppelten Wortsinn, denn es ist gerade wirklich schaukelig. Sie fängt sich haarscharf an einem der Tischchen ab.

»Doktor Gudmundsson«, trällert sie durch den voll besetzten Raum. »Haben Sie schon etwas über die Todesumstände meines Gatten herausgefunden?«

Verdammt, wieso hat er mich nicht vorgewarnt, dass es noch ein Ratekrimi-Vorspiel gibt vor dem Hauptfilm? Aber anscheinend ist Lasse ebenso überrumpelt wie ich. Bevor er etwas antworten kann, poltert Jeremy in den Raum. »Ludmilla! Wo ist Penelope? Was hast du meiner Frau angetan?«

»Ich *ihr?*«, schreit Ludmilla und greift sich theatralisch ans glitzernde Edelsteincollier. »Die Frage lautet viel eher: Was hat sie *mir* angetan?« Sie fischt ein Taschentuch aus ihrem Busen und zeigt mit ausholender Geste ins Publikum. »Alle wissen es, Jeremy, alle! Du kannst jeden Einzelnen hier fragen.«

Unter Szenenapplaus und begeisterten Pfiffen rauscht sie davon.

Jeremy starrt Lasse – also Doktor Gudmundsson – einen Moment lang an, dann sieht er auf seine Armbanduhr und tritt ebenfalls ab, was im Klartext bedeutet, er verschwindet in Richtung Herrentoiletten, um sich umzuziehen. Zumindest ist das mein Verdacht, und der bestätigt sich, als er wenige Minuten später in Zivil wieder auftaucht und sich unauffällig an einen der hinteren Tische zu setzen versucht. Das Hinsetzen klappt ganz gut, das Unauffällige überhaupt nicht. Ein paar ganz eifrige Schischus versuchen, ihm Verhörfragen zu stellen, aber er wimmelt sie nett lächelnd und mit einem Finger an den versiegelten Lippen ab.

Vorn spendet auch Florian noch einmal Beifall. »Die nächsten Hinweise gibt es morgen, liebe Schischus, aber nicht vor dem Abendessen, ihr könnt euch ganz entspannt wieder hinsetzen und den Film genießen. Morgen Abend dinieren wir übrigens als geschlossene Gesellschaft im Bordrestaurant Tjaldur. Es gibt ein Drei-Gänge-Menü und die erste Fragerunde. Da werden euch die Schauspieler Rede und Antwort stehen, aber jetzt wollen wir uns mit einer kleinen Reisereportage auf Island einstimmen. Film ab, bitte!«

Das Licht wird gedimmt, ich nutze die Gelegenheit und pirsche mich mit meinem kalten Kaffee, Strickzeug und Buch an Lasses Seite. In diesem Augenblick ist es mir egal, ob irgendein Hannes uns sieht oder nicht. Na ja, nicht ganz. Wer weiß, vielleicht fördert ein kleiner Funke Eifersucht ja sein Outing?

»Hi!«, begrüßt mich Lasse. »Bitte sag, dass du kommst, um mich zu retten. Oder bist du auch eine von denen, die nur mein Drehbuch will?«

Ich grinse breit. »Was zahlst du denn für ein gutes Alibi?«

Aber dann berühren sich versehentlich unsere Knie, und ich vergesse wirklich alles und jeden um uns herum. Da ist nur der feenleichte Flügelschlag von Schmetterlingen in meiner Brust. Schön.

Kapitel 12

Die Dokumentation heizt meine Islandsehnsucht nur noch weiter an. Ich schwelge in Wasserfallnahaufnahmen, Pferdeherden mit Puschelmähnen, endlosen Vulkanwüsten, saftig grünen Hochebenen und Tälern mit heißen Quellen. Und kann mich ein paarmal gerade noch bremsen, den Kopf nicht einfach an Lasses Schulter abzulegen, als ob er da hingehöre. Vielleicht würde er es ja gar nicht merken? Aber das traue ich mich dann doch nicht, zumal wir hier irgendwie auch mitten auf dem Schischu-Präsentierteller sitzen und ich unangenehm spüre, wie sich der eine oder andere Blick in meinen Nacken brennt – durchweg weibliche Absenderinnen, da brauche ich mich gar nicht umzudrehen. Trotzdem. Einfach nur hier neben ihm sitzen, ohne irgendwas zu tun, fühlt sich geradezu verwirrend gut an.

»Wollen wir ein bisschen frische Luft schnappen gehen?«, flüstert Lasse mir ins Ohr. Sein Atem kitzelt an meinem Hals, und ich kann mich gerade noch beherrschen, nicht unpassenderweise loszukichern, während der Sprecher im Film etwas über die furchtbaren Umweltfolgen der Aluminiumindustrie erzählt. Die großen Konzerne der Welt schippern ihre Rohstoffe um die halbe Welt und lassen hier produzieren, weil der Strom dank der Erdwärme so billig ist. Und die Isländer tauschen Geld gegen Umwelt und zerstören ihre traumhafte Landschaft für den Bau von Staudämmen im Hochland. Das ist ein wirklich düsteres Kapitel meiner Trauminsel, und ich finde es wichtig und interessant, auch darüber Bescheid zu wissen. Aber heute will ich unvernünftig sein.

»Ja«, wispere ich und komme mir vor, als würde ich etwas fürchterlich Verbotenes tun, als ich mein Strickzeug und mein Buch greife und Hannes durch den dunklen Raum hinterherstolpere.

»Ich muss noch eben meine Sachen wegbringen und meinen Anorak holen«, sage ich blinzelnd, als wir im hell erleuchteten vorderen Teil der Bar angelangt sind und wieder in normaler Lautstärke kommunizieren können.

»Ich weiß was Besseres«, grinst Lasse, nimmt mir die Sachen ab und deponiert sie nach einem kurzen Wortwechsel mit Pawel bei ihm hinterm Tresen. »Komm!«

Er hält mir die Hand hin, und ich ergreife sie, und wir rennen gemeinsam durch die Treppenhalle, drei Stockwerke hinauf und durch irgendwelche Gänge, bis Lasse eine Außentür aufstößt und wir gegen eine Wand aus eisiger Kälte prallen.

»Vertrau mir«, bittet er und geht an Deck voran. Es ist bereits stockdunkel auf See, aber hier brennen ein paar diffuse Laternen, nicht das gleißende Licht wie auf den anderen Decks. Wir stehen im Durchgang zwischen der

Outdoor-Bar und einem angrenzenden verglasten Picknickbereich. Die Bar hat im Winter geschlossen – wer will schon bei Minusgraden und steifem Nordostwind im ungeheizten Wintergarten sitzen und picknicken oder Cocktails schlürfen? Nur ein paar Raucher verirren sich in einen dafür vorgesehenen Bereich hinter den Windschutzwänden. Etwas weiter vorn haben wir mit Herbert und seiner Frau Dame gespielt, da geht es zu dem winzigen Kinderspielplatz, der es Eltern ermöglichen soll, auch mal an Deck in Ruhe einen Kaffee zu trinken. Hier zieht Lasse mich jetzt hin. Unsere Finger sind schon jetzt eiskalt, und ich rede mir ein, dass wir sie bestimmt nur deswegen so fest ineinander verhaken.

»Ich hab da was vorbereitet«, ruft er gegen den Lärm des Windes an und schiebt mich durch die nächste Tür. Als wir den Schutz der Plexiglaswände erreicht haben, ist es schlagartig leiser – und um einiges angenehmer, weil mir die eisige Luft nicht mehr unter sämtliche Kleidungsstücke föhnt.

Lasse bückt sich und zieht ein Bündel aus einem Hohlraum unter der Kinderrutsche. In einen Stapel Decken eingewickelt, fördert er zwei Dosen färingisches Bier mit hübsch gezeichneten Papageientauchern zutage und grinst verlegen. »Sie hatten keinen Piccolo, aber ich habe ja mitbekommen, dass du eine Vorliebe für Dosenbier hast, und wollte doch so gern mit dir anstoßen.«

»Was feiern wir denn?«, will ich wissen, während ich tapfer vor mich hin bibbere und mich darauf konzentriere, nicht mit den Zähnen zu klappern. Lasse schlägt die Decken auseinander und hängt mir alle beide um.

»Jetzt in diesem Augenblick freue ich mich am allermeisten, dass du mit mir hierhergekommen bist«, gibt er zu und lacht entwaffnend ehrlich. »Ansonsten … Bestimmt hat heute irgendwo irgendein Fußballverein gewonnen? Das ist doch immer ein Alibi für Alkohol, oder?«

In meinem Bauch breitet sich eine derart prickelnde Wärme aus, dass ich theoretisch gar keine Decken brauche. Theoretisch natürlich. Praktisch wickle ich den Fleece fest um mich.

»Die Färinger spielen erst morgen gegen Island«, blubbere ich, nehme ihm eine Dose ab und reiße sie auf. »Ein Freundschaftsspiel.« Das hat mir Pawel vorhin erzählt, als ich meinen Kaffee bei ihm abgeholt habe. Aber ich weiß immer noch nicht so richtig, wieso Lasse unbedingt mit *mir* hierhergekommen ist.

»Ah, eine Fußballmannschaft ist das, ich hatte schon gerätselt, wer die vielen sportlichen Jungs sind.« Er grinst. »Nein, es gibt einen anderen Grund. Dazu muss ich ein wenig ausholen. Ich habe einen Onkel in Island, er kommt morgen für zwei Tage an Bord und hält einen Vortrag. Wir treffen uns in Seyðisfjörður. Er wollte eigentlich schon in Tórshavn zusteigen, aber das hat nicht geklappt. Seit dem Tod seiner Frau hat sich Einar vergraben. Ich habe mit Engelszungen auf ihn eingeredet, dass es ihm guttun würde, ein wenig unter Menschen zu kommen. Er hat sich mit Händen und Füßen gewehrt. Also habe ich ihm dabei geholfen, zumindest übers Internet ein paar neue Kontakte aufzubauen, um zu üben.« Lasse lacht. »Er wusste nicht mal mehr, wie man flirtet. Inzwischen ist er richtig gut, auch ohne mich.«

Ich räuspere mich. Da kenne ich noch jemanden.

»Jedenfalls ist Einar überhaupt nur der Grund, weswegen ich hier an Bord bin. Er hat schon vor Monaten diese Anfrage der Schischus gehabt, für sie einen Vortrag zu halten, aber er wollte nicht. Zu viel Arbeit auf der Pferdefarm, außerdem schreibt er gerade an einem Manuskript …«

Ich lächle leise in mich hinein und muss an Steffi denken. Noch so jemand, der davon träumt, ein Buch zu schreiben.

»Tja, und dann spielte uns der Zufall in die Hände. Vor ein paar Tagen hat Einar mitbekommen, dass einer der Schauspieler für das Theaterstück hier an Bord ausfiel und die Crew händeringend nach Ersatz suchte. Da hat er plötzlich nachgegeben. Er sagte: Gut, wenn du unbedingt willst, dass ich fahre, dann musst du mit, Lasse. Er will nicht so richtig mit der Sprache raus, aber ich vermute, er hat jemanden kennengelernt. Eigentlich war ich mit Freunden zum Angelurlaub in Dänemark. Aber ich fand, es sei eine schöne Gelegenheit, dass Einar und ich uns endlich mal wiedersehen, und war sowieso auf der Suche nach einer guten Ausrede, wie ich dort wieder wegkomme. Sportangeln ist nicht so meins. Ich muss nicht auch noch in den Ferien die Messer wetzen. Et voilà!« Er zeigt an sich herunter und grinst. »Alle glücklich. Und dadurch habe ich nun dich kennengelernt. Das ist somit ein doppelter, wenn nicht sogar dreifacher Grund zum Feiern.« Zischend öffnet er seine Dose und hält sie mir zum Anstoßen hin.

In meinem Gesicht breitet sich ein Lächeln aus, und in meinem Bauch schlagen ein paar frisch geschlüpfte Schmetterlinge zart mit den noch feuchten Flügeln.

»Das ist wirklich ein schöner Zufall«, bestätige ich, und wir nehmen jeder einen Schluck, ohne den Augenkontakt zu beenden. Wenn es nicht so lausig kalt hier oben wäre, würde ich in diesem Moment dahinschmelzen.

»Und wie kommt es, dass du dich mit dem Hubschrauber aus Dänemark herbeamen lässt? Hast du so viel Kohle? Wozu brauchst du dann einen Job? Ist das nicht ein bisschen dekadent?«

Er grinst verschmitzt. »Das wäre sogar sehr dekadent. Aber ich muss dich enttäuschen, ich bin weder ein Ölprinz noch ein Aluminiummagnat – und mein Onkel auch nicht. Ein Studienkollege arbeitet als Arzt mit der dänischen Küstenwache zusammen. Die müssen regelmäßig zu Übungszwecken auch die Fähren anfliegen.«

»Du willst sagen, du bist quasi als Anhalter an Bord gelandet?«, frage ich skeptisch und ziehe eine Augenbraue hoch. »Du flunkerst doch.«

Lasse wechselt sein Dosenbier in die linke Hand und hebt feierlich die rechte zum Schwur.

»Ist ja auch egal«, sage ich gnädig. »Schön, dass du da bist.«

Ich strecke mich auf die Zehenspitzen und drücke ihm einen spontanen Kuss auf die Wange. Sie ist glatt wie ein Babypopo, aber sein After Shave riecht ziemlich erwachsen. Ich fühle, dass er vor Kälte zittert, und biete ihm großzügig einen Platz unter meinem Umhang an.

Anscheinend haben wir in diesem Moment beide dasselbe Déjà-vu. Die Situation hatten wir schon mal.

Er lächelt mich an, erst breit, dann unsicher, fragend. Unsere Augen tanzen miteinander, und sein Gesicht kommt langsam näher, bis unsere Lippen sich hauchfein berühren.

In meinem Bauch geht der kleine Schmetterlingsschwarm auf Erkundungsflug. Es sind ziemlich viele Schmetterlinge, ehrlich gesagt, so wie es da drin knistert. Ich klaue mir noch einen Kuss, ein winziges bisschen länger diesmal, gerade so lange, dass meine Lippen kribbeln und mein Bauch auch, und dann muss diese Energie irgendwie raus.

Kichernd schlüpfe ich aus der Ummantelung, drücke ihm mein Bier in die Hand und klettere auf die Kinderrutsche. »Ich bin schon ewig nicht mehr gerutscht!«, rufe ich übermütig. »Los, komm. Das macht Spaß und hält warm!«

Lasse bleibt einen Moment verblüfft mit den Decken über dem Arm und zwei Dosen Bier in der Hand stehen. Dann legt er beides lachend ab und klettert mir hinterher. Leider ist die Rutsche viel zu kurz und definitiv nicht für Erwachsene ausgelegt. Lasse bleibt beinahe stecken in dem engen Durchlass aus quietschbuntem Plastik. Lachend schiebe ich ihn an. Wir rutschen ein paarmal und jagen uns dabei im Kreis. Rutschen, rennen, schieben. Irgendwann bleibe ich japsend und mit klopfendem Herzen stehen, halte mich an einer der weißen Eisensäulen fest, die die Konstruktion tragen, und reibe meine klammen Hände. Diesmal lasse ich es zu, dass Lasse die Decken um uns beide legt und ganz dicht vor mir stehen bleibt. Zärtlich greift er nach meinen Fingern. Mein Herz klopft beinahe schmerzhaft gegen die Brust, als er in meine Hände haucht und sie reibt, damit sie wieder auftauen.

»Besser?«, fragt er, und ich nicke stumm. Seine Hände ruhen auf meinen, und wir stehen so dicht beisammen, dass wir den Herzschlag des anderen spüren können. Er beugt sich zu mir herunter, und ich stelle mich auf die Zehenspitzen, und dann küssen wir uns noch einmal. Noch immer ganz zart berühren sich unsere Lippen, als hätten wir Angst, dass sie schmelzen wie Honig in heißem Tee. Ich jedenfalls habe Angst. Angst, dass das zu schnell ist, dass ich irgendwas falsch mache, dass es nur ein Traum ist, dass ... Keine Ahnung, was noch alles. Aber das Gegenteil geschieht, es ist, als ob wir beide Substanz gewinnen. Ich schließe die Augen, als Lasse mich zärtlich an sich zieht. Er hüllt mich mit der Decke und seinen Armen ein, seine Hände lösen wohlige Schauer in mir aus, die ein elektrisches Feuerwerk bis in meine Haarspitzen verursachen, während unser Kuss fordernder wird und sich immer mehr auflädt. Ich schlinge die Arme um ihn, wandere mit den Händen bis hinauf in seine wunderbar verwuschelten Haare, gleite über seinen muskulösen Rücken und ziehe ihn noch enger an mich. Ihn zu spüren ist ein bisschen wie nach Hause kommen, nur viel aufregender. Himmel, wie lange ist das her, dass mich ein Mann so geküsst hat – oder ich ihn?

»Wow«, flüstere ich irgendwann heiser, als wir kurz auftauchen, um Luft zu schnappen und einen Schluck Dosenbier zu trinken (was ab sofort für mich zu den romantischsten Getränken ever zählt, in jedem Fall, solange Papageientaucher darauf abgebildet sind!).

Er lehnt die Stirn an meine, wir atmen heftig, und meine Knie zittern ein wenig.

»Ich mag deinen Onkel«, flüstere ich. Lasse lacht und beißt mich neckisch ins Ohrläppchen. Ich sauge scharf die Luft ein, weil sein Atem an meinem Hals Empfindungen auslöst, die ich Enna frühestens zugestehen werde, wenn sie dreißig ist.

»Du wirst ihn morgen kennenlernen, dann kommt er an Bord«, wispert er, seine Lippen bereits wieder dicht über meinen.

Dann kann er nicht mehr sprechen, weil das nicht geht, wenn man eine fremde Zunge im Mund hat. Stöhnend zieht er mich an sich, und ich könnte schwören, hier draußen hat jemand volle Pulle die Heizung aufgedreht.

»Wenn wir jetzt nicht reingehen, haben die Schischus bald noch zwei rätselhafte Todesfälle zu lösen«, sagt er irgendwann leise.

»Wieso rätselhaft?«, murre ich leise. »Die Diagnose ist doch ganz klar, die beiden sind verglüht. Erfrieren kann jedenfalls ausgeschlossen werden.« Neckisch schiebt er die Hand unter sämtliche Kleidungsschichten auf meinen nackten Rücken. »Eisberg«, quietsche ich und zucke zurück.

»Die Extremitäten müssen warm bleiben«, flüstert er grinsend.

»Okay, du hast mich überzeugt. Gehen wir deine Finger retten.« Widerwillig löse ich mich aus seiner Umarmung, aber sofort umklammert mich die Winterkälte, und ich flüchte zurück.

»Gleich«, bitte ich und ergaunere mir noch einen letzten Kuss.

Taumelnd wie ein erschöpftes Tanzpaar schieben wir uns eng aneinandergekuschelt in Richtung der Stahltür, die uns von Wind und Wetter und von der Wärme des Schiffsbauchs trennt. Irgendwie sind wir beide noch nicht bereit, den siebten Himmel mit dem geselligen, fröhlich lauten Schischu-Dasein einzutauschen, aber wir müssen wohl, wenn wir uns den Rest der Reise nicht fürchterlich romantisch anniesen wollen. Die Fleecedeckung geben wir erst her, als wir drinnen sind und die Eisentür mit dem Bullauge hinter uns krachend zufällt. Lasse wirft die Decken schwungvoll auf einen Wäschecontainer, der wie bestellt und nicht abgeholt in einer Ecke parkt.

»Und was machen wir jetzt?«, frage ich und halte mich am Geländer fest. Ich bin ganz beduselt, und ich weiß nicht, ob es am färingischen Bier liegt oder an der stürmischen See oder an Lasse. Wahrscheinlich von allem ein bisschen, und es ist noch nicht mal Abendbrotzeit. Ist es doch nicht, oder? Ich habe jedes Zeitgefühl verloren.

Erschrocken sehe ich von meiner Armbanduhr auf.

»Verdammt! Wir haben den Workshop verpasst. Und das Büfett ist auch schon geöffnet. Kein Wunder, dass es hier so ruhig ist.« Ich muss an die arme Steffi denken. Ob sie mich schon sucht? Hoffentlich ist sie klargekommen ohne mich. Oh, und ich muss ganz dringend Hannes schreiben, dass es nichts wird mit uns und …

Lasse grinst mich an. »Eine färingische Krone für deine Gedanken.«

Ich atme aus. »Die sind nicht käuflich«, flachse ich und bekomme schon wieder butterweiche Knie. Es ist wirklich praktisch, dass an Bord einer Fähre überall etwas zum Festhalten angeschraubt ist, man wird hier ganz schön durcheinandergewirbelt.

»Ich erhöhe um einen Kuss«, raunt Lasse, und seine Augen blitzen schon wieder so schön dunkelblau.

»Deal! Ich will sehen!«

Lasse lacht und legt die Arme um meinen Nacken. Doch gerade, als wir uns aufeinander zu bewegen, eilen Schritte heran.

»Hier steckst du. Wir suchen dich schon überall!«

Stefan. Na bravo. Der hat ein Timing, alle Achtung! Er grinst anzüglich, und dass ich ihn anfunkle, scheint er regelrecht zu genießen.

»Ich entführe dir deinen Loverboy ja wirklich ungern, aber wir haben eine Teambesprechung wegen Island.«

Lasse schneidet mir eine entschuldigende Grimasse und lässt die Finger ganz langsam und bedauernd durch meine gleiten, als er weggeht. »Wir sehen uns beim Essen, okay?«

»Mal schauen«, schäkere ich.

Lasse zwinkert mir zu, und fort sind er und Stefan. Und ich bin allein mit meinen Schmetterlingen und genieße das bunte Geflirre und kann mein Glück kaum glauben.

Steffi ist nicht im Restaurant. Ich beschließe, ohne sie mit dem Essen anzufangen, aber als sie immer noch nicht aufkreuzt, während ich bereits meinen zweiten Wackelpudding intus habe, mache ich mir doch Sorgen. Lasse hin oder her, ich kann nicht länger auf ihn warten, ich muss meine Freundin finden. Außerdem bin ich noch immer nicht richtig aufgetaut. Jetzt, wo die Hormone sich allmählich beruhigen, merke ich, dass ich Eiszapfenfüße habe und mein Po eigentlich bei jeder Bewegung klirren müsste, so durchgefroren bin ich.

Vielleicht kann ich Steffi ja nachher zu einer Saunarunde überreden? Lesungen gibt es doch jeden Tag, und Whisky haben wir auch zu Hause … Dann würde ich allerdings auch Lasse verpassen. Hmm. Das ist ein Dilemma … Oh nein. Sofort muss ich an Hannes denken. Nach dem, was gerade auf Deck passiert ist, weiß ich immerhin, dass meine Gefühle für Lasse keine Einbildung sind. Ich muss das schleunigst mit Hannes klären. Mit etwas Glück will er ja wirklich nur einen unverbindlichen Kaffee trinken. Aber eins nach dem anderen. Heiß duschen hilft sicher genauso gut wie Sauna, jetzt hat Steffi Priorität.

Im Zimmer ist sie allerdings auch nicht. Zumindest sieht es auf den ersten Blick nicht danach aus – und auch nicht auf den zweiten.

Doch gerade, als ich die Kabinentür wieder hinter mir zuziehen will, um eine Suchrunde durchs Schiff zu starten, höre ich auf der anderen Seite der dünnen Wand zu unserer winzigen Nasszelle ein gedämpftes Schluchzen.

»Steffi?« Vorsichtig klopfe ich an die Tür. »Ist alles in Ordnung?«

Drinnen putzt sich jemand die Nase, dann rauscht die Toilettenspülung.

»Jaja. Alles gut«, behauptet sie, und ich höre, wie sie sich die Hände wäscht und abtrocknet.

»Hast du schon gegessen?«, frage ich möglichst harmlos. Ich kenne Steffi, und sie hasst es, wenn ich sie festnagle auf Dinge, über die sie nicht reden mag.

Die Tür geht auf, und Steffi klettert vorsichtig über die Bodenschwelle.

»Ja, ist mir aber nicht so gut bekommen.« Sie steuert schnurstracks das Bett an. »Ich lege mich nur fünf Minuten hin, danach bin ich startklar für die Lesung.«

Ich runzle die Stirn. Ihre Gesichtsfarbe kann sich mit einer Tüte Mehl messen. »Meinst du denn, dass ein Whiskytasting für dich heute Abend das Richtige ist?«

Steffi ringt sich ein tapferes Lächeln ab und hangelt sich an der Einrichtung vorsichtig weiter. »Unbedingt. Ich habe ja nicht vor, das Zeug zu trinken. Ich schnuppere und schwenke, und du darfst die doppelte Dröhnung für mich mittrinken.«

»Oha«, mache ich düster und beobachte, wie Steffi sich ins Bett tastet und unter die Decke kriecht. Sobald sie eine waagrechte Position erreicht hat, schließt sie die Augen.

»Wenn du Alkohol ausschlägst, geht es dir wirklich nicht gut. Soll ich Lasse mal fragen, ob er dich ansehen mag?« Dazu müsste ich ihn natürlich erst einmal finden, aber die Chancen stehen gut, dass er es inzwischen ins Büfettrestaurant geschafft hat. Ewig kann so eine Teambesprechung ja nicht dauern.

Steffi unterbricht meinen Gedankengang.

»Das ist ein Leichendoktor, Merle. Das hat er selbst gesagt, aber noch lebe ich. Mir liegt einfach nur irgendwas schwer im Magen, das ist alles. Vielleicht habe ich die Schokotorte nicht so gut vertragen. Hast du noch irgendwo Ingwerbonbons? Die helfen doch auch bei so was, oder?«

Arme Maus. Sie tut mir wirklich unendlich leid. Wir haben so lange von dieser Fahrt geträumt, und nun so etwas.

»Wie groß war das Kuchenstück denn?« Ich versuche, ihr ein Lächeln zu entlocken, aber Steffi ist nicht zum Scherzen aufgelegt. Vielsagend blinzelt sie durch einen schmalen Augenschlitz, und ich durchforste meinen Tagesrucksack nach den Kaubonbons aus dem Chinaladen.

»Bist du sicher, dass dir nicht noch was anderes schwer im Magen liegt?«, wage ich einen weiteren Vorstoß. »Ich meine, es hilft doch, wenn man über diese Dinge redet. Erst recht, wenn es kompliziert ist, und weil Thorben ja schon immer …«

Erschrocken reißt sie die Augen auf. »Wie kommst du darauf? Was meinst du?«

Ich zucke mit den Achseln, klettere auf meine Bettseite und halte ihr mein Fundstück hin. »Nur so. Es klang, als ob du geweint hättest.«

»Hab ich nicht«, sagt sie brüsk und entschuldigt sich gleich im nächsten Atemzug. »Tut mir leid. Es ist lieb, dass du dir Sorgen machst. Thorben und ich haben gerade eine schwierige Phase, das ist alles. Und *viel* Schokokuchen hilft nicht viel. Das habe ich heute Abend gelernt.« Sie bringt ein schiefes Lächeln zustande. »Haste einen, haste Kummer, haste keinen, ist es dasselbe.«

Ich nicke. Womit wir beim Thema wären, aber … »Moment. Was genau meinst du mit schwierige Phase? Ich kenne dich! Was ist wirklich los?«

Steffi seufzt und starrt an die Zimmerdecke. »Wir denken über eine Trennung nach, wenn du es genau wissen willst. Also … *ich* tue das. Aber ich möchte gerade nicht drüber reden, okay? Ich möchte einfach nur schlafen.«

»Ach, Steffi, das tut mir so leid! Kann ich irgendwas für dich tun?«

»Muss es nicht. Mir geht's gut.«

»Ja, aber …?«

»Nix, aber. Nicht drüber reden, das kannst du tun. Los, lenk mich ab.«

Na toll. Genauso stur wie Enna, wenn sie etwas partout nicht will. Und ich komme mir richtig blöd vor, in Steffis Ehedrama mit meinen frohen Neuigkeiten hineinzuplatzen. Es ist ja auch noch viel zu früh, wir haben uns gerade erst kennengelernt, eine Knutscherei macht noch keine Hochzeit und überhaupt.

Ich schlüpfe zu ihr unter die Decke und kuschle mich ganz eng an sie.

Andererseits ist geteilte Freude doppelte Freude. Meine Wangen glühen. Das tun sie immer, wenn ich zu lange in der Kälte war … und so was alles.

»Möchtest du einen Magenbitter? Rein zu medizinischen Zwecken?«

Steffi verzieht das Gesicht. »Keine gute Idee … Wo warst du überhaupt? Du bist eiskalt!«

»Draußen«, sage ich leichthin, obwohl ich innerlich

platze, ihr endlich die Neuigkeiten unterbreiten zu können. »Ich muss dir w …«

»Nur in der Strickjacke?«, würgt Steffi mich ab. Sie hebt den Kopf aus den Kissen und starrt mich an. »Wir sind knapp unterhalb des Polarkreises, bist du wahnsinnig?«

Ich ziehe mir das Federbett bis zum Kinn und verberge mein seliges Grinsen darunter. »Vielleicht. Ein bisschen. Hör mal, ich muss dir ganz dringend was erzählen, und danach gehe ich heiß duschen, versprochen.«

Doch Steffis Anfall von Lebendigkeit ist vorüber, leidend lässt sie sich zurücksinken. »Wollen wir das lieber umgekehrt machen, Süße? Dann bin ich nicht schuld, wenn du krank wirst. Mir geht es in ein paar Minuten bestimmt auch viel besser, und dann bin ich total aufnahmebereit, okay? Ich möchte alles hören! Jedes Detail wovon auch immer.«

»Klar«, seufze ich, wälze mich aus dem Bett und drücke ihr einen Kuss auf die Stirn.

»Du bist die Beste! Ich hab dich lieb.« Müde lächelnd schließt sie die Augen und dreht sich auf die andere Seite.

»Ich dich auch«, brumme ich halbherzig. Arme Steffi. Irgendwie habe ich mir unser gemeinsames Reiseabenteuer ganz anders vorgestellt.

Duschen auf einem Fährschiff ist eine Kunst. Die Nasszelle bietet maximal so viel Platz wie eine Flugzeugtoilette, dafür schaukelt es ganz sicher mehr. Aber – es funktioniert. Und ab Windstärke fünf findet man die Haltegriffe allüberall auch nicht mehr lächerlich oder witzig, sondern extrem praktisch, denn sie verhindern, dass man zusammen mit dem Duschvorhang in die Toilette oder ins Waschbecken kugelt, und wer will das schon? Ich nicht. Ha! Nach dieser Woche auf See werde ich so was von trainiert sein für sämtliche Fahrten mit Bus oder Bahn, bei denen ich weder Sitzplatz noch Haltestange abbekomme.

Ich bleibe so lange unter der Dusche stehen und lasse heißes Wasser auf mich niederströmen, bis mein schlechtes Gewissen den anderen Passagieren gegenüber übermächtig wird. Es ist soooo schön zu fühlen, wie man langsam wieder warm wird. Und doch würde ich es sofort ein weiteres Mal tun. Ich schüttle lächelnd den Kopf. Bei Temperaturen um den Gefrierpunkt draußen rumstehen und knutschen – das ist doch eher was für Teenager, oder? Wobei … ich würde Enna enterben – sehr wahrscheinlich auch, wenn sie es *nicht* täte, aber dazu muss sie erst mal in mein Alter kommen und die nötige Reife entwickeln.

Ich grinse wie ein debiles Eichhörnchen, und dann bekomme ich Shampoo in den Mund.

Als ich frisch geföhnt, umgezogen und bei durchschnittlicher Betriebstemperatur aus unserem Minibad klettere, hat sich Steffi in einen Winterschlaf haltenden Igel verwandelt. Irgendwo unter der Bettdecke erahne ich ihren Kopf, aber das ist auch schon alles.

»He!«, protestiere ich und plumpse mit Schmackes und voller Absicht neben ihr auf die Matratze. »So haben wir aber nicht gewettet! Wenn ich dich ablenken soll, musst du mir eine Chance dazu geben! Und dem Schiff auch!«

»Mhhhhhm«, stöhnt es unter den in Schwingung versetzten Federmassen.

»Ernsthaft, Steffi. Du verschläfst die halbe Reise. Das ist so schade, für dich vor allem! *Ich* wollte das tun, *ich* wollte schlafen und lesen und vor mich hin dümpeln. Du solltest Spaß haben, mit Menschen quatschen, Krimirätsel lösen! Du wolltest doch unbedingt Whisky und Crime! Stattdessen muss ich alles alleine machen – essen, trinken, *knutschen* …«

Ich warte gespannt auf eine Reaktion, aber da kommt nichts mehr. Frauenfreundschaften werden überbewertet. Vorsichtig rüttle ich an dem Bettdeckenberg. Nichts.

»Beschwer dich später nicht, ich hätte nicht versucht, dich zu wecken … Süße!?« Ich halte die Luft an und lausche. Kein Ton, gar nichts.

»Steffi? Ich habe Lasse geküsst!«

Ich rüttle etwas doller. Nichts.

»Und er mich!«

Null Reaktion, nicht mal ein leises Schnarchen.

Allmählich mache ich mir wirklich Sorgen, ziemliche, wenn ich ehrlich bin.

Ich ziehe die Bettdecke ein wenig herunter und befühle Steffis Stirn – einmal Muttertier, immer Muttertier –, aber sie scheint fieberfrei zu sein, immerhin das. Vielleicht ist es tatsächlich nur die Mischung aus zu viel Schokotorte und diesen Reisetabletten. Ich verstehe nicht, wieso sie so einen Widerwillen gegen die Pflaster hat. Es könnte alles so einfach sein!

Mit einem Stoßseufzer rapple ich mich auf.

»Na gut, dann gehe ich allein.« Wer hätte gedacht, dass ich mir mal freiwillig eine Krimilesung antun würde, was ich natürlich nicht der Sache wegen vorhabe. Aber ich gehe davon aus, dass ich Lasse dort treffe, fragen kann ich ihn ja zumindest, ob ihm etwas einfällt zu meiner ständig schlafenden Patientin.

Sicherheitshalber nehme ich meine Jacke mit, samt Schal, Mütze und Handschuhen, und die warmen Stiefel ziehe ich mir sofort an, ganz ohne Hintergedanken natürlich. Das ist alles ausschließlich wegen der Nordlichtvorhersage und höchstens ein klitzekleines bisschen für den Fall, dass jemand nach der Lesung zufällig Lust hätte auf einen verschwiegenen Mondspaziergang … Jedenfalls wäre ich vorbereitet.

Kapitel 13

Lasse sitzt ganz vorn in der Bar, am Katzentisch der Schischu-Akteure gleich neben dem Büchertisch, und daneben thront Florian mit der lesenden Schriftstellerin. Als ich hereinkomme und mich im Halbdunkel an einen der letzten noch freien Plätze ganz hinten mogle, reicht Basti gerade ein Tablett mit Whiskygläsern herum. Zumindest was das angeht, passt mein Timing.

Die Krimiautorin erzählt Wissenswertes über den edlen irischen Tropfen, woran man einen guten Whiskey erkennt und wie man ihn am stilvollsten degustiert. Ich höre nur halb zu, meine ganze Konzentration bündelt sich wie ein Fangstrahl auf Lasses Stirn, der zwar immer wieder suchend mit dem Blick durch den Raum schweift, aber er guckt einfach nicht zu mir. Es ist zum Heulen! Mein Whiskeyglas ist bereits fast leer, da endlich findet er mich. Und lächelt, worauf sein Gesprächspartner irritiert dreinsieht. Breit grinsend hebe ich mein Glas und proste Lasse zu. Auf die Entfernung kann er ja zum Glück nicht sehen, dass nur noch ein winziges Tröpfchen darin ist.

Die Lesung gefällt mir. Die Autorin kommt sympathisch rüber und hat Textstellen ausgesucht, die mir keine schlaflosen Nächte bereiten werden. Dafür sorgt allerdings ganz sicher jemand anders. Schon flattert es wieder in meinem Bauch. Was passiert da gerade mit mir?

Vorn entschuldigt sich Lasse gerade flüsternd und huscht geduckt durch die voll besetzten Reihen zu mir nach hinten, was mit einigem Stühlerücken, missbilligendem Räuspern und Schieben verknüpft ist.

Lasse kümmert sich nicht darum, er hat nur Augen für mich. »Hi«, strahlt er und zieht sich einen freien Sessel vom Nebentisch heran. Mein Herzschlag beschleunigt sich.

Ich spüre deutlich, wie die tadelnden Blicke umschwenken. Sie nehmen nun mich ins Visier, aber das ist mir so was von egal. So kenne ich mich gar nicht, ich habe Hummeln im Hintern und Brause mit Faltern im Bauch.

»Selber«, lächle ich zurück und stelle fest, dass meine Pulsrate sich in den vergangenen zwei Minuten locker verdoppelt hat.

»Tut mir leid, dass wir uns vorhin verpasst haben. Ich musste noch ein paar Dinge regeln, ich bin ja eigentlich nicht zum Spaß hier.«

Er zwinkert vergnügt, und am liebsten würde ich ihn bei der Hand packen und mit ihm in irgendeine ruhige Ecke verschwinden, Besenkammer, Wäscheschrank, Rettungsboot, und da weitermachen, wo wir vorhin so schnöde unterbrochen wurden … Wie gut, dass er keine Gedanken lesen kann.

»Das ist höchst bedauerlich«, erwidere ich beispiellos erwachsen und schwenke mein leeres Whiskyglas.

»Magst du noch was trinken? Ein Glas Wasser vielleicht zum Wasser des Lebens?«

Wie aufmerksam von ihm! Ich bekomme Gänsehaut, nur weil unsere Unterarme nebeneinander auf dem Tisch liegen. Ich mag seine Hände, die schlanken, feingliedrigen Finger, von denen der kleine gerade verstohlen über meine Haut streicht und einen elektrischen Schauer auslöst. Und ich habe noch nie jemanden getroffen, der so magische Augen hat. Es fällt mir schwer, ihm nicht sofort wieder um den Hals zu fallen und meinen Mund auf seinen zu pressen, ganz egal, was alle denken.

»Hervorragende Idee, aber diesmal bin ich dran!«, flüstere ich. So leise wie möglich stehe ich auf und stütze mich wie zufällig an seiner Schulter ab. »Hältst du mir den Platz frei?«

Seine Hand greift nach meiner und drückt sie, und mein Herz macht einen ungelenken Hüpfer.

»Worauf du dich verlassen kannst.«

Lasses Stimme kriecht mir unter die Haut und räkelt sich lasziv. Himmel, Merle, beherrsch dich, Ball flach halten, langsam angehen lassen, nicht überbewerten, und vor allem: Bleib cool! Vergraul den armen Mann nicht gleich wieder!

Hätte ich das mit dem Platz-Freihalten nur nicht gesagt. Kaum habe ich meinem Heliman den Rücken gekehrt, wird er auch schon von weiblichen Fans belagert. Na gut, es ist Minette alias Ludmilla, sie sitzt auch nicht auf meinem Sessel, sondern hockt tuschelnderweise neben Lasse auf dem Teppichboden, und streng genommen ist sie seine Kollegin und kein Fan. Aber tief in mir brodelt es bereits. Bin ich etwa eifersüchtig? Ich entdecke ein lang verschollenes Gefühl nach dem anderen in mir. Aber *dieses* kann gleich wieder gehen – oder besser noch: der Anlass dafür. Minette registriert meinen Blick und steht auf, als ich mit den Wassergläsern – Happy Hour, zwei zum Preis von einem – wiederkomme.

»Viel Spaß noch«, wünscht sie uns augenzwinkernd, und einen Moment lang bin ich aus dem Konzept gebracht. Das sind Schauspieler, Merle, unkt ein warnendes Stimmlein. Pass auf dein Herz auf.

Lasse sieht ihr hinterher, und meine Stimmung rutscht in den Keller, wo sie meinem unverhofft abgestürzten Selbstbewusstsein Gesellschaft leisten kann. Ich trinke mein halbes Wasserglas in einem Zug leer. Vorn liest Sybille ein weiteres Stückchen aus ihrem Schwabenkrimi, und Basti schenkt uns eine neue Rutsche ein, diesmal einen amerikanischen Whiskey. »Bourbon ist nicht so richtig mein Fall«, gestehe ich im Flüsterton. »Vielleicht sollte ich lieber aussetzen und nachschauen, wie es Steffi inzwischen geht.«

Lasse zieht die Stirn in Falten. »Ist ihr wieder übel? Die Arme, warum nimmt sie keine Tabletten?«

»Tut sie ja«, entgegne ich.

»Soll ich mal nach ihr sehen?«

Ich schüttle den Kopf. »Das ist lieb, aber sie will keinen Rechtsmediziner sehen, bevor sie tot ist.« Ich laufe rot an, als ich das Eingeständnis bemerke. »Ich hatte ihr das vorhin schon vorgeschlagen, also … dass ich dich fragen könnte. Du hast ja schließlich Medizin studiert. Hast du doch, oder?«

Lasse lacht, und wir ernten ein böses »Schhh!« vom Nebentisch, weil die Krimiautorin gerade etwas über die

Bedeutung der unterschiedlichen Fässer für die Whiskeyreifung und den Geschmack erklärt.

»Komm, lass uns von hier verschwinden«, schlägt er vor, und schon trinke ich aus. Auf irgendeiner Welle müssen mein Selbstbewusstsein und die Stimmung ja wieder nach oben reiten – und das tun sie, tollkühn und verwegen. Lasse reicht mir die Hand, und ich fasse zu. Pawel poliert seinen Tresen und summt eine fröhliche Melodie, und ich könnte schwören, dass er mir zugezwinkert hat.

»Wozu hast du die Jacke dabei?«, fragt Lasse, als wir im Gang stehen.

»Ich wollte nach Nordlichtern Ausschau halten«, erkläre ich und betrachte verlegen meine Fußspitzen. »Die Vorhersage liegt nur bei drei, das ist wohl nicht so doll, und ich habe keine Ahnung, ob es bewölkt ist, aber wir sind ja nur drei Nächte weit genug im Norden, und darum …«

»Hervorragende Idee«, unterbricht er mich. »Darf ich mitkommen? Ich würde mir nur kurz den Anorak aus der Kabine holen. Zweimal durchfrieren ist vielleicht doch nicht so gesund an einem Tag, und wer weiß, wie lange wir draußen bleiben.«

Er knetet vorsichtig unsere ineinander verhakten Finger, und der Seegang wirft uns einander mit der nächsten Welle förmlich in die Arme.

Lachend erkämpfe ich mir das Gleichgewicht zurück, indem ich mich mit meiner freien Hand an seiner Brust abstütze. Eine warme Duftwolke nach Duschgel und Aftershave strömt mir aus dem karierten Flanellhemd entgegen. Ich atme ein und schließe kurz die Lider. Lange her, das ist alles wirklich schon verdammt lange her. Im nächsten Augenblick spüre ich seine Lippen auf meinen. Zärtlich, fragend, schon wieder vorbei. Ich öffne die Augen und strecke mich auf die Zehenspitzen, um die unausgesprochene Frage zu beantworten – und die andere auch. Und dann küssen wir uns richtig. Und lange. Richtig. Schön. Lange!

»Sehr gern darfst du mitkommen«, murmle ich, als wir beide einen Augenblick Luft schnappen müssen. Ich habe jedes Zeitgefühl verloren, aber die Lesung ist offenbar vorbei, die ersten Schischus strömen grüßend in Richtung ihrer Kabinen an uns vorbei. Halbherzig lösen wir uns voneinander.

»Nur kurz die Jacke holen«, flüstert Lasse, und bevor er mich loslässt, küsst er mich noch einmal. »Du siehst inzwischen nach Steffi. Wir beeilen uns, und dann treffen wir uns wieder hier.«

Noch nie bin ich so schnell diese Schiffstreppen nach oben gesprintet. In der Kabine angekommen, werfe ich zuerst die Jacke und dann mich aufs Bett zu meiner schlafenden Dornröschenfreundin.

»Hilfe, wach auf. Ich habe Lasse geküsst. Schon wieder! Und jetzt weiß ich nicht, was ich tun soll! Du musst mir helfen. Ich brauche deinen Rat. Dringend. Wach auf, bitte! Wie macht man so was heutzutage? Ich bin da schon viel zu lange raus, aber ich will! Glaube ich. Ich meine … oder fliehe ich schon wieder vor irgendwas? Vor Hannes vielleicht? Ist das so ’ne bescheuerte psychologische Übersprunghandlung oder wie das heißt? Ist es nicht, oder? Aber … kann das denn sein? Dass es einen so erwischt? So schnell? So wie früher? In unserem Alter? Ich meine, das mit der Taube auf dem Dach und dem Spatz in der Hand trifft es ja nun überhaupt nicht, weil – ein Spatz ist der Mann absolut nicht. Lasse ist einfach der Hammer, und ich weiß nicht mal, ob Hannes als Taube taugen würde.« Ich japse nach Luft. »Steffi, sag doch was. Was ist los mit mir? Ich fühle mich *lebendig!* Mein Bauch flattert, mein Herz rast, und ich hab irre Angst. Ich lass das lieber, oder? Das ist bestimmt ein schrecklicher Fehler. Aber … oh Himmel … ich will das nicht lassen. Was soll ich tun? Das ist doch total unvernünftig! Das ist doch … Bitte hilf mir! Wie geht noch gleich der nächste Schritt?«

Steffi dreht sich in Zeitlupe zu mir um und glubscht unter einem seetangähnlichen Durcheinander aus zerzausten Haaren hervor.

»Ich bin eine verheiratete Frau, woher soll ich das wissen?«, nuschelt sie schlaftrunken. »Hast du Kondome dabei? Bestimmt gibt's im Bordshop welche zu kaufen. Ich gönn's dir von Herzen, Süße. Das ist echt überfällig, aber jetzt lass mich schlafen. Ich habe gerade so schön geträumt.« Sie gähnt herzzerreißend und vergräbt sich wieder in ihren Kissenbergen. »Ich gehe im Übrigen fest davon aus, dass du bestens weißt, wie das alles funktioniert, und wehe, du lässt ihn sausen. Aber helfen kann ich dir dabei nun wirklich nicht«, klingt es dumpf aus den Kissen.

»Nein ernsthaft! Ich muss Hannes schreiben und ihm alles erklären. Er hat mich zwar heute sitzenlassen, aber immerhin war da die Rose. Der arme Mann macht sich vielleicht Hoffnungen?! Meinst du, ich sollte Pawel gleich heute Nacht noch mal um WLAN bitten, oder reicht es, wenn er die Nachricht bekommt, sobald wir morgen in Island sind? Oh Gott, aber dann musst du mich unbedingt dran erinnern, dass ich die Nachricht nach dem Anlegen gleich als Allerererstes losschicke. Hörst du mir überhaupt zu?«

»Klar höre ich dir zu, jedes Wort. Aber warum willst du Pawel eine Nachricht schreiben? Du kannst doch mit ihm reden.«

»Steffi«, kreische ich hilflos und ziehe ihr das Kissen überm Kopf weg.

»Ich bin verliebt, total verknallt, bäm! Was mache ich jetzt mit Hannes? Ich habe von Anfang an gesagt, dass er besser mein Lernpartner bleiben soll, mein Lieblingsphantom, und jetzt habe ich den Salat. Verdammt! Wach auf, ich brauche dich!«

»Morgen reicht ganz sicher, Lady Chatterley«, knurrt sie und grabscht blind nach ihrem Kissen. »Schlaf! Ich hier und du da draußen mit wem auch immer. Hab wilden Sex, aber leise, und tu nichts, was ich nicht auch tun würde.«

Fassungslos starre ich sie an. Steffi kugelt sich zusammen wie ein Igel, die Bettdecke fest um sich geschlungen, und bietet keine Angriffsfläche mehr.

»Gut, dann morgen«, sage ich resigniert und rapple mich hoch. »Aber du bist schuld, wenn ich in eine Katastrophe schlittere.«

»Männer sind immer eine Katastrophe«, murmelt Steffi. »Aber der Anfang ist schön, das ist ja das Fatale daran. Genieß es einfach. Und jetzt mach bitte das Licht aus. – Hab dich lieb!«, ruft sie mir undeutlich nach, als ich die Klinke bereits in der Hand habe.

»Ich dich auch«, flüstere ich in den dunklen Raum zurück, und dann fliege ich meinem bebenden Herzen hinterher in die Treppenhalle.

Lasse hat seine Strickmütze bereits auf. Das blau-weiße Norwegermuster lässt den Farbton seiner Augen noch mehr leuchten. Als er mir entgegenlächelt, vertiefen sich die Fältchen darum herum zu einem Strahlenkranz. Er nimmt die Hände aus den Taschen und umarmt mich so stürmisch zur Begrüßung, als hätten wir uns Wochen nicht gesehen. Ich bin völlig beschwipst vor Glück, an dem bisschen Whiskey vorhin kann das sicher nicht liegen.

»Los, lass uns Nordlichter jagen«, wispert Lasse mir ins Haar und zieht sich die Handschuhe an. »Was hältst du von Deck acht? Da oben gibt es ein paar dunkle Ecken, wo die Beleuchtung nachts ausgeschaltet wird.«

»Na, du kennst dich ja aus«, frotzle ich und lege den Kopf schief.

Lasse errötet wie ein Schuljunge. »Oh Gott, das kam jetzt falsch rüber. Ich meinte … wegen des Polarlichts. Das sieht man umso deutlicher, je weniger …«

»Lichtverschmutzung.« Ich unterbreche ihn lachend und ziehe die Außentür auf. »Schon klar, Seemann«, brülle ich gegen den schneidenden Wind an und halte meine Mütze fest. »Los, komm. Zeig mir, wo Norden ist, und dann mach deine Kamera startklar!«

Draußen an Deck ist es um einiges kälter als noch vor wenigen Stunden, was allerdings auch am Wind liegen dürfte, der inzwischen Sturmstärke angenommen hat.

Mein Schal knattert mir um die Ohren, und ich habe alle Mühe, die flatternden Zipfel einzufangen und unter die Jacke zu stopfen. Damit mir die Mütze nicht davonfliegt, ziehe ich die Kapuze auf und schnüre sie fest, und dann stecke ich schnell wieder die Fingerkappen über die Handschuhe. Lasse tut es mir gleich.

»Wo entlang?«, frage ich grinsend und klammere mich ans nächstbeste Geländer. Wir sind ausstaffiert wie die Eskimos, romantische Kleidung geht anders.

»Lass uns nach Lee rüber«, ruft er, bemüht, mir mit einer Hand im Rücken Halt zu geben und sich mit der anderen selbst zu sichern.

Ich habe keine Ahnung von Seemannssprache, aber der logische Menschenverstand sagt mir, dass das die dem Wind abgewandte Seite sein muss. Breitbeinig stapfen wir voran. Über uns toben die Wolken, als ob ein wütendes Riesenbaby ein Glas mit grauer Farbe umgestoßen hätte, unter uns tost das Meer. Mich hat es immer schon fasziniert, wenn die Elemente sich so entfesselt zeigen, ich darf nur nicht daran denken, dass um uns herum auf hunderte Seemeilen nichts ist als schwarzer, eiskalter und sehr tiefer Ozean.

Lasse scheint es ähnlich zu gehen. Als wir zwei Etagen höher die andere Schiffsseite erreicht haben, zieht er mich in den windgeschützten Bereich am Schornstein. Vor dem warmen Lüftungsgitter bleiben wir angelehnt stehen, er an der Wand, ich an ihm, und betrachten das Spektakel im Nachthimmel. Ich kann vereinzelt ein paar Sterne ausmachen, aber die sich stets verändernden Wolkenschlieren folgen zu dicht aufeinander, als dass ich mehr erkennen könnte als einen zarten grauen Schleier.

Unser Körperkontakt ist so selbstverständlich, genau so, wie ich es mir als junge Frau vorgestellt habe. Bei Ennas Vater war es nie so, und dann ist der flüchtige Gedanke an ihn auch schon über Bord geweht.

»Siehst du das?«, fragt Lasse ganz dicht an meinem Ohr.

»Was?«, frage ich heiser. Ich spüre seinen Herzschlag in meinem Rücken, klar und beständig und vielleicht ein bisschen aufgeregt.

»Da drüben, wenn du an der Antenne vorbei über die Reling guckst.« Er streckt den Arm aus, um mir die Richtung zu verdeutlichen.

Ich muss dennoch die Augen zusammenkneifen, um zu begreifen, was er meint.

»Diese blassen Schlieren in Graugrün?« Ich schlucke enttäuscht. Das soll es sein, das spektakuläre Nordlicht?

»Es wird noch besser, wart's ab!« Lasse zieht sich mit den Zähnen einen Handschuh aus und zückt seine Kamera. Er hält sie so, dass wir beide das kleine Display sehen können, und da wirkt es schon schicker, viel leuchtender als in natura. Nordlicht. Da oben ist es! Mein erstes Nordlicht! Ist doch ganz egal, wie satt oder mager die Grüntöne sind!

»Wow«, sage ich jetzt doch, und dann schubst der Wind uns einen recht großen Streifen am Nachthimmel frei, und die Farben werden intensiver. Ich fingere mein Handy heraus und knipse, was das Zeug hält. Die grasgrünen Farbbänder bewegen sich, langsam zunächst, mit dem bloßen Auge kaum erkennbar, aber die Kamera hält den Zeitlupentanz fest. Dann nimmt das Grün zu, wird zu einem kräftigen Flaschengrün, die Formen verändern sich, fordern Raum hinter den Wolken, gewinnen an Höhe und Breite, dehnen sich aus und bilden immer neuartige Muster, wie Tinte in einem Wasserglas, nur dass über uns alles schwarz ist und dazwischen die Sterne leuchten, kleine Glitzersteinchen im Disco-Mantel der Nacht. Wir sind die Einzigen hier oben, unvorstellbar.

»Sollen wir nicht runtergehen und den anderen Bescheid sagen?«, frage ich elektrisiert.

»Bis wir unten sind, ist es vermutlich vorbei«, wispert Lasse mit rauer Stimme. Er steckt seinen Fotoapparat ein und schlingt beide Arme um meinen Bauch, und ich lege meine Hände auf seine.

Für einen Moment schließe ich die Augen, weil ich die Berührung voll und ganz in mich aufnehmen will, mit allen Sinnen genießen, aber hübsch nacheinander. Nur einen Herzschlag später hat sich das Spektakel über uns tatsächlich merklich verändert. Die Wolkendecke wird wieder dichter, es ist, als ob jemand da oben den Vorhang schließt.

»Vorstellung vorbei«, murmle ich leise. »Das war wunderschön.«

»Es ist wunderschön«, raunt Lasse, und das stimmt. Langsam drehe ich mich zu ihm um.

»*Du* bist wunderschön«, sagt er und zieht mich an sich. Ich schmiege den Kopf in seine Halsbeuge, lange stehen wir einfach nur da, eng umschlungen, und das Rascheln unserer Kapuzen, das Brausen des Meeres und die Lüftung des enormen Schiffsschornsteins verwirbeln zu einem einzigen Rauschen, das meinen Alltag und alle Sorgen und Gedanken ganz weit aufs Meer hinausträgt.

Ich könnte ewig so stehen bleiben und den Moment genießen.

»Morgen kann ich den Landausflug nicht mitmachen«, sagt Lasse in die Leere hinein.

»Warum nicht?«, frage ich und sehe zu ihm hoch.

Das Nordlicht hat sich aufgelöst. Es ist verschwunden, als hätte es nie existiert, ein vergängliches Zeichen aus einer anderen Dimension.

»Die Plätze waren alle ausgebucht, und es gibt bereits eine ziemliche Warteliste. Florian hat mir wenig Hoffnung gemacht, dass ich nachrücken kann.«

»Wie schade«, seufze ich.

Er nickt und drückt mich noch fester.

»Erzähl mir von dir«, bittet er. »Ich möchte dich kennenlernen, damit ich dich umso mehr vermissen kann, während du mit deiner Freundin Island unsicher machst.«

Ich lächle. »Was möchtest du wissen?«

»Alles«, sagt er, und seine Stimme klingt belegt. »Bist du … warst du …?«

»Glücklich und vor langer Zeit getrennt, eine Tochter, wir wohnen in Hannover«, beginne ich mit dem Wesentlichen in meinem Leben. »Eine pubertierende Leseratte, die diese Woche in der Senioren-WG meiner Mutter verbringt und die Alten Zucht und Ordnung lehrt, schätze ich. Enna ist sehr strukturiert, und das hat sie nicht von mir.«

Lasse lacht, er klingt erleichtert, beinahe befreit. »Das macht neugierig, da kann sie mir sicher auch noch was beibringen.«

Ich betrachte seine verschiedenfarbigen Schnürsenkel und grinse. »Könnte sein … oder wir lassen dich, wie du bist.«

»Weil Hopfen und Malz verloren ist?«

Ich hebe grinsend die Schultern, winke ihn zu mir nach unten und er beugt sich die fehlenden Zentimeter zu mir herab, damit ich ihn küssen kann. »Nein. Weil du mir genau so gefällst, wie du bist.«

»Du mir auch.«

Wir gehen eine Etage tiefer, wo wir windgeschützt direkt an der Reling stehen können.

»Und du so?«, frage ich augenzwinkernd. »Fünf Kinder und eine Frau in jedem Hafen?«

Er schüttelt den Kopf, seine Mundwinkel zucken. »Es gibt einen Hund. Bounty. Den müsst ihr lieb gewinnen, der Weg zu Herrchens Herz kennt nur diese Fahrrinne, sonst laufen wir leider auf Grund.«

Mein Herz geht auf und klopft schneller. Er hat *ihr* gesagt. Nicht du – er meint tatsächlich Enna und mich! Und er ist ein Hundemensch, die sind viel treuer als Katzentypen, habe ich mal gelesen. Hach!

»Ein Teenager kann nicht schlimmer sein als eine Fellnase. Wo ist der Haken, Herr Kapitän?«

»Muss es einen geben?«

Ich ziehe meine eingefrorene Nase kraus. »Sag du's mir.«

»Lass mich überlegen. Ah, fast hätte ich es vergessen: Ich habe ein paar Leichen im Keller – rein beruflich natürlich. Mit denen müsstest du mich leider teilen. Und mit Bounty, das meine ich ernst.«

»Damit es keine Meuterei gibt, verstehe. Ich liebe Hunde!«

Wir grinsen uns an.

»Soll ich dir was verraten?«, fragt Lasse ein paar Küsse später. Unsere Ellbogen berühren sich unter den dicken Winterjackenschichten, und das Meer sieht aus wie gemalt. Gerade schiebt sich der Vollmond hinter den Wolken hervor und zaubert mit breitem Pinselstrich eine weiße Straße in die Wellen. Fehlt nur noch der springende Buckelwal am Horizont, dann wäre es unvergleichlich. Oder zumindest ein paar Delfine? Weiter draußen? Die dreieckigen Flossen als Silhouette? Aber sämtliche Meeressäuger schlafen wohl bereits, und eigentlich ist dieser Augenblick, so wie er ist, schon ziemlich nah an … perfekt. »M-hmmh?«, säusle ich.

»Ich mag auch keine Krimis. Ich habe durch meinen Beruf zu viel mit Verbrechen zu tun. Manchmal träume ich davon, einfach alles stehen und liegen zu lassen und auf dem Hof meines Onkels einzusteigen. Er züchtet Islandpferde.«

»Enna liebt Ponys«, rutscht es mir heraus.

Lasses Mundwinkel zucken. »Lass nie einen Isländer hören, dass du ihre Pferde als Ponys bezeichnest!«

»Oh«, murmle ich. Ich darf ihm einfach nicht in die Augen sehen. Die sind so … dunkelmeerfarben. So tief. So … Davon wird mir ganz schwindelig. »Dann ist das hier also … tageslichttauglich?«

Er sieht mich erschrocken an, und mir rutscht das Herz in die Hose. Habe ich es jetzt kaputt gemacht? Warum kann ich nie die Klappe halten?

»Ich würde es sehr gern ausprobieren«, sagt Lasse leise. »Oder ist dir das nicht recht?«

»Doch, klar«, sage ich und strenge mich an, dabei vor Aufregung nicht zu kieksen. »Es geht nur alles so wahnsinnig schnell.«

»Tut mir leid. Ich bin … irgendwie aus der Übung, fürchte ich. Ich habe meine Doktorarbeit geschrieben und meinen Facharzt gemacht, und da war keine Zeit für … herrje! *Zu* schnell?«, stammelt er und will sich durch die Haare fahren, aber da sind nur Mütze und Kapuze. Ich beiße mir auf die Lippen, weil es so süß aussieht und ich nicht lachen will. Ich glaube, Lasse ist ein Nerd.

»Nein, nicht zu schnell«, sage ich leise und küsse ihn noch einmal, bevor ich mich widerstrebend löse. »Auch wenn mir das ein wenig Angst macht. Es ist ungewohnt und lange her und … schön … sehr schön sogar … Aber jetzt muss ich schlafen gehen, sonst findet Island morgen ohne mich statt, oder man entdeckt uns doch noch zu Eiszapfen gefroren im Morgengrauen.«

Am nächsten Morgen wache ich mit dem untrüglichen Gefühl auf, beobachtet zu werden. Enna hat in frühester Kindheit ein gruseliges Talent entwickelt, mich wachzugucken. Steffi kann das anscheinend auch. Mit einem Becher Kamillentee in der Hand und einem Kissen vor dem Bauch sitzt sie mit untergeschlagenen Beinen auf dem Sofa und – guckt mich wach.

»Was?«, frage ich schlaftrunken. Ich fühle mich blendend, wie frisch verliebt. Ich hatte einen wundervollen Traum – ich rekle mich und schiebe die schläfrige Benommenheit beiseite. Nein – das ist alles wirklich geschehen! Ich *bin* verliebt! In Lasse! Und er in mich!

Steffi schüttelt den Kopf. »Ich habe echt schräg geträumt«, verkündet sie mit Grabesstimme. »Du wolltest mit Pawel durchbrennen, und ich sollte dir meinen Segen geben und dir Hannes vom Leib halten. Schon spooky, was so ein unterbeschäftigtes Gehirn sich nachts allein ausdenkt, oder?«

»Das menschliche Hirn ist nachts nicht untätig, es verarbeitet den Tag«, klugscheißere ich, bevor ich zum Wesentlichen komme. »Du hast das nicht geträumt, aber es geht nicht um Pawel, sondern um Lasse und …«

»Lasse? Hast du doch auf mich gehört? Fantastisch!«, quietscht sie dazwischen und kleckert mit ihrem Kamillentee aufs Kissen, weil sie anfängt, auf dem Sofa herumzuhüpfen wie der Duracell-Hase in dieser uralten Batteriewerbung. »Da gucke ich einmal kurz nicht hin, und schon hast du was mit dem Heliman angefangen? Das ist ja großartig!« Steffi flippt aus.

»Also … fürs Durchbrennen haben wir noch keine Pläne gemacht«, bringe ich meinen unterbrochenen Satz zu Ende.

»Ich wusste doch, dass die Reise ein Volltreffer wird!« Sie springt auf, stellt die fast leere Tasse auf dem Fensterbrett ab und turnt zu mir ins Bett. »Erzähl mir alles, los!«

Irgendwas stimmt hier nicht. »Nicht, dass ich es dir nicht aus vollem Herzen gönne, aber wieso geht es *dir* heute Morgen plötzlich so gut?«, will ich als Erstes wissen.

Steffi grinst. »Die Spuckerei habe ich schon hinter mir, falls du das meinst. Du hast ewig geschlafen, es ist schon halb neun durch. Und guck mal raus: Das Meer ist inzwischen ganz ruhig. Weil wir nämlich ganz bald in Island sind! Land in Sicht!«

Mein Blick fliegt zum Fenster. Ich wusste, dass etwas anders ist. Steffi hat recht. Da draußen zeichnen sich erste schneebedeckte Berge ab. Wir haben die offene See verlassen und liegen auf der Zielgeraden. Diese Landzunge gehört zu Island.

»Iiiisland«, hauche ich entzückt.

»Wir sind wirklich da!«, jauchzt Steffi und krallt sich vor Begeisterung in meinen Arm. »Es ist so weit!«

»Warte!«, bremse ich sie, bevor mir der Gedanke entfällt. »Was genau meintest du mit Volltreffer?«

»Ach, nichts weiter.« Sie macht eine wegwerfende Bewegung aus dem Handgelenk. »Du weißt doch, dass ich für mein Leben gern kupple, aber wie ich sehe, brauchst du mich gar nicht. Hey, Iiiiisland! Los, zieh dich an, worauf wartest du noch! Da draußen liegt das eisige Land unserer Träume! Es trägt für uns sein schönstes weißes Kleid!«

»Oh ja, und wie ich das weiß mit dem Kuppeln.«

Nur zu gut erinnere ich mich an diverse Marcels, Arnes und Marios, die ohne Vorwarnung bei Steffi und Thorben am Abendbrottisch saßen, mit uns scrabbelten oder ins Kino eingeladen waren. Ich habe keinen dieser Abende in besonders guter Erinnerung, vielleicht abgesehen von dem einen mit Matthias, aber auch nur, weil das Essen beim Griechen hervorragend war und er wirklich gut tanzen konnte. Steffi kuppelt ausgesprochen gern!

»Und nein, dafür brauche ich dich nicht.«

Steffi hebt abwehrend die Hände. »Okay, okay, ich hab dir ja schon versprochen, ich halte mich raus. Aber jetzt erzähl mir alles. Am besten, während du dich in deine sexy Winterklamotten pellst!«

»Moment mal«, hake ich nach. »Du kannst dich an nichts mehr erinnern, was du mir gestern Abend geraten hast?«

Ein wenig beunruhigt ziehe ich mir den karierten Flanellpyjama über den Kopf und schlüpfe in frische Wäsche.

Steffi sieht mich bedröppelt an. »Du kennst mich doch.«

Das stimmt leider. Außer meiner langjährigen Freundin ist mir niemand bekannt, der im Tiefschlaf in ganzen Sätzen antworten kann und am nächsten Tag einen Komplettausfall sämtlicher interner Speichermedien hat.

»Faszinierend«, unke ich und krieche auf allen vieren in den Kleiderschrank, um meinen Lieblingspulli mit dem Rollkragen zu finden. »Meinst du, wir brauchen lange Unterhosen?«

»Der Monitor in der Treppenhalle hat minus sieben Grad angezeigt.«

Erstaunt lasse ich die Jeans sinken und schiele um die Schranktür herum. »Du warst schon *draußen?*«

Sie hebt entschuldigend die Schultern. »Ich sag ja, ich war früh wach!«

Seufzend betrachte ich meine Skiunterwäsche. »Sexy ist was anderes.«

Steffi kichert. »Es zählen die inneren Werte, Süße!«

»Eben«, grummle ich. »Schicht um Schicht.«

Versöhnlich hält sie mir einen Kaffee hin. »Ich bin ein ganz neuer Mensch ohne Seegang. Zwei Tage fester

Boden unter den Füßen! Ich bin drauf und dran, die isländische Scholle küssen zu wollen.«

»Das würde ich lassen, du frierst womöglich daran fest.«

Steffis gute Laune bleibt davon unberührt. »Jetzt erzähl endlich, und dann lass uns frühstücken. Ich habe einen Bärenhunger!«

Drei Brötchen, einen Obstsalat, einen Teller mit Sauermilch und Müsli und zwei Tassen Kaffee später stehen wir ganz vorn an Deck und beobachten unser Einlaufen in Seyðisfjörður. Das kleine Städtchen liegt ganz am Ende der kilometerlangen Bucht. Links und rechts und direkt hinter den kunterbunten Häusern türmen sich zum Greifen nah puderzuckerbestäubte Berge, die selbst unser Riesenschiff wie eine Nussschale wirken lassen. Die Luft riecht nach Schnee, die Wasseroberfläche ist spiegelglatt. Möwen begleiten uns.

Wir halten die Nasen in den Wind und machen ein Foto nach dem anderen von der atemberaubenden Landschaft und von uns.

»Kneif mich!«, bitte ich Steffi.

»Soll ich das übernehmen?«, fragt plötzlich eine sonore Stimme hinter uns, die mir sofort wieder Herzrasen verursacht. Steffi streckt mir verstohlen grinsend die Zunge heraus, dann drehen wir uns um.

»Meine Freundin kneif nur ich, aber was das Fotografieren angeht: Nur zu«, quietscht sie vergnügt und hält Lasse ihr Handy hin. Nachdem er uns ein Dutzend Mal in allen möglichen Perspektiven und Posen abgelichtet hat, kassiert sie das Handy wieder ein und zieht sich augenzwinkernd zurück.

»Ich lade noch mal eben den Akku auf. Wir sehen uns in einer halben Stunde entweder in der Kabine oder fertig gepackt an der Landungsbrücke. Sei pünktlich, Merle! Diesen Ausflug will ich um keinen Preis verpassen!«

Sie geht in Richtung der schweren weißen Eisentür davon, die ins Schiffsinnere und zu den Kabinen führt.

»Ich vielleicht schon«, murmle ich, aber so leise, dass es Steffi nicht mehr hören kann.

»Guten Morgen, übrigens«, haucht Lasse. Seine Lippen nähern sich langsam, in Zeitlupe kommen sie auf mich zu, und mein Blick wechselt hypnotisiert zwischen seinen Augen und seinem Mund hin und her. Oh ja!

»Ach, hier steckst du!«

Kaum, dass unsere Lippen sich berührt haben, trennen sie sich wieder. Basti schiebt den Kopf durch die Tür.

»Lasse, weißt du, wann Einar an Bord kommt?«

»Ich hole ihn ab«, erklärt er. »Das habe ich alles mit Florian abgesprochen.«

Zufrieden lässt Basti die Tür ins Schloss fallen.

»Moment mal, wieso interessiert sich Basti für deinen Onkel?« Plötzlich dämmert mir etwas. »Du kennst … dein Onkel ist nicht zufällig … Einar *Eriksson, oder*?« Dieser Autor ist sogar mir bekannt, und nicht erst, seit Steffi mir rauf und runter von ihm und seinen Büchern vorgeschwärmt hat, weil seine Lesung als einer der Programmhöhepunkte unserer Reise angekündigt wurde. Jede seiner Neuerscheinungen hält sich wochenlang auf den Bestsellerlisten.

Lasse guckt verschmitzt und tut so, als polierte er sich die in den Handschuhen steckenden Finger an seinem Revers. »Ach. Hatte ich nicht erwähnt, dass er Bücher schreibt?«

»Äh, doch. Am Rande.« Meine Augen werden immer größer. »Ich dachte, dein Onkel züchtet hauptberuflich Islandpferde?«

Er lacht. »Nein, das ist nur sein Hobby – er lebt gar nicht weit von hier.«

»Lass das bloß nicht Steffi hören. Sie wird dir nicht mehr von der Seite weichen. Sie ist sein größter Fan.«

Er grinst. »Ich könnte ihr ein Autogramm besorgen. Oder wir essen heute zusammen oder trinken was an der Bar, wenn sie daran Spaß hätte – und du natürlich auch?«

»Ach, ich weiß nicht. Promis und Groupies, das ist ja nicht so meins …«, behaupte ich, während ich mich mit beiden Händen an der Reling festhalte und engelsgleich in den Wind lehne.

Lasses Mundwinkel zucken amüsiert. »Für mich ist er einfach mein Onkel.«

Ich schwinge mich zurück. »Okay, und welche Details hast du sonst noch ausgelassen? Wie kommt es denn nun wirklich, dass ihr alle beide hier an Bord seid?«

»Ich habe dir die reine Wahrheit erzählt! Ich bin wirklich nur seinetwegen hier: Die Schischus hatten schon vor Monaten angefragt, ob er die ganze Reise mitmacht oder in Tórshavn dazustoßen mag, weil er da ab und an zu tun hat, oder ob er wenigstens während des Aufenthalts in Island an Bord lesen würde. Er hat ewig lange gezaudert, bis sich das mit mir ergeben hat. Er meidet die Öffentlichkeit, wo immer er kann. Das Einzige, was er seit dem Tod meiner Tante begonnen hat, ist ein Deutschkurs.«

»Sprachen lernen ist immer gut«, wende ich ein.

Lasse nickt. »Na, wie dem auch sei, Einar wusste wohl schon länger, dass seine Brieffreundin auch mit an Bord ist, aber er war sich unsicher, ob er es wagen soll. Als dann der Schauspieler krank wurde, hat er das als Wink des Schicksals betrachtet und diesen Deal für uns beide klargemacht. Hopp oder top – er ist ein alter Gauner.«

»Das scheint mir auch so.«

Lasse zwinkert mir zu. »Ich finde es wunderbar, dass er nicht hier ohne mich wäre und ich nicht ohne ihn – und meinen Freund Ole.«

Fragend sehe ich ihn an.

»Der fliegende Arzt von der Küstenwache«, hilft er mir auf die Sprünge.

»Alles Schiebung und Vitamin B«, kontere ich beeindruckt.

Lasse lacht. »Erwischt. Er kann verdammt gut pokern, der alte Sturkopf. Das ist das Wikingererbe.«

»Sieht so aus.« Ich lege den Kopf schief. »Dein isländischer Onkel ist Einar Eriksson, ich fasse es nicht.«

Lasse schmunzelt. »Ich bin sogar sein Lieblingsneffe. Aber das ist keine Kunst, weil ich der einzige bin. Martha und er hatten keine Kinder.«

»Das tut mir leid, dass sie gestorben ist.«

»Es war schlimm für ihn. Er hat sich ziemlich abgekapselt.«

Lasse blickt zu den immer größer werdenden Puppenhäuschen im Tal vor uns und dreht sich dann lächelnd zu mir zurück. »Aber inzwischen geht's ihm deutlich besser.« Seine Augen strahlen mit der Morgensonne um die Wette. Schön, dass er so ein Familienmensch ist und sich um seinen Onkel sorgt. »Ich kenne keinen, der es mehr verdient hätte als er, endlich wieder glücklich zu sein.«

Mir wird ganz warm ums Herz, so lieb klingt das. Dann stutze ich. »Warte. Du hast doch gesagt, du bist Hamburger?«

»Durch und durch, Frau Kommissarin«, bestätigt er schmunzelnd. »Unsere Familiengeschichte ist ein bisschen kompliziert. Meine Großmutter war Deutsche. Sie ist 1949 nach Island ausgewandert, hat dort geheiratet und zwei Kinder großgezogen, Einar und meinen Vater Gudmund. Nach dem Tod meines Opas hat es sie zurück in die Heimat gezogen. Aber Einar hat die erstbeste Gelegenheit ergriffen und ist zurückgekehrt.«

»Das kann ich verstehen«, schwärme ich.

»Ich auch. Als Kind haben in unserer Familie alle Isländisch gesprochen, wenn ich etwas nicht mitbekommen sollte. Das trainiert ungemein.«

»Ich beneide dich darum«, sage ich inbrünstig. »Anders hat man wohl kaum eine Chance bei dieser Sprache.« Das Schiffshorn tutet durchdringend, und meine Hände schnellen an die Ohren. »Die Trompeten von Jericho sind nichts dagegen«, beschwere ich mich.

»Das ist wohl das Zeichen«, seufzt Lasse.

»Ich muss noch mal kurz in die Kabine«, nicke ich.

»Lass Steffi nicht warten. Wir sehen uns heute Abend, wenn ihr zurück seid, ja?«

»Wehe, wenn nicht!«

Kapitel 14

Icelandfan52:
Lieber Hannes. Bitte sei mir nicht böse. Ich trinke gern Kaffee mit dir, mit oder ohne Maske, aber mein Herz ist vergeben. Ich wünsche mir wirklich eine rein platonische Lernfreundschaft. Wahrscheinlich ist dir das sowieso immer klar gewesen, aber ich wollte es noch mal ganz deutlich sagen, äh, schreiben.

Zufrieden lese ich mir den Text noch einmal durch. So werde ich die Nachricht abschicken. Damit ist eigentlich alles gesagt – keine Missverständnisse, keine Hintertür, ehrliche Kommunikation!

»Beeil dich!«, drängelt Steffi, ich drücke auf Senden und stecke hastig das Telefon in meine Handtasche. »Haben wir alles? Pass, Bordkarte, Taschentücher? Spucktüten?«

»Warte, ich geh lieber noch mal aufs Klo«, fällt mir ein.

»Dann aber dalli!«

Als ich mit handtuchnassen Händen aus unserer Nasszelle stolpere, steht Steffi bereits im Türrahmen, meine Jacke im Arm. »Förum!«, hibbelt sie – das heißt »gehen wir« auf Isländisch. Und wenn Steffi ihre Vokabeln rauskramt, dann widerspreche ich besser nicht.

Steffi und ich drücken uns die Nasen platt, wir wechseln uns alle halbe Stunde am Fensterplatz ab und saugen die Landschaft in uns auf wie zwei ausgetrocknete Topfpflanzen ihr Gießwasser. Von dem Künstler- und Fischerdörfchen Seyðisfjörður mit seiner hellblauen Kirche und den vielen kleinen Ateliers und Lädchen, die ich mir später alle noch ansehen möchte, führt die Straße recht steil den Pass hinauf. Unser Bus trägt Schneeketten, wir fahren an schneebedeckten Weiden vorbei, auf denen man die Schafe kaum erkennen kann, und wir sehen zottelige Islandpferde in bunten Farben und mit langen Wuschelmähnen und Bärten. An Bord plappern und lachen die Schischus miteinander und tauschen sich über ihre Theorien zu Täter und Motiv unseres gespielten Krimis aus. Steffi lässt sich in Plaudereien mit Herbert und Gerlis verwickeln, die hinter uns sitzen, aber ich habe nur Augen und Ohren für das draußen.

Wir passieren sonderbarste Lavaformationen, von kullerrund bis zackig und spitz. Dazwischen stürzen dampfende Wasserfälle talwärts. Über tief verschneite Bergketten geht es Richtung Egilsstaðir, dem größten Städtchen in den Ostfjorden, mit sage und schreibe rund zweitausendfünfhundert Einwohnern. Nach deutschen Maßstäben ein Dorf. Unglaublich!

Am meisten staune ich darüber, dass es eben doch Bäume in Island gibt. Von wegen, die Wikinger hätten alles abgeholzt, wir kommen an richtigen Wäldchen vorbei, ich sehe jede Menge Birken, Eschen und Kiefern – nur sind die Bäume eben nicht ganz so dick und hoch wie bei uns. Die Reiseleiterin erzählt, dass im achtzehnten Jahrhundert hier Rentiere ausgesetzt wurden, die man eigentlich nach Vorbild der Samen aus Lappland zähmen wollte, aber daraus wurde nichts, und die Herden streifen heute noch wild und frei über die Berge, nur uns zeigen sie sich leider nicht.

Wir fahren um einen lang gezogenen See herum, in dem der Sage nach ein riesiger Lindwurm hausen soll, die isländische Nessie sozusagen, der *Lagarfljótsormur*. Hier ist die weite Landschaft flacher, hügeliger und irgendwie sanfter. Zwischendurch halten wir immer wieder für kleinere Fotostopps, bewundern die Aussicht über die schneebedeckten Hügel, die endlose Weite der verschneiten Natur und machen einmal sogar einen längeren Spaziergang zu einem idyllisch gelegenen Wasserfall, fernab der Straße.

Das einzig Blöde ist, dass ich in der Eile des morgendlichen Aufbruchs meine Handtasche habe stehen lassen – mitsamt dem Handy ruht sie nutzlos auf meinem Bett in der Kabine und lädt nicht mal den Akku auf. Das heißt, ich muss mich beim Fotografieren mit Steffi abwechseln – oder darauf vertrauen, dass sie die richtigen Winkel und Einstellungen für die tausend Facetten von Wasser, Schnee und Steinen findet, zwischen denen auch so spät im Jahr noch hier und da blühende Moose oder Gräser Farbtupfer setzen, wenn man nur genau hinschaut. Das Spannende ist, dass ich alles viel bewusster wahrnehme und abspeichere, als wenn ich ständig auf Bilderjagd bin. Zum ersten

Mal auf dieser Reise habe ich keinerlei Bedürfnis danach, Nachrichten oder E-Mails zu checken. Zwischen Hannes und mir sollte jetzt Klarheit herrschen. Enna und Oma sind bestens versorgt, sie wissen Bescheid, dass ich offline bin, und im Notfall würden sie mich garantiert vom Kapitän ausrufen lassen. *Die* machen sich keine Sorgen, wenn sie mich nicht erreichen – der Anti-Chillfaktor bin ich. *War* ich! Denn ich glaube, jetzt gerade komme ich wirklich im Erholungsmodus an. Urlaub! Island! Ein wahr gewordener Lebenstraum!

»Wir sind hier!«, fiepe ich beglückt und hake mich bei Steffi ein, die zum ersten Mal seit Tagen rosige Bäckchen hat.

Durch knirschenden Tiefschnee stapfen wir im Gänsemarsch dem Busfahrer über Schafweiden hinterher und klettern über Felsen und Zäune, bis wir das Rauschen immer lauter hören und schließlich zwischen enormen dunklen Felsblöcken direkt am Fuß des Sturzregens stehen. Das Wasser zischt und sprudelt, wo es sich zwanzig Meter tiefer in seinem Bachbett wiederfindet, am Ufer türmen sich gelbliche, vom Schwefel verfärbte Eisschollen, und es riecht auch ein bisschen nach faulen Eiern.

»Iiiiisland«, quietschen Steffi und ich abwechselnd und müssen einander immer wieder kneifen. Alles hier ist so betörend, dass ich heulen könnte. Ein bisschen allerdings auch, weil der Ausflug noch viel schöner wäre, wenn Lasse jetzt hier bei mir wäre.

»Ist es normal, einen Menschen derart zu vermissen, den man vor drei Tagen noch gar nicht kannte?«

Steffi sieht mich verdutzt an. »Bei dir schon. Du verliebst dich doch immer mit Haut und Haaren und gegen jede Vernunft.«

»Aber das mit Lasse *ist* vernünftig«, widerspreche ich, während wir auf dem kleinen Trampelpfad am Bach entlang vorsichtig unseren Weg zurück suchen. »Zwischen Hamburg und Hannover liegen gerade mal anderthalb Stunden mit dem Zug oder dem Auto. Das ist perfekt, um sich aneinander zu gewöhnen. Wir haben die gleichen Interessen, wir sind beide ein bisschen verkopft …«

»… verpeilt«, korrigiert Steffi glucksend und lässt ein paar Schischus überholen, die auf dem unebenen Gelände schneller zu Fuß sind als wir.

»… den gleichen Humor, ich liebe Hunde, und er mag Enna …«, zähle ich ungerührt weiter auf.

»Er hat sie ja noch gar nicht kennengelernt«, wendet Steffi grinsend ein.

Jetzt spiele ich genießerisch mein Ass aus. »Oh, und er hat einen berühmten Onkel – wieso bist du so negativ?«

Großzügig reiche ich ihr die Hand, damit sie auf den glitschigen Steinen nicht ausrutscht, die eine Furt trockenen Fußes durch den Bach ermöglichen sollen. Der Bus wartet mit laufendem Motor auf der anderen Seite, jenseits der Schafweide.

»Bin ich gar nicht, ich bin nur besorgt. Pass auf, dass du nicht die Bodenhaftung verlierst!« Spricht's und gerät ins Rutschen. Ich kichere und packe sie am Arm.

»Ich glaube, das ist grade eher dein Problem.«

Steffi wischt meinen Einwand beiseite. »Wer soll denn der bekannte Verwandte sein? B-Promi, C-Promi, Dschungelcamp?«

Triumphierend grinse ich sie an. »Das glaubst du nie. Du darfst jetzt nicht ausflippen, versprochen?«

»Na los, spuck's aus!« Steffi stemmt die Fäuste in die Hüften und bleibt verschnaufend vor mir stehen. »Chris Hemsworth? Joaquin Phoenix? Ricky Whittle?«

»Ricky wer? Na klar, weil das auch alles Isländer sind … Nein, viel besser: Einar Eriksson«, verkünde ich bedeutungsvoll.

»Der *Schriftsteller?* Nicht dein Ernst«, flüstert sie und hält sich mit beiden Händen an meinem Unterarm fest. »Ich meine, klar, Island ist klein, und theoretisch ist die Wahrscheinlichkeit, dass einer dieser 340.000 Leutchen jemanden aus der Fußballnationalmannschaft kennt oder bei Björk babygesittet hat, ungefähr tausendmal höher, als dass eine von uns Til Schweiger vor die Füße fällt, aber … *Einar Eriksson*? Ehrlich?«

Das ist endlich die Reaktion, die ich mir erhofft hatte.

»Genau der«, feixe ich. »Lasse sagt, wir können gern heute Abend zusammen essen.«

»Einar Eriksson. Kneif mich«, fordert Steffi zum bestimmt hundertsten Mal an diesem Tag, und dann sagt sie lange nichts.

»Alles in Ordnung?«, frage ich nach einer Weile, als wir längst eingestiegen sind und sie im Bus neben mir immer noch schweigt.

»Ja, sicher.« Sie sieht mich einen Moment lang völlig verdutzt an. »Ich überlege nur die ganze Zeit, was ich ihn alles fragen will. Und ob das der Wink des Universums ist, mich endlich von Thorben scheiden zu lassen. Einar sieht gut aus, hast du die Fotos auf den Buchumschlägen gesehen? Das wäre ein Mann! Meinst du, er würde auch mal für eine Lesung zu uns nach Hannover kommen? Hach!«

Ich ziehe eine Augenbraue hoch. »Im Spielwarenladen zwischen Actionfigürchen und Brettspielen? Keine Groupie-Aktion bitte, mach mich nicht peinlich, wie Enna sagen würde.«

Steffi schüttelt ausgelassen den Kopf, ihre Augen blitzen vergnügt.

»Ich habe noch eine bessere Idee. Du heiratest Lasse und ich Einar, und dann sind wir sogar richtig verwandt! Na, was sagst du?«

»Du spinnst.« Ich lasse mich gegen die Rückenlehne plumpsen und halte mir den Bauch. »Mein Magen knurrt. Wann gibt's die Lunchpakete?«

»Wie gut, dass die schon an der Brücke ausgegeben wurden und dein Kopf festgewachsen ist.« Steffi wühlt in ihrem Rucksack und fördert zwei Papiertüten mit belegten Brötchen zutage.

»Ich bin im Urlaubsmodus«, verteidige ich mich lachend und greife dankbar zu. Aber eine andere Bemerkung von Steffi lässt mir keine Ruhe.

»Sag mal, du willst dich tatsächlich von Thorben trennen? Das war nicht nur ein Spruch?«

Sie zuckt mit den Achseln. »Ich dachte, ich wäre mir sicher. Ist trotzdem ein großer Schritt. Lass uns nicht darüber reden. Unter jedem Dach ein Ach und so. Urlaubsmodus. Punkt.«

Entschlossen beißt sie in ihre Stulle – und ich wieder einmal auf Granit. Reden war noch nie Steffis Stärke.

Auf dem Rückweg legen wir eine halbe Stunde Pause in Egilsstaðir ein. Zeit genug, ein paar Souvenirs im Supermarkt gegenüber vom Parkplatz zu besorgen. Ich decke mich mit einer gemischten Tüte loser Süßigkeiten für Enna und exotischen Schokoladensorten ein: Karamell mit Meersalz und dunkle Schokolade mit Lakritzstückchen. Isländer sind offensichtlich süchtig nach Süßholz, das verbacken sie sogar in Kuchen. Und endlich, *endlich* komme ich dazu, ein wenig Isländisch zu üben. Ich begrüße den Kassierer mit einem höflichen »Goðan dagínn!«, und er antwortet mit einem genuschelten »Sæl!«

Dann erkundige ich mich lehrbuchgerecht nach seinem Wohlbefinden: »Hvað segir þu gott?«

Er erwidert: »Frábært, en þú?«, und ich wachse mindestens drei Zentimeter, weil ich alles verstehe: Es geht ihm super, mir auch? Ich nicke, strahlend wie eine Leuchtstoffröhre.

Dummerweise fragt er mich dann, ob ich eine Tüte haben möchte oder einen Rabattcode habe oder weiß der Geier, was er von mir will – ich habe keine Ahnung! Hilflos starre ich ihn an, und mir fällt nicht *eine* meiner auswendig gelernten, überlebensnotwendigen Notfallredewendungen dafür ein, dass er entweder langsamer sprechen oder den Satz noch mal wiederholen soll, oder dass ich Anfänger bin – und hinter uns wird die Schlange länger und immer länger.

Steffi erlöst mich kichernd, indem sie sich an mir vorbeidrängelt und auf Englisch klarmacht, dass wir mit Karte zahlen und eine eigene Tüte besitzen.

Ich könnte im Boden versinken. »Wieso habe ich mich nicht für Schwedisch eingeschrieben? Oder für *Obstbäume richtig beschneiden?* Oder *Erste Hilfe am Hund?*«

»Weil das jeder kann und du Herausforderungen liebst? Außerdem hast du gar keinen Hund.« Sie schiebt mir ein lakritzgefülltes Schokoladenstück in den Mund. Ich nicht, aber Lasse. Den ich allerdings gar nicht kennengelernt hätte, wenn wir jetzt auf einer Fähre nach Schweden sitzen würden.

Ich nicke matt. Schokolade hilft immer.

Der Tag ist wie im Flug vergangen. Als der Bus sich den Pass wieder hinunterschraubt, dunkelt es bereits. Im Tal erleuchten die Lichter der Straßenlaternen den Hafen und das verwunschene Puppenstädtchen Seyðisfjörður. Spielzeughäuschen mit glitzernden Fensterpunkten, die sich im Wasser spiegeln … Aus unserer Perspektive wirkt die Eydna dagegen wie ein deplatziertes Riesenbaby. Ich mag mir gar nicht vorstellen, wie es im Sommer sein mag, wenn wesentlich größere Kreuzfahrtgiganten hier vor Anker gehen und Tagestouristen zu Tausenden ausspucken.

»Wollen wir noch ein bisschen durchs Dorf bummeln?«

Das hatte ich eigentlich auch gehofft, aber im Stockfinstern? Und spätestens seit wir Sichtkontakt mit dem Schiff haben, bin ich viel zu aufgeregt und vorfreudig, Lasse wiederzusehen. »Ich glaube, das schaffen wir nicht mehr vor dem Essen. Ich wollte vorher noch duschen und mir etwas anderes anziehen, und irgendwas war noch, aber ich komme gerade nicht drauf«, gebe ich lachend zu.

»Dann wird es nicht so wichtig gewesen sein.« Steffi zuckt mit den Schultern. »Auch gut. Ich bin müde. Ich muss heute Abend auch nicht mehr zwingend ins Internet, du?«

Ich schüttle den Kopf. »Irgendwann müssen wir das ja mal durchziehen mit dem virtuellen Detox, ich mache mich sonst komplett unglaubwürdig vor Enna.«

Steffis Miene hellt sich auf. »Hey! Das ist das perfekte Alibi für ein Doppeldate: Wir können Lasse und seinen Onkel bitten, uns später das Dorf zu zeigen. Oder morgen.« Sie zwinkert mir zu. »Einer von den beiden wird ja wohl hoffentlich Insidertipps für uns haben.«

»Aber erst müssen wir das Krimidinner überleben.«

»Ach, komm schon, das wird cool! Wir müssen nur rechtzeitig da sein, damit wir uns aussuchen können, mit wem wir an einem Tisch sitzen.« Verschwörerisch grinst sie mich an.

Wir müssen uns tatsächlich beeilen. Anscheinend sind wir eine Stunde zu spät, weil es zwischen dem Busfahrer und uns ein Missverständnis mit isländischer Zeit und färingischer Zeit gab. Basti steht in einem schwarzen Pulli mit dem rosaroten Panther an der Eingangstür und informiert alle eintrudelnden Schischus darüber, dass sie nur noch eine dreiviertel Stunde Zeit bis zum Essen haben.

Steffi und ich verfallen in einen spontanen Dauerlauf bis zu unserer Kabine.

»Du duschst zuerst«, bestimme ich und kämpfe einbeinig mit dem Reißverschluss meiner Stiefel. »Ich habe noch keine Ahnung, was ich anziehen soll.«

»Frag mich mal«, jammert Steffi und wirft bereits in hohem Bogen Klamotten von sich.

Irgendwie schaffen wir es, eine halbe Stunde später frisch gewaschen und geföhnt vor dem Eingang des À-la-carte-Bordrestaurants einzutreffen. Noch sind die Türen zum Tjaldur zu und die Vorhänge dicht, aber wir sind nicht die einzigen Schischus, die sich offenbar aufs Schlangestehen eingerichtet haben. Die Treppe ist mit tuschelnden und plaudernden Krimifreunden bevölkert, wir haben keine Chance, weiter nach unten zu gelangen, also hocken wir uns zu den anderen auf die Treppenstufen.

Ich recke und verbiege mich, um Lasse zu erspähen, aber seine blonden Locken ragen nirgends aus der Menge heraus, und als wir an Bord kamen, hat er auch nicht auf mich gewartet. Allmählich werde ich unruhig. Wieso haben wir eigentlich noch keine Telefonnummern ausgetauscht? Ach ja, weil wir uns ohnehin nicht erreichen können, solange Steffi und ich diese WLAN-Wette laufen haben, und weil ich es einfach verpennt habe. Moment mal – Island ist doch mit drin im Roaming-Abkommen des EWR? Solange wir hier vor Anker liegen, könnten wir uns jederzeit Nachrichten schicken oder anrufen, ohne dabei bankrottzugehen! Aber mobile Daten wäre gemogelt. Oder nicht? Hmm.

»Da hätte ich ja doch noch Zeit für Lidstrich und Wimpernzange gehabt«, zischt Steffi, während ich nachdenklich mit meinem Telefon herumspiele.

»Vergiss es. Du siehst gut aus«, grunze ich unwirsch. Dass ich daran nicht gedacht habe! So ein Mist! Andererseits hätte Lasse das auch wissen und vorschlagen können. Wieso hat er nicht? Nervös kaue ich auf meiner Unterlippe herum.

»Was ist dir denn über die Leber gelaufen?«, fragt Steffi nach einem Seitenblick.

»Der Roaming-Gott«, knurre ich und starre auf mein Handy. Dort blinkt mich eine Fehlermeldung an. Ich hatte die Nachricht an Hannes noch gar nicht abgeschickt! Zwar habe ich noch auf Senden gedrückt, aber dafür hätte ich WLAN gebraucht … die mobilen Daten hatten wir ja zu Beginn der Reise feierlich ausgeschaltet, Steffi und ich, damit wir keine teuren Überraschungen erleben. Das war es also, was ich den ganzen Tag vergessen hatte!

»Oh verdammt«, murmle ich düster.

»Was?«, fragt Steffi.

»Ich habe Hannes noch nicht abgesagt.«

»Ja, und?«

»Wie – ja, und? Er weiß nicht, dass ich mit Lasse zusammen bin. Was soll der Mann denn von mir denken, wenn er an Bord kommt? Im Fährhaus unten gab's freies WLAN, oder? Ich muss noch mal runter, am besten sofort.«

»Du machst dir zu viele Gedanken«, sagt Steffi resolut. »Euer Status quo war *Lernfreunde*, wenn ich mich recht erinnere. Das hast du ständig und immer megadeutlich betont, egal, wie sehr ich auf dich eingeredet habe. Wenn der Mann jetzt mit einer Rose im Knopfloch ankommt, ist das nicht länger unser Problem. *Wenn* er kommt! Mach dir lieber Gedanken über die schmucke

Taube in deiner Hand als über den unsichtbaren Spatz auf dem Dach.«

»Aber …«

»Nichts aber und psst! Da vorn ist er. Und es steht jemand bei ihm, den ich nicht kenne.« Die letzten Worte flötet Steffi geradezu und verdreht sich dabei den Hals. Ich folge ihrer Blickrichtung, und da entdeckt Lasse uns auch schon und winkt. Der Mann neben Lasse dreht sich in unsere Richtung, jetzt sehen wir ihn von vorn.

»Oh«, macht meine total coole Freundin verzückt.

Ich schlucke ein Glucksen herunter und bearbeite weiter meine Unterlippe, damit sich kein neues hinterher stiehlt. Das ist er also. Einar Eriksson auf dem Umschlag von Steffis Krimi sieht unverkennbar aus wie der grauhaarige Typ, der, einen halben Kopf kleiner und die Hände lässig in den Jeanstaschen, neben Lasse wartet – nur eben dreißig Jahre älter als auf dem Foto.

»Hat sich doch gut gehalten«, flüstere ich und kassiere prompt einen unsanften verdeckten Schlag gegen meinen Oberschenkel.

»George Clooney und Pierce Brosnan sehen heute wesentlich besser aus als in ihrer Jugend.«

»M-hm«, gebe ich ihr recht, auch wenn meine Mundwinkel unkontrolliert zucken. »Sean Connery auch, als er noch lebte.«

»Was haben die da in den Tüten?«

Tatsächlich tragen beide Männer schwere Einkaufstaschen mit sich herum. »Keine Ahnung, aber wir werden es herausfinden, wenn wir endlich hier durchkommen«, prophezeie ich.

Dann zieht jemand den Vorhang auf, die Restauranttüren schwenken auf, und es formiert sich so etwas wie eine halbwegs geordnete Schlange am Einlass, wo ein halbes Dutzend Servicekräfte in weißen Rüschenblusen bereitstehen, um uns zu platzieren und mit Speisekarten zu versorgen.

»Halleluja«, ächze ich und stehe mithilfe des Geländers auf.

»Na? Bist wohl selbst keine zwanzig mehr«, lästert Steffi, aber ich sehe genau, wie sie sich verstohlen über die Hüfte streicht und den Bauch einzieht.

»Spotte nur«, sage ich leise. »Noch hast du deinen Platz an der Seite von E.E. nicht sicher.«

Hat sie aber natürlich doch. Wir ergattern einen Vierertisch am Fenster, mit Blick auf den Hafen und die Lichter des Städtchens.

Lasses Onkel ist supernett und unkompliziert.

»Du bist also Merle«, begrüßt er mich mit dem niedlichen Akzent eines Menschen, der schon länger nicht mehr Deutsch gesprochen hat. »Und das ist deine Freundin Steffi.« Er mustert sie interessiert, und ich sehe genau, dass sie sich gerade noch bremsen kann zu knicksen.

Dann bin ich kurzzeitig abgelenkt, weil Lasse die Speisekarte hochhält und mich hinter diesem Schutzschild lausbubenhaft küsst.

»Na? Wie war euer Ausflug? Hast du mich vermisst?«

»Ein bisschen«, untertreibe ich und grinse dabei wie ein Honigkuchenpferd im Galopp. »Nein, sehr!«

Unterm Tisch streichelt er meine Hand und löst damit

wohlige Schauer in mir aus. Eine Kellnerin nimmt unsere Getränkebestellung auf, das Menü steht fest, nur die Vegetarier müssen sich outen, damit sie eine Alternative bekommen. Lasses und meine Hand gehen zeitgleich in die Höhe, wieder ein Pluspunkt für diesen Mann, mir wird noch ganz schwindelig.

Einar besteht darauf, eine Flasche Wein mit uns zu teilen, dazu bestellen wir eine Kanne Wasser, und dann wird auch schon der erste Gang serviert, ein Süppchen für alle. Es ist eine nette Abwechslung, mal nicht selbst im Seebärengang zum Büfett zu schlingern, sondern andere dabei zu bewundern – wobei wir heute natürlich keinen Seegang haben, wir liegen so festgezurrt vor Anker, dass man glatt vergessen könnte, dass wir uns immer noch an Bord eines Schiffes befinden.

Mir fällt noch etwas auf, das anders ist. Nicht nur, dass die Eydna nicht mehr schaukelt, auch das ewige Vibrieren der Motoren hat aufgehört. In mir drin brummt und schwankt es allerdings weiter – was zugegeben auch ein wenig daran liegen könnte, dass Lasses und mein Knie sich unterm Tisch berühren. Und das sorgt für ganz eigene Vibrationen in meinem Bauch. Können Schmetterlinge tanzen?

Steffi läuft zu Höchstform auf. Sie verwickelt Lasses Onkel in ein Gespräch über Schafzucht, Pferde und die Bankenkrise. Ich frage mich, ob Einar immer alles nachvollziehen kann, weil sie so schnell spricht. Sein Deutsch ist jedenfalls sehr gut, ich erinnere mich, die deutschen Wurzeln.

Mortimer und Ludmilla rauschen herein, dicht gefolgt von Penelope und Jeremy, und erhalten spontanen Szenenapplaus, noch bevor sie sich an den zentral für sie reservierten Tisch gesetzt haben. Als Stefan alias Mortimer Lasse und mich eng nebeneinander erspäht, verhärtet sich sein Blick für einen kurzen Moment. »Doktor Gudmundsson«, ruft er quer durch den Raum, und ich bin mir nicht sicher, ob das so in der Rolle steht. Noch viel unsicherer bin ich mir allerdings, ob es in Ordnung ist, dass Steffi mit Einar flirtet, was das Zeug hält. Sie lacht zu laut.

»Wollen Sie uns nicht Gesellschaft leisten?« Herausfordernd schiebt Stefan einen zusätzlichen Stuhl heran und reißt mich aus meinen giftigen Gedanken. Alle Blicke heften sich auf uns. Lasse seufzt und drückt meine Hand.

»Meine Damen, entschuldigt. Die Pflicht ruft.«

Auf Isländisch sagt er irgendwas zu seinem Onkel, das etwas ungehaltener klingt, und steht auf. Einar lacht schallend und winkt zu den Schauspielern hinüber.

Steffi hat ihren Block griffbereit, sie erklärt Einar, worum es in dem Stück geht, und legt ihm ihre Theorie zu den verschiedenen Verdächtigen dar. Ich habe Mühe, dem Gespräch zu folgen, aber der Wein ist wirklich gut.

»Wieso weißt du denn mehr als ich?«, frage ich verwundert. »Du hast doch eigentlich immer nur in der Koje gelegen?«

»Tjahaaa!«, strahlt Steffi. »Ich habe meine Hausaufgaben gemacht, heute auf der Busfahrt zum Beispiel – und überall Spione.«

Sie grinst und winkt aufgekratzt Herbert und seiner Frau zu, die zwei Tische weiter sitzen und ebenfalls heftig ins Mitraten vertieft sind. »Teamwork ist alles«, flüstert sie, weil die Schauspieler drüben ihre Show abziehen.

Mortimer hat eben Jeremy geohrfeigt. Interessant – aber ich habe keine Ahnung, was der Grund war.

»Wir haben uns gegenseitig auf Stand gebracht, weil ja nie jeder alle Auftritte mitbekommen hat. So, leise jetzt.«

»Ich bin raus«, erkläre ich und lehne mich zurück, um die Kellnerin mit meinem Hauptgang durchzulassen. Es hat durchaus Vorteile, überwiegend vegetarisch zu leben. Man erhält sein Essen meist als Erstes.

»Guten Appetit«, wünscht Einar, und seine Lachfältchen kringeln sich vergnügt, als ich »Takk fyrir« antworte und ihn unauffällig mustere. Er trägt einen eisengrauen Dreitagebart zum karierten Flanellhemd, die Haare auf dem Kopf sind noch hellbraun, von helleren Silberfäden durchzogen. Seiner Haut sieht man an, dass er viel draußen war in seinem Leben, er hat die gleichen langgliedrigen Finger wie Lasse, nur faltiger. Sie spielen mit seinem Weinglas.

»Du bist also Lasses Freundin«, sagt er und studiert mich ebenfalls aufmerksam aus graugrünen Augen.

Ich nicke und werde ein bisschen rot, aber schon hat Steffi ihn wieder mit Beschlag belegt und erobert sich seine Aufmerksamkeit zurück, indem sie ihm die Hand auf den Unterarm legt. »Aufpassen jetzt, ich glaube, das ist wichtig. Ludmilla hat Penelope vorgeworfen, dass sie wohl was mit Henry hatte. Was meinst du, ist das nicht zu offensichtlich? Es riecht nach einer falschen Fährte, oder?«

Einars Antwort geht im allgemeinen Stimmengemurmel an mir vorbei.

Sehnsüchtig sehe ich zu Lasse hinüber, der sich sichtlich unwohl fühlt, so auf dem Präsentierteller, aber das ist wohl der Preis dafür, dass er hier mit an Bord sein darf.

Ich nicke ihm aufmunternd zu und hebe mein Weinglas. Einar und Steffi klinken sich ein und prosten mit.

Lasse grinst.

Als ihre Gläser klingen, fange ich einen tiefen Blickkontakt zwischen meinen beiden Tischnachbarn auf. Einar flüstert Steffi etwas ins Ohr, und sie kichert wie ein Teenager. Ich wusste gar nicht, dass sie einen Vaterkomplex hat. Unterm Tisch kicke ich nach ihrem Schienbein.

Sie sagt nicht mal was, meine verheiratete Freundin, aber wahrscheinlich bilde ich mir diese Turtelei nur ein und bin einfach eifersüchtig, weil Lasse nicht mit uns am Tisch sitzt. Grummelnd pikse ich ein paar Erbsen aus meinem Risotto auf die Gabel und schiebe sie mir in den Mund.

Lasse betrachtet mich ebenso abgelenkt wie ich ihn. Er sieht niedergeschlagen aus, Mortimer und die anderen müssen sich mächtig ins Zeug legen, um seine Aufmerksamkeit zu wecken.

Ich wüsste zu gern, was in den Tüten ist, die hinter Einars Stuhl stehen geblieben sind. Eingeschweißte Holzstäbe gucken heraus, bestimmt zwanzig oder dreißig, aber bei Weitem nicht genug für jeden Schischu. Was macht der Mann wohl noch, außer Krimis zu schreiben und meiner Freundin den Kopf zu verdrehen? Drechselt er Kerzenhalter in langen isländischen Winternächten? Oder schnitzt er Stuhlbeine mit Wikingermotiven? Nein, ich hab's: Wahrscheinlich gibt es eine isländische Baseballvariante, von der wir noch nie gehört haben, und wir dürfen nachher alle eine Runde an Deck üben und Bälle ins Meer schlagen.

Zufrieden in mich hineingrinsend widme ich mich wieder dem Risotto und studiere unsere Menüfolge. Zum Nachtisch gibt es dreierlei Mousse au Chocolat und hoffentlich nicht zu viele Fragen an unsere Schauspieler. Ich will meinen Lasse wiederhaben, und mein Glas ist auch schon wieder leer.

Kapitel 15

»Wie seid ihr denn auf *die* Idee gekommen? Das ist unglaublich!«

Schmunzelnd entzündet Lasse seine Fackel an meiner. »Ich will mich nicht mit fremden Federn schmücken. Einar meinte, das würde euch bestimmt gefallen, aber ich hatte den gleichen Gedanken.« Das flackernde Feuer spiegelt sich in seinen Augen, die Nacht ist sternenklar, und unser Atem malt Dampfwolken in die eisige Luft.

Wir haben das Hafengelände von Seyðisfjörður und die letzten Straßenlaternen weit hinter uns gelassen und stapfen immer weiter bergan durch den Schnee, eine Kolonne menschlicher Ameisen, die im Fackelschein zum Gipfel strebt.

»Es ist wunderschön«, raune ich und lasse den Blick talwärts schweifen. Fischerboote und die riesige Fähre spiegeln sich einträchtig nebeneinander im Meerwasser, von den Häusern sind nur die beleuchteten Fenster und grobe Umrisse zu erkennen. Wir befinden uns etwa auf halber Höhe des steilen Berges. Serpentinenartig führt ein grob geschotterter Weg hinauf, der jetzt allerdings vereist und schneebedeckt ist. Die Steine treten nur zutage, wo Miniaturwasserfälle oder kleine Bäche unseren Pfad kreuzen.

»Und das ist erst der Anfang«, orakelt Lasse und nimmt mich bei der freien Hand, damit ich nicht ausrutsche am nächsten steilen Stück.

Ich sehe hinauf, in die Richtung, die noch vor uns liegt. Unsere Gruppe verläuft sich entlang des Trampelpfades, nicht jeder ist gleich schnell zu Fuß unter den erschwerten Bedingungen dieses ganz besonderen Verdauungsspaziergangs. Von denen, die nach uns kommen, zeugen flackernde Irrlichter; von denen, die schon weit vor uns sind, dringen vereinzelte Rufe zu uns.

Wir klettern in Richtung eines mysteriösen Klangkörpers. Mehr haben Einar und Lasse nicht verraten, nachdem sie im Anschluss an die Fragerunde beim Dinner ihre Tüten ausgepackt und die Fackeln gezeigt hatten.

Aber der Sack, den Einar geschultert hat, sieht verdächtig nach Gitarre aus, und Bastis Rucksack klunkert und gluckert. Als wir ihn überholen, spreche ich ihn darauf an.

»Da könnte Alkohol drin sein. Kombiniere ich das richtig, Kommissar Clouseau?«

Ich schnaufe ein wenig. Nicht, dass ich keine Kondition hätte, aber nach dem vielen guten Essen ist der Aufstieg nicht ganz ohne. Okay, ein bisschen angeschickert bin ich auch, da trage ich das Herz gern auf der Zunge.

Basti grinst breit. »Ich verrate nichts ohne meinen Anwalt oder bis wir oben sind. Ich brauche jedes Quäntchen Sauerstoff für mich!«

Lasse lacht und hält mich zurück, damit ich stehen bleibe. »Hast du Atemnot? Soll ich es mal mit Mund-zu-Mund-Beatmung versuchen?«

»Oh, jetzt wo du es sagst, fällt es mir auch auf. Wir müssen schon bei über fünftausend Metern angekommen sein, oder? Die Luft hier oben ist verdammt dünn, und dann noch die Kälte …«

»Sag ich ja«, flüstert er, zieht mich aus der Überholspur und hält die Fackel weit von unseren Köpfen weg, damit meine Haare nicht Feuer fangen. Der Rest von mir brennt allerdings bereits lichterloh, und unser Kuss trägt nicht unbedingt zum Löschen bei. In mir fängt eines meiner Lieblingslieder an zu klingen, und ich summe leise mit, als wir Hand in Hand weitergehen.

»Ist es noch weit?« Steffi hat uns eingeholt und bleibt keuchend stehen. »Kleine Verdauungsspaziergänge habe ich irgendwie weniger anstrengend in Erinnerung.«

»Nein, wir sind gleich oben«, verspricht Lasse. »Und es lohnt sich, lasst euch überraschen.«

»Was ist denn eigentlich ein Klangkörper?«, fragt Steffi. »Ich kenne den Begriff nur, um die üppigen Bäuche von Opernsängern zu umschreiben.«

»Und das ist nicht ganz verkehrt«, sagt Lasse schmunzelnd. »Es geht um akustische Kunst und um ein Objekt, das ein großes Spektrum von eigenen Frequenzen abbildet und mitschwingt.«

Schlauer macht uns das nicht. Ich blicke mich suchend um.

»Wo ist Einar?« Wir stiefeln ein wenig langsamer aufwärts, und ich stimme einen inneren Lobgesang auf meine

Winterschuhe an. Sie sind warm, rutschsicher und wasserdicht, ich könnte wunderbar hierher auswandern.

Steffi sieht nicht ganz so glücklich aus. Sie winkt nach vorn und oben.

»Florian hat ihn in ein Gespräch über Lachse verwickelt. Ich habe keine Ahnung vom Fischfang, da habe ich mich ausgeklinkt, und zack, waren sie weg.«

Lasse lacht. »Ja, Einar angelt für sein Leben gern – im Gegensatz zu mir.«

»Wann findet er bloß die Zeit zum Schreiben?«, unke ich, und Steffi macht hinter Lasses Rücken komische Gesten, über die ich jetzt nicht weiter nachdenken will.

»Isländische Winternächte sind lang«, erklärt Lasse und löst sich von mir, um über eine plätschernde Pfütze zu springen. Ich komme immer noch nicht dahinter, wieso hier bei Minusgraden und Schnee nicht sämtliches Wasser gefroren ist. Vermutlich, weil es in Bewegung ist. Oder ist es die salzhaltige Luft? Das Meer friert ja auch erst viel später zu als Seen und Flüsse. Oder diese kleinen Bächlein stammen aus einer warmen Quelle. Ich kann mich trotzdem nicht dazu hinreißen, die Handschuhe auszuziehen, mich zu bücken und es mit einer Fingerspitze zu testen.

Und dann komme ich auch nicht mehr dazu, denn nach der nächsten Biegung sind wir tatsächlich so gut wie am Ziel. Stimmen und Lachen schwellen an, ich sehe die erste Gruppe Schischus um ein kleines Lagerfeuer stehen. Ihre Fackeln haben sie teils gelöscht, teils brennen sie, in den Schnee gesteckt, vor sich hin. Basti hat im Feuerschein seinen Rucksack abgestellt und aufgeschnürt. Er verteilt Schnaps in kleinen Papierbechern.

»Wann hat der uns denn überholt?«, frage ich verwundert, und Steffi seufzt: »Brennivín! Der kommt jetzt genau richtig!«

Einar kann ich nirgends erspähen, dafür entdecke ich jetzt den Klangkörper. Eine Art überdimensionales Betoniglu mit mehreren halbrunden Räumen ragt vor uns im Dunkeln auf. Nicht besonders schön, finde ich, eher bunkerartig und befremdend, so mitten in der Natur. Ich frage mich, wieso man die Wände nicht ein wenig angemalt oder künstlerisch gestaltet hat.

Lasse zieht mich mit sich hinein, wir müssen uns ducken, aber direkt hinter dem Eingang öffnet sich das Gewölbe wieder. Im größten Raum steht Einar und stimmt seine Gitarre. Immer mehr Schischus strömen herein, angelockt von den Klängen, und dann fängt Einar an zu spielen und zu singen. Ein trauriges Lied, den Text kann ich nicht verstehen, aber die Melodie kriecht mir den Rücken hinauf und hinunter. Ich kuschle mich an Lasse und versinke in der Stimme seines Onkels und dem fast kirchlichen Hall, den diese seltsame graue Kuppel erzeugt.

Einar singt immer weiter, als Nächstes ein isländisches Volkslied, dann etwas Rockigeres aus seiner eigenen Feder, wie uns Lasse leise erzählt.

»Das ist fantastisch!«, juchzt Steffi. Ich muss sie am Ärmel zurückhalten, damit sie nicht komplett ausflippt. Die ersten Schischus stimmen vorsichtig in den Refrain ein, summen einfach mit, obwohl keiner den Text kann. Einars Augen schimmern verdächtig, als er sich bedankt und fragt, ob wir noch mehr hören wollen.

»Na klar«, jubeln alle, mit am lautesten Steffi und ich. Sie steht ganz dicht neben mir, auf der anderen Seite. Ich bin eingerahmt von meinen Lieblingsmenschen – Zuhausegebliebene natürlich ausgenommen –, und das ist so schön, dass ich losheulen könnte. Wenn mich nicht alles täuscht, schwimmen Steffis Augen ebenfalls ein wenig.

»Was wolltest du mir vorhin eigentlich mit deinem Gefuchtel sagen?«, wispere ich dicht an ihrem Ohr.

Einen Moment lang sieht sie mich verwirrt an, ihre Augen wandern zu Lasse, dann zu mir zurück. Sie zögert und gibt sich schließlich einen merklichen Ruck.

»Ich glaube, ich habe Hannes gefunden, aber er weiß noch nicht, wer du bist.«

»Aber …« Ich bin sprachlos.

Lasse zieht mich eng an sich, ganz in Einars Musik gefangen, als ob er einen siebten Sinn dafür hätte, worüber wir gerade reden.

Und dann kippt alles.

Hannes ist hier?

Ich kann Lasses Berührung nicht länger genießen. Seine warmen Hände, die mich knapp unterm Rippenbogen streicheln, verbrennen mich. Urplötzlich fühle ich mich beobachtet. Aus dem Nichts heraus. Schuldig! Was soll Hannes denn nun von mir denken? Und Lasse, wenn er von Hannes erfährt – denn das muss ich ihm ja wohl erzählen, oder? Oh Gott!

Ich bin wütend auf Steffi. Wütend, weil sie mir diesen Moment kaputt macht, wütend, weil sie weiter ungehemmt mit Einar flirtet. Ich fühle mich wie eine Verräterin, wie eine treulose Tomate, so wie Steffi sich fühlen *müsste*, aber sie tut es nicht! Wieso komme ich mir so vor, als ob ich Hannes hintergangen hätte, betrogen … Was für ein Blödsinn – ich bin nicht verheiratet, aber *sie* ist es! Das kann sie doch nicht bringen!

Das kann *ich* nicht bringen! Hilflosigkeit und Wut schlagen wie eine Welle über mir zusammen. Meine Achseln sind schweißnass, unangenehme Hitze kriecht mir den Rücken hinauf.

Was tue ich hier eigentlich? Ich habe ein Kind zu Hause. Ich kann nicht in aller Öffentlichkeit rumturteln wie ein Teenager. Und zwar weder mit dem einen noch mit dem anderen. Aus dem Alter bin ich raus. Erwachsene müssen vernünftig sein. Da gibt es keine verrückte Liebe auf den ersten Blick mehr, Hals-über-Kopf kann nur schiefgehen.

Die Leute sind mir egal, die allermeisten werde ich nie wiedersehen nach dieser Woche, aber Hannes wird sich eine schöne Meinung von mir bilden. Mein Hannes! *Er* hat mich hinterm Ofen vorgelockt! *Er* hat mir immer zugehört, wenn ich Kummer hatte, ihm konnte ich alles schreiben. *Er* war immer für mich da, und zwar nicht nur, wenn es um Ausspracheregeln und Eigennamen im Dativ ging. Und ich habe es nicht mal fertiggebracht, ihm anständig abzusagen. Weil ich über Lasse alles und jeden vergessen habe. Alles. Das geht so nicht! Das ist eine Warnung.

Zumindest eine Zeit lang war ich heimlich in Hannes verschossen und habe es mir nicht eingestanden. Natürlich hatte Steffi recht damit, das war eine sichere Bank. Anonym, mit Sicherheitsabstand. Doch ganz offensichtlich war es mir nicht wichtig genug, ihm Bescheid zu geben, was sich in meinem Leben in den letzten Tagen getan hat. Warum? Weil ich mehrere Eisen im Feuer haben wollte? Seit wann bin ich so ein Charakterschwein? Den einen herkommen lassen und mit dem anderen rumknutschen?

Und noch etwas. Wenn mir so lange nicht aufgefallen ist, dass Hannes eine Illusion ist, in die ich mich verrannt hatte, wie Steffi sagte – ist das mit Lasse denn dann echt?

Ich schnappe nach Luft und merke, dass ich hyperventiliere.

Ich glaube, ich habe eine waschechte Panikattacke, na klasse. Und jetzt?

Ich betrachte Lasse von der Seite. Sein Gesicht, seinen Körper. Himmel, ich habe solche Sehnsucht nach diesem Duft, diesem Kerl. Das darf nicht sein. Ich bin noch nicht so weit. Ich will ihm nicht wehtun. Aber das kann nicht gut gehen. Einer von uns beiden wird leiden. Das kann nicht vernünftig sein, so schnell, viel zu schnell, das gibt es nur im Kino. Ich kenne mich damit aus. Das ist ein Strohfeuer, Kreuzfahrtkoller, Torschlusspanik, Urlaubsoverkill, irgend so was. Oh, bitte nicht, es ist doch so schön!

»Entschuldige, ich brauche frische Luft.«

Abwesend mache ich mich los, registriere halb, dass Lasse mich nur widerwillig gehen lässt, schenke ihm ein bedauerndes Lächeln. Ich bedaure es wirklich. Alles. Es war zu schön, um wahr zu sein. Das gibt es nicht im wirklichen Leben, dass man einfach so jemanden trifft – völlig unerwartet –, der unperfekt perfekt für einen ist. *Einfach so* – nichts ist einfach. Mein Leben ist kompliziert! Das war es schon immer!

Mir ist, als ob ich aus einem bizarren Traum erwache. Atmen. Ich muss jetzt ganz ruhig atmen, ein und aus. Yogakurs, Himmel, erinnere dich, Merle. Atmen hast du gelernt, das ist doch nicht so schwer, Steffi kann's ganz von alleine.

Verzweifelt zupfe ich an Steffis Jacke, bis sie endlich den Blick von Einar und seiner Gitarre löst und mich ansieht. Gestikulierend dränge ich sie durch die Schischu-Menge nach draußen. Mein Puls rast, ich habe schweißnasse Finger, obwohl sie eiskalt sein müssten, und meine Stirn fühlt sich kühl und klebrig an.

»Wo? Wer ist es …?«, frage ich, als wir uns endlich ins Freie gekämpft haben.

»Es ist nur ein Verdacht«, sagt sie und hebt die Hände, um mich zu beruhigen. Ihr Atem malt Dampfwölkchen in die kalte Nacht.

»Los, spuck's aus«, fordere ich. »Ich muss es wissen. Ich will nicht noch jemanden unglücklich machen.« Ich bin auf einmal ganz schön wackelig auf den Füßen. »Worauf wartest du?«

Doch gerade als sie den Mund aufmacht, bremse ich sie aus.

»Nein! Warte! Ich will es doch nicht wissen«, krächze ich und lege ihr einen Finger auf die Lippen. Dabei ist hier draußen niemand, alle sind drinnen, nur das kleine Lagerfeuer züngelt einsam knisternd vor sich hin. »Wo ist Basti?«

»Wieso Basti? Was willst du denn jetzt von dem?«

Verständnislos sehe ich sie an, das ist doch offensichtlich: »Basti hat den Brennivín. Davon brauche ich jetzt einen Schluck. Oder zwei.«

»Aber …«

»Nichts aber«, unterbreche ich sie und kneife die Augen zusammen, um im Halbdunkel besser sehen zu können.

Drinnen singt Einar weiter, »Fields of Gold«, ein englisches Liebeslied, ein Klassiker von Sting. Mir ist ganz blümerant zumute, weil ich während des Aufstiegs genau diese Melodie im Kopf hatte, im Fackelschein, an der Hand von Lasse. Meine Pulsrate steigt. Ich schüttle mich. Das sind eben typische Lagerfeuerlieder, nichts weiter, sage ich mir. Jetzt fällt eine zweite Stimme ein, dunkler, ein wenig kratzig zu Beginn, dann gewinnt sie an Sicherheit.

Lasse. Singen kann er also auch noch. Meine Augen füllen sich mit Tränen. In meinem Kopf echot es: Lasse, Lasse, Lasse.

Steffi sieht mich an und versteht.

»Hör mal, es ist nichts als ein Verdacht, ich kann mich komplett irren, und ich wäre schön blöd, wenn ich …«

»Ich kann das nicht, Steffi. Lass uns abhauen. Es geht vielleicht gar nicht darum, ob Hannes hier ist oder nicht … nicht nur jedenfalls. Ich will hier weg. Ich muss nachdenken. Ich bin … Das ist ein Scheideweg, oder nicht? Können wir bitte gehen? Ich drehe grade durch.«

»Ach verdammt, hätte ich doch bloß nichts gesagt!« Steffi sieht mich hilflos an. »Willst du nicht wenigstens Lasse Bescheid sagen?«

»Ich? Da rein? Jetzt?« Ich muss mich anstrengen, einigermaßen ruhig weiterzuatmen. »Kannst du das nicht für mich tun?«

»Feigling«, brummt sie und schiebt ab.

»Danke«, jaule ich ihr leise nach, aber sie wischt das Wort weg wie einen aufdringlichen Hund.

Ich schließe kurz die Augen, vielleicht kann ich dann besser geradeaus denken. Aber das ist gar nicht gut, weil sich die Musik so nur noch intensiver um mein Herz krampft. Lasse ist so lieb, so gut, so attraktiv, sexy, klug, humorvoll … Warum laufe ich weg? Ich bin eine erwachsene Frau, wieso verhalte ich mich wie eine aufgescheuchte Pute? Nein, nein, nein. Wieso, zum Kuckuck, bringt mich das Hannes-Phantom so aus dem Konzept? Ich sehe mich um, suche einen Fixpunkt, will etwas finden, das mich beruhigt. Mein Blick fällt auf Bastis Rucksack. Noch ein Zeichen! Die halb volle Schnapsflasche lehnt davor im Schnee, die Röhre mit den Becherchen guckt aus der Öffnung, das perfekte Erste-Hilfe-Set für diesen Notfall. Also nutze ich die Zwischenzeit konstruktiv und plündere, das ist gute alte Wikinger-Tradition.

»Selbstbedienung. Medizinischer Notfall«, brumme ich, schenke mir großzügig ein und kippe gleich einen zweiten hinterher. Der Brennivín macht seinem Namen alle Ehre. Heiß und scharf ätzt sich der Korn seinen Weg meine Speiseröhre hinab. Geschieht mir ganz recht.

»Ich wollte einfach nur meine Ruhe haben«, fluche ich leise vor mich hin. »*Einmal* nach zwölf Jahren, nur mal entspannen, etwas *nur* für mich machen, nichts tun, Zeit haben, lesen, mich erholen. Und was habe ich jetzt davon?« Uralte Themen ploppen in mir auf. Weglaufen, Bindungsangst, Beziehungsunfähigkeit, Unreife. Hat mir nicht Ennas Vater all so was an den Kopf geknallt? Über den will ich in diesem Moment am allerwenigsten nachdenken. Ich bin kurz davor, direkt aus der Flasche zu trinken, doch gerade, als ich sie ansetzen will, knirschen Schritte im Schnee, und ich fahre herum.

»Alles klar«, platzt Steffi in mein Drama.

Ich nicke, stürze den dritten Schnaps ganz brav aus dem Becher hinterher und fülle schuldbewusst wieder auf. Den halte ich Steffi hin. »Willst du auch?«

Sie schüttelt den Kopf.

Ich überlege einen absurden Moment lang, die klare Flüssigkeit wegzukippen – aber was für eine Vergeudung wäre das, also trinke ich auch Nummer vier.

Entschieden nimmt Steffi mir die Flasche weg, stellt sie zurück in den Schnee und greift nach einer der noch brennenden Fackeln, die sie nach einem skeptischen Blick auf mich allerdings selbst in der Hand behält.

Das Papierbecherchen wirft sie in die Flammen, die sich auflodernd darüber freuen.

Als ich so da stehe, merke ich, dass ich wieder ein bisschen stärker schwanke, mein Gleichgewichtssinn hat sich offenbar schon zu sehr ans Schiffschaukeln gewöhnt, wie witzig!

»Was ist mit Lassche?«, frage ich.

Meine Zunge hat auch ein paar Schwierigkeiten, deutlich zu artikulieren, sie liegt schwer in meinem Mund, als hätte sie an Gewicht zugelegt. Das muss an der Höhe und der kalten Luft liegen.

»Den haben sie nicht fortgelassen«, antwortet Steffi. »Hörst du ja. Aber er weiß Bescheid, dass wir schon vorgegangen sind. Ich habe gesagt, es ginge dir nicht so gut. Ich hoffe mal, dass er mich verstanden hat, bei dem Lärm da drinnen.

Ich nicke. Im Betoniglu schmettern jetzt alle miteinander »Country Roads«.

Steffi hakt mich unter, als hätte sie Sorge, dass ich ausrutschen könnte. Blödsinn, ich habe alles im Griff, so ein bisschen Brennivín knockt mich ja wohl nicht aus, und zwei Gläser Wein zum Essen waren schließlich auch nicht die Welt.

Trotzdem ist der Abstieg erheblich schwieriger als der Aufstieg vorhin. Plötzlich ist der Schnee rutschiger, sind die nassen Steine glitschiger und das Eis glatter. Aber ich habe alles im Griff. Nur reden will ich nicht, ich muss mich auf meine Füße konzentrieren.

Der Mond versteckt sich hinter der aufkommenden Bewölkung. Das kommt auch noch dazu. Die Fackel ist unser einziges Licht, doch auf halber Strecke verlischt sie plötzlich.

»Abgebrannt«, sagt Steffi.

Ich nicke, aber das kann sie jetzt nicht mehr sehen. Wir fassen uns fester, dann fällt mir ein, dass ich ja mein Handy dabeihabe, und so ein Smartphone hat eine Taschenlampenfunktion.

»Waahte, Tschnlmpe«, nuschle ich und ärgere mich, dass die Worte nicht so herauskommen, wie ich es gern hätte.

Aber Steffi versteht mich. Geduldig wartet sie, bis ich meine Handschuhe so weit abgepfriemelt habe, dass ich das Display bedienen kann.

»Ha-haa!«, triumphiere ich, als der Boden um uns aufleuchtet.

»Es werde Licht«, seufzt sie und streckt mir ihre Hand

hin, damit wir uns wieder aneinander festhalten können. Die erloschene Fackel benutzt sie zusätzlich als Spazierstock.

Das Fährhaus liegt verlassen da, aber im Foyer brennt Licht. Ich hänge wirren Gedanken nach, die allesamt um Hannes und Lasse kreisen. Wieso habe ich so eine Hemmschwelle, ihm zu begegnen? Ich könnte ihm doch einfach ganz geradlinig ins Gesicht sagen: Ich habe mich verliebt, entschuldige das Chaos? So weit war ich doch schon! Gleichzeitig habe ich ein schlechtes Gewissen Lasse gegenüber, weil ich ihm nie von Hannes erzählt habe. Aber was denn auch? Himmelherrgott noch mal, bescheuerter könnte sich Enna auch nicht anstellen. Er ist mein Lernpartner, mehr nicht! Umständlich krame ich mein Telefon hervor, das ich, um Akku zu sparen, wieder in den Tiefen meiner Jackentaschen versenkt hatte, sobald die Lichter der Zivilisation uns heimleuchteten.

Wie ein Mahnmal ploppt die immer noch nicht abgesendete Nachricht an Hannes auf. Es ist Zeit. Los. Mein Magen dreht sich, ich steuere einen der freien Stühle in der Wartehalle an und setze mich. Steffi folgt mir und fängt an, auf ihrem eigenen Smartphone herumzuwischen. Freies WLAN.

»Wiisssnds Passwort?«, frage ich höflich.

Steffis Konturen sind ein wenig verschwommen, ich muss ein paarmal blinzeln, und nachdem ich zweimal versage, hilft sie mir, den Code einzutippen. »Ist aber auch eine verflixt kleine Tastatur«, seufzt sie mitfühlend.

Ich nicke, und zack ist die längst überfällige Mitteilung an Hannes weg. Dinge klarstellen, mich erwachsen verhalten, Konflikte lösen, so geht das. Vielleicht sollte ich noch ergänzen, dass ich ihn *überhaupt nicht* sehen möchte?

»Sss das zu hart?«, frage ich laut.

Steffi stellt mir einen Kaffee vor die Nase. Ich habe gar nicht mitbekommen, dass sie aufgestanden ist und sich an der kleinen Selbstbedienungstheke bedient hat.

»Ist *was* zu hart?« Sie nimmt selbst einen Schluck und verzieht das Gesicht. »Uh ... der schmeckt scheußlich. Wie viele Stunden steht der denn schon hier?«

Ich zucke mit den Schultern. »Bisschen lauwarm, abersss doch okay?«

Sie widmet mir einen dieser Blicke, als ob ich Himmel und Hölle nicht voneinander unterscheiden könnte, aber das kann ich – und zwar besser, als sie ahnt!

»Was läufdda eigentlich mit Einar?«, setze ich zum Gegenangriff an.

Steffi sieht mich erschrocken an.

»Aha!«

»Ich habe dir ein paar Bilder von heute Abend weitergeleitet«, lenkt sie geschickt ab. »Und von unserem Ausflug.«

»Danke. Habbich was unterbrochen, oder habbich dich gerettet, oder was ging da heute Abend ab?« Ich bohre unerbittlich nach.

Sie kratzt mit dem Fingernagel an einem unsichtbaren Fleck auf ihrer Jeans herum. »Ach, Einar ...«, murmelt sie und nippt noch mal an dem Kaffee. »Och neee, der geht echt nicht. Wie kannst du den trinken?«

Suchend sieht sie sich um, kämpft sich hoch und entsorgt den Inhalt ihres Bechers mit schnellen Schritten draußen vor der Tür unter den schneebedeckten Büschen. Ich beobachte durch die Glasfront, wie sie einen Augenblick stehen bleibt und Richtung Hafen und Fjord sieht.

Mit einer kalten Brise kommt sie wieder hereingeweht und baut sich vor mir auf.

»Ich muss dir wirklich dringend was sagen«, kündigt sie an. »Aber die kommen gerade alle vom Berg zurück, und wenn du niemandem begegnen willst, sollten wir jetzt verschwinden.«

»Ist das so«, brumme ich und stehe auf. Das Schwanken will und will nicht besser werden, aber Steffi hakt mich unter und lotst mich in Richtung der Pass- und Bordkartenkontrolle. Ich finde ja, sie torkelt ein bisschen, aber ich will ihr keine Vorhaltungen machen, wir haben schließlich Urlaub.

»Hvad segir þú gott?«, spreche ich den blonden Zollbeamten an. Die isländischen Worte rutschen nur so von meiner Zunge. Mühelos! Es wird!

Schmunzelnd beantwortet er die Frage nach seinem Wohlbefinden. »Ég segi allt ágætt.«

Ha! »Ich habbihn verstanden«, erzähle ich Steffi selig und wünsche noch schnell »Góða nótt«, bevor sie mich in Richtung der Fahrstühle weiterschleift.

»Wir könnauch Treppen steigen«, schlage ich vor, aber sie schüttelt den Kopf.

»Versprichssu mir, dass du nicht mehr mit Einar flirtest? Du bist verheiratet, vergissas nicht! Ich bin der Single vonnuns beiden. *Ich* soll das ändern, hast du gesagt. Du hasssschon einen!«

Steffi seufzt. »Aber nicht mehr lange.«

»Wollnwir noch nach den Hot Tubs gucken?«

»Ich denke, das ist heute keine gute Idee mehr.«

»Nicht?«

»Nein.«

Ich glaube, ich habe ein kleines bisschen zu viel getrunken.

»Es tut mir so leid«, plärre ich los, als wir in unserer Kabine ankommen. Ich lasse mich aufs Bett plumpsen, streife mir im Liegen die Stiefel ab und knöpfe den Anorak auf. Meine Feinmotorik war schon mal besser, aber immerhin gehorcht mir die Zunge wieder einigermaßen, der Kaffee kam genau richtig. Trotzdem habe ich ziemlichen Durst.

Ich lasse den Blick durch den Raum schweifen und entdecke ein Dosenbier neben der Kaffeemaschine, und neue Chipstüten stehen auch davor. Das Personal hat die Minibar aufgefüllt, frábært!

»Was jetzt genau?«, erkundigt Steffi sich vorsichtig und hängt ihre Sachen in den Schrank, während ich immerhin schon mal meinen Anorak vom Bett schubse, weil er mich von dieser verlockenden Bierbüchse mit dem aufgedruckten färingischen Schafsbock trennt. Ich ignoriere das Logo, das mich an Lars erinnern will, ich will das Bier. Was hat Steffi gesagt? Ich gucke verdutzt und halte in der Bewegung inne.

»Was tut dir leid?«, wiederholt sie geduldig.

»Du wolltest bestimmt noch mit Einar flirten, und ich hab dich gedrängt abzuhauen«, erkläre ich, während ich all meine Kräfte bündle, um an das Getränk zu kommen. Erschöpft lasse ich mich mit meiner Eroberung zurück in die Kissenberge fallen, reiße die Dose auf und nehme halb im Liegen ein paar kräftige Züge.

»Nein. Das ist wohl besser so.« Sie lässt die Schultern fallen und dreht sich zu mir um. »Merle, ich bin schwanger.«

»Du bist was?« Ich schieße hoch, verschlucke mich und kann gerade noch das Bier auf den Nachttisch retten, bevor ich fürchterlich husten muss.

»Ja. Ich hatte den Verdacht schon vor unserer Abreise und habe mich tierisch deswegen mit Thorben gestritten. Er will keine Kinder, du weißt das ja. Auf den Färöern habe ich mir einen Schwangerschaftstest gekauft, und nun ist es amtlich. Bingo! Ich dachte, du hättest das bereits erraten, weil du neulich so komisch nachgefragt hast.«

Ich brauche einen Moment, um meine Gedanken zu sortieren, und betrachte die Bierdose.

»Und dann trinkst du die ganze Zeit Alkohol?«, schimpfe ich los. »Bist du des Wahnsinns fette Beute? Und haben wir Schnaps in der Minibar? Ich brauch jetzt was Härteres. Auf den Schreck.«

Seufzend bückt sich Steffi und fischt zwei Fläschchen Brennivín heraus. »Hau weg, wenn du meinst. Und keine Sorge, Liebelein. Keinen Tropfen habe ich angerührt, auf der ganzen Fahrt, und du hast das nicht einmal gemerkt. Du kreist die ganze Zeit nur in deinem Hannes-Kosmos, den du zwischendurch mal eben gegen ein Lasse-Universum ausgetauscht hast.«

»Hä? Aber … nein, das ist unfair!« Jetzt verstehe ich überhaupt nichts mehr. »Du hast doch gesagt, ich soll endlich jemanden kennenlernen? Du wolltest nicht reden! Und ich kenn dich, du wirst sauer, wenn ich stochere! Extrem sauer! Skål!« Steffi sieht mir dabei zu, wie ich das erste Schnapsfläschchen ansetze und leere. Brennt höllisch, Strafe muss sein.

»Ja … nein … Ach, warum machst du immer alles so kompliziert?« Sie lässt sich neben mich aufs Bett sinken und beobachtet, wie ich aus alter Tradition das leere Fläschchen ansauge und lustig von meiner Oberlippe baumeln lasse. Nach dem dritten Versuch klappt's. Ich bin anscheinend mit vielem aus der Übung.

»Wieso denn ich?«, stottere ich und drehe mich verwirrt zu ihr. Ich brauche einen Moment, um geistig hinterherzukommen, und mindestens ebenso lang, um das Fläschchen wieder von meiner Lippe zu pulen.

Ich habe ein paarmal versucht, Steffi anzubohren, und sie hat mich jedes Mal abgewürgt, weil sie noch nicht reif war. Das weiß sie ganz genau. Es ist immer so mit uns. Wenn sie nicht reden will, dann tut sie es nicht. Und dann schiebt sie es auf mich und behauptet, ich sei unaufmerksam. Bin ich aber nicht! Im Gegenteil!

»Und was war mit den Cocktails an der Bar? An unserem ersten Abend?«

»Meine waren alkoholfrei …«

Ich falle in mich zusammen, als wären meine Knochen aus Knete. Das habe ich tatsächlich nicht mitbekommen.

Geknickt schraube ich das zweite Schnapsfläschchen auf und kippe den Inhalt hinunter.

»Oh Steffi, es tut mir so leid! Ich bin eine scheußliche Freundin!«

»Bist du nicht«, widerspricht sie sanft und drückt meine Hand.

»Doch«, beharre ich. »Ich war so genervt, weil du das Pflaster nicht ausprobieren wolltest, und …« Ich schrecke zusammen. »Die Reisetabletten! Darfst du die denn überhaupt nehmen? Sind die nicht gefährlich für dein Kind?«

Steffi schüttelt den Kopf. »Das habe ich in unseren WLAN-Zeiten recherchiert, und in der Apotheke in Tórshavn haben sie es mir auch noch mal bestätigt. Sie schaden dem Fötus nicht.« Sie verzieht den Mund. »Nur leider helfen sie auch nicht besonders gegen Schwangerschaftsübelkeit.«

Ich nicke, was nicht heißt, dass ich alles verstanden oder gar verarbeitet hätte.

»Lieber Himmel«, fasse ich zusammen und nehme auf den Schreck noch ein paar kräftige Schlucke Bier zum Nachspülen. »Ich bin ein selbstsüchtiges, egozentriertes Miststück. Meine beste Freundin ist schwanger, und ich bekomme nichts davon mit.«

»Ich wollte es ja auch noch nicht an die große Glocke hängen, solange ich nicht sicher weiß …«

»Seit wann bin ich die große Glocke?«, funke ich beleidigt dazwischen. Dann muss ich rülpsen. »Entschuldige, was wolltest du sagen?«

Steffi atmet ein, aber ausgerechnet jetzt klopft es an der Tür.

»Merle?«

Das ist Lasses Stimme. Panisch schüttle ich den Kopf und ziehe mir die Decke bis zur Nasenspitze hinauf. Das geht jetzt gar nicht. Jetzt ist Steffi-Zeit. Und er soll mich nicht so sehen! Woher weiß er überhaupt unsere Kabinennummer?

Steffi gestikuliert und schimpft lautlos, aber dafür umso wilder mit mir.

Ich lüpfe mein Federbett nur, um ihr flehende Grimassen zu schneiden, und schließlich ergibt sie sich und steht auf.

»Du verhältst dich wie ein Kindergartenkind«, faucht sie, und damit hat sie zumindest teilweise recht, aber in diesem Moment ist mir das egal. Immerhin bin ich nicht verheiratet und baggere doppelt so alte Bestsellerautoren an, in anderen Umständen noch dazu.

»Wunderbar, da kannst du schon mal üben«, schimpfe ich flüsternd zurück, aber ich weiß nicht, ob sie mich gehört hat.

Als sie mir den Rücken zukehrt, schiebe ich die Bettdecke vorsichtig auf Brusthöhe hinunter, friere jedoch in der Bewegung ein, weil sie die Kabinentür öffnet. Sie wird ihn doch wohl jetzt nicht reinlassen, oder? Schwanger oder nicht, das würde ich ihr nie verzeihen!

Ich schließe die Augen, aber das Zimmer dreht sich wie ein Karussell, also reiße ich sie wieder auf und starre die Decke an.

»Sie ist ziemlich fertig«, höre ich Steffi sagen und atme so leise wie möglich aus. »Und ich bin auch ziemlich platt. Merle hat sich ein bisschen abgeschossen. Lass sie schlafen. Morgen sieht die Welt wieder anders aus.«

»Aber warum denn? Was ist passiert? Kann ich nicht nach ihr sehen? Nur ganz kurz, ich hab immerhin Medizin studiert und würde gern mit ihr reden. Es ist wichtig.«

Ich höre, wie die Tür weiter aufgedrückt wird, und nehme einen Luftzug wahr, das Licht verändert sich hinter meinen geschlossenen Lidern. Steffi springt vor und bremst ihn aus. Unruhige Schattentänze, Schritte kommen herein und werden wieder hinausgedrängt. Sie könnte Türsteherin werden, wenn das mit dem Spielzeugladen mal nicht mehr klappt.

»Bleib draußen, Lasse. Ihr seht euch morgen. Glaub mir, das ist kein guter Zeitpunkt. Genau genommen ist es ein ziemlich beschissenes Timing, auch für mich. Aber ich werde das schon schaffen. Gute Nacht.«

»Aber … okay?!«

Oh Himmel, Steffi macht es kaputt. Ich möchte aufspringen und zu ihm rennen, mich entschuldigen für mein unmögliches Verhalten, es einfach auf die paar Gläser Wein und Schnaps zu viel schieben – aber ich bleibe stocksteif liegen, paralysiert, Schockstarre. Meine beste Freundin ist schwanger und will Thorben womöglich sitzen lassen. Und ich weiß nicht, wie ich Lasse von Hannes beichten soll – und genau jetzt bräuchte ich Hannes' Rat. Dringend! Steffi ist ja gerade nicht zurechnungsfähig.

Dann höre ich noch eine zweite Stimme zu mir hereinrufen: Einar, angeheitert oder einfach supergut gelaunt. »Láttu þér batna!« Er wünscht mir gute Besserung.

Mir ist schlecht. Ich reiße die Augen kurz auf, doch es dreht sich alles. Schnell schließe ich sie wieder und gleite ganz sachte auf die Seite, nur ein Bein lasse ich herausgucken. Damit stütze ich mich zum Bremsen an der Wand ab. Meine Lider sind bleischwer, und ich bin auf einmal entsetzlich müde,

Da draußen sprechen sie jetzt so leise, dass ich die Worte nicht verstehen kann. Verzerrt dringen sie an mein Ohr, hohl irgendwie, die Grenzen zwischen Traum und Halbwachsein zerfließen, nur ein Name schwappt heraus, Steffis Stimme: »Nein, Hannes, lass, das ist jetzt ist kein guter Zeitpunkt.«

Sind da etwa noch mehr Leute? Zu wievielt stehen die denn bitte schön mitten in der Nacht vor unserer Kabinentür? Moment, Hannes?

Ich habe mich verhört, ich muss mich verhört haben!

Mühsam kämpfe mich aus den Laken, in die ich mich irgendwie verheddert habe, wuchte mich in die Senkrechte. Sitzen, durchatmen und dann rüber zur Tür, plane ich. Wenn sich nur mein Kreislauf nicht gegen mich verschworen hätte. Ich habe Schwierigkeiten aufzustehen, alles kreiselt um mich herum. Immerhin gelingt es mir, mich an der Wand zu unserer Nasszelle abzustützen und ums Eck zu schielen, bevor ich wieder ins Bett falle. Steffi hat die Tür hinter sich beinahe zugezogen, nur ihr Fuß hindert sie daran, ins Schloss zu fallen und ihr den Rückweg zu mir zu versperren. Worüber reden die da draußen? Steht Hannes wirklich bei Lasse und Einar? Mein Hannes? Hat Steffi geschwindelt? Hat sie mehr als einen Verdacht, weiß sie also, wer er ist?

»Was …?«, hebe ich an und zwinge meine Augen, sich zumindest zu Sehschlitzen zu öffnen.

Die Tür knallt ins Schloss.

»Wer ist Hannes?«, frage ich mit Reibeisenstimme. »Sag's mir, ich bin bereit.« Ich liege wie Schneewittchen auf dem Rücken, die Hände ordentlich gefaltet auf der Bettdecke, und in der Hand halte ich die Rose mit dem Briefchen an *Icelandfan52*.

Steffi kommt hereingeschwebt wie eine Elfe, vor mir bleibt sie stehen und knetet ihre Finger.

»Bist du aufnahmebereit? Das wird dir nicht gefallen – oder vielleicht doch. Aber ich glaube, du und Lasse, ihr müsst ganz dringend reden.«

Ich wundere mich, wieso sie mich mit Rosenblüten bewirft, während ich in einen unruhigen Schlaf drifte.

Kapitel 16

Am nächsten Morgen wache ich mit dröhnenden Kopfschmerzen davon auf, dass Steffi, eine Haarbürste in der Hand, aus der Nasszelle gestolpert kommt, aschfahl im Gesicht, die Spülung rauscht noch nach.

»Hast du gestern Abend auf dem Gang mit Hannes gesprochen?«, falle ich ohne Vorwarnung über sie her.

Sie glotzt mich an, als hätte ich sie gefragt, ob wir mit unserem Föhn Hamster grillen wollen.

»Nein! Ich hab dir doch gesagt, ich weiß nicht sicher, wer er ist, es war nur ein Verdacht. Wie betrunken warst du eigentlich? Lasse und Einar haben sich nach dir erkundigt, und ich habe sie weggeschickt, ganz wie du wolltest. Das war sicher besser so.«

»Aber ich habe Stimmen gehört«, sage ich stur.

»Ich habe noch ein bisschen durchs Fernsehprogramm gezappt, weil ich nicht einschlafen konnte. Auch ich habe gerade ein paar Baustellen, falls du dich erinnerst. Außerdem wollte ich abwarten, ob du spucken musst.«

Mein Unterbewusstsein ist wirklich eine Bitch. Erleichtert und zugleich schuldbewusst schließe ich die Augen. »Entschuldige, ich glaube, ich habe das färingische Dosenbier unterschätzt – und den Brennivín.« Eine gnädige Sekunde lang denke ich sogar, ich hätte mir das ganze übrige Chaos auch nur eingebildet, aber wir liegen nach wie vor in Island vor Anker, das Boot ruht so still wie ein Betonklotz im Zement, und Steffi ist nicht seekrank, sie leidet an schwangerschaftsbedingter Morgenübelkeit. Das heißt … »Also, dass du schwanger bist, habe ich nicht geträumt, oder?«

»Nein«, ächzt sie und hält ihren Bauch. »Wann hört diese Spuckerei eigentlich auf?« Sie lässt sich erschöpft aufs Sofa fallen.

»Keine Ahnung«, erkläre ich wahrheitsgemäß, »ich hab's vergessen, schon zu lange her. So Ende dritter Monat vielleicht? Mir hat damals Vitamin B geholfen.«

Sie nickt matt und macht damit weiter, ihre Haare zu bürsten.

Mir ist vorher nie aufgefallen, wie laut und nervend das monotone Geräusch einer Bürste im Einsatz ist, es zerrt an meinen Nerven, aber ich nehme das als gerechte Strafe.

»Was willst du denn jetzt machen? Ziehst du es durch, auch wenn Thorben …?« Ich wage es nicht, den Satz zu Ende zu bringen. Auch wenn Thorben sauer ist, sich trennt, sich scheiden lässt? Thorben und Steffi sind schon seit dem Abi ein Paar. So ganz habe ich die Beziehung der beiden nie verstanden – aber hey, sind wir nicht alle ein bisschen spießig, dann und wann? »So ein Windelpupser würde ihn vielleicht ein bisschen aus der Reserve locken«, denke ich laut.

Sie grinst verkniffen. »Das habe ich auch gesagt. Er hat sich Bedenkzeit erbeten. Die kann er haben.«

»Doller Zufall mit unserer Reise, ausgerechnet jetzt.«

Steffi schüttelt den Kopf. »Ich glaube ja, dass es keine Zufälle gibt.«

Sie legt die Haarbürste auf den Nachttisch, kommt zu mir ins Bett gekrochen und kuschelt sich an mich. »Und ich werd's auf jeden Fall behalten. Ich meine … Knöpfchen hier ist vielleicht meine letzte Chance auf Nachwuchs, und wenn ich schon all die leckeren Cocktails und das Dosenbier auslasse, dann soll es doch wenigstens nicht umsonst gewesen sein, oder?«

»Na, wenn das kein Argument ist.« Wir kichern, aber ich werde gleich wieder ernst. »Hör mal, ich bin an deiner Seite, egal, wie du dich entscheidest und was es für Konsequenzen mit sich bringt, okay?«

»Okay.« Wir sehen uns an, und Steffis Augen füllen sich mit Tränen.

»Ach, komm her«, sage ich leise und ziehe sie an mich.

»Du riechst verkatert«, beschwert sie sich dumpf.

»Das bin ich auch.« Wir lachen.

»Und was machen wir jetzt mit unseren Männern?«, fragt sie nach einer Weile. »Also, mit denen hier an Bord zunächst mal.«

»Ich glaube, du hattest recht. Bei Licht betrachtet, ist alles gar nicht so schlimm«, sage ich zuversichtlich. »Ich hatte einfach zu viel Alkohol intus und wurde panisch, als ich annahm, dass Hannes auch da sein könnte … und weil sich das zwischen Lasse und mir so rasant entwickelt. Zu schön, um wahr zu sein und so. Vielleicht muss ich es einfach langsamer angehen.«

»Das willst du ihm sagen?«

»Na, er muss doch wissen, dass ich vor meiner eingebildeten Lern-App-Liebe weggelaufen bin und nicht vor ihm?«

»Wieso bleibst du nicht einfach dabei, dass dir übel war, weil du zu viel getrunken hast? Er wird sicher Verständnis dafür haben.«

Ich schüttle den Kopf. »Das wäre gelogen, ich will eine alltagstaugliche Beziehung. Ehrlich sein, das ist die einzige Basis, und Lasse hat sehr deutlich gemacht, dass er auch nicht der Urlaubsflirter ist. Ich habe klar Schiff mit mir gemacht – und mit Hannes. Ich will es riskieren, mich ganz auf etwas Neues einzulassen, genau wie du gesagt hast. Mich aus dem Schneckenhaus wagen und nicht vor mir selbst und meinen Gefühlen flüchten. Ich bin verletzlich, ich habe Narben, die hat jeder Mensch. Aber wer nicht wagt, der nicht gewinnt – und Lasse ist ein Hauptgewinn, richtig? Ich bin bereit.«

Steffi starrt vor sich hin.

»Nicht?«, frage ich verunsichert.

»Doch, doch. Es ist nur …«

»Was?«

Sie schüttelt den Kopf und lächelt mich an. »Nein, nichts, alles gut. Das ist genau richtig. Ich musste nur gerade an Thorben und mich denken. Meinst du, er wird mich verlassen?«

»Ich dachte, *du* willst dich von *ihm* trennen?«

Steffi sieht mich durchdringend an.

Oh, dünnes Eis! Schwangerschaftshormone, ich erinnere mich. Ich überlege, was ich sagen soll und sprudle Plattitüden hervor.

»Keine Ahnung, ich weiß es nicht, wieso sollte er? Er liebt dich doch, oder? Ihr seid schon so lange zusammen, das ist nicht die erste Krise, die ihr gemeinsam bewältigt …«

Steffi nickt. Ihre Augen schimmern verdächtig.

»Hey, Große!« Ich beuge mich zu ihr hinüber und drücke sie ganz fest. »Mach dir keine Sorgen, ja? Was immer auch passiert, ich bin für dich da. Und an Spielzeug wird es dem Knöpfchen schon mal nicht mangeln. Das ist doch schon mal die halbe Miete.«

Sie erwidert meine Umarmung, und wir halten uns ganz lange. Nach einer Weile wischt sie sich über die Augen, zieht sich zurück und lächelt mich tapfer an.

»Du hast ein Händchen für allein zu erziehende Kinder, also nur als Vorwarnung: Ich komme dann stündlich zu dir, wenn ich Hilfe brauche oder frustriert bin, weil ich beim Memory nicht gegen Knöpfchen gewinne.«

Ich lache. »Das mach mal, wenn es so weit ist. Ich brauche jetzt einen Kaffee mit 'ner Aspirin, du auch? Also, nur den Kaffee natürlich. Enna wollte übrigens schon immer eine kleine Schwester haben, also gib dir Mühe.«

Steffi grinst schief und angelt auf dem Nachttisch nach unserem Schischu-Prospekt. »Ich bleibe lieber bei Kamillentee, glaub ich. Vielleicht wäre das auch was für dich?«

Ich massiere mir die Schläfen und sehe Steffi verkniffen an. Nee, lass mal. So krank fühle ich mich dann auch wieder nicht. Ich habe das meiste in der Nacht ausgeschwitzt, glaube ich. Aber derart verrückte Träume hatte ich schon lange nicht mehr … und so real …«

Sie grinst. »Also? Was machen wir nach dem Frühstück? Gehen wir mit Lasse und Einar zusammen an Land? Wollen wir uns auf eigene Faust das Städtchen ansehen? Oder soll ich versuchen, uns noch last minute einen Ausflug zu buchen?« Steffi überfliegt den Flyer. »Programm gibt es erst wieder heute Nachmittag, wenn unsere Krimikünstler nicht noch ein spontanes Happening in petto haben. Einars Lesung ist um sechzehn Uhr angesetzt, die will ich auf keinen Fall verpassen.«

Ich sammle frische Wäsche aus dem Schrank und springe unter die Dusche – okay, ich taste mich langsam dorthin. Bevor ich das Wasser anstelle, stecke ich noch einmal den Kopf aus der Tür.

»Wenn ich das nicht auch geträumt habe, dann kriegen wir heute mit etwas Glück endlich Wasser in die Hot Tubs. Was hältst du von einer kleinen Poolparty zu viert?«

»Das klingt wunderbar, aber sagten die nicht, dass die heißen Pötte nur benutzbar sind, wenn wir genug Wasser unterm Kiel haben?«

Ich lasse die Schultern hängen. »Ach ja. Na, dann müssen wir die Zeit bis zur Abfahrt anderweitig überbrücken.«

Steffi lacht. »Da wollten wir seit Monaten nichts anderes, als endlich nach Island zu fahren, und jetzt auf einmal hast du es eilig, wieder abzulegen? Nein, da muss es doch noch was anderes geben. Wobei mir einfällt …«

Sie macht eine genüssliche Kunstpause. »Rate mal, was Einar mir gestern erzählt hat. Es gibt an Land ganz in der Nähe richtig große Hot Pots.«

Ich ziehe die Augenbrauen hoch. »Ach was«, sage ich sarkastisch. »Mit Wasser drin oder ohne?«

Sie lacht. »Nein, wirklich, bei Egilsstaðir. Wollen wir da nicht hin, alle zusammen? Badesachen einpacken und einen kleinen Ausflug in exquisiter Kleinstgruppe unternehmen? Island ohne Hot Pots ist wie ein Winter ohne Schnee. Und Einar sagt …«

»Ich dachte, du wolltest ihn nicht mehr anbaggern? Ist das fair?«

»Das würde ich nie tun!«, schmollt Steffi. »Er ist einfach nur mein Held, mein schriftstellerisches Vorbild. Und er ist ein fantastischer Zuhörer. Er hat so was an sich, dass man ihm einfach sein Herz ausschütten muss, weißt du?« Sie sieht mich nachdenklich an und beißt sich auf die Unterlippe, als ob sie noch etwas ergänzen wollte, es sich dann aber anders überlegt. »Und frau darf doch wohl eine freundschaftliche Einladung annehmen, oder? Wir wollen die Einheimischen schließlich nicht vergrätzen.«

Ich grinse breit. »Nein, das wollen wir auf gar keinen Fall. Hast du eine Kopfschmerztablette für mich? Ich finde meine nicht. Gib mir zehn Minuten, dann bin ich startklar.«

Beim Frühstück schwärmen sämtliche Schischus, mit denen wir ins Gespräch kommen, abwechselnd von der fantastischen Fackelwanderung und Einars wunderbarer Stimme. Er sitzt mit einigen der anderen Schriftsteller und Krimiautorinnen, Basti und Florian an einem der großen Tische am Fenster. Doch als er uns sieht, entschuldigt er sich, nimmt seinen Kaffee und schlendert gut gelaunt zu uns herüber.

»Guten Morgen an die hübschesten Damen an Bord. Darf man sich zu euch setzen?«, fragt er formvollendet.

Steffi nickt begeistert. »Das Konzert gestern Abend war wunderschön.«

Er schmunzelt. »Ich bin glücklich, dass es dich gefallen hat.«

»Dir«, korrigiert Steffi.

»Besserwisserin«, zische ich hinter meiner Serviette.

Ich versuche, einen Blick auf Bastis heutigen Pulli zu erhaschen, aber leider sehe ich nur seinen Rücken. Lasse ist auch nirgends zu entdecken, der Saal leert sich zusehends, wahrscheinlich haben alle den Ausflug mit dem Bus gebucht und müssen sich beeilen.

»Wo ist denn dein Neffe?«, frage ich abgelenkt.

Einar folgt meinem Blick durch den Raum.

»Gute Frage«, sagt er verwundert. »Vorhin war er noch da.« Er zuckt mit den Achseln. Vielleicht ist er nach unten gegangen und erledigt etwas im Dorf. Er zwinkert mir zu. »Ich hatte ihn um einen kleinen Gefallen gebeten. Also? Was sagt ihr?«

Er sieht von mir zu Steffi. »Habt ihr Lust auf einen kleinen Ausflug? Bis zu meiner Lesung haben wir noch genug Zeit. Ich würde euch gern etwas von Island zeigen, und ihr müsst unbedingt das Thermalbad in Vök kennenlernen. Hat Steffi dir davon erzählt, Merle? Wenn ihr mögt, können wir uns auch Zeit nehmen für einen kleinen Abstecher auf meinen Hof. Oder nach Galtastaðir Fram, das ist ein originales Bauernhaus aus dem neunzehnten

Jahrhundert, das man in ein kleines Museum umgebaut hat. Wie wäre es? Ich möchte dir gern alles zeigen.« Der letzte Satz war eindeutig an Steffi gerichtet.

Ich stupse sie unterm Tisch an. Jetzt wäre wirklich ein guter Augenblick, um Einar ein wenig auszubremsen. Doch sie weicht einem Augenkontakt mit mir aus, streicht sich über die Arme und lächelt ihn von schräg unten an. Was soll das denn jetzt?

»Das wäre wundervoll«, flötet sie und zwirbelt eine Haarsträhne.

Ich schüttle heftig den Kopf.

»Was ist los? Kommst du nicht mit?«, fragt Einar.

»Doch, doch!«, brumme ich. »Ihr werdet einen Anstandswauwau brauchen.«

Einar lacht. Er hält das für einen Witz, der Gute, aber Steffi hat mich ganz genau verstanden.

Unzufrieden stehe ich auf und reihe mich in der Büfettschlange ein. Ich hole mir Rührei, Brötchen und ein paar Kleckse der verschiedenen leckeren Salate. Ausnahmsweise diesmal mit Fisch und Mayo – ein Katerfrühstück, obwohl ich mich schuldig dabei fühle. Verdammte Inkonsequenz.

Mein Blick schweift immer wieder unruhig durch den Raum, aber Lasse bleibt verschwunden. Ich frage mich, was er für Einar so Dringendes besorgen soll und wieso das so lange dauert. Ich möchte mich endlich bei ihm entschuldigen.

Vor mir unterhalten sich zwei Schischus über Roaminggebühren in Island, und dann fällt es mir zwischen saurem Hering und frischem Käse wieder ein. Wir liegen vor Anker, soll Steffi doch meckern, aber sie ist eh abgelenkt, und ich kann zum Inlandstarif surfen, vorausgesetzt, ich habe Empfang. Wie eine Süchtige steuere ich unseren Tisch an, stelle den Teller ab und ziehe mein Handy aus der Gesäßtasche.

Oh bitte, lieber Gott, lass es nicht daran scheitern, flehe ich innerlich und starte mit zitternden Fingern meine mobilen Daten. So dick sind doch die Schiffswände nicht, und wir sitzen ja auch direkt am Fenster, mit Blick auf den kleinen Fischereihafen. Ich hypnotisiere die Balkenanzeige in meinem Display und halte die Luft an.

»Wir haben Netz«, verkünde ich schließlich mit seligem Grinsen und atme aus.

»Natürlich«, sagt Einar lächelnd und winkt mit seinem Telefon. Dann beugt er sich wieder zu Steffi. »Ich besorge uns gleich Tickets für Vök. Das Bad liegt direkt am Ufer des Urriðavatn, nur fünf Kilometer nordwestlich von Egilsstaðir, es ist noch sehr neu. Ihr werdet es lieben! Sie haben zwei im Wasser schwebende Hot Tubs, direkt im See, und von dem großen Becken an Land kann man bis zum Kiosk schwimmen und sich Getränke holen, ohne aus dem Wasser zu müssen – ein Swim-in, sozusagen.«

»Oh, fantastisch!«, ruft Steffi und rempelt mich an. »Guck doch mal!«

Einar wischt über das Display und hält mir sein Telefon hin.

Mein Blick fällt auf ein kleines Icon am oberen Displayrand. »Du benutzt die gleiche Lern-App wie ich«, stelle ich fest.

»Ja, mein Deutsch rostet sonst ein.«

»Darum geht's doch jetzt nicht. Sieh dir die Becken an!«, fordert Steffi ungeduldig.

Ich nicke abwesend und werfe einen flüchtigen Blick auf zwei sechseckige Pools, die nur durch einen Holzsteg mit dem Ufer verbunden sind.

»Ich sehe es ja dann«, murmle ich. Mein Handy gibt eine Serie von Pieptönen von sich, peinlich berührt stelle ich es lautlos.

Hannes hat geschrieben. Enna auch. Und Steffi hat mir gefühlt vierhundert Bilder von unserem Ausflug weitergeleitet. Ich betrachte die unscharfen Konturen. Die kann ich jetzt aber nicht alle herunterladen, dann habe ich mein Datenvolumen gleich aufgebraucht. Ich wechsle in den Chatverlauf mit meiner Tochter hinüber.

Enna:
Hi Mama. Wie geht es dir?
Mir geht es gut. Die Englischarbeit lief
ganz okay. Was macht ihr grade?
Du wolltest mir doch Fotos schicken.
Oma kocht ständig Brokkoli oder Spinat.
Das nervt. Hab dich lieb!
Enna

Ich habe die Englischarbeit meiner Tochter vergessen, ich bin eine Rabenmutter. Verdammte Axt! Während ich noch auf meiner Unterlippe herumkaue, starte ich meine Isländisch-Lern-App. Ich muss wissen, was Hannes geantwortet hat. Ist er sauer?

Hannes: Hæ! Du brauchst keine Angst zu haben. Das ist völlig in Ordnung, ich bin auch sehr überrascht. Ist doch gut! Nur Mut!

Ich muss dir etwas gestehen. Ich weiß, wer du bist. Bitte sei nicht sauer. Natürlich bleiben wir Lernfreunde. Darf ich meine Maske jetzt endlich abnehmen? ;-)

Irritiert sehe ich mich um. Er weiß, wer ich bin? Wie das denn? Mein Herzschlag flattert irgendwo knapp oberhalb des Schlüsselbeins herum. Jetzt nur nicht wieder panisch werden! Und wieso überrascht? Was soll das denn heißen? Unauffällig versuche ich, Steffis Aufmerksamkeit zu bekommen. Keine Chance, sie hängt an Einars Lippen. Um mich abzulenken, scrolle ich durch die unscharfen, downloadbereiten Bilder von Steffi und öffne zwei oder drei brauchbare, die ich an Enna weiterleiten kann. Dann stolpere ich über ein Bild von Lasse und mir, wie wir gestern Abend im Fackelschein über einen kleinen Bach klettern, Hand in Hand. Ich habe gar nicht mitbekommen, wann sie das aufgenommen hat.

Lasse. In meinem Magen rekeln sich verliebte Hummeln und Schmetterlinge und schlagen gemeinsam vibrierend mit den Flügeln. Schnell suche ich ein paar unverfänglichere Fotos heraus und drücke auf *Senden,* dann antworte ich Hannes.

Icelandfan52:
Oh, wie schön, dann ist ja alles klar zwischen uns. Ich bin so erleichtert! Es ist lange her, dass ich richtig verliebt war. Ich hoffe, ich versaue es nicht gleich wieder.

Plötzlich ist Hannes online. Eine neue Nachricht blinkt in meinem Posteingang.

Hannes:
Nur Mut. Gestern Abend war wunderschön! Du bist wunderschön! Aber du hast mit deinem Alter gemogelt! ;-)

Was meint er denn jetzt damit? Ich ihm nie geschrieben, wie alt ich bin!?

Icelandfan52:
Nein, ich habe nicht gemogelt!
Hannes:
Ganz bestimmt. Du bist niemals 52 ;-)

»So, die Karten sind bestellt! Jetzt gibt es kein Zurück mehr«, sagt Einar gerade und drückt auf einen virtuellen Knopf in seinem Telefon.

Ich nicke, hebe kurz den Kopf, lächle, switche zurück zu Hannes und schreibe.

Icelandfan52:
Ach, das meinst du. Grins. Nein, das ist mein Geburtstag, 5. Februar, aber ich verrate dir nicht das Jahr. Wie alt bist du denn?

Einars Handy brummt. »Ah, da kommt schon die Bestätigung unserer Reservierung. Oh, Moment … nein, das war etwas anderes.« Er stutzt, tippt und lächelt entschuldigend. »Ich muss das hier kurz beantworten, bin gleich wieder bei euch.«

Er wischt über sein Display und will aufstehen, aber dann scheint er es sich anders zu überlegen. Verwirrt sieht er von mir zu Steffi und schüttelt den Kopf.

»Nicht so wichtig.« Er lacht. Guckt traurig. Dann fängt er sich. Lacht wieder. Diesmal herzlich. Schallend. Als hätte ihm jemand einen richtig guten Witz erzählt.

»Was ist denn los?«, fragt Steffi.

»Nicht wichtig. Entschuldigt.« Er kichert immer noch in seinen Dreitagebart. »Ich bin so ein Schaf. Wann wollen wir los?«

»In einer Stunde?« Steffi sieht fragend zu mir.

Hannes hat geantwortet.

Hannes:

Älter ;-) Ich wünsche dir alles Glück!

Ich schiele orientierungslos zwischen meiner Freundin und meinem Telefon hin und her.

»Warte, ich suche nur kurz was und schicke eine letzte Nachricht los.«

»Oh Merle, wir wollten doch virtuellen Detox, und jetzt hängst du schlimmer als Enna an dem Ding. Du verstößt gegen die Regeln.«

»Schnellmerkerin. Enna darf das außerdem gar nicht«, brumme ich, während ich tippe.

Icelandfan52:
Du warst also tatsächlich da? Wer bist du denn? Jetzt möchte ich es doch gern wissen. Los, oute dich!
Bitte!
Hannes:
Nein. Planänderung. Alles gut.

Mehr kommt nicht. Hä? Wie soll ich das verstehen?

Steffi drängelt. »Jetzt komm schon.«

»Gleich«, murmle ich und lasse die Augen nicht vom Display. Ah, er ist noch nicht fertig. Gerade wird noch mehr Text übertragen.

Hannes:
Genieß die Reise! Ich lasse die Maske auf.

Das macht es nicht besser. Ich kapiere überhaupt nichts mehr. Wieso …?

Icelandfan52:
Kein Kaffee mehr unter Lernfreunden?
Hannes:
Nein. Du hattest von Anfang an recht. Es ist besser so.

Das virtuelle Lämpchen erlischt, er ist offline. Ich scrolle zurück, völlig verdutzt, lese mir unsere Nachrichten von eben noch einmal durch, aber ich finde nichts, was den plötzlichen Sinneswandel begreiflich machen würde.

»Erklär mir einer die Männer«, grummle ich und hebe den Kopf, weil ich mich beobachtet fühle.

Einar und Steffi sehen mich aufmerksam an. Er hat sein Handy weggelegt.

Ich laufe rot an. Dann muss das andere wohl warten, ist aber inzwischen vielleicht auch egal. »Oh. Sorry. Hab ich was verpasst?«

»Wir wollen in einer Stunde los«, wiederholt Steffi geduldig. »Einar hat uns Karten reserviert. Und danach könnten wir uns noch ein Bauernhaus aus dem neunzehnten Jahrhundert ansehen, das ist nur zwanzig Kilometer weiter. Bist du fertig mit Frühstück? Dann lass uns packen gehen, wir brauchen Handtücher und unsere Schwimmsachen.« Sie strahlt.

»Und Mützen!«, sagt Einar und zwinkert mir zu, aber irgendwas an der Art, wie er uns alle beide mustert, ist seltsam. Da ist etwas in seinem Blick, das vorhin noch nicht da war. Himmel, ich bin paranoid. Aber ist das ein Wunder auf einem Krimischiff und mit all diesen Mysterien?

Ich nicke und schiebe mein kalt gewordenes Rührei und den toten Hering beiseite. Mir ist der Appetit vergangen. »Okay. Klingt super.« Ich zwinge meine Mundwinkel nach oben. »Aber Lasse kommt auch, oder?«

»Er wird sicher gleich hier sein«, meint Einar und lächelt warm. Jetzt strahlt er wieder diesen großväterlichen Charme aus. Das gefällt mir schon wesentlich besser.

Ich wickle meinen Badeanzug ein und schiebe meine beiden Handtücher in den Rucksack. Das eine ist noch feucht vom Duschen, aber was soll's. Die Badelatschen kommen in einer Plastiktüte obendrauf, nun habe ich sie wenigstens nicht umsonst mitgenommen. »Fandest du nicht auch, dass Einar beim Frühstück zwischendurch komisch war?«, grüble ich laut.

Steffi sieht erstaunt von ihrem Tagesgepäck hoch. »Wieso?«

Ich zucke mit den Schultern. »Nur so.« Ich atme tief durch. »Und warum war Lasse nicht da? Meinst du, er ist sauer, weil ich ihn gestern Abend so plötzlich habe stehen lassen? Hat er noch irgendetwas gesagt, als die beiden an der Kabine waren?«

»Du machst dir zu viele Gedanken«, sagt Steffi und lächelt milde. »Einar hat doch erklärt, dass er ihm irgendwas besorgen sollte. Hör auf, die Flöhe husten zu hören.«

»Hm. Hoffentlich hast du recht.«

»Ganz bestimmt sogar. Das ist Paragraf eins in meinem Ehevertrag. Und Paragraf zwei besagt, sollte ich mal nicht recht haben, tritt automatisch Paragraf eins in Kraft.« Sie grinst mich aufmunternd an.

»Ich bin aber nicht Thorben. Apropos Ehe«, erinnere ich dezent.

»Ja«, seufzt sie. »Ich weiß. Aber es ist wirklich nicht, wie du denkst. Einar ist einfach … Seine Aufmerksamkeit tut mir gerade unheimlich gut, weißt du? So, wie du mir von deinem Hannes vorgeschwärmt hast. Ich kann dich jetzt total verstehen. Thorben dagegen verhält sich im Moment einfach wie der letzte …« Sie lässt den Pulli sinken, den sie eben zusammenlegen wollte, bricht ab und lächelt schief. »Schön, dich endlich wieder verliebt zu sehen.«

Ich verziehe den Mund. »Hauptsache, ich hab's nicht schon wieder kaputt gemacht.

»Blödsinn.«

»Und was meinst du mit: *Jetzt* kannst du mich verstehen? Vorher etwa nicht?«

Steffi seufzt tief und schenkt mir einen ihrer ungnädigen Blicke. Entschieden zurrt sie den Kordelzug an ihrem Gepäck fest. »So. Dann lass uns mal durchstarten und unsere Kerle schnappen. Du hast recht. Ich muss mit Einar dringend ein paar Dinge klarstellen. Er ist so ein feiner Mann, ich will ihm keinesfalls wehtun.«

»Guter Plan«, sage ich und schalte lächelnd die Kaffeemaschine aus. Es gibt doch immer wieder erstaunliche Parallelen in unserer langjährigen Freundschaft.

Ich muss an etwas denken, was mir Lasse über seinen verwitweten Onkel erzählt hat, dass er sich – ganz ähnlich wie ich – endlich aus der Deckung gewagt und jemanden kennengelernt habe, der nun an Bord dieses … Mir fällt die Tasse aus der Hand. »Oh nein!«

Steffi hechtet ins Bad und holt einen feuchten Waschlappen, um die Kaffeespritzer von der Wand und vom Teppich zu tupfen. Mechanisch greife ich nach dem Waschlappen, den sie mir hinhält, um dasselbe auf dem Tischchen zu tun. Obstkorb, unsere Teebeutel und Kekse, sogar die Chipstüten haben ein unfreiwilliges Fußbad genommen.

»Was ist denn los? Du bist ja bleich wie die Wand?«

Ich lasse den Lappen sinken und starre Steffi an, die vor mir kniet und jetzt aufhört, auf dem Boden herumzurubbeln. »Sag mal, wen hattest du gestern in Verdacht?«

»Beim Ratekrimi? Wie kommst du denn …?«

»Nein«, falle ich ihr ins Wort. »Wegen Hannes.«

Steffi setzt sich auf ihren Po. »Ich dachte, das wolltest du nicht wissen?«

»Jetzt schon«, antworte ich mit zugeschnürter Kehle und gehe den einen Schritt rückwärts zum Bett, damit ich nicht das Gleichgewicht verliere, und lasse mich ebenfalls fallen. Meine Beine zittern. »Es ist Einar, oder?«

»Einar? Wie kommst du denn auf …?!« Sie hält sich die Hand vor den Mund. Ihre Mimik verändert sich wie bei einer Zeichentrickfigur, der man feurig-scharfe Chilipralinen untergemogelt hat, die Augen werden immer größer, sie streckt den Hals wie eine Schildkröte und reißt den Mund auf. Aber zunächst kommt nur ein erstickter Laut heraus. »Ach du Scheiiiiiiiße!«, ruft sie dann. »Einar? Oh Gott! Das macht Sinn! Wie konnte ich nur so blind sein?« Sie schlägt sich mit der flachen Hand vor die Stirn.

Verblüfft über die Reaktion, beuge ich mich vor. »Wieso? An wen hattest du denn gedacht?«

»Na, Stefan natürlich.«

Entgeistert starre ich sie an. »Stefan?«

»Nicht so wichtig«, sagt sie und mustert mich. »Aber wenn Einar Hannes ist, dann denkt Lasse jetzt womöglich …«

»Ich muss zu ihm«, unterbreche ich sie panisch. Zwei Frauen, ein Gedanke. Das ist genau meine Sorge: Lasse wird eins und eins zusammenzählen. Mein Blick fällt auf die Rose, von wegen, er hätte sie da nur gefunden. *Er* war der Bote, weil sein Onkel aufgehalten wurde und nicht auf die Färöer kommen konnte – ohne zu ahnen, für wen die Nachricht ist. Wer weiß, wie er es aufgenommen hat, wenn Einar ihm erzählt hat, dass ich Icelandfan52 bin –

die Frau aus dem Internet, in die sein Onkel sich offenbar verschossen hat!

»Aber wieso baggert er dann eigentlich dich den ganzen Abend an, wenn er auf mich steht?«, denke ich laut.

»Na, weil … es könnte sein, dass …«

»Was?«

»Er hat die Lern-App auf meinem Handy gesehen und war sehr interessiert, weil er die auch benutzt, und da habe ich … vielleicht ein bisschen geflunkert?«

»Was hast du ihm erzählt, Steffi?«

»Himmel, ich hab ihm die Wahrheit erzählt, dass ich eigentlich nur meine Freundin verkuppeln wollte … aber das hat er wohl falsch verstanden. Er sagte noch so was wie: Frage für eine Freundin, das sei ja der Code für sich selbst – und dann hat er gegrinst. Ich habe das nicht ernst genommen. Und dann fand er es so spannend, dass ich Isländisch lerne, und da wollte … da habe ich das Missverständnis eben nicht ausgeräumt und … Und jetzt glaubt er womöglich, dass ich Icelandfan52 bin. Ich wusste doch nicht, dass er dein Hannes ist! Ich bin schwanger, Merle! Meinst du, ich kann klar denken?«

»Wie viele Leute auf diesem Schiff benutzen wohl diese App und suchen ihren Lernpartner, hm? Himmel, und dann flirtest du auch noch mit ihm!«

»Ich komme mit!«, verkündet Steffi blass und rappelt sich hoch. »Es wird schon nicht so schlimm werden. Immerhin ist es doch eigentlich gut, wenn Einar glaubt, dass ich du bin. Huah, kompliziert, oder?« Sie lächelt zaghaft. »Aber gut für uns.«

Stimmt! Das ist ein Lichtstrahl am Horizont, ein goldener Strohhalm, nachdem ich allzu gern greife. Ich atme vorsichtig auf.

»Das könnte wirklich sein.«

Steffi nickt eifrig. »Er hat den ganzen Abend mit *mir* geflirtet, nicht mit dir. Das hat Lasse doch auch gesehen. Einar glaubt, dass ich du bin.« Sie runzelt die Stirn. »Wie ich das allerdings finde, muss ich auch erst mal sacken lassen!«

Kapitel 17

Einars Wagen ist ein allradbetriebenes, höhergelegtes Ungetüm, das mich an Zeichentrickserien im Kinderprogramm erinnert. Aber in Seyðisfjörður sehen die meisten Autos so aus, und die enormen Reifendurchmesser bewähren sich wahrscheinlich jeden Winter aufs Neue. Wir klettern also buchstäblich hinein, Steffi vorn neben Einar, allein schon, damit ihr nicht übel wird, und ich hinten – zusammen mit Lasse, der plötzlich stumm wie ein Fisch ist, was ich ihm nicht mal verdenken kann.

Die märchenhafte Winterlandschaft fliegt förmlich an uns vorbei, und für einen Moment vergesse ich alles um mich herum, sogar meinen Kummer mit Lasse. Puderzuckerbestäubt liegt Steffis und mein Sehnsuchtsland vor uns – nein, wir sind mittendrin!

Vorn erzählt Einar ausgelassen über die Einflüsse der Norweger, die sich nicht nur auf den Baustil in Seyðisfjörður, sondern auch in Eskifjörður auswirkten, einem Küstenstädtchen, das ein paar Fjorde südlicher von uns liegt.

»In Fáskrúðsfjörður, noch weiter südlich im Austurland, haben die Franzosen ihre Spuren hinterlassen. Da gibt es sogar zweisprachige Straßenschilder – französisch und isländisch.«

»Und Egilsstaðir?«, fragt Steffi.

Einar lacht wie ein Seebär. »Da gibt es so was nicht. Egilsstaðir wurde erst in den späten 1940er-Jahren aus dem Boden gestampft.«

Zwischen Lasse und mir ist die Luft meterdick, obwohl er freundlich lächelt und aufmerksam ist.

»Hör mal, es tut mir leid«, fange ich zaghaft an. »Ich habe gestern zu viel getrunken, und dann habe ich Gespenster gesehen.«

Er nickt. »Geht es dir wieder besser?«, fragt er höflich.

»Ja. Sehr.« Ich lächle ihn an. »War trotzdem blöd von mir. Ich schätze, ich habe ein wenig Panik gekriegt.«

»Weil du dich in mich verknallt hast?« Er spielt mit seinen Daumen und sieht nach vorn zu seinem Onkel.

»Bis über beide Ohren.« Ich greife nach seiner Hand.

Er zieht sie nicht weg, aber ich könnte genauso gut ein Stück Schokolade anfassen. Nein, falsch. Das würde wenigstens nach einiger Zeit schmelzen – Lasse dagegen fühlt sich an wie eine Packung trockene Kekse. Oder wie ein hölzerner Pinocchio. »Alles in Ordnung?«, hake ich nach.

»Ja, natürlich. Was soll sein?«

»Nichts, ich dachte nur …« Jetzt müsste seine Nase wachsen und das Autofenster durchstoßen, denn dass alles in Ordnung ist, nehme ich ihm keine Sekunde lang ab. Und doch hoffe ich inständig, dass ich falschliege mit diesem unguten Gefühl in meinem Bauch.

Er sieht nach vorn zu Einar und Steffi, die miteinander schäkern und lachen und ein Lied im Radio mitsingen.

Das ist es, was anders ist. In meinem Magen summt nichts mehr, die Schmetterlinge verharren in Schockstarre und rühren sich nicht. Ich gebe mir einen Ruck und drehe mich mit dem ganzen Körper zu ihm.

»Was ist los? Du bist so anders ... Das ist doch nicht nur, weil ich mich gestern Abend abgeschossen habe, oder?«

Endlich erwidert er meinen Blick. »Lass uns später reden. Unter vier Augen.«

»Okay«, sage ich mit brüchiger Stimme und sehe zum Fenster hinaus. Es hat wieder zu schneien begonnen.

Steffi dreht sich zu uns nach hinten und schwärmt. »Das wird super, oder? Ein Bad im Hot Pot, und von oben rieseln Schneeflocken auf uns hernieder! Wahnsinn! Ich fühle mich gerade wie ein Kind zu Weihnachten.«

Lasse und ich lächeln verkniffen und schweigen.

»In Vök riecht es übrigens nicht nach Schwefel, wie überall sonst. Es ist die einzige Badelandschaft mit heißem Wasser in Trinkwasserqualität.« Einars Augen im Rückspiegel strahlen mich an. Ich nicke und zwinge mich zu einem Lächeln. Zufrieden wendet er sich wieder an Steffi. »Und sie brauen sogar ihr eigenes Bier. Das müsst ihr probieren ...«

Er redet und redet, und ich kann immer nur denken: Sag's ihm doch endlich, Steffi, sag's ihm. Aber wie? Er ist ja keine Minute still, ganz im Gegensatz zu seinem Neffen. Ein Grab ist eine Plaudertasche gegen Lasse.

»Erklär mir doch wenigstens ...«, fange ich an.

»Ich habe die Rose in eurem Zimmer gesehen«, zischt er leise.

Verständnislos starre ich ihn an.

»Das mit der Zeitung in Tórshavn war kein Zufall. Einar hatte mich gebeten, sie dort für ihn zu deponieren. Er war sich unsicher, ob er wirklich sein Blind Date wagen soll, und ich Hornochse habe ihn dazu überredet.«

»Ja, das weiß ich inzwischen auch. Das wollte ich dir schon die ganze Zeit …« Er lässt mich nicht zu Wort kommen.

»Gib dir keine Mühe, Merle. Du bist Icelandfan52! Du bist die Frau, in die mein Onkel sich ganz langsam verliebt hat! Ist er dir auf einmal zu alt? Ist es das? Hast du ihn deswegen an Steffi weitergeschoben? Ich bin kein Lückenbüßer und auch kein Plan B, falls das mit ihm nichts wird. Schlimm genug, dass du dich älter gemacht hast, damit er auf dich hereinfällt. Aber dass du zu feige bist, ihm ehrlich …«

»Lass Steffi da raus«, sage ich tonlos und sehe nach vorn, aber die beiden sind zu sehr in ihr eigenes Gespräch vertieft, als dass sie von unserem Drama etwas mitbekommen würden. »Sie hat genug eigene Probleme. Und wieso soll ich mich älter gemacht haben?«

»Zweiundfünfzig?« Er legte den Kopf schief, mit einem zynischen Zug um den Mund. »Normalerweise machen Frauen sich eher jünger, oder?«

»Das ist dein Problem? Ich wusste ja nicht mal, wie alt Hannes ist! Wie kannst du so etwas Gemeines überhaupt nur denken? Das war ein Missverständnis, und das weiß er auch bereits.«

»Nein, mein Problem ist, dass ihr entweder Heiratsschwindlerinnen seid oder irgendeine pubertäre Wette laufen habt. Danke, reicht schon.«

In meinem Inneren krampft sich etwas zusammen. Es ist, als ob jemand ein stark wirkendes Gift direkt in mein Herz injiziert – Formaldehyd, Flüssigstickstoff oder so was in der Preislage – und dann Stacheldraht herumwickelt. Ich kann mich nicht mehr bewegen. Alles in mir schreit, aber es kommt kein Ton an diesem Felsbrocken von einem Kloß vorbei, der mir die Kehle verstopft.

Vorn plaudern sie unbeirrt weiter, während hier hinten gerade meine Welt in sich zusammenstürzt.

»… am besten, wir sehen uns zuerst die alte Farm an, und dann wärmen wir uns im heißen Wasser wieder auf. Ist das gut so?«

»Unbedingt. Das machen wir!«, jubelt Steffi eine Spur zu laut.

Wir durchqueren Egilsstaðir und verlassen die Kleinstadt in Richtung Norden. Die Straße wird zunehmend schmaler, was auch an den aufgetürmten Schneemassen zu beiden Seiten liegen kann. Unsere enormen Winterreifen mit ihren klickernden Spikes haben also durchaus ihre Berechtigung.

»Oh, ich liebe diese Landschaft! Was sind das für Steinhaufen da drüben?«

Einar erklärt irgendwas, es rauscht wie Watte an mir vorbei.

»Was hast du gesagt?«, frage ich Lasse. Mein Mund ist trocken. »Was denn für eine Wette? Wir haben doch keine Wette abgeschlossen, wer von uns … Wie kommst du nur …?«

Er lässt mich nicht ausreden. »Ich würde dir so gern glauben, Merle. Bitte sag mir, dass ihr die Zeitung mit der

Nachricht einfach geklaut habt, obwohl sie nicht für euch bestimmt war. Dass das nur einer dieser bescheuerten Zufälle im Leben ist.«

»Nein, ich klaue keine Zeitungen, die war schon für … aber … Oh Himmel, Lasse. Es ist nicht, wie du denkst …«, stottere ich wie benebelt. Mir wird heiß und kalt und schwindelig. Seine dunkelblauen Augen haben die Tönung der aufgewühlten See bei Sturm. Sein Blick durchbohrt mich, und ich bin ihm schutzlos ausgeliefert. »Ich wusste doch nicht … Ich … wir …«

»Wolltet ihr euch nur einfach irgendeinen Isländer angeln? Zwei Freundinnen, die dieselbe Lern-App benutzen? Was teilt ihr denn noch alles? Und dann komme ich ins Spiel, und du denkst dir, oh, prima, dann nehm ich eben den. Und meinen Onkel lässt du auflaufen, und Steffi übernimmt? So leicht geht das nicht! Menschen sind nicht austauschbar, Merle. Entweder, *du* sagst Einar die Wahrheit, oder ich tu es. Den Rest musst du mit deiner Freundin ausmachen.«

»Aber du siehst das alles völlig falsch, Lasse!«

Er macht ein enttäuschtes Geräusch. »Ich habe Augen im Kopf, Merle. Du bist wie ausgewechselt, seit Einar an Bord ist. Ich habe gesehen, wie eifersüchtig du bei der Fackelwanderung reagiert hast. Schön blöd, dass du dem berühmten Schriftsteller einen Korb gegeben hast, nicht wahr? Aber wenn es dich tröstet, ein Millionär ist er nicht. Wir sind beide die Falschen für euch.«

Wenn er mich in den Magen geboxt hätte, wäre die Wirkung die gleiche gewesen. Mir bleibt die Spucke weg. Das tut weh!

»Das glaube ich allerdings auch!« Ich schnappe nach Luft, um ihm in gesalzenen Worten klarzumachen, dass er auf dem völlig falschen Dampfer schippert und er sich gerade alles kaputt gemacht hat, was zwischen uns hätte sein können. Aber er lässt mich nicht mehr zu Wort kommen.

»Du dachtest, ich bin *er*, stimmt's? Einar hat mir alles erzählt gestern Nacht. Dass er die Richtige gefunden hat, die sich nicht für seinen Ruhm und Erfolg interessiert, sondern für ihn. Als Mensch. Allen Widerständen zum Trotz.« Er funkelt mich an. »Lass mich in Ruhe. Ich muss nachdenken.« Damit dreht er den Kopf weg und sieht auf der anderen Seite zum Fenster hinaus.

»Du überheblicher, blinder …«

Es hat keinen Sinn. Ich bin wie taub, habe keinen Blick mehr für die Schönheit der verschneiten Landschaft, die spindeldürren Bäumchen, die endlosen Seen.

Ich sollte Einar bitten, den Wagen anzuhalten, rechts ranzufahren, damit wir reden können, alle vier. Aber ich bringe keinen Ton heraus. Ich bin wie vor den Kopf geschlagen, total unfähig, mich zu artikulieren, zu argumentieren, ich bekomme keinen geraden Satz zustande, nicht mal in meinem Kopf. Wie kompliziert kann ein Mensch denn bitte denken? Und dann fängt zu allem Übel auch noch Boy George an zu singen: *Do you really want to hurt me?* Aber das kommt aus dem Radio.

Einar und Steffi grölen mit, so laut sie können, und ich möchte mir die Ohren zuhalten und einfach nur schreien. Wut steigt in mir auf.

»Du hast überhaupt keine Ahnung!«, fahre ich Lasse an. »Wer gibt dir eigentlich das Recht, so mit mir zu reden?

Ich habe außerdem längst … und das war alles *ganz anders!*«

»Nicht jetzt«, blockt Lasse ab und schließt die Augen.

Und dann sind wir da.

Benommen stiefle ich den anderen einen romantisch gewundenen, freigeschippten Pfad zu einem lang gezogenen alten Holzhaus mit zwei Giebeln hinterher, das wirkt, als wäre es direkt mit der Landschaft verschmolzen. Wie ein isländisches Elfenheim im Dornröschenschlaf. Einar erklärt munter, dass dieser Eindruck nicht nur der dicken Schneehaube geschuldet sei, sondern dass die beiden zusammengebauten Dächer mit Gras gedeckt sind und auch im Sommer wie mit den Hügeln verwachsen scheinen. »Es ist ein traditionelles Langhaus. Früher schliefen auch die Kühe mit darin, und das hat einen Gutteil der Wärme ausgemacht.«

Einars Stimme verschmilzt mit dem piependen Brummton in meinem Kopf. Ich tapse durch Räume, betrachte zerbrechliches Mobiliar und kostbares Porzellangeschirr, blicke aus einfach verglasten Fensterchen, lese Tafeln und weiß am Ende der Zeile nicht mehr, was am Anfang stand. Lasse hält Abstand.

Wir steigen wieder ins Auto und fahren weiter nach Vök. Ich hätte Steffi gern gebeten, sich zu mir nach hinten zu setzen, aber sie hat sich bei Einar eingehakt und plappert fröhlich und lachend, wie Enna, als sie klein war. Wieso bekommt sie nichts davon mit, was ich gerade durchmache? Ich habe einen Albtraum. Das muss es sein, es ist die einzige vernünftige Erklärung: Ich bin immer noch nicht wach, ich liege in meinem Bett und brauche mich nur zu kneifen, dann wird alles wieder gut.

Aber das wird es nicht. Der einzige Effekt ist, dass ich am Ziel unserer Fahrt eine Menge mehr blaue Flecken habe.

Autotüren klappen. Mechanisch robbe ich an den Rand des Sitzpolsters und springe herunter. Lasse hält mir die Hand hin und fängt mich auf. Genauso mechanisch. Völlig emotionslos. Einfach nur gut erzogen. Es tut so weh.

Wir stapfen über einen mit der Planierraupe geräumten Weg in das flache Gebäude, das regelrecht mit der Landschaft verschmilzt. Vom Grasdach lugen unter der dichten Schneehaube nur ein paar vorwitzige Halme an den Kanten heraus.

Drin riecht es ganz anders, als ich erwartet hätte. Kein Schwefelgestank, wie sonst in geothermischen Gebieten – genau wie Einar angekündigt hat –, aber auch anders als in deutschen Schwimmbädern. Es fehlt der typische Chlorgeruch.

Stattdessen duftet es würzig nach Kräutern und Essen – nebenan gibt es ein Restaurant, und in unseren Tickets sind auch Kräutertee, ein Drink an der Poolbar und kleine Snacks enthalten. Einar lässt sich nicht davon abbringen, für uns mit zu bezahlen, er drückt uns die Scanarmbänder in die Hand, mit denen wir die Schränke bedienen und uns Getränke holen können, dann verschwinden die Männer im Bereich für die Herren. Ich tapse Steffi hinterher in die Umkleiden. Endlich sind wir allein.

Wenn ich sie jetzt aus ihren Träumen reiße, tue ich noch zwei Menschen weh und versaue uns den Ausflug.

Aber das lässt sich nicht mehr aufhalten. Oh, Island ... ich hatte mir das alles ganz anders vorgestellt. Es ist wie eine Lawine. Wir sind alle vier von ihr erfasst worden und stürzen mit ihr zu Tal. Mir hat es als Erstes den Boden unter den Füßen weggerissen. Doch nein, das stimmt nicht. Ich denke an Lasse, und mein Magen klumpt sich zusammen wie kalte Lava. Als Zweites.

»Steffi.« Ich halte an. »Lasse weiß alles. Und er hat es in den ganz falschen Hals gekriegt. Er glaubt, wir wollten einfach nur irgendwen abschleppen. Austauschbar. Dass wir eine doofe Wette laufen hätten oder so was Bescheuertes. Was machen wir denn jetzt?«

Einen Augenblick lang bin ich mir nicht sicher, ob sie mich gehört hat, denn sie geht in unvermindertem Tempo weiter. Erst nach ein paar Schritten bleibt sie so unvermittelt stehen, als hätte ihr jemand die Batterie abgeklemmt. Sie nickt, stellt ihren Rucksack auf der Bank in der Raummitte ab und setzt sich dazu. Wir sind die Einzigen in der Sammelumkleide, es ist kaum etwas los.

Mit bleischweren Fingern löst sie Reißverschlüsse und Knöpfe, klettert aus ihrer Hose und zieht sich den Pulli über den Kopf.

»Ich weiß«, sagt sie kaum hörbar. »Ich habe gehört, was Lasse gesagt hat. Und ich glaube, Einar hat es auch mitbekommen. Nicht alles, aber das meiste.«

Ihr Kinn zittert, als sie den Kopf hebt und mich aus schwimmenden Augen ansieht. »Bitte verlang nicht von mir, dass ich den Kontakt zu ihm abbreche.«

»Bitte, was?« Ich lasse meinen Rucksack zu Boden gleiten und schleife ihn neben mir her, bis ich bei Steffi bin.

»Bitte verlang nicht von mir, dass ich …«

»Ich habe gehört, was du gesagt hast. Aber was um alles in der Welt meinst du damit?«

»Ich habe mich nicht in ihn verknallt, Merle, keine Panik. Aber er tut mir so gut. Okay, vielleicht habe ich mich doch ein kleines bisschen … Mich kümmert der Altersunterschied nicht. Ich kann ihm einfach alles sagen, und er hört zu. Auch über meine kaputte Ehe. Er ist aufmerksam und zuvorkommend, und er will mir mit meiner Romanidee helfen. Er findet sie gut …«

»Das sind deine Hormone«, unterbreche ich sie und lasse mich neben sie auf die Bank fallen. »Willst du etwa was mit Einar angefangen? Mach keinen Scheiß, Steffi. Du bist schwanger. Von Thorben.«

»Thorben hasst Kinder!« Sie fängt stumm an zu weinen und schüttelt den Kopf.

»Ich ziehe die Trennung durch. So oder so. Knöpfchen ist mit mir allein besser dran, das hast du selbst gesagt.«

Sind denn jetzt alle verrückt geworden? Hilflos starre ich sie an.

Steffi zuckt mit den Achseln. »Unsere Ehe kriselt schon so lange. Du wusstest von Anfang an, dass Thorben nicht der Richtige ist, und ich rechne es dir wirklich hoch an, dass du nie was gesagt hast. Aber wenn ich eins daneben finde, dann sind es Kitt-Kinder. Mein Knöpfchen soll kein Kitt-Kind werden.«

»Aber …« Ich krame in meiner Manteltasche nach einem Taschentuch. Das Schlimme ist, dass sie vermutlich sogar recht hat. Nur ob das der Weg ist und keine Kurzschlussreaktion?

»Hat Thorben nicht wenigstens eine Chance verdient?«, frage ich und höre selbst, wie lahm das klingt.

Steffi schnieft und wischt sich mit dem Handrücken eine Träne vom Kinn. »Die wievielte denn noch?« Sie putzt sich geräuschvoll die Nase.

Eine Mutter mit Kind kommt in den Raum. »Hæ«, begrüßt sie uns freundlich.

»Hæ«, sagt Steffi.

Mir ist die Lust auf Isländisch vergangen, ich nicke nur schief lächelnd zurück und ziehe mich aus. Dann wühle ich mein Handtuch und die Badeschlappen heraus. Total verrückt, die sind alle total verrückt geworden. Da muss irgendwas im Trinkwasser sein, dieser Schwefel vermutlich. Oder was in der Luft, was weiß ich!

»Lass uns duschen gehen«, sage ich laut.

Wir schließen unsere Sachen in die futuristisch designten Spinde und marschieren, jetzt nur noch mit dem Scanarmband bekleidet, der Mutter und dem kleinen Mädchen hinterher in den Nassbereich. Auch hier hängen wieder die lustigen Schilder, dass man sich bitte splitterfasernackt reinigen möge und wo im Detail man überall Seife zu benutzen habe. Auf jeden Fall gehen Isländer wesentlich unverkrampfter mit ihren Körpern um als wir.

»Außerdem ist Lasse bestimmt nicht mehr sauer, wenn er sieht, dass ich nicht mit den Gefühlen seines Onkels spiele.«

»Aber genau das tust du, Steffi. Merkst du das nicht? Er hat sich in *dich* verliebt, Himmel noch mal, da will man nicht nur befreundet sein!«

Steffi schüttelt stur den Kopf. »Er hat sich zuerst *in dich* verknallt. In deinen Lerngruppen-Avatar. Er hat mich für dich gehalten, das ist schlimm.«

»Aber offenbar hat er bereits selbst herausgefunden, dass das nicht so ist. Jetzt macht das auf einmal Sinn.« Ich muss an die kryptischen Nachrichten vom Frühstück denken, als wir nebeneinandergesessen und gechattet haben, ohne es zu wissen. Also, anfangs zumindest. Ich jedenfalls. Da wird er es entdeckt haben.

»Du hast ihm aber wirklich erzählt, dass du … noch … verheiratet bist?« Steffi hebt kleinlaut die Schultern und nickt.

»Ich hab gesagt, dass es kompliziert ist. Dass wir uns auf Probe getrennt haben und es zu früh für irgendwas anderes wäre.«

»Du musst mit ihm reden!«, beharre ich. »Noch mal ganz deutlich.«

»Ja, das muss ich. Ich schätze ihn wirklich sehr. Er ist ein verdammt guter Freund«, sagt Steffi und hängt ihr Handtuch und die Schwimmsachen an einen Haken. »Und mit Lasse. Das ist alles meine Schuld.« Sie fängt an zu heulen.

Das kleine Mädchen guckt uns neugierig an und legt den Kopf schief.

»Du spinnst«, sage ich nur und stelle mich unter die Brause. Auch wenn uns höchstwahrscheinlich niemand verstehen kann, finde ich es irgendwie peinlich, solche Diskussionen splitterfasernackt in der Öffentlichkeit einer Sammeldusche zu führen.

Parallel werde ich immer wütender auf Lasse. Dass er mich nicht hat ausreden lassen, dass er meine Version nicht hören wollte. Wenn hier jemand eifersüchtig und kindisch reagiert hat, dann ja wohl er und nicht ich!

»Er kann mir gestohlen bleiben«, sage ich dumpf.

Das kleine Mädchen versteckt sich hinter den nackten Beinen seiner Mutter, weil ich so grimmig gucke. Ich lächle entschuldigend, und sie streckt mir die Zunge heraus. Rotzlöffel! Aber süß.

»Wer jetzt?«, fragt Steffi, während sie sich den Kopf einschamponiert, und pustet ein verirrtes Schaumflöckchen aus ihrem Mundwinkel. »Hannes oder Lasse?«

Das kleine Mädchen kichert und lässt uns nicht aus den Augen, es ist höchstens zwei oder drei Jahre alt, mit flachsblonden Haaren, die lustig in alle Richtungen abstehen.

»Alle Männer«, schimpfe ich, patsche ins Trockene, wo ich meinen Badeanzug anziehe und mich in mein Handtuch hülle. Genug geduscht. Es gibt so einiges, was ich Lasse an den Kopf werfen möchte, und das duldet keinen Aufschub.

»Kommst du?« Energisch stopfe ich die nassen Haare unter den Ringelstrick.

»Gute Idee, warte. Ich hole auch schnell meine Mütze.« Steffi huscht zurück zu den Schränken. Das kleine Mädchen lässt sich von seiner Mama in eine Badehose helfen und flitzt kichernd an mir vorbei. Mir kommt es so vor, als wäre Enna gestern noch genauso klein gewesen.

Ich seufze.

Als wir ins Freie treten, im Einteiler, mit Mütze auf dem Kopf und nur in ein Duschhandtuch gewickelt, empfängt uns ein eisiger Windstoß und zeichnet Gänsehaut auf alle Poren. Wieso verabreden sich Isländer eigentlich so gern draußen beim Baden? Besonders attraktiv kommt man da ja nicht rüber, wenn ich so an mir herunterschaue, ungeschminkt und käsig mit roten Flecken. Aber es scheint etwas typisch Wikingerisches zu sein. Sogar in den Seniorenheimen haben sie Hot Tubs. Ziemlich cool. Und wahrscheinlich kennen sie sich wirklich alle. Beinahe alle.

Ich sehe mich um. Auf dem See wie auf der übrigen Landschaft liegt eine Schicht aus Eis und Schnee, nur rund um die Becken ist er weggetaut. Dampf steigt aus dem warmen Wasser auf und sorgt dafür, dass auch die Holzstege und der Teppich, der zu den beiden schwimmenden Außenbassins führt, weitgehend schneefrei sind.

Einar winkt aus dem großen Pool gleich am Haus. Ich hatte gehofft, dass wir die Ersten wären, aber die Männer waren schneller, und jetzt gibt es kein Zurück mehr, wenn wir nicht erfrieren wollen. Wir sind die Einzigen, die ihr Handtuch dabeihaben. Einar zeigt auf eine Reihe Haken an der Hauswand. Lebensmüde, viel zu weit weg! Mein Blick fällt auf die Mutter mit dem Kleinkind – die beiden waren ganz offensichtlich schlauer als wir. Sie muss irgendwo abgebogen sein, denn die beiden waten hinter der Glasfront aus dem Inneren des Gebäudes direkt in den Pool. Das hätte ich auch gekonnt.

»Tschacka!«, ruft Steffi. Sie wirft ihren Frostschutz am Beckenrand von sich und steigt todesmutig als Erste ins Wasser.

»Oh, schön«, haucht sie mit klappernden Zähnen. »Das tut gut, komm rein, los.«

Lasse sieht zur Seite. Er stiert auf den See hinaus, als hätte er sich in den Kopf gesetzt, ein neues Monster darin zu entdecken. Als gäbe es hier im Becken nicht genug Ungeheuerliches.

»Augen zu und durch«, murmle ich leise, lege mein Handtuch neben Steffis, schlüpfe aus den Flip-Flops und stecke den großen Zeh ins Wasser.

»Heiß«, kiekse ich.

Einar lacht. »Es sind nur achtunddreißig Grad. Die beiden schwimmenden Pools haben vierzig Grad und mehr. Na los! Wenn du dich abkühlen willst, kannst du auch direkt in den See springen. Das ist sehr gesund!«

»Nein, danke«, murmle ich schaudernd.

Ich zögere, nicht so sehr wegen der brühwarmen Badewanne oder der Schilder, die davor warnen, dass die Stufen schlüpfrig sein können, sondern wegen Lasse. Immer noch weicht er meinem Blick aus. Auch gut, dann sieht er wenigstens nicht, dass ich Cellulite habe.

Steffi und Einar albern gleich wieder miteinander herum wie die Kinder. Ich fasse es nicht.

»Steffi!«, bremse ich sie ungehalten aus. »Wir müssen euch etwas sagen!«

Einars Aufmerksamkeit habe ich voll und ganz. Lasse tut immer noch so, als würde er nicht dazugehören und verstünde kein Deutsch. Er schäkert mit dem Mädchen herum, das auf der anderen Seite des Pools mit seiner Mama im Flachen zwischen runden Felsbrocken sitzt und offenbar Langeweile hat.

Aus kleinen Bohrungen in den Steinen spritzt ab und zu ein Wasserstrahl, aber die Kleine ist zu langsam, um die

Fontänen zu erwischen. Lasse formt mit den Händen einen Hohlraum und drückt das Wasser daraus in einem Strahl nach oben.

Das Kind lacht sich kringelig, als er sich dabei selbst ins Auge spritzt. Er kann so gut mit Kindern, mein Herz sticht, als ich das sehe, und ich muss zurückdenken an die Zeit, als Enna in dem Alter war. Mein Ex hat es nach unserer Trennung nicht mal mehr auf die Reihe gebracht, ihr zu Weihnachten eine Karte zu schicken.

»Ja, das stimmt«, sagt Steffi und bringt mich damit in die Wirklichkeit zurück. »Einar …«, fängt sie an und greift nach seiner Hand. »Ich möchte euch beiden etwas erzählen. Nur Merle weiß es bisher.«

Ich halte die Luft an. Was kommt denn jetzt?

»Ich bin schwanger.«

»Was?«, platze ich heraus.

Lasse starrt mich genauso entgeistert an wie ich ihn.

Einar gewinnt als Erster die Fassung zurück.

»Das ist …« Er räuspert sich. »Ja, herzlichen Glückwunsch! Auf die glücklichen Eltern!«

Steffi atmet tief durch. »Die glückliche Mutter«, korrigiert sie verlegen. »Ich werde mich definitiv von meinem Mann trennen. Und dass ich das tun muss, hätte ich nie begriffen, wenn ich dich nicht getroffen hätte, Einar. Vielen Dank dafür.«

Einar zieht die Augenbrauen hoch. Langsam nickt er. »Das ist eine weitreichende Entscheidung. Du bist eine mutige Frau.« Er lächelt. »Dann trinkst du nachher besser kein Vök-Bier mit uns. Wie wäre es mit Fruchtsaft auf die guten Neuigkeiten?«

Steffi nickt dankbar.

Lasse schüttelt den Kopf. »Was wird hier eigentlich gespielt?«

»Nichts, was dich etwas anginge, mein Junge«, sagt Einar ruhig.

»Merle kann nichts dafür«, ergänzt Steffi, und ihr Ton hat etwas Flehendes.

Lasse schwingt sich aus dem Becken, geht über den Steg zu einer kleinen Leiter und klettert in das eisige Seewasser. Prustend und schnaufend schwimmt er ein paar Züge hinaus, dann kehrt er um und steigt in den mittleren der beiden schwimmenden Pools.

»Mir reicht das jetzt«, brumme ich, ziehe mich etwas weniger elegant aus dem warmen Becken und stapfe zu ihm hinüber. Kaum bin ich an der frischen Luft, bereue ich meine Entscheidung. Der Wind macht die Kälte wirklich unangenehm auf der nassen Haut, egal wie gut man durchgewärmt ist.

Als ich mich jedoch hinsetze und über den Rand in den schwimmenden Sechseckpool gleiten lasse, habe ich umso mehr das Gefühl zu verbrühen. Nur zwei Grad wärmer soll das Wasser hier sein? Aber egal wie, es passt zu meiner brodelnden Stimmung.

»Lasse, was zur Hölle ist in dich gefahren? So kenne ich dich ja gar nicht. Können wir nicht miteinander reden wie zivilisierte Menschen?«

»Widerspruch. Wir kennen uns eben nicht besonders gut. Genau genommen erst seit drei Tagen. Wie gut kennt man einen Menschen da schon? Du hast mich jedenfalls wunderbar um den Finger gewickelt. Ich dachte wirklich, deine Gefühle für mich wären echt. Ich habe – hatte – jedenfalls Gefühle für dich. Ziemlich viele sogar. Aber wie gesagt, anscheinend bin ich nur ein austauschbarer Trottel, genau wie mein Onkel. Macht es Spaß, einen alten Mann so an der Nase herumzuführen? Monatelang? Und dann machst du mit mir rum, und Steffi flirtet auf Teufel komm raus mit ihm!«

»Ich habe nicht mit dir *rumgemacht!*«, protestiere ich verärgert und ein bisschen lauter als beabsichtigt.

Ein älteres Ehepaar beäugt uns konsterniert und tuschelt miteinander. Lasse sieht es auch und hievt sich aus dem Wasser. Von seinen beachtlichen Oberarmmuskeln perlen kleine Tröpfchen, und das tut überhaupt nichts zur Sache jetzt. Lasse steuert den äußersten Pool an, der vollkommen leer ist, und meine Augen verhöhnen mich mit Bildern seines perfekten Pos, der langen, schlanken Beine und eines ansehnlichen Rückens und breiten Schultern. Kein Gramm Fett zu viel, und das macht mich irgendwie nur noch gereizter. So einfach kommt er mir nicht davon! Ich klettere ihm hinterher und folge ihm über den schlüpfrigen Steg. Lasse hockt sich hin und gleitet vorsichtig hinein. Bauchmuskeln hat er auch, ich erinnere mich an das Gefühl unter meinen Fingerspitzen, und mein Herz schlägt schneller, als ich es will. Na wenn schon. Ich gebe mir Mühe, die feine Linie aus goldblonden Locken auszublenden, die sich von seinem Bauchnabel südwärts bis unter die Badehose zieht.

»Arrgh!«, schnaube ich und springe mit einem Platschen in den Bottich. Das hätte ich allerdings nicht tun sollen, ich komme mir vor wie ein Hummer, der bei lebendigem Leib gekocht wird. Es hat schon einen Grund, weswegen ich keine Schalentiere esse. Entsetzt schnappe ich nach Luft, mein Herz klopft wie ein Presslufthammer, und ich würde in diesem Augenblick wirklich gern Dampf ablassen können wie eine Comicfigur, damit mein Schädel nicht platzt.

Wackelig strecke ich mich über den Rand des Bassins hinaus, schöpfe kaltes Seewasser und lasse es mir über Gesicht, Hals und Nacken laufen, in der Hoffnung, dass mir mein Kreislauf treu bleibt. Das wäre jetzt der Supergau, bewusstlos in die Arme eines wutschnaubenden Mannes zu sinken. So wie er mich anfunkelt, würde Lasse mich außerdem höchstwahrscheinlich mit Genuss untergehen lassen. Und doch lese ich nicht nur Wut in seinem Gesicht. Unter der massiven Zornesfalte zeigen sich tiefe Verletzung, Enttäuschung und Traurigkeit.

»Aber deine Freundin setzt dieser erbärmlichen Charade gerade die Krone auf«, schimpft er ungerührt weiter. »Was soll dieses Schwangerschaftsouting zu diesem Zeitpunkt? Hilf mir, was soll ich denken?«

»Jetzt hör mir mal zu. Das Ganze ist ein Riesenmissverständnis! Ich würde es dir ja gern erklären, wenn du mich zur Abwechslung auch mal was sagen ließest!« In heiligem Zorn klatsche ich mit den Handflächen ins Wasser. »Und Steffi ist ein erwachsener Mensch, ich hab schon genug mit ihr geschimpft, das kannst du mir glauben. Aber das ist ihr eigener Bockmist, für den kann ich nichts, und dein Onkel ist nun mal wirklich ein verdammt guter Zuhörer. Weit besser als du jedenfalls.«

Lasse wischt sich die Spritzer aus dem Gesicht, ohne eine Miene zu verziehen. »Entschuldige, du hast recht. Wir sind erwachsene Menschen. Also, dann. Rede!« Er verschränkt die Arme vor der Brust.

»Ohhhh!«, schnaube ich. »Du hast ja gar nicht vor zuzuhören!« Es gibt eine ganze Menge, was ich ihm gern an den Kopf werfen würde, dass zu einer Liebe Vertrauen gehört, dass man den anderen ausreden oder sich zumindest erklären lässt, aber ich bin so in Rage, dass ich keinen geraden Satz herausbekomme. Also tue ich, was ich immer tue, wenn mir etwas über den Kopf wächst. Türmen. »Vergiss es einfach! Du hast doch dein Urteil schon gefällt! Werde glücklich damit.«

»Das habe ich nicht! Ich will dir ja glauben, aber ...!?«, ruft er mir nach.

Ich habe mich bereits umgedreht, widme ihm eine wegwerfende Geste über die Schulter und stapfe durch das hüfthohe Wasser quer durchs Becken bis zu der kleinen Treppe mit dem Geländer. Hoch erhobenen Hauptes trete ich den Rückweg an. Aufmüpfige Tränen dringen aus meinen Augen, aber die sieht er ja zum Glück nicht.

»Komm raus, Steffi! Ich will nach Hause. Tut mir leid Einar, ich versaue dir den ganzen Tag, du hast dir solche Mühe gegeben, und du bist wirklich ein Schatz. Du hast ein Herz aus Gold. Aber der Rest von Island kann mir gepflegt gestohlen bleiben.«

Ich bücke mich, um unsere Handtücher aufzuheben. Die sind inzwischen so steif gefroren, als hätte man sie in Holzleim getunkt und trocknen lassen. Deswegen nimmt die keiner mit bis zum Wasser! Anfängerfehler.

Einar besteht darauf, dass wir wenigstens noch einen Teller der Tagessuppe mit frischem Brot essen und uns einen Kräutertee zusammenstellen. Ich bin der festen Überzeugung, dass ich nie wieder etwas essen kann, aber die Suppe duftet köstlich, mein Magen knurrt, und ich vergehe vor Durst. Außerdem muss Steffi gut auf sich und Knöpfchen achten, also leiste ich ihr Gesellschaft. *Ich* bin nämlich wirklich erwachsen. *Ich* kann meine Emotionen sehr wohl kontrollieren und mich wie ein vernünftiger Mensch verhalten.

Widerstrebend lasse ich mir einen Becher und eine Zange für die Kräuter in die Hand drücken und picke wahllos Kamille, Minze und anderes Grünzeug aus runden Edelstahlbehältern, die auf einem langen Tresen aufgereiht sind. Steffi hilft mir, heißes Wasser über die eigenwillige Mischung zu gießen.

»Setz dich bloß neben mich!«, zische ich Steffi zu. »Ich setze mich auf keinen Fall neben *ihn!*«

Wir nehmen an einem der Holztische mit Blick auf die Lagune Platz und fangen schweigend an zu essen, Steffi in der Mitte zwischen mir und Einar.

»Wo bleibt Lasse denn eigentlich?«, fragt Steffi ihn irgendwann. Ich registriere, dass seine Hand auf ihrer ruht, aber ich sage nichts. Ich habe mir den Mund heute schon genug verbrannt.

»Wartet draußen«, sagt Einar leichthin.

»Bei der Kälte?«, rutscht es mir heraus.

Einar zuckt mit den Schultern. »Seine Entscheidung.« Er pustet in seinen Tee und mustert mich über den Rand der Tasse hinweg, sagt aber nichts weiter.

»Vertrackte Situation«, murmelt Steffi schließlich.

»Es gibt Schlimmeres auf der Welt«, meint Einar lakonisch und stippt ein Stück Baguette in seine Suppe.

»Ja, aber … bist *du* denn gar nicht sauer auf uns? Du hättest doch am meisten Grund dazu … Hannes!«

Er lacht und steckt sich genüsslich das Brot in den Mund. »Köstlich.« Dann trinkt er seelenruhig einen Schluck Tee. »Wir haben die ganzen Missverständnisse irgendwie heraufbeschworen, so wie wir alle ständig um den heißen Pudding geschlichen sind, oder?«

»Brei«, korrigiere ich aus alter Gewohnheit.

Er lacht wieder.

»Seit wann weißt du es?«, fragt Steffi.

»Auf dem Foto hatte ich euch tatsächlich verwechselt – und ein paar Andeutungen von dir – oder Steffi …« Er sieht fragend von einer zur anderen. »… habe ich wohl falsch verstanden. Heute Morgen beim Frühstück, als wir beide in die App getippt haben und Steffi nicht, da fiel die Münze, dass nicht sie Icelandfan52 ist, sondern du.«

Diesmal verbessere ich ihn nicht, sondern schlucke den Groschen hinunter.

»Jeder von uns hatte seine Gründe. Du hast dich bedeckt gehalten, ich habe mich bedeckt gehalten, Steffi wollte auch nichts falsch machen, und so haben wir zu viel in jede Kleinigkeit interpretiert und eine Menge falscher Schlüsse gezogen. Vielleicht schreibe ich mal darüber.«

»Es tut mir so leid«, sagt Steffi leise, und er drückt ihre Hand.

»Na Mahlzeit«, sage ich gequält. »So schlimm?«

»Weißt du, Merle. Jeder ist seines Glückes Schmied. Das habe ich dir ein paarmal geschrieben, in verschiedenen Situationen im vergangenen Jahr. Erinnerst du dich?«

Ich nicke betreten und drehe meine Tasse am Henkel auf dem Unterteller herum.

»Das habe ich Steffi gestern und heute gesagt, und das habe ich auch Lasse oft genug zu erklären versucht. Wir können uns jeden Tag entscheiden, *was* wir sehen wollen. Das Negative, also das, was uns geraubt wurde, oder das Positive, das uns geschenkt wurde. Eine Situation ist einfach nur eine Situation. Was wir daraus machen, wie wir sie nehmen, unsere Bewertung, das beeinflusst, was weiter geschieht, ob wir gestresst sind, wütend oder fröhlich. Unfälle passieren. Wir können uns freuen, dass wir noch leben, oder uns ärgern über den Blechschaden. Das ist allein unsere Entscheidung. Es ist niemand gestorben, nicht wahr? Das wäre schlimm. Im Gegenteil, ein Kind wird geboren. Es lässt sich alles regeln.«

Da ist er wieder, mein Hannes. Meiner! Verdammt. Steffi kleckert ein bisschen, als sie zittrig die Suppe probiert, aber bevor sie nach ihrer Serviette greifen kann, tupft er ihr den Fleck bereits vorsichtig vom Kinn. Die beiden lächeln sich an, und ich komme mir vor wie das fünfte Rad am Wagen. Das Leben ist so unfair, ungerecht, hinterhältig und gemein …

»Ich wüsste nicht, was an der Situation gut sein soll«, maule ich.

Eine Weile schlürfen wir schweigend Tee und Suppe und hängen unseren Gedanken nach. Ich zermartere mir das Hirn, wie das alles so schrecklich schiefgehen konnte –

von himmelhoch jauchzend bis zu Tode betrübt, und das schneller, als jeder Teenager dafür brauchen würde.

Was soll mir das alles sagen? Was soll ich daraus lernen? Wieder rein ins Schneckenhaus? Kannst du haben, Schicksal. Da war ich schon, aber wenn du meinst, dann drehen wir diese Runde eben noch mal.

»Ihr solltet miteinander reden«, unterbricht Einar unser Schweigeretreat.

Ich lege den Löffel beiseite und starre ihn an. »Wie denn, wenn er ständig wegläuft? Er hört mir nicht zu. Und jetzt will ich auch nicht mehr.«

»Merle!«, ruft Steffi empört. »Sei nicht so bockig und wirf bei der geringsten Schwierigkeit gleich alles wieder hin.«

»Das ist ein bisschen mehr als gering«, widerspreche ich. »Der Herr Rechtsmediziner hat definitiv zu viel mit Leichen zu tun, er hat den Umgang mit Menschen verlernt.«

Einar räuspert sich dezent, schweigt aber.

»Und du bist darin eine Meisterin, ja?«, gibt Steffi zurück.

»Was willst du damit sagen?«

»Nichts.« Sie stochert in ihrem Teebecher herum, dann sieht sie zu Einar.

»Ich gehe schon mal vor«, sagt der und zieht sich zurück.

»Einar hat mir angeboten, ein paar Tage auf seinen Hof zu kommen – ganz freundschaftlich –, damit ich einen klaren Kopf kriege.«

Sie hätte mir auch einfach den Suppenteller auf dem Kopf zerschlagen können. »Spinnst du? Und was willst du Thorben sagen?«

»Ich habe ja gar nicht zugestimmt«, verteidigt sie sich. »Aber das Angebot klingt toll. Es würde mir wirklich guttun, schätze ich. Ich habe mit ihm geredet, und er hat recht damit, dass ich meine Ehe nicht einfach beenden und im nächsten Atemzug in etwas Neues reinschlittern kann. Das wäre nur eine Flucht. Ich habe mich in mein Idol verguckt, in die Projektion und in das Phänomen, dass er all das ist, was Thorben eben nicht ist. Er hat es mir auf den Kopf zu gesagt, durch die Blume schon am Berg gestern, und er trauert ja auch noch um seine Frau. Er wäre ein richtig guter Psychologe, unser Hannes. Einar. Was meinst du?«

Ich schüttle heftig den Kopf. »Ich kann dir nicht sagen, was du tun sollst, Steffi. Ich habe gerade echt mit mir zu tun.« Meine Augen füllen sich mit Tränen.

Sie legt mir die Hand auf den Unterarm und streichelt mich.

»Ich weiß doch, Süße. Und deswegen würde ich dich auch nie einfach alleinlassen.«

Ich schlucke.

»Das heißt, ich soll dir die Absolution geben, damit du deine Sachen packen und mit Einar heute Abend auschecken kannst? Und dann soll ich ohne dich zurückfahren? Quer über den Nordatlantik? *Du* wolltest unbedingt diese Krimitour machen, wenn ich dich daran erinnern darf!«

Steffi hört auf damit, ein übrig gebliebenes Stückchen Brot mit ihrem Löffel zu zerkrümeln, und sieht mich empört an.

»Nein, du hörst wirklich nicht richtig zu. Das wäre noch bescheuerter als das, was du hier abziehst. Du brauchst mich. Das habe ich ihm auch gesagt. Ich bleibe bei dir. Aber allein der Gedanke, dass ich die Einladung annehmen könnte, in ein paar Tagen vielleicht, oder Wochen, tut mir sehr gut.«

»Willst du mir jetzt ein schlechtes Gewissen einreden?« Ich mache ein zynisches Geräusch und stehe auf. »Lass uns gehen, ich möchte dieses Land verlassen, und es wäre schön, wenn du mitkommst.«

Als wir aus dem Gebäude treten, redet Lasse am Auto wild gestikulierend auf Einar ein, der ihn ganz offensichtlich zu beruhigen versucht, aber er schüttelt seinen Arm ab. Schließlich steigt er immerhin in den Wagen – auf der Beifahrerseite vorn. So muss er weder neben Steffi noch neben mir sitzen. Genau so, wie ich es vorhin haben wollte. Eigentlich. Schöner Mist. Jetzt hätte ich den Platz vorne gern gehabt. Ich mag nicht mal neben Steffi sitzen.

Bestürzt kommt Einar auf uns zugelaufen.

»Vielleicht ist es besser, wenn wir den Bus nehmen«, murmelt Steffi leise.

»Das werdet ihr nicht tun«, bestimmt er. »Es ist eine vertrackte Geschichte, aber Missverständnisse kommen vor, Meinungsverschiedenheiten auch. Gemüter beruhigen sich. Steigt ein. Na los.«

Wir schleichen so langsam näher wie zwei Hunde, die Herrchens Lieblingshausschuhe zerfetzt haben, und wenn ich einen hätte, würde ich den Schwanz einklemmen.

Lasse würdigt uns keines Blickes, als wir die Wagentüren hinter uns zuziehen. Sein Schweigen ist so laut und so eisig, dass ich auf der ganzen Rückfahrt kein Wort herausbringe. Ich friere elendig, da kann Einar die Heizung noch so sehr aufdrehen.

Es ist vorbei. Ich bin wieder Single – vielleicht war ich nie etwas anderes. Und meine beste Freundin ist drauf und dran, mich für einen Kerl zu verlassen, der mein Hannes war – und der ihr Vater sein könnte. Na gut, ein sehr junger Vater, aber theoretisch möglich. Vielleicht sind wir ja wirklich die unmoralischen Island-Groupies, die Lasse in uns sieht.

Ich suhle mich bis Egilsstaðir in Selbstmitleid, dann male ich mir aus, was ich alles in der Luxus-Außenkabine tun und lassen könnte, wenn Steffi von Bord ginge – schließlich liegt in allem Schlechten auch was Gutes, genau wie Einar sagt. Ich hätte doppelt so viel Platz, könnte den ganzen Tag lesen, hätte die frisch aufgefüllte Minibar für mich allein, könnte in die Sauna gehen oder in die Hot Tubs, wann immer ich wollte, niemand würde das Badezimmer aufgrund von Spuckattacken dauerbesetzen … und kein Mensch würde mich davon abhalten, mir die Augen aus dem Kopf zu heulen wegen eines Idioten, der mich gar nicht verdient hat. Ich könnte mich mit Dosenbier und Bitter betrinken und einen zehn Meter langen Schal stricken – mindestens.

Und Pawel, ich habe immer noch Pawel.

Und Enna.

Und wenn Pawel mir keinen Hotspot mehr aufmacht, kaufe ich mir WLAN. Diese ganze Detoxnummer war sowieso eine blöde Idee. Wozu brauche ich eine schnarchende, kotzende Freundin neben mir, wenn ich mit der halben Welt chatten kann? Wozu brauche ich einen Lasse, wenn ich mit der ganzen Welt flirten kann? Und dann komme ich mir so richtig mies vor. Steffi leidet mehr als ich. Sie steckt mitten in einer handfesten Ehekrise, schwanger noch dazu. Und Einar tut ihr wirklich gut, wer wüsste das besser als ich? Wenn er ihr dabei hilft, ihren blöden Krimi zu schreiben, bringt sie das sicher auf andere Gedanken. Und wenn mehr draus wird, ich würde es ihr gönnen. Beiden. Sie sind meine Freunde. Beide – irgendwie. Und Thorben ist doof. War er immer schon.

»Mach das«, sage ich.

»Was?« Steffi sieht mich entgeistert an.

»Reisende soll man nicht aufhalten«, sage ich betont locker und unterstreiche es mit einem tapferen Lächeln. »Ich komme schon zurecht, im Gegenteil, vielleicht tut mir die Ruhe sogar richtig gut nach all der Aufregung.«

»Solange ihr das nicht geklärt habt, lasse ich dich auf keinen Fall allein.«

»Da gibt es nichts mehr zu klären. Es ist vorbei. Ich komme klar, mach dir keine Sorgen. Bloß weil ich es für mich verbockt habe, musst du aber nicht auf dein Glück verzichten, wenn es das ist. Probier es aus, krieg den Kopf frei, denk in Ruhe nach, sonst wirst du es später bereuen. Es gibt da so Studien …«

»Wir reden nachher«, unterbricht mich Steffi brüsk.

Treffer versenkt. Genau das hatte ich erwartet. Sie hat Angst vor ihrer eigenen Courage, sie wird kneifen – wir sind uns zu ähnlich, Steffi und ich. Das wäre gut für Thorben, den Doofen, aber ist es das auch für Steffi und Knöpfchen?

Kapitel 18

Um 16 Uhr hat Einar seine Lesung – auf Deutsch. Fast fehlerfrei. Ich bin die halbe Zeit abgelenkt und suche insgeheim doch nach Augenkontakt zu Lasse, aber der weicht mir aus und versteckt sich hinter seinen Schauspielkollegen und -kolleginnen. Steffi dagegen hängt mit geröteten Wangen an Einars Lippen und weicht auch hinterher kaum von seiner Seite – das dazu, aber ich gönne es ihr. Wirklich.

Der restliche Nachmittag schleicht vorüber. Ich verbringe ihn mit Pawel, drei Milchkaffee und einem Brownie an der Bar. Ein älterer Herr will mir einen Schnaps ausgeben. Pawel zwinkert mir zu. Der war das? Oje. Entschuldigungen murmelnd ziehe ich mich in die Kabine zurück und widme mich Stephen Hawking. Aber der kann mich auch nicht auf andere Gedanken bringen.

Unter großem Hallo werden beim Abendessen die letzten Fragen an die Krimischauspieler gestellt. Alle, die wollen, geben schriftlich ihre Tipps ab, und dann wird das Geheimnis um den Mord an Sir Henry gelüftet. Wer am dichtesten dran ist an Motiv und Täter, gewinnt eine Flasche isländischen Brennivín. Steffi liegt knapp daneben.

Als Täter wird Doktor Gudmundsson verhaftet, da musste man wirklich erst mal draufkommen. Kein Wunder, dass dringend ein Ersatzschauspieler für die Rolle gebraucht wurde. Ohne Mörder taugt der beste Krimi nichts.

Stefan genießt es regelrecht, ihn abzuführen. Ich sehe genau, dass er den angetäuschten Polizeigriff eine Spur heftiger ausführt als notwendig. Unter dem Gejohle sämtlicher Schischus wird Lasse weggebracht, in die Ausnüchterungszelle des Schiffs, die als Gefängnisersatz dienen soll. Richtig so!

Die Emotionen der anderen driften an mir vorüber wie blank geschliffenes Treibholz an einem Felsen. Ich verziehe mich zurück zu Pawel an die Bar, bestelle mir – passend zu meinem Lebensgefühl und der Happy Hour sei Dank – zwei Zombies mit dreierlei Rum und zähle die Stunden, bis wir ablegen und Lasse von Bord geht. Ein Vögelchen namens Basti hat mir geflüstert, dass er das vorhat, wohl auch besser für ihn, als überführter Schischu-Mörder. Er will bei Einar unterkriechen, um sich Wunden zu lecken, von deren Existenz Basti keine Ahnung hat.

Ich komme mir blöd vor. Basti hat mich mit Lasse knutschen sehen, und wenn ich ein bisschen früher angefangen hätte mit dem Kinderkriegen, könnte ich glatt seine Mutter sein.

»Schöner Pulli«, lobe ich mal wieder seine Oma. Das Strickoberteil des Tages ist ein Fadenkreuz auf knallrotem Untergrund – blutrot, sozusagen, passend zu meiner Stimmung. Düster sauge ich an meinem Zombie. Ich hatte beinahe vergessen, wie es sich anfühlt, wenn einem jemand das Herz herausreißt, dem man es gerade frisch geöffnet hat. Da wollte ich nie wieder hin – et voilà!

»Man soll niemals nie sagen«, gebe ich Basti als weisen Rat mit. »Hör auf eine erfahrene Frau. Verneinungen animieren das Universum dazu, dir das Gegenteil von dem zu präsentieren, was du eigentlich wolltest.«

Basti nickt brav und entschuldigt sich unter einem Vorwand. Auch gut, ich habe ja Pawel.

»Du bist mein Freund«, erkläre ich ihm und bestelle noch mal zwei Zombies.

Obwohl ich nicht besonders viel davon gegessen habe, liegt mir das Dreigangmenü schwer im Magen. Aber der Rum tut seine Wirkung, ich bekomme aus weiter Ferne mit, dass Steffi mein Strickzeug beiseiteschiebt und sich auf den Barhocker neben mir schwingt.

»Auch 'nen Zombie?«, frage ich. Sie schüttelt den Kopf, und etwa gleichzeitig fällt es mir von selbst wieder ein. »Ach ja, Knöpfchen.«

»Machst du mir bitte einen Kamillentee?«, wendet Steffi sich an Pawel.

»Und? Hast du inzwischen gepackt?«, frage ich nach einer Weile.

Sie schüttelt den Kopf. »Ich lasse dich unter diesen Voraussetzungen nicht allein. Das wiederhole ich gern. So was geht gar nicht.«

Wusste ich's doch. Sie kneift. Dann runzle ich die Stirn. Wenn hier eine wegläuft, dann bin ehrlicherweise ich das.

»Doch, Steffi, das musst du tun, das ist wichtig für Knöpfchens und deine Zukunft, und das darfst du nicht von mir abhängig machen. Es ist eine super Chance. Schicksal! Du musst den Kopf klarkriegen.«

»Kann sein. Aber dafür habe ich noch etwa sechs Monate Zeit. Erst mal kriegen wir die Gegenwart geregelt.«

Sie betrachtet missbilligend die Reihe leer getrunkener Gläser vor mir, in denen halb geschmolzenes, gestoßenes Eis zwischen zinnoberroten Grenadinespuren und mit dem Strohhalm aufgespießten Limonenscheiben schwimmt.

»Was hältst du von Kaffee?«

»Hatte ich schon. Später vielleicht. Nein, besser morgen früh. Wenn ich welchen nach sechzehn Uhr trinke, kann ich nicht mehr schlafen.«

Steffi seufzt und nimmt lächelnd ihren Kamillentee von Pawel entgegen.

Ich sauge mit dem Trinkhalm schlürfend die letzte Pfütze Rum aus meinem dritten Zombie. Leider wirken die Dinger nicht so, wie ich es mir erhofft hatte.

»Wieso überhaupt Hannes?«, bricht es aus mir heraus. »Er hat uns angelogen.«

»Das ist sein zweiter Vorname, dem deutschen Erbe geschuldet, seine Mutter ist …«

»Ich weiß. Lasses Großmutter ist Deutsche. Das ist dieselbe Frau, Einars Tante.«

»Ach ja«, sagt Steffi kaum hörbar und beißt in einen der Kekse, die Pawel ihr auf die Untertasse gelegt hat.

Ich dachte, dieses Privileg hätte nur ich. Anscheinend habe ich mich in sämtlichen Männern an Bord dieses Schiffes getäuscht.

»Oh. Auch einen?«, fragt sie schuldbewusst, als ich sie anstarre.

Resigniert lasse ich die Schultern fallen. »Ich habe echt Talent, oder? Das ist genau der Grund, weswegen ich seit Enna …«

»Ernsthaft? Geht das jetzt wieder los?«

»Nein, entschuldige.«

»Thorben hat angerufen. Ich hatte gerade ein allerletztes Mal zu hoffen gewagt, dass meine Yuppie-Ehe das vielleicht doch überleben könnte. Aber er ist so … so …«

»Thorben?«

Steffi sieht mich an und reibt sich über den noch nicht vorhandenen Bauch. Obwohl – wenn man's weiß, eine kleine Beule ist da schon zu sehen.

»Ja«, sagt sie leise. »Er ist einfach so verdammt Thorben.«

»Es wird sich wieder einrenken«, sage ich wenig überzeugend.

Steffi grinst. »Du hast so was von null Pokerface!«

»Und du einen ganz schlechten Eheberater, wenn du mich fragst.«

»Tue ich aber nicht«, blubbert sie pustend über ihren Kamillentee hinweg.

»Und? Was hast du ihm gesagt?«

»Thorben?« Vorsichtig nimmt sie einen Schluck und setzt seufzend die Tasse ab. »Die Wahrheit. Ob das nun gut oder schlecht war, wird sich zeigen. Dass ich hier einen kleinen emotionalen Ausnahmezustand habe und Zeit brauche. Auf neutralem Boden. Er kapiert es nicht. Hat einfach aufgelegt. Wieder mal.«

»Oh, Süße, das tut mir so leid.« Ich drücke ihre Hand. »Verstehst *du* mich denn?«

»Natürlich«, sage ich und nehme sie in den Arm. »Allzu gut. Und ich bin immer für dich da, okay?«

»Ich weiß.« Steffi seufzt und sieht mich skeptisch von der Seite an. »Wie geht's dir denn inzwischen?«

»Sieht das nicht ein Blinder mit Krückstock?«

»Einen Passagier dieser Beschreibung habe ich noch nicht an Bord gefunden«, erwidert sie trocken. »Magst du's mir vielleicht erzählen? So mit Worten und so?«

Mein Kinn fängt unkontrolliert an zu zittern.

»Auch bescheiden«, schluchze ich los. »Hannes war der perfekte Traummann. Eine Illusion, das ist mir klar. Aber perfekt. Ich wollte gar nicht nach jemand anderem suchen. Ich war glücklich. Das war mir genug.«

Steffi seufzt und rührt in ihrem Tee. »Und ich hab dir das versaut. Es tut mir so leid.«

»Ach, Quatsch. Damit konnte doch niemand rechnen, und gesund war das auch nicht. Dann habe ich Lasse gefunden. Gar nicht perfekt, aber perfekt für mich. Real, zum Anfassen schön. Und ich hab's versaut. Nein, er hat's versaut. Und mein Hannes ist auch weg, weil er dein Einar ist! Das gönn ich dir von Herzen, wirklich. Du hast es verdient. Aber … ich bin jetzt wieder allein.«

»Sture Böcke, alle beide«, schimpft Steffi in ihre Teetasse. »Und dein Hannes bleibt dir doch. Er ist doch nicht aus der Welt, nur weil wir …«

»Doch. Meine sichere Bank ist untergegangen wie ein havariertes Schiff. Nein, schlimmer. Bei meiner besten

Freundin vor Anker gegangen, und das fühlt sich auch noch richtig an.«

»Vielleicht ist es ja nur ein Trockendock.« Steffi hält mir ein Taschentuch hin.

»Ich will eh nur Lasse!«, plärre ich weiter. »Nach Jahren des alleinerziehenden Mutterdaseins weiß ich endlich, was ich will, wen ich will! Ich bin bereit für eine Beziehung, ich will mich wirklich einlassen, und alles fängt so gut an – und dann gibt er mir einfach einen Korb! Wegen ein paar blöden Missverständnissen und ohne mir überhaupt richtig zugehört zu haben!«

Ich putze mir geräuschvoll die Nase und stecke das Taschentuch in die Hosentasche. »So jemand Besonderen wie Lasse finde ich nie wieder.«

Kaum läuft die Nase nicht mehr, quellen meine Augen schon wieder über. Ich ziehe das Taschentuch noch einmal heraus und wische mir die Tränen weg.

»Kannst du mir nicht wenigstens einen neuen Hannes besorgen? Hat Lasse nicht gesagt, dass Männer für mich austauschbar sind?«

Ich sehe Steffi an, aber die rollt mit den Augäpfeln. »Du zerfließt in Selbstmitleid, Merle. Hör auf.«

Also wende ich mich hilfesuchend an Pawel.

Pawel poliert Biergläser. Mitleidig blickt er mich über sein obligatorisches Geschirrtuch an.

»Warte mal kurz.« Er geht ein paar Schritte zum anderen Ende des Tresens und pfeift durch den Raum in Richtung der färingischen Fußballtruppe, die in der Ecke ihren Sieg feiert.

»Hey, guys«, ruft er auf Englisch. »Wir brauchen dringend einen Hannes für die junge Dame hier. Heißt zufällig einer von euch so?«

Im Spiegel an der Barwand sehe ich Fußballerköpfe sich schütteln wie nasse junge Hunde. Aber mitten im allgemeinen Gemurmel hebt plötzlich einer den Arm. »Ich heiße Hannes.«

Erstaunt gebe ich meinem Barhocker ein wohldosiertes Quäntchen Schwung und drehe mich um.

Da hebt ein zweiter die Hand.

»Ich heiße auch Hannes.«

»Nein, ich heiße Hannes!«

»Ich bin Hannes«, schallt es aus einer ganz anderen Ecke der Bar.

»Ich auch!«

Ich putze mir die Nase, sehe Pawel an und heule wieder.

»Nein, das geht so nicht. Er ist eben nicht austauschbar. Ich will *meinen* Hannes, nicht irgendeinen! Ich hab's verbockt, total verbockt!«

»Du kennst ihn aber doch gar nicht«, wirft Pawel ein. »Wie kann man Liebeskummer haben wegen jemandem, den man nicht kennt? Oder habe ich etwas nicht mitbekommen?«

»Oh, eine ganze Menge«, stöhnt Steffi, stützt die Ellbogen auf und hält sich den Kopf.

»Mein Hannes heißt *Lasse*. Aber das kann ich dir jetzt nicht erklären, das verstehe ich selbst kaum. Er *hieß* Lasse. Es ist kompliziert.«

Pawel nickt und poliert weiter. Er trägt den stoischen Gesichtsausdruck eines Barkeepers, der ständig die absurdesten Geschichten hört.

Auf einmal steht ausgerechnet Stefan neben mir.

»Sind wir nicht alle ein bisschen Hannes? Lass mich dein Hannes sein! Oder dein Lasse. Nur für diese Nacht!«

»Geh weg!« Ich schubse ihn zur Seite. »Das ist nicht witzig.«

Stefan trollt sich und flirtet mit zwei kichernden Schi-schu-Damen mittleren Alters. Fassungslos starre ich ihm hinterher, als er sich zu ihnen setzt. *Austauschbar*, dröhnt es in meinem Kopf.

Steffi neben mir saugt laut schlürfend mit einem meiner abgelegten Strohhalme die Reste aus ihrer Teetasse und fängt haltlos an zu kichern. »Doch, es ist witzig. Darf ich mir dann einen aussuchen, wenn du keinen willst?«

»Noch einen? Du bist verheiratet!«, schimpfe ich. »Und schwanger.«

»Noch. Hast du die Bauchmuskeln von dem Stürmer gesehen?«

»Woher willst du wissen, dass er Stürmer ist?«

Steffi pikst mich mit dem Finger auf die Brust. »Okay, erwischt. Vielleicht kenne ich mich nicht so gut mit Fußball aus, aber erzähl mir was von Bauchmuskeln. *Das* ist mein Metier!«

»Können wir uns jetzt bitte wieder auf mich konzentrieren?«, jammere ich. »Lasse ist das Beste, was mir je passieren konnte, und ich bin zu dämlich. Wie immer!«

»Nichts einzuwenden. Da stimme ich dir voll und ganz zu. Du verrennst dich gerne in Illusionen! Da waren wir schon! Einar hat recht. Es liegt an uns, was wir aus den Turbulenzen in unserem Leben machen. Wenn irgendwo eine Tür zugeht, geht woanders eine neue auf.«

»Was willst du damit andeuten?«

»Ich liebe Island, Spielwaren brauchen die Kinder hier auch – Einar würde mir sicher helfen, hier neu anzufangen, nur eine Überlegung, eine Schnapsidee vielleicht. Aber es gibt immer Möglichkeiten, wenn man sich darauf einlässt, meinst du nicht?«

»Aber?« Ich bin sprachlos. Hormone. Das können nur die Hormone sein.

Steffi sprudelt ungefiltert weiter. »Ich habe das mal weitergesponnen. Später könnte ich mich dann revanchieren. Wir leben im Zeitalter fantastischer medizinischer Möglichkeiten, und ich habe kein Problem damit, in ein paar Jahren vielleicht einen Rollstuhl zu schieben. Ich meine – ich kann demnächst ja eh schon mit dem Kinderwagen üben …« Sie hält kurz inne und runzelt die Stirn. »Okay, es könnte ein bisschen holprig werden mit den ganzen Lavasteinen und Felsbrocken hier, aber …«

»Beinahe hättest du mich gehabt. Das ist nicht witzig!«, brumme ich. »Überhaupt nicht witzig. Ich traue schwangeren Frauen alles zu. Und dir sowieso!« Wütend starre ich meine Freundin an, die sich keuchend Lachtränen aus den Augenwinkeln wischt.

»Merle«, sagt sie eindringlich und nimmt meine Hand. »Ich komme klar. Aber es wird Zeit, dass du dein Leben ebenfalls in die Hand nimmst. Lass die Chance nicht einfach verstreichen.«

Auf einmal brummt mein Handy und lenkt Steffi und mich ab. Verdutzt starre ich auf das aufleuchtende Smartphone.

»Ich habe dir einen Hotspot aufgemacht«, erklärt Pawel und schiebt das Telefon ein Stück näher in meine Richtung. »Das ist ja nicht zum Aushalten. Los, ruf ihn an.«

»Wen denn jetzt?«

Pawel und Steffi verdrehen gemeinschaftlich die Augen.

»Lasse natürlich!«

»Das kann ich nicht«, jammert mein innerer Schweinehund los.

»Einsame Katzenmutter«, raunt Steffi ihrer leeren Tasse zu. »Mit Schimmelgesicht. Erinnerst du dich? Dauert keine drei Wochen.« Sie greift nach ihrem Block und dem Stift und fängt an zu kritzeln.

»Was machst du da?«, wimmere ich selbstmitleidig und wühle nach meinem Taschentuch. Mir ist schon wieder zum Heulen.

»Hier, das ist seine Nummer. Die habe ich Einar vorhin aus dem Ärmel geleiert.«

Steffi reißt das beschriebene Blatt heraus und schiebt es mir herüber. »Und wenn du ihn nicht anrufst, dann unterschreib mir das hier. Damit Enna später nicht sagen kann, ich hätte dich nicht gewarnt, wenn eine von uns die schimmeligen Reste von dir angefressen in der Wohnung findet.«

»Blöde Kuh«, nöle ich und wische mir die Tränen von der Wange. »Aber ich kann doch nicht einfach … Was soll er denn denken?«

Steffi sieht zu Pawel und verdreht die Augen. »Versuch du's noch mal.«

»Ruf. Ihn. An!«, wiederholt Pawel und stellt mir einen Kaffee hin. »Tu es!«

»Aber er will mich doch nicht …«

»Jetzt!«, brüllen beide, und Pawel schiebt einen polnischen Fluch hinterher.

Ich schlucke. Neben mir räuspert sich jemand.

»Einar? Was tust du hier? Bleibst du an Bord?«

»Bis Tórshavn«, sagt er, und sein Blick huscht zu Steffi.

Meine treue Freundin strahlt, rutscht einen Barhocker weiter, überlässt Einar den Stuhl und verbündet sich nebenbei mit Pawel. »Machst du mir bitte noch einen Kamillentee?«

»Kommt sofort.«

Einar greift meine Hand. Er sieht zum Fenster hinaus wie jemand, der nicht weiß, wie er das in Worte fassen soll, was er sagen will. Als er sich wieder zu mir dreht, sind seine Augen leicht gerötet.

»Ich bin dein Lernfreund Hannes, und das werde ich immer sein«, sagt er langsam. »Und es tut mir so, so leid, dass ich zu dieser Verwirrung beigetragen habe …«

»Aber du kannst doch am allerwenigsten …«

Er hebt die Hand, und ich verstumme.

»Ich schulde dir etwas. Es ist noch nicht zu spät. Lasse ist immer noch in der Ausnüchterungszelle. Jemand hat wohl vergessen, ihn wieder rauszulassen.«

Er schmunzelt lausbubenhaft und poliert sich übertrieben die Fingernägel an der Brust.

»Was?«, frage ich tonlos und ziehe meine Hand aus seiner.

»Was?«, wiederholt Steffi.

»Co proszę?!«, ruft Pawel und zerbricht ein volles Glas.

Fluchend eilt er ans andere Ende des Tresens, um Schaufel, Besen und einen kleinen Eimer zu holen.

Einar hebt gespielt bedauernd die Schultern.

»Er ist schließlich ein überführter Mörder, oder etwa nicht? Kann sein, jemand hat den Steward bestochen und lässt ihn erst heraus, wenn wir abgelegt haben. Wie hat mir vor ein paar Tagen eine gute Freundin klargemacht? An Bord kann er nicht weglaufen.«

Er zwinkert Steffi zu, die klug genug ist, den Kopf zu senken und ihr Grinsen in ihrem Ausschnitt zu verstecken.

Draußen tutet das Schiffshorn.

»Um Himmels willen, lass ihn da heraus, Einar. Das geht so nicht.«

Der Kloß in meinem Hals schwillt auf die Größe eines Tennisballs an. »Man kann einen Menschen nicht zwingen, jemanden zu lieben. Wenn er nicht von sich aus bleiben will, dann …«

»Ohhhhh, jetzt muss ich aber auch mal was sagen«, mischt sich Steffi ein und plustert sich auf. »Ihr seid solche Kindsköpfe, weißt du das?«

»Vielleicht möchtest *du* den Schlüssel umdrehen?« Einar legt eine Plastikkarte mit Magnetstreifen und einer Kabinennummer vor mich auf den Tresen.

Ich starre den Türöffner an. Lange. Dann schüttle ich den Kopf. »Ich kann das nicht. Seid mir nicht böse. Er hat ganz deutlich gemacht, dass er nichts mehr mit mir zu tun haben will. Und ich bin einfach zu verletzt. Er hat wohl recht. Vielleicht haben wir uns ineinander getäuscht. Zu viele Projektionen.« Ich trinke den Kaffee in einem Zug aus, dann stehe ich vorsichtig auf. Ich will mir auf keinen Fall den würdigen Abgang durch Stolpern oder Taumeln versauen, und es tut gut, sich auf etwas so Banales zu fokussieren, wie einen Fuß vor den anderen zu setzen.

Wie in Watte gepackt schwanke ich durch die Halle. Der blondbärtige Steward an der Rezeption ruft mir strahlend zu, dass die Hot Tubs jetzt endlich voll Wasser laufen. Ich nicke schaumgebremst und ziehe mich am Geländer die Treppen hoch zu unserer Etage. Mist, ich habe mein Strickzeug am Tresen liegen lassen. Auch egal, Steffi wird es mir schon bringen, wenn sie irgendwann nachkommt.

In meinem Kopf dreht sich alles, und das liegt nicht nur an den Zombies.

Ich denke an Lasse, der vermutlich genau jetzt irgendwo im Schiffsbauch gegen die Tür hämmert und den Tag verflucht, an dem er sich neben mich in die leere Wanne auf Deck sieben gehockt hat. Ist das wirklich erst vier Tage her?

Vielleicht steigere ich mich ja schon wieder in eine Illusion hinein – wäre er überhaupt mein Mister Right gewesen? Woher will ich das denn wissen? Vier Tage – das ist nichts, um einen Menschen kennenzulernen. Er hat vollkommen recht. Wir haben uns in etwas verrannt, alle zusammen! Dennoch ist das kein Grund, mich anzuschreien.

Ich stutze. Er hat gar nicht geschrien, das war ich, die so unbeherrscht war. Er hat mich provoziert. Und Steffi ist auch doof, natürlich muss sie Einars Angebot annehmen und eine Woche dranhängen. Seine ruhige, besonnene Art könnte ihr richtig guttun, damit sie eine weise Entscheidung trifft. Ohne Hast. Damit Thorben sie nicht gleich wieder um den Finger wickelt, weil sie ihn falsch versteht. Wenn ich ehrlich bin, fand ich Thorben wirklich schon immer anstrengend. Ein Prüfstatiker durch und durch. Nichts gegen diesen Beruf, überhaupt nicht. Aber der Mann ist privat genauso trocken und zahlenfixiert, wie es klingt. Ich habe ihn noch nie in einer bügelfaltenlosen Jeans mit T-Shirt gesehen, geschweige denn in Shorts. So einer passt nicht zu Steffi und Knöpfchen! Ein tierlieber Einar dagegen … Na ja, die Zeit wird es zeigen, und natürlich wirft man eine Ehe nicht so einfach weg. Obwohl … einfach macht sie es sich ja gar nicht. Meinen Segen hat sie. So.

Meine Gedanken springen von Islandpferden zu Katzen, die an verwesenden Leichen knabbern. Ich schüttle mich. Ich werde *nicht* einsam sterben, ich habe Enna, und überhaupt ist das ja wohl nicht der Grund, weswegen man krampfhaft eine Beziehung eingehen sollte – nicht dass das überhaupt noch zur Debatte stünde.

»Merle!«

Ich zucke zusammen, mein Kopf fliegt herum, mein Herz setzt ein paar Schläge aus, dann wummert es doppelt so schnell wie eben weiter, als wollte es die verholperten Schläge wieder aufholen. Ich muss mich am Wandgeländer festhalten.

»Lasse!«, atme ich heiser aus, während ich die Hände um die Reling klammere, als hätten wir Windstärke zwölf hier drin. Offensichtlich hat Einar ihn rausgelassen.

Er richtet sich auf und zupft sein Hemd zurecht, bevor er ein paar bedächtige Schritte auf mich zumacht.

»Bitte, warte.« Er muss ziemlich gerannt sein, geht es mir durch den Kopf, denn er keucht ganz schön für einen so sportlichen Typen.

»Was willst du?«, frage ich, um etwas mehr Stärke in der Stimme bemüht.

»Du hast gesagt, ich soll dich zu Wort kommen lassen, und das ist absolut richtig. Ich habe überreagiert, und es tut mir entsetzlich leid. Einar hat mich eine Runde auf die stille Treppe gesetzt, damit ich nachdenken kann.« Er verzieht die Mundwinkel. »Ich bin nicht besonders gut im zwischenmenschlichen Bereich, mit meinen Patienten spreche ich in der Regel nicht so viel. Ich habe mir Sorgen um ihn gemacht, verstehst du?«

Ob es der Alkohol ist, der mir die Kraft gibt, oder ob ich endlich so weit bin, dass ich nicht mehr darauf hereinfalle, wenn ein Mann mir das Blaue vom Himmel verspricht, nachdem er sich fünf Minuten vorher verhalten hat wie der letzte Arsch – keine Ahnung. Ich löse eine Hand vom Geländer und hebe sie abwehrend hoch.

»Nein.«

Einigermaßen erstaunt höre ich mir selbst dabei zu, wie ich ihn ausbremse. Ich fühle mich ein bisschen wie fremdgesteuert, und gleichzeitig war ich noch nie so klar. »Es hat keinen Sinn, Lasse. Ich habe auch nachgedacht. Vielleicht ist es besser so. Ich in Hannover, du in Hamburg oder Island oder sonst wo. Urlaubslieben haben selten Beständigkeit. Vergessen wir's einfach, okay? Ich bin eine Mutter, ich habe Verantwortung. Ich kann Enna nicht alle paar Monate einen neuen Schwachkopf präsentieren.«

»Schwachkopf?«, wiederholt Lasse und bleibt stehen. »Alle paar Monate?«

Ich zucke mit den Schultern und hole meine Zimmerkarte aus der Gesäßtasche meiner Jeans. Meine Hand zittert, und ich hoffe inständig, dass er das nicht sieht.

»Tja, vielleicht hast du recht. Vergiss es. War 'ne blöde Idee«, sagt Lasse und kehrt um. Die schwere Eisentür knallt hinter ihm ins Schloss, und ich zucke zusammen.

Auf einmal fühle ich mich unendlich müde. Mit letzter Kraft schiebe ich die Kabinentür auf und stolpere zum Bett. Und dann fange ich an zu heulen. Und das tue ich immer noch, als Steffi irgendwann sehr viel später hereinkommt und sich neben mich auf die Bettkante setzt. »Hey, Kleines. So schlimm?« Sie streichelt mir den Rücken.

Ich habe jedes Zeitgefühl verloren. Mein Kissen ist patschnass, mir tut die Kehle weh, ich habe Durst und würde mich gern übergeben, aber ich kann nicht. So miserabel habe ich mich zum letzten Mal gefühlt, als Ennas Vater mich verlassen hat, der Idiot.

Ich nicke. »Jetzt hab ich's *total* verbockt. Unwiederbringlich! Endgültig! Aus! Ich dachte, es wäre richtig, aber warum fühle ich mich dann so schlecht? Und ich heule hier schon wieder rum, aber es soll nicht immer um mich gehen. Wir haben die ganze Reise doch hauptsächlich wegen dir unternommen, wegen der Krimis.«

»Und wegen deiner Auszeit. Hier, trink erst mal einen Schluck.« Sie hält mir ein Taschentuch und eine Wasserflasche hin, doch schon die simple Entscheidung, wonach ich zuerst greifen soll, überfordert mich. Steffi nimmt mir das ab und stellt das Mineralwasser auf meinen Nachttisch.

»Warum rufst du ihn denn nicht an?«, fragt sie, als ich mit Schnäuzen fertig bin.

Ich schüttle stumm den Kopf. Nicht weil ich bockig wäre, sondern weil mein Hals von der ganzen Heulerei wund und trocken ist. Wie eine gestrandete Seekuh robbe ich ans Kopfende des Bettes, drehe mich um und setze mich, das umgedrehte Kissen als Wärmflaschenkuschelersatz vor den Bauch gepresst.

Steffi schraubt mir wortlos die Flasche auf.

»Er war hier, ich hab ihn fortgeschickt«, fasse ich krächzend zusammen, nachdem ich das Wasser in einem Zug ausgetrunken habe, und unterdrücke einen Rülpser.

Steffi schweigt.

»Das war wirklich ein Fehler, stimmt's?« Sie holt sehr tief Luft, um zu antworten, also will ich es lieber nicht hören. »Nein, sag nichts. Es ist eh zu spät. Wie spät ist es eigentlich?«

Steffi sieht mich mitfühlend an. Lange. Dann flackert in ihren Augen Abenteuerlust auf. »Noch nicht zu spät, um den Hot Tub einzuweihen. Was meinst du? Nur du und ich? Im Mondschein? Mit springenden Buckelwalen unterm Nordlicht? So wie wir es von Anfang an geplant hatten?«

Ich blicke zum Fenster hinaus, an dem lange Schlieren herunterlaufen. »Wenn diese Tropfen keine Gischt sind, dann regnet es gerade.«

»Umso besser, dann sieht niemand, wie verheult du bist.« Sie streckt mir die Zunge heraus, und ich muss lachen.

»Ich hab dich auch lieb.«

»Los, zieh dich aus, genug gejammert, jetzt bringen wir uns auf andere Gedanken. Schwimmsachen an, Mütze auf und Bademantel drüber. Solange wir uns haben, können uns Männer gestohlen bleiben.« Sie nickt mit dem Kinn in Richtung der Garderobenhaken an der Tür.

»Wo kommen die denn her?«, frage ich erstaunt und reibe mir die letzten Tränenspuren aus den verquollenen Augen.

»Kleine Aufmerksamkeit vom Haus, weil wir so lange warten mussten.«

»Oh«, sage ich kleinlaut und fange den weißen Bademantel auf, den sie mir zuwirft.

Sie schafft es tatsächlich, mich an Deck zu schleifen und zum zweiten Mal an diesem Tag in einen heißen Bottich zu stecken. Genießen kann ich es allerdings wieder nicht wirklich. Ich muss an meine erste Begegnung mit Lasse denken, als wir genau hier gesessen haben, ohne Wasser, in Socken und unter einer Polyesterdecke, die meine Haare aufgeladen hat – und nicht nur die. Der nächste Tränenschauer überrollt mich, aber wie Steffi gesagt hat, es fällt nicht weiter auf. Erstens sind wir allein, zweitens regnet es, und drittens ist das Wasser im Becken ohnehin salzig.

»Ich hasse es, dich leiden zu sehen«, sagt Steffi plötzlich.

»Mir geht's gut«, behaupte ich trotzig. »Ich bin drüber weg. Gib mir noch einen Tag, und ich bin wie neu. Es sollte einfach nicht sein.«

Sie zieht die Augenbrauen fast bis zum Haaransatz. »Na, dazu fällt mir aber eine Menge ein.«

»Ich will es nicht wissen«, poltere ich und bereue es gleich wieder. »Nein, nicht falsch verstehen bitte. Es ist mir nicht egal, was du denkst. Aber es ist wirklich zu spät.

Da muss ich jetzt durch. Wir haben noch drei Tage Seereise vor uns, ganz entspannt, wie geplant, also ich. Du gehst mit Einar, wehe, wenn nicht! Lass uns nach vorn sehen, in die Zukunft, den Rest vergessen wir. Es wäre nur kompliziert geworden.«

Ich muss an Enna denken und bevor ich mich wehren kann, ploppt vor meinem geistigen Auge mein Lieblingshorrorszenario auf: Ein Mann klingelt, einen großen Koffer in der Hand, Enna reißt die Tür auf, und er sagt: »Hallo, ich bin dein neuer Daddy. Ich ziehe jetzt bei euch ein, und dann wird alles anders. Was hältst du von einem Internat?« Diesmal hat der Typ Lasses Gesicht. Meine Mutter und mein Kind starren ihn an wie einen Versicherungsvertreter, der im selben Abwasch noch Staubsauger und Sektenblättchen dabeihat, und fangen synchron an zu schreien.

Ich schüttle mich.

»Kompliziert?« Zurück in der Realität, überschlägt sich Steffis Stimme in diesem Augenblick. »Du bist nicht mehr beziehungskompatibel, und deine Frustrationstoleranz liegt bei null, das ist los! Beim kleinsten Streit flüchtest du und igelst dich selbstgerecht ein, das tust du schon seit Jahren. Ich warte nur noch drauf, dass du Enna wieder als Argument aus der Mottenkiste ziehst, weswegen du dich auf niemanden einlassen kannst. Himmel, er zieht doch nicht gleich morgen bei euch ein, wirft eure Möbel raus und dekoriert alles um!«

»Allerdings nicht«, gebe ich zurück und ärgere mich darüber, dass mein Kinn zittert und sie mich so verdammt gut kennt.

»Deine Zukunft hat ein Schimmelgesicht, wenn du so weitermachst.«

»Das sagst du ständig. Du bist gemein!«

»Realistisch!«

»Fall mir nicht in den Rücken.«

»Und ob ich das tue!« Steffi springt auf, greift nach ihrem Bademantel und klettert aus dem Hot Tub.

»Wo gehst du hin?«, rufe ich ihr hinterher, aber sie antwortet nicht, sie ist vollauf damit beschäftigt, die tonnenschwere Eisentür aufzukriegen, und stemmt sich mit ihrem ganzen Körpergewicht gegen den Türgriff. Mit einem Rums fällt das Ding hinter ihr ins Schloss.

Ich sehe mich um. Das Meer ist so pechschwarz wie der Himmel, man sieht keinen Übergang, um mich herum ist ein unendliches, Materie fressendes schwarzes Loch, und der Regen ist eisig.

Ich tauche bis zu den Ohrläppchen ins heiße Wasser. Noch nie habe ich mich so mutterseelenallein gefühlt.

Kapitel 19

Die Kabine ist dunkel und leer, als ich sie betrete. Es ist ein Uhr morgens, ich will gar nicht wissen, wo Steffi jetzt noch ist. Ich fühle mich, als ob ich zwischen die Heißmangel meiner Großmutter geraten wäre, so zerschlagen und platt. Den Zombie-Alkohol habe ich längst ausgeschwitzt und ausgeheult, da war eh kaum was drin. Geblieben ist das Gefühl von Einsamkeit, gepaart mit einem ordentlichen Schuss Selbstmitleid.

Ich schlüpfe aus den nassen Badesachen, dusche das Salzwasser von meiner Haut, creme mich ein und putze mir die Zähne, aber im Nachhinein könnte ich nicht sagen, in welcher Reihenfolge ich was gemacht habe. Ich funktioniere mechanisch. Das muss man können als alleinerziehende Mutter, und ich habe diese Fähigkeit perfektioniert. Bitte, lieber Gott, mach, dass Steffi nicht recht hat, ich will nicht einsam sterben.

Zumindest heute Nacht wird mich dieses Schicksal nicht ereilen. Als ich aus der Nasszelle steige, verrät ein kleiner Hügel auf Steffis Bettseite, dass sie zurückgekehrt ist – und ganz offensichtlich ist sie sauer auf mich, wenn es ihr wichtiger ist, mir den Rücken zuzukehren und so zu tun, als ob sie schläft, statt ins Bad zu kommen und sich erst mal bettfertig zu machen. Vielleicht hat sie bei Einar geduscht. Und was immer noch. Das geht mich nichts an.

Ich presse mit Gewalt Lippen und Lider zusammen, damit ich nicht schon wieder losflenne, und lösche die Nachttischlampe.

Das Bett knarzt. Steffi dreht sich um.

»Weißt du, was Sterbende am Ende ihres Lebens am meisten bereuen?«, fragt sie ins Dunkel und wartet meine Antwort gar nicht erst ab. »Dass sie zu wenige Risiken eingegangen sind, zu wenige Abenteuer erlebt haben und den Menschen, die ihnen etwas bedeuten, das zu selten gesagt haben? Denk drüber nach und überleg dir, was du wirklich willst.«

»Ich kann das aber nicht«, schniefe ich. »Und den Spruch kenne ich von Hannes.«

Steffi dreht sich wieder um. »Gute Nacht. Ich hab dich lieb.«

»Ich dich auch.« Schlaflos starre ich ins Dunkel.

Am nächsten Morgen werde ich von dezenten Spuckgeräuschen und der Toilettenspülung wach. Das Schiff schaukelt, wir befinden uns auf offener See, vermutlich irgendwo auf halber Strecke zwischen Island und den Färöerinseln. Der Horizont schiebt sich wie eine waagrecht angebrachte Jalousie an den Fenstern hinauf und hinab, es ist ein bisschen wie in *Und täglich grüßt das Murmeltier:* Ich komme mir vor wie gefangen in einer Zeitschleife. Steffi kämpft also wieder mit der Mischung aus

Seekrankheit plus Knöpfchen im Bauch – und ich habe Liebeskummer. Hätte ich ihn nicht fortschicken sollen? Hätte er mich nicht so niedergemacht, dann …

»Hätte, hätte, Fahrradkette«, murmle ich düster vor mich hin.

»Hast du was gesagt?« Die Tür zu unserer Nasskabine fliegt auf, und Steffi hangelt sich bleich und taumelnd zwischen Kleiderschrank, Kaffeemaschine und meiner Fußkante vorbei, bevor sie sich stöhnend auf ihrer Betthälfte einrollt und die Decke bis zur Nasenspitze zieht. »Ich hatte beinahe vergessen, wie das ist.«

»Arme Maus«, tröste ich pflichtschuldig. »Junkiefrühstück?«

Begriffsstutzig sieht sie mich an, und ich winke zur Erklärung mit dem Reisetablettenblister aus der Medikamentenecke meines Nachttisches.

»Immer her mit den Drogen«, murmelt sie und hält mir die Hand hin.

»Und haben wir hier irgendwo auch 'ne Pille für mich?«, frage ich trübselig.

»Wenn's so einfach wäre«, sagt sie und lächelt schief. »Wie geht's dir denn heute früh?«

»Beschissen«, grunze ich. »Zum Heulen sozusagen.«

Sie nickt und starrt auf die Wasserflasche in ihrer Hand, mit der sie die Tablette hinuntergespült hat. »Kacke.«

»Já«, stimme ich zu und versuche, dabei möglichst isländisch zu klingen, aber mein Galgenhumor kommt nicht mal besonders witzig bei mir selbst an.

Steffi seufzt. »Wollen wir frühstücken gehen?«

»Bringst du denn was runter?«, frage ich erstaunt.

Sie grinst schief. »Ich habe jetzt wieder Platz, und so ein Knöpfchen will offenbar gut gefüttert sein.«

Ich schließe für einen Moment die Augen. Dann gebe ich mir einen Ruck, schlage die Bettdecke zurück und schlurfe in Richtung unseres Minibads. Auf dem Fußboden knapp hinter der Tür liegt ein zusammengefaltetes Stück Papier. Stirnrunzelnd hebe ich es auf.

Ich bin um zehn Uhr auf dem Helilandeplatz, Deck acht. Bitte komm und lass uns reden. Ich mag so nicht gehen.

Du bist mir wichtig.
Lasse

»Was hast du da?«, fragt Steffi.

»Nichts«, murmle ich und werfe den Zettel stirnrunzelnd auf meinen Nachttisch.

Sie zieht die Augenbrauen in die Höhe. »Dein Gesichtsausdruck sieht aber nicht nach *nichts* aus. Ist das die Rechnung aus der Bar? Oder ein Liebesbrief von Stefan?«

Sie hangelt hinüber und fischt sich das Papierchen, bevor ich sie aufhalten kann. Resigniert stöhne ich auf. »Es ist von Lasse.«

Steffi sieht auf ihre Armbanduhr. »Viertel vor zehn. Das kannst du noch schaffen.«

Ich hebe die Schultern. »Was soll das bringen?«

»Im schlimmsten Fall zumindest einen Abschluss, du Sturkopf!«, schimpft sie. »Geh hin! Ich will mir nicht wochenlang anhören müssen, dass du es bereust, weil du es nicht getan hast. Vielleicht gibt es ja doch noch was zu sagen?«

Ich scharre mit der Zehenspitze nach einer Fluse auf dem Teppichboden. »Aber ich weiß nicht, ob ich …«

»Zieh. Dich. An! Jetzt!«, kommandiert Steffi. »Und putz dir die Zähne.« Dann schlägt sie die Bettdecke zurück und bemüht sich aufzustehen.

»Was machst du da?«, frage ich, während ich bereits nach frischen Socken suche.

»Na, was glaubt du denn? Ich komme mit!«

»Das ist lieb von dir.« Ich flitze ins Bad, um mir die Zähne zu putzen. Als ich zurückkomme, ist sie bereits fertig angezogen.

»Ich tue das nur, damit ich mir sicher sein kann!«, brummt sie. »Ich kenne dich lange genug. Und nimm deine Jacke mit.«

Als wir an Deck treten, hören wir das Knattern von Rotorblättern. Einen Moment lang fürchte ich, wir kommen zu spät, und der Heli hebt bereits ab, aber das Geräusch verändert sich, ebbt ab. Er ist gerade angekommen. Die Faust, die sich um mein Herz geballt hat, vermindert ein klein wenig den Druck. Als wir um die Ecke biegen, registriere ich Einar, der sich mit dem Piloten unterhält, dann erst gerät Lasse in mein Blickfeld. Er schleppt einen Koffer und einen Rucksack in Richtung des Hubschraubers. Ich erinnere mich schmerzhaft an den Moment, als ich ihn zum ersten Mal gesehen habe, vor vier unendlich weit entfernten Tagen, als unsere Blicke sich über den Kreis einer aufgeregten Schischu-Meute hinweg zum ersten Mal trafen. Mitten ins Herz.

»Was tust du denn hier?« Erstaunt macht er ein paar Schritte auf mich zu. Ganz schnell zuerst, dann bremst er sich aus. Kopf und Herz abwägend, genau wie ich.

»Du hast mich doch herbestellt«, entgegne ich.

Entrüstet stemmt er die Hände in die Hüften, will sie nicht dort lassen, kratzt sich hilflos am Kopf, lässt sie schließlich gegen die Oberschenkel klatschen und kommt einen weiteren Schritt näher.

»Ganz sicher nicht!«

»Willst du damit sagen, ich laufe dir nach?«, drehe ich auf und gehe auf ihn zu, damit ich nicht so schreien muss. Die Flugrotoren des Hubschraubers bewegen sich nur noch im langsamen Leerlauf, aber das zusammen mit Wind und Meer sorgt für eine ordentliche Geräuschkulisse. »Das hättest du wohl gern!« Ich wühle aufgebracht in meiner Manteltasche. »Hier steht es schwarz auf weiß! Hast du Gedächtnisschwund? Ist das etwa nicht deine Schrift?«

Ich halte ihm das flatternde Papier hin und muss es ganz festhalten, damit es mir der Wind nicht aus der Hand reißt.

»Nein, ich habe das nicht geschrieben, aber ich hätte es mir tatsächlich gewünscht, dich noch einmal zu sehen, wenn du nicht so …« Er ist jetzt so nah, dass ich sein Aftershave riechen kann, obwohl der Wind so stark weht.

»Wenn ich nicht so … was?«

»Die Nachricht habe ich geschrieben.«

Unsere Köpfe fliegen herum. Steffi steht breitbeinig da wie Bertolt Brechts Seeräuberjenny und funkelt abwechselnd mich und Lasse an.

»Das ist nicht zum Aushalten mit euch beiden. Vertragt euch, los! Und dann schick diesen dämlichen Hubschrauber wieder weg oder sag ihm wenigstens, dass er den Motor ausmachen soll. Man versteht ja sein eigenes Wort nicht, und schlecht für die Umwelt ist es außerdem.« Sie hält sich demonstrativ die Ohren zu.

Eine wütende Windbö reißt mir den Zettel aus der Hand. Ich versuche, ihn zurückzubekommen, bevor er über die Reling getragen wird, und verliere dabei prompt das Gleichgewicht. Lasse fängt mich auf. Wir sehen uns in die Augen, ich spüre seine Hände in meinem Rücken und fange an zu heulen. Ich bin komplett wehrlos.

»Es tut mir leid«, bramme ich los.

»Mir tut es noch viel mehr leid. Ich kann dir gar nicht sagen, wie sehr. Einar hat mir die Leviten gelesen und alles erklärt: Dass er neugierig war, euch beide kennenzulernen, weil Steffi sich so für dich eingesetzt hat, und dass er Steffi vom ersten Moment an mochte, und wie er euch verwechselt hat, und wie erleichtert er war, dass du nicht sie bist.«

»Ach so?«

»Nein, das kommt jetzt falsch rüber.« Er sieht mich lange an. »Kannst du mir verzeihen?«

»Ich hab kalte Füße bekommen. Es war nicht deine Schuld. Nicht alles.«

Lasse schüttelt wortlos den Kopf und streicht mir eine Haarsträhne hinters Ohr. »Ich hab genauso viel Angst wie du. Deshalb habe ich mich auch so auf die Sache mit Einar eingeschossen und mir eingebildet, dass ihr mit ihm spielt. Zu viele Krimis. Können wir es darauf schieben? Und darauf, dass ich schon zu lange einsam im Keller der

Rechtsmedizin hocke? Ich war ziemlich ungerecht zu dir, das tut mir echt leid. Aber ich will dich nicht verlieren. Ich weiß nicht … Wir könnten es doch ganz langsam angehen lassen, oder?«

Ich nicke zaghaft, und er beugt sich zu mir und hält kurz inne, als wüsste er nicht, ob er das nun darf oder nicht. Also strecke ich mich ihm ein kleines bisschen entgegen, und so berühren sich unsere Lippen in der Mitte, ganz kurz nur, regelrecht verschämt, eben doch wie Teenager.

»Ich bin ein Hammel«, murmelt er dicht an meinem Mund.

»Das stimmt«, kann ich mir nicht verkneifen, lege den Kopf in den Nacken und blinzle ein wenig, weil die Sonne hervorkommt und mich blendet. »Und bist du unter Umständen an einem Schaf wie mir interessiert?«

»Könnte sehr gut sein«, haucht er, und ich schließe die Augen, weil er mich noch mal küsst, diesmal richtig, und dabei ganz eng an sich zieht. In meinem Magen flirren riesige bunte Schmetterlingsscharen umher und flattern so wild mit den Flügeln, dass sich die Wärme wellenartig von dort ausbreitet und mir kribbelnd bis in die Haarspitzen strömt.

»Ein Kuss von zehn Sekunden genügt, um achtzig Millionen Bakterien zu übertragen«, wispert er, als wir uns eine ganze Weile später ein kleines Stück voneinander lösen.

»Ist das Pathologen-Romantik?«, frage ich und ziehe ihn noch einmal zu mir herunter.

»Nein, Biologie«, behauptet er, nachdem er einen langen Kuss später wieder Luft bekommt. »Küsse sind ein regelrechter Booster fürs Immunsystem und …«

»… und alles, was man sonst noch miteinander anstellen kann, ganz sicher erst recht«, falle ich ihm ins Wort und nehme sachte seine Unterlippe zwischen die Zähne. »Ich bin aber deine ausschließliche Privatpatientin, klar, oder?!«

»Unbedingt«, raunt er und umarmt mich so fest, dass ich nach Luft schnappe.

»Und kann dann endlich dieser lärmende Umweltverschmutzer weg?«, meldet sich Steffi zu Wort. Himmel, die hatte ich ja ganz vergessen. Suchend drehe ich mich um, ohne den Arm von Lasses Taille zu nehmen. Sie steht mit Einar im Windschatten an der Wand und hält mit beiden Händen ihre Mütze fest. Lasse ergreift meine Hand, und wir laufen hinüber.

»Geht doch«, brummt sie zufrieden und guckt einen Moment lang zerknirscht. »Bist du mir jetzt sehr böse?«

»Ich werde dir ewig vorhalten, dass du mich mit einem überführten Kriminellen verkuppelt hast«, behaupte ich fest.

Steffi zuckt mit den Achseln und atmet hörbar aus. »Damit kann ich erheblich besser leben als mit der Vision einer schimmelgesichtigen Freundin.«

Ich grinse breit, die Männer sehen uns begriffsstutzig an.

»Das ist ein Insider«, erkläre ich.

»Nicht mehr wichtig«, sagt Steffi und fängt an herumzutrippeln. »Können wir jetzt reingehen? Ich muss mal.«

Lasse zögert. »Wir haben nur ein Problem – ich habe keine Kabine mehr.«

»Du kannst meine haben«, sagt Einar, bevor ich anmerken kann, dass immer noch das halbe Schiff leer ist, auch wenn wir eine Handvoll neuer Passagiere in Island an Bord genommen haben.

Er sieht Steffi in die Augen, dann küsst er ihr formvollendet die Hand. »Meine Teure, das Angebot, mich zu besuchen, steht – ganz ohne Hintergedanken oder Druck, einfach, damit du den Kopf freibekommst. Du bist mir jederzeit willkommen. Ihr alle natürlich.« Er nickt uns zu. »Den Hubschrauber habe ich bestellt, er fliegt in einer Stunde zurück. Das war mein klitzekleiner Anteil an der Finte für diese beiden, und ich muss noch nicht mal die Rechnung bezahlen.« Er feixt. »Ich wollte Steffi zuliebe bis Tórshavn bleiben und Freunde besuchen. Aber es klappt nicht«, wendet er sich entschuldigend an sie. »Ich muss zurück nach Island, diesmal nicht wegen der Pferde.«

Er zwinkert Lasse zu. »Mein neuer Krimi soll verfilmt werden, und die haben es offenbar ziemlich eilig mit den Verträgen und dem Drehbuch. Wir müssen die Skripte durchgehen.«

»Du hast gelogen«, rufe ich und boxe Lasse spielerisch in die Seite. »Dein Onkel ist doch ’ne richtig gute Partie.«

Einar schneidet eine bedauernde Grimasse, und ich kann förmlich sehen, wie Steffis Herz in ihre Magengrube plumpst.

»Aber … in einer Stunde schon?«

»Kannst du mir verzeihen? Ich weiß, das ist sehr spontan, aber wenn du möchtest, würde ich mich riesig freuen, wenn du unter diesen Voraussetzungen vielleicht doch mitkommen magst. Das könnte für dich sehr interessant werden, besonders, da du selbst ein Buch schreiben willst.

Gunnar Laifsson wird auch dort sein. Und am Samstag fliegst du nach Kopenhagen oder Hamburg und bist genauso schnell zu Hause wie die anderen – oder wir hängen noch ein paar Tage mehr dran, ganz wie du es brauchst und willst.«

Steffi nickt perplex. Dann sieht sie zu mir und schüttelt den Kopf.

Ich habe keine Ahnung, wer Gunnar Laifsson ist, aber ihr scheint der Name etwas zu sagen. Ich remple sie kräftig in die Seite.

»Denk an das, was du mir gestern vorm Schlafen gesagt hast! Drei Dinge!«

»Ich habe ja noch lange nicht vor zu sterben«, mault sie und reibt sich die Taille. »Ich kann doch nicht einfach …«

»Doch«, widerspreche ich. »Was ich kann, kannst du schon lange! Na geh schon. Pack deine Sachen, du seekrankes Huhn. Das ist deine Chance! Nutze sie! Ich will dich nicht länger in meiner Kabine haben«, sage ich augenzwinkernd.

Der Gedanke, dem schaukelnden Schiff entkommen zu können, lässt Steffis blasses Gesicht augenblicklich leuchten. »Meinst du wirklich? Bist du dir ganz sicher?«

»So was von«, grinse ich und schiebe sie Richtung Tür. Sie gibt ein undefinierbares Geräusch von sich und läuft los.

Mit Breitmaulfroschgrinsen im Gesicht drehe ich mich zu Einar um. »Gib ihr zehn Minuten. Wir reisen immer mit kleinem Gepäck. Aber du kriegst sie nur leihweise und nur, wenn du trotzdem auch mein Hannes bleibst!«

»Immer dein Lernpartner und Freund!« Er legt lächelnd den Kopf schief, breitet die Arme aus, und ich fühle mich ein bisschen wie eine verlorene Tochter.

»Danke für alles … Hannes!« Ich könnte schon wieder losheulen, aber diesmal vor Rührung und Dankbarkeit. Ohne ihn würde ich nicht hier stehen. Einar – beziehungsweise sein Alter Ego – hat mich durch die letzten Wochen und Monate getragen, durch Höhen und Tiefen in meiner kleinen Igelwelt, hat mich herausgelockt und letztlich sogar zu Lasse geführt.

»Und dabei wollte ich doch nur ein bisschen besser Isländisch lernen«, schniefe ich und verziehe die Mundwinkel zu einem schiefen Grinsen.

»Das hast du alles ganz allein geschafft«, raunt er in mein Ohr, als hätte er meine Gedanken gelesen.

Ich nicke. »Pass mir gut auf meine Freundin auf.«

»Worauf du dich verlassen kannst.« Er streicht mir eine Haarsträhne aus dem Gesicht und drückt mich noch einmal ganz fest an sich. »Und du mir auf meinen Lieblingsneffen.«

Ich möchte ihm gern noch so viel sagen, aber ich weiß nicht, wie. Doch er scheint auch das ohne Worte zu verstehen. Vollkommen überwältigt rücke ich meine Mütze zurecht und reibe mir verlegen über die Nase. Wir nicken uns zu, dann wandert mein Blick zurück zu Lasse, der mich daraufhin zärtlich aus den Armen seines Onkels löst.

Als der Hubschrauber startet, ducke ich mich mit Lasse in den Windschatten des Schiffsschornsteins. Wir winken

Steffi und Einar nach, bis unsere Arme lahm werden und der Helikopter mit den Konturen der Möwen zu einem weiteren dunklen Punkt am Himmel verschwimmt.

»Thorben bringt mich um, wenn er erfährt, dass ich sie da reingequatscht habe«, seufze ich und lache. Der Wind hat wieder aufgefrischt, wir wiegen uns im Rhythmus der Wellen, um nicht umgeworfen zu werden, und ganz kurz streift mich der Anflug einer Grübelwolke. »Ist das wirklich gut für sie, was meinst du?«

Lasse sieht mich erstaunt an. »Wegen Einar, meinst du? Er ist ein Ehrenmann. Und ja, ich glaube, die beiden tun sich richtig gut gerade.«

Ich schüttle den Kopf. »Das meinte ich gar nicht. So ein Heli hat genauso wenig Balken wie ein Schiff. Arme Steffi. Da drin wird sie garantiert luftkrank.«

»Tja«, grinst Lasse. »Da muss sie dann wohl durch. Hat Einar dir das noch nicht beigebracht? Alles hat seinen Preis, jede Entscheidung zieht Konsequenzen nach sich. Ich zum Beispiel schnarche.«

»Echt?«

Er lacht. »Nicht, dass ich wüsste. Aber was Steffi angeht … Sie ist wirklich in den besten Händen und wird schneller wieder festen Boden unter den Füßen haben als wir.«

Er küsst mich sanft. »Ihr Mann wird es im Übrigen nicht wagen, Hand an die Geliebte eines überführten Mörders zu legen«, behauptet er augenzwinkernd und hält kurz inne. »Aber sag jetzt bitte nicht, dass er Karate kann oder irgendeinen anderen Kampfsport.«

Ich schüttle lachend den Kopf. »Nicht dass ich wüsste.«

Dann recke ich mich zu ihm hinauf und küsse ihn ausgiebig zurück. Über meinen Rücken rieseln wohlige Schauer.

»Und was machen wir jetzt?«, fragt er schließlich mit rauer Stimme.

»Also, ich weiß ja nicht, was *du* vorhast«, necke ich ihn. »*Ich* habe jetzt nämlich endlich Zeit, meine sieben Bücher durchzulesen, in die Sauna zu gehen, Babystrampler zu stricken, im Hot Tub durchzuweichen und einfach stundenlang aufs Meer zu starren. Mir fehlt außerdem immer noch der springende Buckelwal unterm Nordlicht.«

Lasses Mundwinkel zucken. »Verstehe. Aber da hab ich was.« Er zieht sein Handy aus der Hosentasche und wischt darauf herum.

»Was machst du?«, frage ich.

»Ich suche nach Dokumentarfilmen über Meeressäuger. Die können wir nämlich im Warmen ansehen, auf meinem Laptop. Und dann zeige ich dir, in welchem Winkel du das Handy halten musst, damit es so aussieht, als hättest du selbst fotografiert.« Er feixt wie ein Fünftklässler, dem es gelungen ist, Hitzefrei mit dem Feuerzeug unterm Schulthermometer zu ergaunern.

»Du bist ja ein ganz Ausgefuchster«, grinse ich. »Hast du das von Einar?«

»Ich kann dich nur warnen«, gibt er mir recht. »Schließlich fließt immer noch Wikingerblut durch unsere Adern.« Seine Hand schleicht sich über meinen Rücken langsam abwärts Richtung Po.

»Hmmm«, mache ich und bremse ihn spielerisch aus. »Das stimmt natürlich. Das sollte ich noch mal überdenken. Ich wage außerdem zu bezweifeln, dass ich so einen

Film unter den gegebenen Umständen bis zum Ende durchhalten würde. Womöglich verschöben sich dann meine Prioritäten? Nein. Besser nicht. Ich habe schließlich ein straffes Programm nachzuholen. Wie soll ich denn Enna erklären, dass ihre Socken nicht fertig geworden sind? Die Bücher muss ich auch rechtzeitig in der Bücherei abgeben … und wir haben nur noch bis Samstag, bis wir in Hirtshals anlegen.«

Er stoppt mich lachend, indem er die Lippen auf meine legt. »Nur noch zwei Tage?«, fragt er leise. »Das kann nicht sein! Das darf nicht sein! Wir kaufen Enna Socken und Steffi Babystrampler, so viele sie will. Ich möchte jede Minute mit dir verbringen, Merle. Ich möchte so viel von dir wissen, dich noch viel besser kennenlernen, dich lieben, und ich werde dich nie wieder weglaufen lassen.«

»Nie wieder?«, frage ich beklommen.

Er lacht. »Oje, das klang jetzt nach psychopathischem Stalker, oder?«

»Aus dem Mund eines überführten Mörders noch dazu!« Ich runzle in gespielter Skepsis die Stirn.

»Ach ja, das habe ich beinahe vergessen«, flüstert er und haucht mir einen Kuss auf die Schläfe, um sich dann mit den Lippen über die Wange den Hals hinunterzuarbeiten. Ich bekomme Gänsehaut, als er meinen Schal beiseiteschiebt, aber das liegt nicht am eisigen Nordwind.

»Apropos Schwerenöter … äh, Schwerverbrecher«, grinse ich und winde mich aus seiner Umarmung. »Herr Doktor Lasse Gudmundsson …« Ich spiele mit dem Reißverschluss seiner Jacke. »Stehen Sie nicht eigentlich immer noch unter Arrest, und niemand darf Sie hier draußen erwischen? Meines Wissens sind Sie unter höchst dubiosen Umständen aus Ihrer Kabine entwischt und nicht mal einem Haftrichter vorgeführt worden, oder?«

»Ich ahnte es«, raunt er düster und lässt die Schultern und den Kopf hängen. »Du bist eine verdeckte Ermittlerin, oder? Ich habe es die ganze Zeit gespürt. Es konnte einfach nicht sein, dass jemand komplett Krimiresistentes an Bord dieses Schiffes geht. Ich vermute, du wirst mich nicht einfach laufen lassen, oder?«

Ich schüttle den Kopf. »Auf gar keinen Fall, das hättest du dir früher überlegen müssen, mein Freund! Du kommst sofort mit mir in die Kabine.«

Er nickt resigniert und streckt mir seine Handgelenke hin. »Na gut, dann verhafte mich. Ich bekenne mich schuldig im Sinne der Anklage: vorsätzlich und schwerst verliebt.«

Das Herz wummert mir bis in die Ohren, und dann ist da noch etwas, ganz leise zuerst, aber es schwillt immer lauter an, ein Summen. Die Hummeln sind wieder da und die Schmetterlinge auch. So viele waren es noch nie.

»Ganz sicher?«, frage ich. »Wollen Sie keinen Anwalt zurate ziehen? Bei guter Führung könnte das unter Umständen mit lebenslänglich enden.«

Er legt den Kopf schief und sieht mich aus diesen unverschämt tiefblauen Augen an. »Das Risiko gehe ich ein. Und du?«

Ich sehe nur noch seine Augen, seine Lippen und atme seinen Duft. Ich nicke. Wie in Trance.

»Schiff mit Schuss also«, wispere ich tonlos in den rauen Novemberwind. »Wer hätte das gedacht.«

Wir legen einander die Arme um die dick wattierten Winterjackentaillen und ziehen gemeinsam die dicke Stahltür auf. *Und Schmetterlinge können tatsächlich tanzen. Jetzt bin ich mir ganz sicher.*

Happy END ☺

Anmerkung der Autorin

Kann man so eine Reise wie die »Schiff-mit-Schuss-Tour« tatsächlich buchen?

Ja und nein! Ich habe im Herbst 2019 eine wirklich grandiose Woche an Bord der echten Eydna – nämlich der Fähre Norröna – verbracht und bin exakt dieselbe Route gefahren, wie es Merle und Steffi tun. Es gibt nur diesen einen Schiffspendelverkehr von Dänemark über die Färöerinseln nach Island, und ich habe die Reise bezahlt wie alle anderen, darum erlaube ich mir, sie hier beim Namen zu nennen.

Eine »Crime Cruise« mit Lesungen, Workshops, Vorträgen an Bord und Ausflügen an Land existiert tatsächlich, wenngleich sie ohne Lasse und Einar, ohne Basti, Stefan, Wolfgang, Pawel und alle weiteren Haupt- und Nebenfiguren dieses Romans auskommen muss. Nordlicht und Hot Tubs gibt es, sogar die Klangkörper oberhalb von Seyðisfjörður – das siebentägige Krimirollenspiel hingegen (bislang) nicht. Aber hey – vielleicht regt ja *Kein Isländer ist auch keine Lösung* das kreative Orgateam der Krimireise zu diesem Programmpunkt an? Wer weiß!?

Die Begegnungen mit so vielen wunderbaren Autoren und Autorinnen, Fachleuten, dem Team und all den Krimifans aus dem gesamten deutschsprachigen Raum haben mich zu diesem Roman inspiriert. Alle schrieben oder lasen irgendetwas an Bord – also habe ich auch gleich mit dem Schreiben angefangen, aber ich kann nun mal keine Krimis.

Ich werde oft gefragt, wie der Weg von der Idee zum Buch verläuft. Also, wie funktioniert ein ~~Verbrecher~~Autorinnenhirn? Ganz ehrlich? Wir sind ~~schamlose Diebe~~ Künstler:innen! Insofern sind manche Ähnlichkeiten mit lebenden Personen oder Ereignissen vielleicht nicht ganz unmöglich und bitte definitiv als Reminiszenz, Kompliment und Verbeugung vor dem Talent und Charisma einer ganzen Reihe wunderbarer Menschen, ihrer Passion und ihrer Profession zu verstehen. Ich habe mich, wie das auf Kreuzfahrten so üblich ist, an dem fantastischen Büfett bedient, mir hier ein musikalisches Highlight, da einen selbst gestrickten Pulli, dort eine Ohnmacht, einen Programmpunkt, einen Dialekt oder eine Funktion gemerkt und auf eins meiner Tellerchen gepackt, am Tisch oder in der Kabine neu sortiert, zerteilt, garniert, arrangiert und jede Menge ~~Alkoholische Getränke~~ Eigenes dazugetan: künstlerische Freiheit und Fantasie. Auf diese Weise habe ich das Schiff und die Reise nach meinen Bedürfnissen und Zwecken umgebaut und mir meine handelnden Personen gebastelt.

Alle (!) Figuren sind frei erfunden. Darum habe ich auch bewusst andere Namen gewählt für die Menschen, die ich als Vortragende und Autor:innen damals kennengelernt habe und in ihrer Funktion gern in meine Geschichte übernehmen wollte. Der komplette Inhalt meines Romans ist natürlich frei erfunden.

Jedes. Einzelne. Wort.

Bis auf Schimmelgesichter vielleicht. Und Dosenbier. Und Zauberäpfel. Die sind ganz, ganz wunderbar und echt lecker!

Also nagelt mich bitte nicht hundertprozentig drauf fest.

Wir hatten jede Menge Spaß an Bord und auch an Land. Ich könnte gleich wieder in See stechen … im November … nach Island. Werde ich halt wieder seekrank, egal: Ich möchte endlich Buckelwale sehen! Noch jemand?

Bitte lesen Sie weiter >>

LESEPROBE

»Ein Schotte kommt selten allein«
von Karin Müller

Eine Busreise zum Verlieben!

Zu ihrem vierzigsten Geburtstag bekommt Janne von ihren Freundinnen eine Busreise nach Schottland geschenkt. Der absolute Albtraum! Denn obwohl Janne Schottland liebt, findet sie, dass eine Busreise höchstens etwas für Senioren und Langweiler ist. Und spätestens als sie eingeklemmt zwischen dem überkorrekten Reiseleiter und lauthals singenden Outlander-Fans sitzt, ist sie sich sicher: NIE WIEDER Busreise! Doch dann schaut Janne beim Whisky-Tasting etwas zu tief ins Glas und landet prompt im falschen Bus: neben dem unglaublich netten Schotten Alex. Und plötzlich findet Janne Busfahren gar nicht mehr so furchtbar ...

Slàinte mhath! – Na denn, Prost

Das schottische Frühstück an meinem ersten Morgen in diesem wunderbaren Hochland hört sich großartig an. Ich gerate schon in Verzückung, als ich die handgeschriebene Speisekarte studiere, die auf jedem der wunderschön mit Blümchen gedeckten Tische im Saal ausliegt. Erster Gang: kontinental. Zweiter Gang: *very British*. Man darf zwischen diversen warmen Leckereien und Spezialitäten wählen. Es gibt Eier in allen Varianten von Benedict bis pochiert, dazu Porridge, Würstchen, Black Pudding (wer's mag, ich steh nicht so auf Blutwurst), gebratene Pilze, Tomaten und Schinken, weiße Bohnen in Soße und Kartoffelküchlein. Mir läuft das Wasser im Mund zusammen.

Leider zieht man mir die Karte buchstäblich aus den Fingern. Die Kellnerin neben mir räuspert sich nicht etwa zum wiederholten Mal, weil sie einen Frosch verschluckt hat, sondern weil sie abräumen will, und ich stehe ihr in meiner Unschlüssigkeit offenkundig mitten im Weg.

Ein Blick in die Runde sagt mir: Ich bin zu spät dran. Fast alle Tische sind bereits verlassen, das Geschirr benutzt, die Brotkörbe leer, und die beiden netten Freundinnen habe ich auch verpasst. Ich bekomme nichts mehr zu fassen außer zwei Scheiben erkaltetem Toast, einem Marmeladenglas und den Butterresten meiner Voresser. Das kann doch wohl nicht wahr sein, oder? Matt lasse ich mich auf einen Stuhl sinken, werfe Aufstrich und Toast auf ein unbenutztes Gedeck und verteidige meine Ausbeute, indem ich beide Arme schützend darüberwerfe, als die Serviererin sich nähert. Kichernd räumt sie alles, was ich so schnell nicht zu fassen kriege, um mich herum ab. Immerhin lässt sie das Milchkännchen und den Zucker stehen.

»Früher aufstehen, Schätzelein«, rät Susi augenzwinkernd und schiebt sich als eine der Letzten an mir vorbei Richtung Ausgang. Die hat gut reden. Als ich ihr hinterherblicke, sehe ich ganz deutlich, wie sie sich eine geschmierte Stulle in die Handtasche steckt. Susi hat sogar Wegzehrung, und ich finde gerade noch eine halbe Tasse lauwarmen Kaffee in einer Kanne auf dem Nebentisch.

»Kann ich den haben?«, frage ich höflich. Ein schlecht gelaunter Teenager und die dazugehörige Mutter schieben gerade ihre Stühle zurück. Das Reitstiefelmädchen. Die beiden sind mir gestern schon am Flughafen aufgefallen.

»Ja, sicher«, murmelt die Frau im Hinausgehen und quatscht weiter auf ihre Tochter ein. »Wenn du früher ins Bett gehen würdest, wärst du auch eher wach. Ich hab das hier gebucht, damit wir zusammen Spaß haben, und nicht, damit du nur im Internet surfst.« Die Jugendliche gähnt und verdreht hinter ihrem Rücken die Augen. Unsere Blicke begegnen sich kurz. Sie zieht ertappt die Mundwinkel nach oben. Solidarisch grinse ich zurück. Ich kenne das. Nicht nur, dass meine Lieben mich hier ebenfalls zwangsbeglücken wollen. Manchmal hänge ich auch viel zu lange auf irgendwelchen Plattformen herum, statt zu schlafen. Aber hier wird ja alles anders. Ich drücke den Rücken durch und scanne die verlassenen Tische nach einer weiteren Kaffeequelle.

Außerdem, nur fürs Protokoll: Ich habe nicht verschlafen! Ich bin sogar superfrüh wach geworden. So früh, dass ich mir ein bisschen die Gegend angesehen habe, während die Susis aus meiner Reisegruppe noch in ihren Laken von nackten Männerknien im Kilt geträumt haben.

Zu Hause gehe ich vor dem Frühstück regelmäßig eine Runde joggen.

Na ja, manchmal.

Also gut, ehrlicherweise nur, wenn das Wetter passt und nichts Wichtiges dazwischenkommt.

Aber heute, heute Morgen nun, da war ich total motiviert. Ich hatte zwar keinen Platz für Sportkleidung in meinem Reisegepäck, aber der Gedanke an einen schönen Spaziergang in herrlicher schottischer Hochlandluft hat mich tatsächlich noch vor dem Frühstück nach draußen getrieben. Schottland fühlen! Zu Fuß erspüren! Unberührte Natur! Und das habe ich nun davon. Einen hungrigen Magen und keine Zeit mehr für Rührei und gebratene Tomaten, nur weil ich mich ein kleines bisschen in der Zeit verschätzt habe und dieser Rundweg über den Bach in Meilen und nicht in Kilometern beschriftet war.

Die Kellnerin räuspert sich noch einmal dezent. Als ich mit vollem Mund von meinem Teller hochsehe, nickt sie in Richtung Fenster. Ach, du Scheiße! Da draußen steht schon der Bus. Der Motor läuft, und vierundvierzig kleine Brave Harts stehen in der Schlange, um zum ersten Tagesausflug anzutreten. Ich brabble eilig ein krümeliges »*Thank you*« in Richtung meiner Lebensretterin, ziehe mir im Laufen die Jacke über und haste nach draußen.

Jannes Reiseblog

Datum: 16. September, 9.12 Uhr

Tag zwei der offiziellen Schottlandreisezeitrechnung

Wir sitzen im Bus. Auf zu neuen Ufern! Gleich besuchen wir eine Destillerie und nehmen an einer Whiskyverkostung teil. *Yay!* ~~Alkohol schon am Vormittag und auf nüchternen Magen – ob das eine gute Idee ist? Ah. Moment. Wir machen erst mal Pinkelpause an einer Raststätte. Vielleicht habe ich ja da Glück, noch was zu essen abzukri…~~ (Eintrag gelöscht)

Der Bus bremst scharf und biegt für eine kurze Pause auf einen Großparkplatz ein. Ich habe natürlich kein Glück: Bis ich die Technik verstanden und meinen Kaffee aus dem Automaten gezogen habe, ist die Schlange an der Kasse für Reiseproviant so lang, dass ich eine lebenswichtige Entscheidung treffen muss: Toilette oder Sandwich? Ich entscheide mich notgedrungen für Ersteres. Aus lauter Verzweiflung verkoste ich danach in der Souvenirabteilung diverse Marmeladensorten auf ungetoastetem Weißbrot.

Leider machen diese winzigen, pappigen Probierhäppchen nicht satt, nur durstig. Die Jugendliche hat anscheinend ihre Mutter abgehängt und greift meine Idee auf.

»Findest du Traube besser oder Himbeere?«, versuche ich zu fachsimpeln, als uns eine eifrige Verkäuferin ansteuert.

»Weiß nicht, beides lecker, oder?«, gibt sie zurück.

Dann taucht ihre Mutter auf. »Amelie? Wo steckst du denn?«

Die Verkäuferin dreht ab, das Mädchen läuft rot an und verdrückt sich ebenfalls. *Aber ich hab's versucht, ich hab's immerhin versucht!* Ich blicke mich um in der Hoffnung, die sympathischen Freundinnen irgendwo zu entdecken, aber die sind mir im Verdrücken eindeutig alle überlegen.

Und dann müssen wir auch schon wieder einsteigen.

Gregory hat eine Führung durch eine Destillerie gebucht, die wir nach einer weiteren halben Stunde mit dem Bus erreichen. Ich kann mich nicht so richtig konzentrieren auf die ganzen Behälter und Gärprozesse, für die uns eine Studentin auf Deutsch mit lustigem schottischem Akzent begeistern will, obwohl mich das Thema brennend interessiert. Eigentlich knurrt mein Magen gar nicht sooo laut dazwischen. Eine ältere Dame mit eisengrauem Dutt guckt mich trotzdem missbilligend an und schenkt mir dann ein Hustenbonbon. Es ist ein spärlicher Magenfüller, aber die Geste zählt. Ich bleibe dabei: Die kleine Wanderung am Bach entlang, der auf der anderen Straßenseite unseres Hotels in einen nebligen Park führt, war den Hunger danach allemal wert. Das dachte ich zumindest bis eben. Denn jetzt packt Susi raschelnd ihren

Toast aus. Sofort hat sie die ungeteilte Aufmerksamkeit von der Dame mit Dutt und mir. Was sind schon Rehe im Morgentau, Dunst über den Wiesen und idyllisches Plätschern über uralte Findlinge gegen ein belegtes Sandwich oder zumindest einen ordentlichen Schluck vom viel besungenen Wasser des Lebens, wie Whisky in Wahrheit heißt? Nein, das stimmt nicht. Ich würde jederzeit wieder spazieren gehen. Die Dame mit Dutt räuspert sich streng, und Susi packt seufzend ihre Wegzehrung wieder ein.

»Hast du gesehen, dass bei unserem Hotel gegenüber ein kleiner Park ist?«, schnappe ich hinter mir auf. »Wollen wir da heute Abend mal spazieren gehen?«

»Dürfen wir das denn?«, flüstert eine Frauenstimme zurück.

Zweistimmiges Gekicher.

Ich drehe mich um, und mein Herz macht einen Sprung. Es sind die beiden Freundinnen mit den Stickertaschen, wir sind offenbar seelenverwandt!

»Der Park ist super, aber verschätzt euch nicht in der Dauer des Rundwegs. Sonst kommt ihr noch zu spät zum Essen.« Ich grinse ihnen verschwörerisch zu und ernte ein Lächeln. Das ist ein Anfang.

»Willst du mitkommen? Ich bin Maike, und das ist Christina. Wir haben's nicht so mit Großgruppen.«

»Aber das Programm ist super«, ergänzt Christina schnell. »Alleine würde man einige dieser Sehenswürdigkeiten gar nicht finden, oder?«

Ich nicke stürmisch. »Das sehe ich ganz genauso. Ich heiße Janne, und: sehr gern.«

Der Maischegeruch hängt schwer in den warmen Räumen. Mir wird ein bisschen flau, aber dann haben wir auch das geschafft. Wie ein Rollkommando entern wir das Allerheiligste, den Verkaufsraum der Destillerie. Als ich mich suchend nach den beiden Frauen umsehe, hebt sich ein Arm aus dem Gewimmel. Maike signalisiert mir, dass sie und Christina sich zu den Toiletten durchkämpfen und danach zurückkommen. Ich zeige auf einen der Verkostungsstände als Treffpunkt, und ihr Daumen geht hoch. Läuft bei uns.

»Slàinte mhath!«, flirte ich wenig später die Dame hinter dem Tresen der Probierstube an. Möglichst unauffällig strecke ich ihr mein frisch geleertes Plastikprobiergläschen entgegen. Sie schüttelt bedauernd den Kopf. Wenn ich einen Liter des hauseigenen Super Single Malt kaufen möchte, für umgerechnet achtzig Euro – oder noch lieber den superduper Single Malt für fünfundneunzig Euro? –, dann dürfte ich natürlich sofort einen großzügigen Nachschlag haben, erklärt sie mir in breitestem Schottisch. Süß. Wir lächeln uns gekonnt professionell über ihren Tresen hinweg an. Mein Lächeln sagt: *Das ist aber scheißviel Geld, oder?* Ihr Lächeln sagt: *Wenn du dir das nicht leisten kannst, bleibt die Bar geschlossen, Schätzchen.*

Es ist noch nicht mal Mittag am Tag zwei dieser Reise, und ich bin auf dem direkten Weg in den Alkoholismus. Zumindest wäre ich es, wenn die Schotten nicht so mit ihrem Whisky geizen würden. Und ich habe Hunger. Bärenhunger! Mein Magen knurrt hörbar über den Tresen hinweg. Aber nicht mal das erweicht die geschäftstüchtige Bardame in der Schicki-Destille.

Zu meinem enormen Glück verwickeln ein paar andere aus dem Bus, mit dem wir hierhergekarrt wurden, Miss MacIrgendwas in ein fachsimpelndes Gespräch. Und weil der Akzent der Schottin so breit wie das Schulenglisch meiner Mitreisenden grauenvoll ist, sind alle hinreichend abgelenkt von dem kleinen niedlichen Tablett, auf dem noch ein paar unangetastete Probierschlucke stehen. Ich packe die Gelegenheit beim Schopf und die Flasche am Hals, leere ein Gläschen auf ex und fülle zwei weitere bis zum Rand nach. Und dann ab damit durch die Mitte. Wie sagt Schotty, der *Tatortreiniger* in einer meiner Lieblingsserien, so schön? »Alkohol ist keine Lösung, Alkohol ist eine *Löse!*« Das ist genau mein Humor. Zu schade, dass keine neuen Folgen mehr gedreht werden.

Diskret schaufle ich mich durch die Menge und tue so, als ob ich am anderen Ende der Ausstellung über *Maischeherstellung damals und heute* dringend erwartet würde. Ich hoffe in der Tat, Maike und Christina wiederzufinden, aber ich kann sie nirgends entdecken.

»Slàinte mhath!«, proste ich mir daher selbst zu. Meine Zunge fühlt sich ein wenig klebrig an. Wie viel Prozent Alkohol hat dieses Zeug eigentlich? Und wie viele Marmeladenbrotkrümel hätte ich wohl für eine solide Mindestgrundlage benötigt? *Grundlagen, Janne!* Immer auf eine gute Grundlage achten, ermahne ich mich, vor allem, wenn man keine harten Sachen morgens kurz nach halb zehn gewöhnt ist und sich dem Thema Whisky erst langsam nähert. Ich zähle mit den Fingern. Also, ich hatte eine Scheibe Toast zwischen Hotel und Bus … dazu kamen die diversen Brotprobierwürfel beim Toilettenstopp

an der Tanke … Oh, und dann wären da noch zwei Bissen von der zweiten Scheibe Hoteltoast, die ich mir vom Frühstück aufgehoben habe. Vor dem dritten Bissen, als wir nach zehn Minuten Fotostopp an einer wirklich spektakulären Burgruine in den Bus getrieben wurden wie eine Herde gutmütiger Hochlandrinder, ist sie mir leider heruntergefallen.

Ich lasse die Hand sinken und gebe es auf, Grundlagenforschung betreiben zu wollen (Grundlagen, hihi). Schließlich habe ich Urlaub. Gruppenurlaub. Fängt alles mit Gru- an.

»Ich bin Gru!«, kichere ich albern. Der Whisky ist super. Ich habe ganz heiße Zehen. Und Ohrläppchen. Unter diesen erschwerten Bedingungen ist *kein* Alkohol weder eine Lösung noch eine Löse.

Wenn Imme mich so sehen würde, oder Holger! *Bleib locker, Janne, lass fünfe gerade sein! Schrauben wir unser Niveau runter und amüsieren uns!*

»Noch ’nen Spruch, Schädelbruch«, kalauere ich zusammenfassend. Ich wende mich dem Schaukasten zur Geschichte der Whiskyherstellung zu und strecke meinem rosawangigen Spiegelbild die Zunge heraus. Dabei versuche ich, den Text hinter der Glasscheibe zu fokussieren, in dem der Ursprung des Wortes Whisky in der gälischen Sprache erklärt wird. Bildung ist mir wichtig, da bewege ich mich auf sicherem Boden, sie gibt mir Halt, auch wenn die alten Fliesen unter meinen Stiefeln leicht zu schwanken beginnen.

Energisch konzentriere ich mich auf die tanzenden Buchstaben und zwinge sie in eine Reihe. Meine Anstrengung wird durch die Erkenntnis belohnt, dass sich das irische Gebräu vom schottischen allein schon durch ein kleines, aber feines »e« in der zweiten Silbe unterscheidet.

Im Hintergrund wird gejohlt. Wahrscheinlich hat der feuchtfröhliche Trupp aus Köln gerade einen weiteren Mann im Schottenrock entdeckt. Ich denke an meine Mädels zu Hause, und die Schrift hinter der Glasscheibe beginnt erneut zu flackern. Wenn ihr wüsstet, was ihr mir da eingebrockt habt …

Ich muss schon wieder kichern. Zumindest die Buchstaben haben Spaß. Die tanzen sogar. *»Slàinte mhath!«*, raune ich noch einmal möglichst schottisch, forme einen Kussmund für mich selbst und zwinkere mir anrüchig zu, während ich meinen letzten Fingerhut voll Whisky leere. Tut mir leid für Christina und Maike, aber wer zu spät kommt, den bestraft das Leben.

Im Hintergrund hebt noch jemand sein Becherchen. Nicht, dass das etwas Ungewöhnliches wäre. Der Raum ist proppenvoll mit sprichwörtlichen Busladungen von Menschen aller möglichen Nationen. Alle sind hier zum Whiskyverkosten – und -kaufen. Ich stutze. Wieso eigentlich ist mir bis eben nie aufgefallen, dass sich »saufen« auf »kaufen« reimt?

Das Besondere an diesem einen Menschen ist, dass er nachdrücklich meinem Spiegelbild zuprostet. Also mir. Dabei grinst er auch noch ziemlich offensiv. Und es ist weder Christina noch Maike, sondern ein wildfremder Mann.

Heilige Hammerbraut! Der hat doch wohl meinen Toast nicht auf sich bezogen?

Mir schießt das Blut in die Ohren. Wie peinlich ist das denn! *Jetzt nur nicht umdrehen, Janne!* Aber ich kann es nicht lassen, seine Spiegelung unter den Stirnfransen meines Ponys hindurch anzuschielen. Der Typ senkt den Altersdurchschnitt der Anwesenden beträchtlich. Glaube ich zumindest, so genau kann ich das im whiskygeschwängerten Gegenlicht nicht erkennen. Ich kneife die Augen zusammen und beuge mich unauffällig nach vorn, um ihn etwas besser fixieren zu können. Vielleicht sollte ich doch mal über eine neue Brille nachdenken? Ach, verdammt, die habe ich mir ja vorhin hochgeschoben. Auf dem Scheitel nutzt sie mir natürlich nichts, und jetzt muss ich sie erst mal putzen.

Der fremde Mann löst sich aus seinem Grüppchen und kommt auf mich zu. Nicht gut. Also, eigentlich schon. Aber … nein! Da fällt mir auch noch mein Fingerhut runter. Ich bücke mich, um ihn aufzuheben, bevor er davonkullert, und rumse mit Getöse gegen die Glasscheibe. Das ganze Hängeregal bebt und klirrt. Aua!

Stöhnend fasse ich mir an den Kopf. Hinter mir, viel näher, als ich gut finde, höre ich ein Räuspern. Es gilt mir. Und was noch schlimmer ist: Es hat den Beiklang eines unterdrückten Glucksens. Noch einmal: Neineinein! Wie peinlich! Ein einziges Mal bin ich leicht angesäuselt, und schon errege ich Aufmerksamkeit. Ich bin in einer Art Schockstarre gefangen und traue mich nicht, mich aufzurichten. Ob er weggeht, wenn ich die Augen zumache und mich nicht bewege?

»Och, that might give you headaches …« Eine sehr angenehme, sehr sonore und sehr schottische Stimme versetzt

die Härchen auf meinen Unterarmen in leichte Schwingungen. Mein erschütterter Kopf schwingt sowieso. Das hat wirklich wehgetan. Ich schiebe meine Brille zurecht, höre auf, mir den Hinterkopf zu reiben, und neige mich ein wenig in seine Richtung.

»Wie bitte?«, presse ich hervor, obwohl ich ihn genau verstanden habe. Vielleicht kann ich mich ja mit Unkenntnis der englischen Sprache herausreden? Himmel, ist mir diese Begegnung unangenehm. Meine Schokoladenseite ist diese Vogel-Strauß-Haltung ja nun wirklich nicht.

Aber der Typ lässt sich nicht abwimmeln. Der genießt das auch noch! Wieder ertönt dieses leise Glucksen. »Oh, du bist Deutsche?« Ich überlege gerade, ob ich es hier mit einem Landsmann oder einem Schotten zu tun habe, weil er fast keinen Akzent hat, da redet er weiter: »Ich fürchte, unser Whisky macht dir eine Delle, sogar ganz ohne Trinken. Sagt man so?« Er beugt sich zu mir herunter. Ich spüre eine Hand an meinem Ellbogen und linse vorsichtig mit einem Auge, während wir uns gemeinsam aufrichten, er schwungvoll, ich eher zentimeterweise. Ich habe ein bisschen die Orientierung verloren. Wer weiß, wo das heimtückische Regal über mir seinen nächsten Angriff auf meine Schädeldecke plant.

»Beule«, murmle ich und mustere den Quell der weisen Ansprache. Mein Blick wandert verstohlen an Wanderstiefeln, Trekkinghosen, Hemd und Barbourjacke aufwärts zu seinem Dreitagebart. Ich habe durchaus ein bisschen viel von diesem heimtückischen Feuerwasser genippt, aber das muss ich ja nicht auch noch betonen.

Schon gar nicht einem Schotten gegenüber, der mich mit blitzend weißen, wohlgeordneten Zähnen auslacht.

»Es heißt Beule, nicht Delle«, korrigiere ich leise grummelnd noch mal im ganzen Satz, um von mir und meinem Malheur abzulenken.

Aber der Mann geht gar nicht auf meine dezente Besserwisserei ein. »Hast du einen Löffel? Wenn man gleich damit kühlt, wird es nicht so schlimm.«

Ich schüttle behutsam den Kopf. Wenn ich einen Löffel hätte, hätte ich Joghurt. Wenn ich Joghurt hätte, hätte ich etwas im Magen. Und dann wäre das hier nie passiert. »Menno.«

Warum lacht der jetzt? Habe ich etwa irgendwas davon laut gesagt?

Der Schotte hat Grübchen, die sieht man sogar durch das Dickicht aus rotblonden Stoppeln. »Wollen wir uns noch einen Dram erschleichen, auf den Schreck?« Jetzt zwinkert er mir auch noch zu! O lieber Gott, heißt das etwa, er hat auch das mitbekommen? Meinen kleinen Mundraub auf Vorrat? Mir wird noch ein bisschen schummeriger in den Knien und im Magen. Das wird ja immer peinlicher!

Ich verziehe die Lippen zu einem schiefen Lächeln und starre hilflos seine bärtigen Grübchen an. Ich bin noch nicht mal vierundzwanzig Stunden in diesem Land, und schon … Was mache ich denn nur?

»Ich glaube, ich hatte schon genug für einen Vormittag«, stammle ich.

»Du bist witzig. Wie heißt du?«

Wieso ist Imme nicht hier? Die wüsste, was man in so einer Situation tut. Ich nicht. Ich spüre Panik in mir aufsteigen. Der Mann sieht gut aus. Also tue ich das Erstbeste, was mir zu so einer Situation einfällt: Ich mache auf dem Absatz kehrt und fliehe – zugegeben – vielleicht ein kleines bisschen kopflos. Womöglich etwas unhöflich obendrein. Aber: Ich muss hier raus und ganz schnell in eine Papiertüte atmen. Oder mich in eine übergeben, je nachdem, was eher hilft.

Ich tauche unter irgendeinem unbekannten Arm hindurch und rette mich atemlos auf die Toilette, Maike und Christina suchen. Das *will* ich zumindest. Nur gelingt es mir nicht, denn Gregory fängt mich vorher ein. Blitzschnell scannt er meinen Busen, auf dem der verräterische blaue Aufkleber mit meinem Vornamen prangt. »Da bist du ja … Jenny!«

»Janne«, korrigiere ich schnappatmend.

Gregory sind solche Feinheiten der Linguistik egal. Er dirigiert mich am Ellbogen zum Ausgang hinaus und hält mir einen Vortrag über Gruppendynamik. Immerhin hängen wir so meinen Verfolger ab.

Es nieselt. Die Wolken hängen so tief, dass ich das Gefühl habe, mit dem Kopf einzutauchen. Die frische Luft tut mir gut. Meine Bronchien beruhigen sich. Der Rest von mir braucht noch ein bisschen, vor allem der Magen und mein Gehirn.

»Die anderen Teilnehmer sitzen schon tutto completo im Bus. Ich sag das gleich noch mal für alle durch. Ihr müsst *un-be-dingt* pünktlich sein. Sonst schaffen wir nicht alle vorgesehenen Etappenziele. Und daran willst du doch nicht schuld sein, oder?« Er mustert mich argwöhnisch. Mir läuft Wasser in den Kragen, und ich verziehe das Gesicht. Gregory scheint unsicher, ob er meinen Blick als reuevoll durchgehen lassen kann. Er schlenkert Braveheart junior spielerisch drohend vor meiner Nase herum »Das wäre der Gemeinschaft gegenüber nicht fair, sagt Melly.«

Ich nicke. Diese Puppe wird mich in finsterste Albträume verfolgen.

Erschöpft klettere ich in den Reisebus, vorbei an tadelnd dreinblickenden Gesichtern. Maike und Christina lächeln mich vorwurfsfrei an, doch der restliche Weg ist ein wahrer Spießrutenlauf.

Moment mal! Das ist es! Ich fühle mich in meine Schulzeit zurückversetzt. Jetzt weiß ich endlich, woran mich das alles hier erinnert. Natürlich! Der Bio-Leistungskurs, mit Herrn Büttner in der Zwölften nach Italien. Ich habe ein Referat über die Macchia gehalten. Was das ist, weiß ich heute noch: stachelige Gewächse, die auf kargem mediterranem Staubboden wachsen. Darin sind wir stundenlang herumgekrochen und haben botanisiert. Abends am Pool haben wir uns mit Asti Spumante getröstet. Natürlich ohne Herrn Büttner, nur wir Mädchen. Als unser stets korrekter Lehrer am nächsten Morgen die leeren Flaschen fand – okay, das war nachlässig von uns –, bekamen wir alle den gleichen Spruch zu hören. »… unsolidarisch der Gemeinschaft gegenüber.«

Noch sieben Reihen trennen mich von meinem Sitz. »Dann botanisieren wir eben vom Bus aus«, platze ich heraus. Dreiundzwanzig Jahre später fällt mir die passende Antwort ein, und Herr Büttner wird sie niemals hören. Das ist so typisch für mich, aber es tut gut, es einfach mal ausgesprochen zu haben, auch wenn ich heute, ganz im

Gegensatz zu damals, gern *mehr* Zeit draußen in der Natur haben würde. Und mehr Whisky. Aber hier gibt's ja auch Heide und keine Macchia.

Ein bebrillter Mitreisender in der vierten Reihe sieht kurz von seinem Reiseführer auf und begegnet meinem erheiterten Blick mit Ratlosigkeit.

»Ist nicht wichtig«, sage ich lächelnd und drehe mich um. Ich will noch mal zurück zu Gregory und ihn fragen, ob er zufällig Verwandtschaft namens Büttner in Norddeutschland hat.

Leider rumpeln wir bereits vom geschotterten Parkplatz, und da kennt unser Fahrer offenbar keine Gnade.

»Hinsetzen und anschnallen!« Oh. Das galt mir.

Ich ziehe den Kopf ein, mache kehrt und eiere geduckt von Schlagloch zu Schlagloch, zurück zu meinem angestammten Platz.

In meinem alkoholgeschwängerten Schädel fühlt es sich an, als ob sich die Weltgeschichte im Kleinen wiederholen würde. Aber ich lasse mich nicht länger unterdrücken. Mehr Minuten für die Brave Harts! Mehr Minuten für die schottische Natur. Für Schottland! Freiheit! Freiheit für mich – in Schottland! Diese Reise könnte mich und meine ganze Welt verändern! Ich werde mich wehren, für uns alle, ein Zeichen des Protests setzen! Jawohl, ich gehe in den Widerstand – aktiv! Und danach kapere ich den Bus, wir kehren noch mal um und fahren in die Destille zurück. Ich kann nicht länger den Kopf einziehen und weglaufen wie ein Teenager. Das war ein Versehen, ein Rückfall in alte Muster! Wenn wir wieder dort sind, nehme ich selbstverständlich noch einen erschlichenen Dram mit dem namenlosen Schotten! So ein kleines Fingerhütchen mehr wird mich nicht umbringen. Also, wie fange ich die Meuterei an?

Sobald ich auf meinen Sitz geplumpst bin, beginne ich mit meiner Revolte, zunächst im Verborgenen. Ich werde nicht länger eins von Gregorys blauen Highlandkälbchen sein. Energisch pule ich an dem runden blauen Aufkleber auf meinem Pulli herum. Soll Gregory doch Gesichter lernen. Und alle anderen auch. Ich will nicht an einem täglich frischen blauen Klebchen auf der Brust erkannt werden. Das ist erniedrigend, sexistisch, empörend! Das Ding schieße ich in den Mülleimer. Schnipp! Sogar getroffen! Triumphierend blicke ich zum Kölner Damenkränzchen gegenüber. Köln ist doch traditionell auch frauenpowermutig, oder? Aber wenn ich mir die fröhlich dauerschunkelnden Damen so ansehe, sitze ich mit meinem politischen Manifest hier ziemlich allein da.

Außer Piccolöchen und Männern im Kilt interessiert die Damen so schnell nix. Sie summen schon wieder Filmmelodien. Ein Schlag ins Gesicht der feministischen Sache. Mist. Und die kleine Amelie? Ich habe keine Ahnung, wo die im Bus sitzt. Plötzlich weiß ich nicht mal mehr, ob ich den schottischen Grübchenträger überhaupt wiedererkennen würde. Ich bin albern und einfältig und kein bisschen so mutig und draufgängerisch, wie ich gerne wäre. Und meine mitreißenden Freundinnen reisen nicht mit. Ich bin allein, im Gegensatz zu allen anderen in diesem Bus. Ich habe nicht mal eine Helikoptermutter dabei. Oder einen Melly.

Als hätte mir jemand die Batterie abgeklemmt, falle ich

in mich zusammen, fische nach einem Kaugummi und meinen Kopfhörern. Ich habe keine Lust auf Musik aus meiner Playlist und auch nicht auf mein Hörbuch, aber ich brauche irgendetwas gegen den drohenden Buskoller, ausgelöst durch permanent schnatternde Mitreisende und etwas zu viel Schnaps am Morgen. Der abrupte Wechsel zwischen whiskyhochjauchzend und zu Tode betrübter Katerstimmung bringt einen schalen Geschmack im Mund mit sich. Und mein Schädel brummt wie ein beleidigter Bär. Vielleicht sollte ich es wirklich mal mit einem kalten Löffel versuchen. Im Geist gehe ich mein Handgepäck durch. Leider hat mein Rucksack nicht mal im Ansatz etwas Verwendbares zu bieten. Also presse ich den Hinterkopf gegen die Glasscheibe. Das kühlt auch. Nach ein paar Minuten kann ich wieder klarer denken, doch das schmerzt auf eine weitere Art. *Mensch, Janne. Da triffst du einmal im Leben einen waschechten Schotten, der dich sogar zum Whisky einladen will, und du versaust es.*

Das Glas versetzt meinem Hinterkopf bei jeder Bodenwelle leichte Schläge. Die erhöhen der Legende nach das Denkvermögen, und es fängt tatsächlich bereits an, Wirkung zu zeigen. Mit jeder Minute bedaure ich die erteilte Abfuhr mehr. Wieso habe ich Mister Grübchen denn nicht wenigstens nach seinem Namen gefragt? Dafür komme ich in die Buspauschaltouristinnenvorhölle. Ich ziehe mir die Kopfhörer aus den Ohren, bereue auch das sofort und korrigiere mich innerlich: Ich komme nicht erst dahin, ich bin schon mittendrin, im Fegefeuer der Gruppenreisenden.

Hinter mir streitet sich ein Ehepaar in den Sechzigern darüber, ob Schottland eigentlich noch zum United Kingdom gehört. Zwei Reihen vor mir fertigt eine resolute, weiß blondierte Bubikopfträgerin zusammen mit einer Verbündeten, die unter einem royal anmutenden Kopftuch mit Blümchenmuster steckt, eine Liste mit Mängeln an, um beim Reiseveranstalter Geld zurückfordern zu können. Schon heute! Dabei sind wir noch keine vierundzwanzig Stunden zusammen.

Unter die Top drei der Meckerliste meiner Mitreisenden zum ersten Programmtag haben es geschafft:

Gregory sei gar kein Schotte, sondern Österreicher. *Skandal!* Wie wird das Ganze erst eskalieren, wenn sie frühestens übermorgen mitbekommen, dass er in Wahrheit nicht mal Gregory heißt?

Auf dem zweiten Platz der No-Gos: Die Hotelbar hatte schon um 23 Uhr geschlossen. *Unmöglich!* Hallo? Schon einmal was von der nationalen Sperrstunde gehört? Egal! Auch dafür muss man den Veranstalter haftbar machen können. Recht so! Vielleicht sollte ich lieber mit den Damen Kopftüchlein und Bubikopf eine Revolution anzetteln? Genug Feuer haben die beiden jedenfalls. Will ich das? *Kurz überlegen, Janne?* … Nein!

Die beiden Listenschreiberinnen kommen unterdessen zur ungeschlagenen, himmelschreienden Skandal-Top-Nummer eins: Es gab *Haggis* zum Frühstück!

»Der nationale Hammeleintopf ist eine widerliche Provokation guten festlandeuropäischen Geschmacks und passt kein bisschen zu Rührei, gebratenen Tomaten und Orangenmarmelade«, diktiert Blondie gerade ihrer Sitznachbarin.

Ich reiße die Augen auf. *Ernsthaft? Das ist das Argument?*

Okay, über gesottene Schafsinnereien kann man streiten, vermutlich selbst dann, wenn man als Schotte geboren wurde, aber … Sie lassen mir keine Gelegenheit, darüber nachzudenken, denn das Drama zwei Reihen vor mir spitzt sich stetig zu. Inzwischen wird lauter über die exakten Formulierungen auf der Liste gestritten.

»Sag doch auch mal was Konstruktives, Agnes!«

»Hermine, du meinst *Porridge*. Nicht *Haggis*.«

»Das ist doch egal. Es kommt aufs Gleiche raus. Das Zeug war widerlich.«

Schlagartig wird mir klar, dass Agnes mit dem Kopftuch erheblich weniger Glück beim Frühstück hatte als ich. Ich saß alleine bei Toast, Kaffee und Marmelade, ohne meckernde weißblonde Hermine. Arme Agnes. Ich beschließe, ihren Tag nicht noch schlimmer werden zu lassen. Dass Gregory in Wirklichkeit Gregor heißt, muss sie alleine herausfinden. Ich werde dazu schweigen wie ein Grab.

Das Husten und Würgen des Bordlautsprechers kündigt eine weitere Ansprache von Gregory-Gregor an. »Wir sind inzwischen unterwegs durch die Grafschaft Beauly, Heimat der Clans Fraser und MacKenzie«, verkündet er, unterbrochen von Rauschen und Knattern.

Die Kölnerinnen lächeln verzückt und nicken sich wissend zu. Fraser, MacKenzie – schon wieder *Outlander*-Figuren. Ich könnte mitnicken, lasse es aber. Keine Verbrüderungen, bis ich wieder vollkommen nüchtern bin. Wer weiß, was ich sonst als Nächstes bereuen muss.

Beauly gefällt mir schon auf den ersten Eindruck aus den Busfenstern heraus. Ich mag die aus rotem Sandstein gemauerten Häuser, denen der Zahn der Zeit und unzählige beheizte Kamine einen grauschwarzen Schleier umgehängt haben. Auch hier scheint die Zeit stehen geblieben zu sein. Es gibt keine Leuchtreklamen, keine grellen Schaufenster. Ordentlich getünchte Reihenhäuser in Bonbonfarben wechseln mit alten Gemäuern, und den Hintergrund bilden die immerwährenden saftig grünen Hügel, nur unterbrochen durch ein paar Schafweiden, Felder und den unendlichen, sich stets verändernden Himmel.

Wir parken gegenüber der ummauerten Klosteranlage auf einem kleinen Platz mit ein paar Läden zwischen den Wohnhäusern. Diesmal bin ich als eine der Ersten raus aus dem Bus. Ich habe das dringende Bedürfnis, frische Luft zu tanken. Vielleicht ergattere ich einen Kaffee dazu? Und Toiletten gibt es sicher auch irgendwo in der Nähe.

»Wollen wir uns die Ruinen zusammen ansehen?«, fragt Maike.

»Das ist total lieb von euch, aber …« Ich schiele auf die Uhr. Es ist zwar erst kurz nach elf, aber die Zeit rennt, und ich muss mich wieder mal entscheiden. Wofür verwende ich meine kostbare halbe Stunde Ausgang?

»Ich komme nach, okay?« Ein Kaffee muss sein, das ist eine alte Redakteurinnen-Angewohnheit. Kaffee ist für Journalisten noch wichtiger als Schokolade oder andere feste Nahrung, und meine Nase hat welchen gewittert.

»Klar, kein Ding!« Christina und Maike schlendern eingehakt in Richtung der Ruinen. Ich überhole eine träge schlendernde Pilgerschar und entere als Erste unserer

Gruppe den kleinen Fish&Chips-Laden auf der anderen Straßenseite.

»A coffee to go, please«, bestelle ich am Tresen und ernte einen ungläubigen Blick. Darauf folgt Erheiterung. *»Ah, dear. You want to take it with you. A coffee to take away, that's what ye mean, aye?«*

Ich nicke brav und erwidere das Lächeln. *»Yes, please.«* Sag ich doch, zum Mitnehmen. Man muss ja nicht jedes Wort auf die Goldwaage legen! Dann fällt mein Blick auf handlich verpackte Sandwiches mit Fisch und Salat und was auch immer noch zwischen den Brothälften steckt. Davon nehme ich gleich zwei, man weiß nie, wann es wieder was gibt, und ich habe kulinarischen Nachholbedarf. *»To take away!«*, wiederhole ich, und die Verkäuferin zeigt sich begeistert über meine idiomatische Lernwilligkeit. Eine verwandte Seele, denke ich beglückt, bezahle und quetsche mich bereits gut gelaunt zur Tür hinaus, als meine Mitreisenden gerade die Klinke herunterdrücken, um hereinzukommen. Freundlich nickend schieben wir uns aneinander vorbei. Wenn schon Sightseeing-Marathon, dann richtig.

Natürlich verbrenne ich mir im Laufen fast den Mund an meinem ersten gierigen Schluck. Dann strecke ich den Becher weit von mir, um mich nicht vollzukleckern, und eile mit tropfenden, verbrühten Fingern zum Eingang der Klosteranlage hinter dem Eisenzaun. Ich liege gut im Rennen. Ha!